U0106434

中　華　書　局

「新聞秀」的旅吟

袁嬋 著

凌叔華 的生平與創作

目錄

序一

陳小瀅（凌叔華女兒）

我父親是一個很嚴謹的人，對於我母親，他的評價不多，但對我說過：「妳母親是一個很有才華的人。」我母親能成為作家，與她的才華當然密不可分。但同時，我母親也是一個幸運的人，她年少時生活在一個相對平靜的環境中，有父親的疼愛，有良師的教育，還有朋友的幫助。對於我母親的文學發展，這些都必不可少。

袁嬋的研究嚴謹、細膩，秉持學者客觀的態度，所寫之處都有據可查，可知花費了不少時間和精力，讓我看到我母親不一樣的一面，值得一讀。

序二

楊玉峰　博士

　　中國現代女作家絕大多數都有着傳奇的一生，被詩人徐志摩（1897 — 1931）稱為「中國的曼殊斐兒」的凌叔華（1900 — 1990）自然也不例外。曼殊斐兒（通譯曼殊菲爾，Katherine Mansfi̇eld，1888 — 1923）是英國著名小說家，音樂藝術素養同樣出眾。1922 年 7 月，徐志摩在倫敦初次與她見面，便留下深刻印象，並有翌年再會的約定。誰知不夠半年（1923 年 1 月 9 日），曼殊斐兒便因病逝世，徐志摩驚聞噩耗，痛惜佳人離去，立刻寫了一首詩〈哀曼殊斐兒〉悼念，以表達他對才女的傾慕與哀思：

> 我與你雖僅一度相見——
> 但那二十分不死的時間！
> 誰能信你那仙姿靈態，
> 竟已朝露似的永別人間？ [1]

　　及後徐志摩更把她的小說作品翻譯介紹到中國，[2] 可見他對伊人的情懷。

　　徐志摩對曼殊斐兒的美好印象，後來在凌叔華身上得到相類的感覺。1924 年 5 月印度詩人泰戈爾（Tagore，1861 — 1941）訪華，北京文教界假座燕京大學女子學院舉行茶話會歡迎泰戈爾，凌叔華當時在學院讀書，也在歡迎的代表之列，因而結識了徐志摩及其後成為夫婿的北

京大學教授兼英文系主任陳源（西瀅，1896 — 1970）。凌叔華有着曼殊斐兒那樣的才華氣質，通曉英、法、日語，又擅長書畫藝術，確實讓徐志摩心動。事實上，他為凌叔華的第一部小說集《花之寺》作序，是他唯一的一次為他人寫序；而他的處女詩集《志摩的詩》扉頁上的題詞「獻給爸爸」，反過來又出自凌叔華手筆。二人交情匪淺，可想而知，即使當事人凌叔華多年後曾經大力否認，卻也掩不住君子淑女相知相惜的事實。及後徐志摩飛機失事去世，凌叔華代為保管遺物，因而引致和林徽因（1904 — 1955）的糾紛，箇中三人關係的錯綜，雖非局外人所能確切理解，卻也一直成了文壇流傳的軼話！

徐志摩寫過詩篇哀悼他心儀的異國佳人曼殊斐兒，而「中國的曼殊斐兒」凌叔華也寫過〈志摩真的不回來了嗎？〉[3]悼念飛機失事的才子知己；曼殊斐兒、凌叔華和徐志摩之間，予人無限的遐想與歆羨！

凌叔華在徐志摩心中是一名閨秀才女，這並非他主觀的「情人眼裏出西施」，而是當日文藝界的普遍觀感。回顧凌叔華的一生，的確具備引人注目的條件。她出身清末官宦家庭，知書識禮，有傳統閨秀的風範。五四運動之後，又入讀西式學堂，浸淫新學，深受自由思想薰陶，儼然又是一名新女性，難怪她被稱為新閨秀了。如斯一位既有教養又活潑可人的女性，自然受到年青才俊的愛慕。事

實上，凌叔華這種較開放大膽的思想傾向，不僅在她的感
情生活之中體現，而且也在她的創作追求方面持續地展
示。

　　凌叔華的確具有創作才華。早在她就讀直隸第一女子
師範學校的時候，便是文藝創作、校園活動的積極分子。
稍後進了燕京大學女子學院，更熱切於文學創作與翻譯；
英文短劇〈月宮女神〉和〈天河配〉已初步展露她的天資。
及至 1924 年在《晨報副刊》上發表〈女兒身世太淒涼〉，
才正式踏出她的創作生涯第一步。之後在《現代評論》上
刊登〈酒後〉、〈繡枕〉等短篇小說，更引起了文藝界的
注意。《現代評論》是徐志摩與陳源等合辦的刊物，凌叔
華的創作天賦得以彰顯，身邊異性友人的慧眼實在也功
不可沒。自此凌叔華創作不斷，尤其是小說集《花之寺》
（1928）和《女人》（1930）相繼出版，為新舊交替時代
女性的思想與生活留下細緻的圖像，而她也被視作一位以
同性意識關注中國婦女命運的小說家而備受稱賞：

　　　　她的小說彷彿是江南三月的秀麗的自然。那時溫
　　暖的陽光普照大地，惠和的微風從雲間吹來，空氣裏
　　充滿着朝氣和力量。[4]

　　上文的稱頌不免有點誇大，但也反映時人對凌叔華小
說作品的肯定和期許！

　　然而涉外戀情一度令凌叔華聲譽有損，與陳源的
婚姻也出現危機。想不到朱利安‧貝爾（Julian Bell,
1908 — 1937）的不幸陣亡，卻把她即將破裂的婚姻幸運

地得以延續;不幸與幸運之間的因果矛盾,真有些玄妙,
很難說得清楚。但有一點可以肯定的,就是朱利安‧貝爾
為凌叔華付出情感之外,還為她的創作生命鋪排了新的一
頁。

　　朱利安在世時(1935 年)曾把凌叔華一篇關於中
國畫的散文推薦給母親瓦內薩‧貝爾(Vanessa Bell,
1879 — 1961),請她幫忙把文章在英國發表,意圖協助
凌叔華的作品衝出中國。結果事情不了了之。1936 年 2
月,朱利安又通過友人關係,將幾篇凌叔華的短篇小說
譯文投給《倫敦水星》(London Mercury),雖然譯作
最終未能刊出,但朱利安的心意也就不言而喻了。1938
年,凌叔華通過書信與朱利安的姨母弗吉尼亞‧伍爾夫
(Virginia Woolf, 1882 — 1941)聯繫,並在伍爾夫的建
議下開始了英文自傳的創作,意欲達成朱利安對她的期
望。1947 年凌叔華隨同丈夫移居英國,造就了她進入外
國文壇的機會。1950 年開始,凌叔華不僅在英國的報刊
雜誌發表文章,並於 1953 年出版了英文自傳體小說《古
韻》(Ancient Melodies)。此書讓西方讀者在生活細節和
中國式英語的書寫中認識東方社會風貌,小說也顯露了凌
叔華作為畫家對於事件的速寫式描摹的藝術素養。作品把
繪畫與寫作融通的一些中國美學特質呈獻,獲得了西方文
藝界普遍的接受和讚許。其時,凌叔華的小說和畫作,成
了西方語境下中國文化的表徵。

　　1956 年凌叔華離開英國,轉到東南亞的新加坡從事
教學和研究,同時也辭別以英語寫作甚至文藝創作之路;
或許由於《古韻》的出版,已圓了朱利安生前千方百計助

她闖進英語文學場域的願望，內心情意結一旦得以釋放，
創作的意欲也就趨於平淡。

　　凌叔華確實是充滿傳奇色彩的人物。她以閨秀才女
的身份，踏足男性為主導的新文學和藝術圈子裏而引起注
目，繼而闖進並活躍於西方英語世界文藝場，取得他者的
接受和肯定，箇中經歷和成就，絕非三言兩語便能了解。
當事人如何以新閨秀或東方女性角色衝破民國社會的封建
氛圍，繼之抗衡西方刻板印象式的歧視？一切都顯得耐人
尋味。

　　過去研究凌叔華的評論，大多集中在分析她的幾個
早期小說集和《古韻》，又或把她的情感生活穿插寫成軼
話，而深入並全面地去探討凌叔華的生平和創作歷程的著
作始終難得一見，更遑論探討上述值得玩味的話題。如今
袁嬋的論著《「新閨秀」的旅吟：凌叔華的生平與創作》
面世，相信讀者將會眼前一亮，因為它為凌叔華的家世、
曲折經歷與創作底蘊提供線索、揭示真相，也為凌叔華研
究及中西文化交流史呈獻重要成果。

　　毫無疑問，《「新閨秀」的旅吟：凌叔華的生平與創作》
是一部資料詳盡、論述透徹的學術佳作。篇中有不少鮮人
道及的作家事跡和活動，尤其有關凌叔華中學階段及居英
時期的生活狀況和創作，均採用了大量一手文獻材料把留
白的想像空間填補，還原作家一個較豐滿立體的形象。而
所用中外資料大多是珍貴罕見的，更凸顯了論述的原創性
和可信度，袁嬋的努力搜集及細心解讀，值得再三肯定！
當然，論著還有不少優點，也不免有些小疵，可是作為導
師在此不宜為學生宣傳過多，否則便有自我臉上貼金之

嫌，不如待讀者親自細閱《「新閨秀」的旅吟：凌叔華的
生平與創作》之後，而凌叔華的嫻雅倩影尚縈繞腦海時，
定能真切地領會到一冊付出了心血的學術著作的價值和意
義！

2018 年梢序於陋室

注釋

1　徐志摩：〈哀曼殊斐兒〉，載王亞民編：《徐志摩詩全集‧卷一》（石家莊：花山文
　　藝出版社，1992 年），頁 145。
2　徐志摩譯：《曼殊斐爾小説集》（上海：北新書局，1927 年）。
3　陳學勇編：《凌叔華文存》（成都：四川人民出版社，1998 年），頁 619 — 621。
4　費鑑照：〈凌叔華女士的小説〉，《旁觀》，第 15 期，1933 年，頁 28。

前言

凌叔華（1900 — 1990），原名凌瑞棠，筆名叔華、瑞唐、素華等，[1]是中國第一代現代女性作家的代表，也是「現代評論派」、「新月派」和「京派」文學的代表，在中國現代文學史上佔有一席之位。凌叔華曾出版短篇小說集《花之寺》（1928）、《女人》（1930）、《小孩》（1930）（1935 年易名《小哥兒倆》出版），散文集《愛山廬夢影》（1960）四種中文著作，另有作品在《晨報副刊》、《現代評論》、《新月》、《大公報》等重要文學刊物發表。其文學創作形式多樣，有散文、戲劇、小說等，其中尤以短篇小說成就最高—— 凌叔華被施蟄存（1905 — 2003）稱作「真正懂得短篇小說作法的人」。[2]

凌叔華的小說內容以女性和兒童生活為主，因較少「閨秀派」的禮教牽制，又不及「新女性」的大膽，被同時代評論家毅真稱為「新閨秀派」作家，[3]

她筆下的人物世界則被魯迅（1881 — 1936）讚為「世態的一角，高門巨族的精魂」。[4] 凌叔華文學書寫清淡雅緻，既擅於捕捉人物心理，又擅於描畫外在環境。筆觸謹慎含蓄，卻不乏幽默和諷刺，文字風格呈現出與文章內容相一致的格調。

　　自二十世紀三十年代中期，凌叔華開始將自己的中文作品譯為英文，也直接用英文創作，到她 1947 年赴英定居，已逐漸將文學發展重心從中國轉移到英國，並於 1953 年出版了英文自傳體小說 Ancient Melodies（今多譯為《古韻》）。

　　凌叔華研究發端甚早，從她 1928 年出版第一部短篇小說集《花之寺》後即有文章問世，持續至今，成果十分豐富。

民國時期（1929 — 1949）：研究的開創與奠基

　　民國時期的凌叔華研究主要是文學作品評論和基於文學作品的作家研究。

　　文學作品研究以小說集研究為主，有弋靈作〈花之寺〉（1929）、錢杏邨（1900 — 1977）作〈《花之寺》——關於凌淑華創作的考察〉（1929）、徐志摩（1896 — 1931）作〈花之寺・序〉（1929）、蘇雪林（1897 — 1997）作〈凌叔華的《花之寺》與《女人》〉（1936）、朱自清（1898 — 1948）作〈論自然畫與人物畫——凌叔華作《小哥兒倆》序〉（1946）等。

　　作家研究主要處於作家群體的總體研究之下。如黃英（錢杏邨）著《現代中國女作家》（1931）、草野（1907 — 1994）著《現代中國女作家》（1932）、賀玉波（1896 — 1982）著《中國現代女作家》（1932）、黃人影編《當代中國女作家論》（1933）等將凌叔華納入「現代女作家」群體研究；[5] 魯迅在〈中國新文學大系（1917 — 1927）・小說二集導言〉

（1935 — 1936）中，將凌叔華劃歸為「現代評論派」作家；[6] 李一鳴在《中國新文學史講話》（1943）中，將凌叔華劃歸為「新月派」作家，[7] 均是開拓了將凌叔華作為女性作家、文學刊物同人和文學社團成員的研究路子。

　　該時期的研究對凌叔華創作褒貶不一，但對凌叔華創作的評價卻幾乎成為定論，也奠定了凌叔華各角度研究的基礎：主題上，贊同者認同魯迅所評的「世態的一角，高門巨族的精魂」，[8] 反對者認同賀玉波所評主題狹窄，社會廣度不夠；風格上，多認同毅真對凌叔華所作的居於傳統與現代中間的「新閨秀派」的判斷；藝術手法上，多關注錢杏邨提到的心理描寫，蘇雪林、朱光潛（1897 — 1986）提到的繪畫手法寫作；比較研究上，亦是延續毅真將凌叔華與同時代女作家馮沅君（1900 — 1974）、冰心（1900 — 1999）所作的對比，以及徐志摩、蘇雪林等將其與英國女小說家曼殊斐兒（Katherine Beauchamp Mansfield，1888 — 1923，今譯凱瑟琳·曼斯菲爾德，本書從民國時期的譯法）所作的對比。

　　這些研究幾乎奠定了凌叔華在中國現代文學史的文學地位，以及後世對凌叔華早期文學成就的評價基礎。同時，也通過背景的描述、事實的記載、研究者對作家的態度及與作家的互動等，記錄了現代文學世界的動態面貌，兼具學術價值和史料價值。但這一時期的研究內容僅局限於凌叔華的早期文學成就，尤其集中在《花之寺》，難以觀其文學發展的全貌；雖然研究重點多、角度廣，卻多為介紹或評論性文字，偶有深度分析和特徵概括，卻礙於篇幅，未有延展。

共和國時期 I（1949 — 1988）：研究的停滯與復甦

　　共和國成立之後到改革開放前的三十年間，凌叔華研究幾乎處於停

滯的狀態。當文學走向政治化，實行一元論的批評標準，與主流政治和無產階級價值觀相背離的文學樣式、作家作品，都被劃除出文學史。凌叔華描寫的婦女與孩童世界，不僅處於革命敘事、大歷史敘述之外，還有主流文學／政治對立面的知識精英和資產階級視角，幾乎不可能出現在該時期出版的文學史著作中。

直到 1979 年，田仲濟（1907 — 2002）、孫昌熙（1914 — 1998）主編的「山東本」《中國現代文學史》才重新開始提及凌叔華的名字，並且在編者「寫在後面」的話中，以凌叔華為例，反思了 1949 年後現代文學史將非革命作家隔絕於外的偏向。[9] 雖然筆墨不多，卻也顯示出文學研究隨着政治和思想解放的大潮流出現的文學回歸和去政治化的趨勢。由此重新啟動的凌叔華研究，主要體現在接續民國成果，對作家的重新認識與挖掘上。

首先是凌叔華文學作品的整理和重印。1986 年可算是凌叔華作品重現的重要年份，內地三家重要出版社都出版了她的小說和散文作品集，分別是人民文學出版社的《花之寺・女人・小哥兒倆》合集、百花文藝出版社的《凌叔華散文選集》、花城出版社的《花之寺》。1987 年陳子善（1948 — ）又編選了《凌叔華海外作品小輯》，以他所搜尋到的凌叔華發表於海外的作品，完善了凌叔華的作品全貌。

研究方面也主要是史料的挖掘，如唐達暉（1926 — ）〈關於《現代文藝》與《志摩遺札》〉（1983）對凌叔華主編的《武漢日報・現代文藝》副刊的考證、楊靜遠（1923 — 2015）譯〈弗吉尼亞・伍爾夫致凌叔華的六封信〉（1988）對凌叔華與弗吉尼亞・伍爾夫（Virginia Woolf, 1882 — 1941）交往的記錄。還有對作者生平和文學創作的介紹，如閻純德（1939 — ）作〈作家、畫家凌叔華〉（1981）、楊義（1946 — ）《中國現代小說史》（1986）中的凌叔華章節；或對作品中文本內容、人物形象和藝術風格的歸納，如諸孝正（1938 — ）作〈凌叔華和她的散文〉

（1985）、游友基（1942 —　）作〈凌叔華小說論〉（1989）等。雖然未能有新的突破，但這些研究使得凌叔華得以重新「浮出歷史地表」，回到現代文學話語，依然有着承上啟下的積極意義。

值得一提的是海外的成果——夏志清（C. T. Hsia, 1921 — 2013）1961 年出版了英文版《中國現代小說史》（*A History of Modern Chinese Fiction*）。在這部著作中，夏志清以西方文學文本與理論作參照，對中國現代小說進行了頗有見地的梳理與闡釋，使得幾位埋沒在上世紀五六十年代新文學史中的作家如錢鍾書（1910 — 1998）、張愛玲（1920 — 1995）重新出現在讀者的視域中，並掀起持續多年的「錢鍾書熱」、「張愛玲熱」。而他用新批評的方法，對凌叔華的創作技巧如象徵和心理描寫的分析，對小說〈繡枕〉和〈中秋晚〉作出的高度讚賞，以及對凌叔華成就遠高於冰心的判斷，均使得凌叔華得到了更為廣泛的重視，尤其在《中國現代小說史》八十年代引入中國之後，對凌叔華文學地位的復甦與確定，起到了推波助瀾的作用。

共和國時期 II（1988 — 2016）：研究的完善與發展

八十年代末，凌叔華研究開始進入了新的階段，不僅體現在數量上相關的論文和論著層出不窮，也體現在研究資料的完整化，研究內容的理論化和傳記化。

1991 年，學者傅光明（1965 —　）將凌叔華的英文自傳體小說翻譯成中文，以《古韻》之名在台灣出版，1994 年在中國大陸出版。1998 年，陳學勇（1943 —　）編輯出版了《凌叔華文存》（上下兩冊），是凌叔華的小說、散文、戲劇、序跋、札記、書信、譯作的有史以來收集篇目最齊全和涵蓋類型最完整的一個集子。1999 年，龔明德（1953 —　）作〈凌叔華的四篇佚文〉，指出凌叔華致周作人（1885 — 1967）的三封

信完整版和一篇無題短文未收入《凌叔華文存》。2008 年陳學勇再次出版了《中國兒女——凌叔華佚作‧年譜》，收錄了凌叔華唯一的中篇小說〈中國兒女〉，以及書信的補遺和短篇小說、童話、書評等佚文，後附陳學勇編寫的凌叔華年譜。雖然陳建軍（1964 — ）在 2011 年又發現了《中國兒女》的幾篇漏收之文（主要是一些題記性文字），並指出陳學勇幾個錯謬之處，[10] 但陳學勇的兩部編著依然可以算作凌叔華作品搜集和整理的集大成者。

　　另一方面，凌叔華英國時期的生活與文學資料，以及她自二十世紀三十年代通過情人朱利安‧貝爾（Julian Bell, 1908 — 1937）與英國文化圈建立的聯繫，均在海外學者的努力下，有了更進一步的發掘與整理，其中尤以魏淑凌（Sasha Su-Ling Welland）《家國夢影》（*A Thousand Miles of Dreams: the Journey of Two Chinese Sisters*，2006 年英文版初版）和帕特麗卡‧勞倫斯（Patricia Ondek Laurence，1942 — ）《麗莉‧布瑞斯珂的中國眼睛》（*Lily Briscoe's Chinese Eyes*，2003 年英文版初版）最為重要。前者因作者與凌叔華的親緣關係，有很多珍貴的一手資料，提供了豐富的口述材料和檔案文本，在作家生平和文本的對照研究方面做出了較大貢獻；後者的研究建立在凌叔華和布盧姆斯伯里（Bloomsbury Group）人物關係的發掘上，揭開了凌叔華與英國藝術界交往的諸多細節。這些經過整理的舊材料和挖掘出版的新材料，為凌叔華研究帶來了新的突破，使得對凌叔華的完整和系統研究成為可能。

　　此外，西方理論於八十年代在中國的傳入，為凌叔華研究打開了新的視野。陳平原（1954 — ）在《中國小說敘事模式的轉變》（1988）中，從敘事學的角度研究凌叔華小說，指出凌叔華小說中的客觀敘事、人物心理為結構中心和精妙的心理描寫等特色。孟悅（1957 — ）、戴錦華（1959 — ）合著的《浮出歷史地表——現代婦女文學研究》（1989）

從女性主義的角度，深入分析了凌叔華小說中的角色關係結構和人物範式，由凌叔華書寫的女性話語展現出女性與歷史的關係及其文化意義。周蕾（Rey Chow）的《婦女與中國現代性》（*Woman and Chinese Modernity: the Politics of Reading between West and East*，1991 年英文版初版）主要通過對凌叔華的小說〈繡枕〉的解析，借助敘事結構的「侵略性」，指出〈繡枕〉主人公大小姐將自我觀看建立在他者觀看上的受虐幻想。史書美（Shu-Mei Shih, 1961 — ）的《現代的誘惑》（*The Lure of Modern: Writing Modernism in Semicolonial China, 1917 — 1937*，2002 年英文版初版）將凌叔華研究植根於西方後殖民主義理論，將凌叔華的文學創作納入到中國的半殖民地背景重新解讀，以凌叔華和弗吉尼亞·伍爾夫的文學交往為例，將凌叔華的英文創作看作是一種東方主義的妥協。

　　除了作品文本，凌叔華文學生命的其他方面也開始得到了研究者的關注。第一，凌叔華的生平，這一時期出現了幾本以凌叔華為傳主的傳記性文學，其中以陳學勇《高門巨族的蘭花：凌叔華的一生》（2010）價值最高，但多為介紹性文字，評述性內容稍欠。第二，凌叔華的文學思想，雖然此前凌叔華文學創作的論述中也有關於凌叔華創作思想的談論，但都散不成章。而此時期則開始出現關於凌叔華系統文學思想的梳理，如馮慧敏和謝昭新（1949 — ）合寫的〈論凌叔華的自由主義文學思想〉（2013），通過凌叔華與自由主義文人的交往以及她自己的創作實踐，追溯她強調文學獨立、健全和主張表現普遍人性的自由主義文學觀的由來、演變和發展。第三，凌叔華的文學發展，即返回歷史現場，對「民國社會歷史中影響文學的因素進行爬梳與分析」，[11] 重審凌叔華從學生成為作家，再成為被記錄進文學史的作家的經歷。張莉（1971 — ）在專著《浮出歷史地表之前——中國現代女性寫作的發生》中剖析了凌叔華創作產生的背景，她指出中國現代女性文學的源頭實則是女學生文

學，正是學校對女學生的身體解放、思想啟蒙，以及民族國家視域下對
女學生的新女性想像共同促發了凌叔華這一代現代女性寫作的發生。王
翠艷（1975 —　）也捕捉到現代女子教育與中國現代女性文學發生的關
係，不過相對張莉較為泛化的女子教育，王翠艷更為關注女子高等教育
範疇，以「校風・課程・師資」和「刊物・學生・作品」的雙重對照，
探索了凌叔華在燕京大學學校氛圍與教學環境中的創作軌跡。而對凌叔
華成為中國現代女性文學代表作家過程的研究，有張莉的〈重估現代女
作家的出現——以新文學期刊（1917 — 1925）中的女作者創作為視點〉
（2008），強調了文學載體對於作品、編輯對於作者的重要性，以《晨報
副刊》和《現代評論》這兩個凌叔華主要的發表平台為參照點，分析了
凌叔華早期通過老師周作人推薦給《晨報副刊》發表作品，和後期直接
發表在丈夫陳西瀅（1896 — 1970）做主編的《現代評論》的區別，反
映出特定的文壇網絡對現代女作家創作的影響。而她在 2010 年發表的
〈被建構的第一代女作家的經典〉中，又再一次通過凌叔華作品的結集
和出版過程中「名人的序言和推薦」、《新文學大系》的權威認證，提出
了社會資本和文化資本對女作家進入文學史所提供的助力。總的來說，
這一時期的凌叔華研究既是求全求廣的發展期，又是對過往的總結期和
研究視角的創新期。

　　由近九十年的凌叔華研究可見，雖然資料的發掘、理論的出新不斷
在刷新研究的邊界，推動研究的發展，但仍集中於「點」的研究，欠缺
「線」的、「面」的系統的、完整的論述。而這正是本書試圖尋求突破
的地方，通過對凌叔華相關史料的進一步鈎沉、冷門文學作品的重新解
讀，從凌叔華兼有的畫家、作家、編輯三重身份的交叉視野入手，將她
在中國文學場和英國文學場的文學活動做整合研究，重構與還原凌叔華
的文學活動和與此相關的生命體驗全過程，並以她為例，提供一種切入
現代中國女性文學發生與發展的新思路。

早期經歷的增補

　　本書着重考察了凌叔華的家庭教育和中學教育。前者以凌叔華的父親凌福彭（1856 — 1931）為中心，在大量一手史料的基礎上，從他的政治經歷和藝術創作兩方面着手，展現出凌福彭的思想、個性，以及他主導的多妻妾大家庭的情形，嘗試重構凌叔華早年的生活環境及她所獲得的家庭教育。後者主要是基於凌叔華就讀的天津直隸第一女子師範學校校刊——《直隸第一女子師範學校校友會會報》。事實上，作為刊有凌叔華中學期間十餘篇文言創作的刊物，《會報》將凌叔華的創作時間直接前移到 1916 年，相較她其後在燕京大學發表作品的 1923 年，早了七年之久，這對於研究凌叔華文學思想的發展、創作手法的成熟，都有非常珍貴的史料價值。筆者通過在北京大學圖書館、北京師範大學圖書館的查找，獲取了現存的五期，並將以此作為主要材料，探索凌叔華的中學教育與創作。家庭教育、中學教育和大學教育，將串成一條較為完整的線索，展現出凌叔華登上文壇之前所做的多重準備。

多重身份的查考

　　布迪厄曾言：「從場的角度思考就是從關係的角度思考。」[12] 本書特別對學界未觸及到的凌叔華畫家、編輯兩重身份進行考察，發現凌叔華得以進入文學場，正是因為她共享了她作為畫家在藝術場積累的社會資本。她在 1935 年到 1936 年間擔任副刊編輯，亦為她增添了社會資本和文化資本，使她的文學創作具有了更強的自主性。對凌叔華畫家角色的研究主要涉及 1924 年泰戈爾（Rabindranath Tagore, 1861 — 1941）訪問中國的歷史事件，而對其編輯身份的查考主要是基於凌叔華主編的《武漢日報‧現代文藝》。本書既是對凌叔華編輯思想和實踐的第一次全

面梳理，同時也是對京派文學在華中地區發展面貌的考察。

英國研究的延伸

　　凌叔華在上世紀三十年代之後，開始用英文創作，於 1947 年定居英國後，更是以英國作為文學發展的主場。正因為如此，她的作品分散兩國，雖有中國和外國學者悉心搜尋，卻因語言、地理的限制，無法將雙方資料整合，這使得有關凌叔華在中國和英國期間的文學生活、中文創作和英文創作、生平和文學的研究仍然呈現出脫節的現象，未能實現很好的統一。

　　本書在赴英國大英圖書館、劍橋大學國王學院圖書館、蘇賽克斯大學 Keep 檔案館搜集與凌叔華有關的書信、日記、刊物、書籍等資料的基礎上，系統查考凌叔華兩個時期、兩種語言、在兩個國家的創作，勾勒出發展脈絡，其中既有因為跨語際寫作而不得不尋思的變化，也有作家一脈相承的寫作風格。凌叔華作為早期中國女性作家在英國文學場發展的個案，十分具有參考價值。本書所呈現與解讀的凌叔華英國期間的原始材料，可以開啟對凌叔華其人和作品新的閱讀與闡釋，對於其他相關研究亦會有所幫助。

冷門資料的關注

　　與同時代女作家冰心、廬隱（1898 — 1934）等均已有較為全面的作品全集出版不同，凌叔華至今未有一部完整、系統的文集面世。雖然陳學勇所編《凌叔華文存》（1998）上下兩冊和《中國兒女·凌叔華佚作年譜》（2008），涵蓋了她的大部分中文創作，然而《中國兒女》的補遺性質，使得書中所收作品無論是時間、文體，都無法與《凌叔華文存》

形成整體上的統一。2016 年 10 月天津人民出版社出版了《凌叔華文集》五本，分別為《花之寺》、《女人》、《紅了的冬青》、《愛山廬夢影》、《古韻》，看似是按照凌叔華已出版的五種文集重印，實則每一本都有增錄，但內容並不完整，且無時間之順序，又無體例之章法。目前學界對凌叔華的討論多集中在她早年的經典作品，對於未收錄進文集的散篇、新近發現的佚作都缺乏研究，與沒有一部全面的、高質量的全集有很大關係。

　　事實上，在凌叔華的研究中，除了已成經典的作品之外，還有一些文本的價值並非體現在文學性，而體現為作家創作的階段性特徵。鑒於此種情形，本書力圖在已被學者發現，但尚未受到重視的作品中尋找意義，如凌叔華在燕京大學時期翻譯的《偉大藝術家的故事》三篇、發表的英文短劇〈月宮女神〉；在編輯《現代文藝》時期創作的童話、短文等。對冷門研究材料的關注，是出於研究作家文學發展的需要，同時也是反思凌叔華研究聚焦經典的傾向。

本書章節安排

　　本書主要採用傳記學方法，對凌叔華的生平歷練、知識與創作資本的累積，以及歷時性的寫作變化，展開深入全面的研究。以縱向的脈絡，從凌叔華 1900 年出生，到 1953 年英文自傳體小說《古韻》出版，以至晚年去世前的散體創作為終結，探索並挖掘其生命經歷與文學發展之間的微妙關係，凸顯出曾經跨越清末到共和國時代、足跡遍及歐亞的第一代現代女作家艱難的步伐與理想的追求。

　　全文分為六個章節：第一章主要討論凌叔華早年生活和家庭教育，以對凌叔華的父親凌福彭生平、思想等方面的鈎沉作為主要切入點，探究凌叔華在正式進入學校之前的 1900 年到 1913 年間，由父親與家庭處

得到的藝術薰陶和文學記憶。第二章的主題是凌叔華在 1914 年到 1919年間中學階段的教育和創作，主要以凌叔華發表在校刊《直隸第一女子師範學校校友會會報》的作品作為研究材料，解讀凌叔華的文言作品，以及其中表現的她的社交生活和現代知識的啟蒙。第三章主要研究凌叔華在 1920 年到 1924 年大學階段的教育和創作，通過凌叔華燕京大學時期的檔案和她大學期間的小說、戲劇、翻譯等文學實踐，考察她從文言創作到白話文創作的文學轉型，以及在五四風氣漸開之後現代思想的成熟。第四章主要討論作家凌叔華在文學場的發展，通過對她文學創作的成長和在文學場資本的積累，探究凌叔華從 1925 年到 1935 年的十年間，由女學生到女作家，再到成為現代女作家代表的全過程，以及背後的作家主體性和文學場內在機制的關係。第五章主要關注凌叔華在 1935年到 1936 年主編《武漢日報・現代文藝》時期的編輯和創作，通過對副刊內容和副刊所處文學場域的分析，試探凌叔華的文學編輯思想，以及該種思想在三十年代華中地區的境遇。第六章是對凌叔華 1936 年到1953 年間英文創作及在英國的發表和出版的考察，探析中國現代女性作家在英國文學場的寫作策略發展和變化。結論部分，總結各章，對凌叔華 1953 年之後的生活與創作作補充論述。

　　王德威（David Der-wei Wang, 1954 — ）曾將凌叔華定位為二十世紀前期中國文學史上「被遺忘的繆思」之一，為目前仍未有關於她的專論感到遺憾。[13] 本書試圖填補此現代文學研究的空白，同時，亦為二十世紀女性個體發展與社會、歷史生態的互動研究提供個案參考。

注釋

1　陳學勇認為凌叔華原名應為「凌瑞唐」，根據是她 1923 年、1924 年給周作人的信、抗戰期間給胡適的信都署名瑞唐。但是根據凌叔華直隸第一女子師範學校和燕京大學的學生檔案，均為凌瑞棠，可知她的原名應為凌瑞棠。「凌瑞唐」應為後來所改。

2　施蟄存：〈一人一書〉，《施蟄存作品新編》（北京：人民文學出版社，2009 年），頁 266。

3　毅真：〈幾位當代中國女小説家〉，載黃人影編：《當代中國女作家論》（上海：上海書店，1985 年），頁 15。

4　魯迅：〈小説二集・導言〉，載劉運峰編：《中國新文學大系導言集》（天津：天津人民出版社，2009 年），頁 88。

5　學界通常認為黃人影即錢杏邨，但有學者如龔明德認為很有可能是顧鳳城，暫時並無確鑿證據。

6　魯迅：〈小説二集・導言〉，《中國新文學大系導言集》，頁 88。

7　李一鳴：《中國新文學史講話》（上海：世界書局，1943 年），頁 108 — 109。

8　魯迅：〈小説二集・導言〉，《中國新文學大系導言集》，頁 88。

9　田仲濟、孫昌熙編：《中國現代文學史》（濟南：山東人民出版社，1979 年），頁 541。

10　如陳學勇將蘇雪林的〈《現代文藝》發刊詞〉和元代詩人孫淑的無題詩誤作凌叔華作品，見陳建軍：〈凌叔華佚文及其他〉，載《新文學史料》，2011 年 3 期，頁 176 — 178。

11　李怡：〈民國歷史文化與中國現代文學研究的新可能〉，「民國歷史文化與中國現代文學研究叢書」總序之一，載李哲：《「罵」與〈新青年〉批評話語的建構》（濟南：山東文藝出版社，2015 年），頁 3。

12　（法）布爾迪厄著，包亞明譯：《文化資本與社會煉金術——布爾迪厄訪談錄》（上海：上海人民出版社，1997 年），頁 141。

13　王德威：《小説中國：晚清到當代的中文小説》（台北：麥田出版有限公司，1993 年），頁 301 — 318。

第
一
章

父親的女兒：
凌氏家族及凌叔華
早年生活（1900 — 1913）

　　凌叔華，原籍廣東省番禺縣，1904 年出生
於北京的一個仕宦詩書之門。父親凌福彭為清
光緒二十一年乙未科第二甲第三名進士，曾任
順天府尹，於宣統元年改授直隸布政使。[1]

　　以上是學者楊義在《中國現代小說史》中對凌叔
華的介紹。[2] 除了各種文學史或學術作品都會提到的
作家的出生年份和籍貫，楊義還就凌叔華的父親凌福
彭提供了詳細的科考與官職信息；對凌叔華文學評價
頗高的夏志清曾專門致信楊義，對其考證成果表達讚
賞。[3]「對於如此一個善寫『高門巨族的精魂』的女
作家，首先應弄清她出身於何等『高門巨族』。」[4]
這對了解作家的成長環境和經歷是必不可少的，也
是閱讀作家作品的關鍵。夏志清和楊義兩位學者都
直接向作家了解過其家世情形，但凌叔華始終諱莫
如深，學界也只能捕風捉影。

　　《中國現代小說史》一書的考證，揭開了凌叔華的「高門巨族」之謎，也啟發了研究者的進一步思考：弄清凌叔華出身於「何等『高門巨族』」之後，是否還有考證空間，可以還原「高門巨族」的歷史細節——如父親凌福彭為凌家帶來的特定政治經濟地位和與此相當的物質精神生活，以及對女兒凌叔華在思想、性格等方面的影響？是否能突破「高門巨族」的輪廓性特質及片面信息，在更加具體的層面上討論凌叔華的個人成長和文學書寫所受到的家庭影響？本章將嘗試回答這兩個問題。

一、凌叔華家族探幽

　　凌叔華祖籍所在地廣東省番禺縣深井村有着近七百年的歷史，原名「金鼎村」，因為村裏有深井一口，需村民連接三根一丈二尺（約 11 米）長的牛繩才能打到水，由此更名為「深井村」。

　　番禺是典型「聚族而居」的地區，「以一個姓氏為中心構成的村、坊、里、約等聚居點到處皆是」。[5] 在深井村，凌姓是人口最多的姓氏。如今深井村凌姓的資料多引自梁鼎芬（1859 — 1919）、凌福彭等倡修、1918 年成立修志局、1933 年成書刊行的四十四卷《番禺縣續志》。[6] 據《續志》，深井村的凌姓始祖為抗元名將凌震（1235 — 1335），福建莆田人，宋元之交時，被宋端宗封為廣州制置使，組織抗元，一度收復廣州，宋亡後隱於東圃（今屬廣州黃埔區），後代分散於深井等地。[7]

　　凌叔華的家庭有據可考的歷史可追溯到其太爺爺凌梓，《續志》卷十七「封蔭類」記：「凌梓，以孫凌福彭直隸布政使頭品頂戴贈光祿大夫。」[8] 另外，據《續志》卷二十二「人物志 · 義行類」有關凌梓之子凌朝賡的記載，有言凌梓為巨富。[9]

　　相比凌梓，《續志》對凌叔華的爺爺凌朝賡的介紹更為詳盡，分別

從孝、義、才、忠幾方面描述了其人其行：父親凌梓去世未葬時，凌朝賡徒步野宿數百里為父求墓地；咸豐初年饑荒匪亂，凌朝賡為鄉民捐米數萬石，從此凌義士名遍遠近。道光咸豐之交，中外多故，凌朝賡與外國朋友搜討研磨，製成汽船水雷，以水雷破敵艦之策上書欽差大臣，惜未被採用。[10]

凌梓是因孫子凌福彭封蔭、入史，凌朝賡的部分也有附註：「子福彭光緒二十一年進士，直隸布政使。」[11]在重官傳統的中國，凌家直到後來凌福彭走上仕途，官至直隸布政使，才在某種程度上成為了「高門巨族」。然而凌梓本為「巨富」，據凌叔華的妹妹凌淑浩（1904 — 2006）口述，凌梓去世後，他的太太接手了家中的生意，買下一塊地種花生，投資成功。[12]凌朝賡主家時，仍能「捐米數萬石」，被凌叔華的叔祖評價為「一個不錯的生意人」。[13]足見凌福彭以上兩代家族的經商傳統與經濟實力，凌家大戶之稱由來遠矣。不過，凌叔華在廣東老家生活的時間屈指可數，所受的影響微乎其微，凌氏家族的文化與傳統更多還是經由她的父親凌福彭中轉、傳遞下來。

二、父親凌福彭的政治與藝術經歷

凌福彭原名凌福添，字潤臺，[14]清咸豐年間人。光緒十一年（1885年）乙酉科拔貢，光緒十九年（1893年）癸巳恩科順天中式，光緒二十一年（1895年）乙未科進士（第二甲第三名）。[15]

（一）政治經歷

對於凌福彭的為官經歷，學界存有一些爭議。如「保定知府」一

職，楊義根據《清代職官年表》，認為凌福彭沒有當過保定知府，[16] 而陳學勇根據《最近官紳履歷彙編》等資料，則認為當過。[17] 凌福彭所歷職位眾多，有混淆可能，有些任職時間尚短，或重要性不足，難免有取捨或疏漏，很難根據某幾份資料有記載就判定為真，或某幾份資料沒有記載就判定為假。本書傾向於認為凌福彭擔任過保定知府，依據是袁世凱（1859－1916）於光緒三十三年二月初十（1907 年 3 月 23 日）的奏議〈保定府知府凌福彭卓異引見臚陳政績片〉，內中詳述其「三十二年調補保定府知府」，只是「因天津交涉事繁，仍調署天津府篆，以資熟手」。[18] 而此份奏疏，不僅可以佐證凌福彭的「保定府知府」一職，更可作為凌福彭政治生涯考證的重要參考，原因有二：一，袁世凱是凌福彭的上級官員，與凌福彭的政治發展有直接關係，二人又往來密切，於公於私，袁世凱所知的凌福彭信息都是最完整也最權威的。二，此奏議為袁世凱向光緒皇帝保舉凌福彭，雖然清末吏治腐敗，保舉徒具形式；舉主對所舉之人及上報材料所負的連帶責任，也幾乎流於空文，[19] 但舉薦人選才能、政績、罪罰等會對皇帝決定產生影響的部分有可能偽造，常規履歷的故意造假卻無實質必要。本節將會以奏議為主，官方文件、日記回憶錄等其他資料為參照，對凌福彭的政治經歷做進一步的梳理。

1. 變法的思想：1900 年以前

　　　　保定府知府凌福彭，廣東番禺縣進士，由戶部主事考取軍機章京，歷升員外郎中，京察一等，記名以道府用。[20]

此為奏議對凌福彭早期政治生涯的概括，當時他尚未進入袁世凱幕僚，故所記之事十分有限；又因官職尚小，難有可錄之功，其他檔案也難以查考。儘管如此，該時期作為凌福彭的官場準備，能表現其政治傾

向和思想立場，不可謂不重要。

　　學者在評論凌福彭時，常會提到同為廣東同鄉、乙未年（1895
年）同榜題名的康有為（1858 — 1927），以後者放棄仕途、力主維新
作為參照，突出凌福彭「典型的忠於王室的正統官員」特點。[21] 事實
上，二人之間的關係不僅存在於這類抽象的比較，早在應考前的 1894
年，康有為與凌福彭就已有實際交往，並在時任戶部左侍郎的張蔭桓
（1837 — 1900）《甲午日記》（1894 年）和《戊戌日記》（1898 年）中留
下了記錄：

　　　　（甲午年）二十九日丙子（4 月 4 日），晴。……客春從未看
　　桃花，甚以為憾，西山花繁，又苦無遊山之暇，或言法源寺桃花尚
　　盛，凌閨臺遂約餐僧飯，至則桃花將盡矣。寺僧領導遊觀，指院中
　　井水，言此泉本苦，上年大雨後化苦為甘，莫非我佛功德云。座客
　　有康長素，深入法海，談禪不倦。不圖城市中有此清涼世界。晚宿
　　山舅寓廬，長素、閨臺夜話將曙。[22]

　　日記中所提及的凌閨臺是凌福彭，康長素就是康有為。此段日記常
被學者引用，以證康有為與張蔭桓的交往，事實上也是康有為與凌福彭
交往的例證。一些資料甚至猜測張蔭桓初次結識康有為便是甲午年飯局
上凌福彭的引薦，[23] 而「夜話將曙」更是說明當時康凌已十分投契。
　　張蔭桓另一段日記中又記：

　　　　三月二十四日（4 月 29 日），申正返寓。康長素、梁小山、梁
　　卓如已來，檢埃及各圖以觀，詫嘆欲絕。長素屢言謀國自強，而中
　　外形勢惜未透辟，席間不免呶呶，此才竟不易得，宜調護之。[24]

　　這段日記顯示出甲午戰爭爆發前康有為、梁啟超（1873 — 1929）
對中外形勢的認識，而張蔭桓曾任駐美國、西班牙、秘魯三國公使，在
甲午戰敗後奉命赴日本議和，他對國外情形亦是熟知，說明起碼「在關
注和學習西方的問題上，他們與張蔭桓志趣相投」。[25] 文中雖未提及凌
福彭，但從當時康有為的關注中心，以及康有為和凌福彭的關係來看，
他們應該也就相關議題進行過深談。

　　張蔭桓是否「康黨」至今仍有爭議，康有為也稱他雖贊成改革，但
是「並沒有起到積極的推動改革的作用」。[26] 然而張蔭桓對康有為的舉
薦、二人的密交，使得一些學者始終相信他是戊戌變法的參與者和推動
者。[27]《張蔭桓日記》的整理者馬忠文（1967 — ）曾提到，戊戌政變後，
張蔭桓感到危險來臨，曾在家中燒毀書信等私人文書，[28] 倖存的《戊戌
日記》中所見多處塗改痕跡，正是張蔭桓試圖隱藏的相關信息，經學者
王貴忱（1928 — ）辨認出來後發現，着墨甚多的人物中不僅有康有為，
還有凌福彭。

　　早在張蔭桓戊戌年初（1898 年）的一則日記就能看出，桃源寺賞桃
花過去四年後，他與康有為、凌福彭仍然保持着密切聯繫，並已初涉變
法：

　　　　初七日辛卯（1 月 28 日）晴。……晚飲潤臺宅，杜奐民、康長
　　素、關詠琴作主人。一點鐘返寓。[29]

　　此次會面的第二天，康有為就以總署談話內容為基礎，參考未上達
的〈上清帝第五書〉，寫成〈上清帝第六書〉，陳述變法綱領，遞到總
理衙門。馬忠文認為這是得到了張蔭桓的肯定，初七日的會面應是商議
此事。[30]

　　而在被張蔭桓塗改的戊戌年六月二十九日（1898 年 8 月 16 日）日記

中，他寫道：「晨起……潤臺□□□來，□□□□□□□□……」[31] 王貴忱的恢復版本是：「晨起……潤臺、長素先後來。長素健談不輟……」[32] 張蔭桓並未詳述具體內容，或已將之塗抹至無法看清，但在這個特殊的時間點上，如馬忠文所說：「可以肯定都與康有為及變法活動相關。」[33]

由此可見，凌福彭與康有為之間的關係並非只是同榜題名之友、廣東同鄉之誼；兩人日後走上異途，也非一句政治取向不同可以簡括。雖然張蔭桓為撇清對變法的責任，在日記中刪除了康有為、保留了凌福彭，本身就是一種態度的表明；在蔡金台致李盛鐸（1858 — 1937）的密札中，也能看到時任軍機章京的凌福彭未被牽扯進政變的事實。[34] 但張蔭桓的日記依然可以顯示出凌福彭與康有為和維新派之間的具體關聯，在更多史實被挖掘出來之前，至少能夠說明凌福彭的維新傾向，他見證了戊戌變法的過程，並參與了部分討論，其中一些如〈上清帝第六書〉的呈遞在如今看來是相當重要的。

2. 改革的實踐：1900 年到 1916 年

1900 年庚子事變爆發，凌叔華出生不久就隨母親回到廣東番禺老家，1904 年她的妹妹凌淑浩出生後才又回到北京。也是 1900 年，父親凌福彭奉旨補授天津知府，次年九月到任。又於 1906 年調補保定知府，[35] 1907 年被袁世凱奏保補授津海關道。[36]

凌福彭授天津知府時，天津尚未收回，他主要往返北京和保定之間，做籌備工作。1902 年，凌福彭隨袁世凱到天津，完成接收，部署善後事宜，從此作為袁世凱的得力助手，始終得其賞識。此間，凌福彭的功績主要體現在施行改革和準備立憲。

首先是監獄和司法制度的改革，1904 年，凌福彭受袁世凱委派赴日本考察監獄制度，回國後在天津推進監獄制度的改革，並同時在保定

施行，包括改善監獄條件，建立罪犯習藝所，使監獄開始由嚴懲逐步轉向教化功能，是監獄近代化的重要標誌。[37]另外，凌福彭督辦天津自治局，制定了自治章程，舉辦了中國歷史上第一次自治選舉活動；創辦天津商務公所，推動金融改革，改善天津商貿狀況；又興辦獨立審判廳，種種準備皆為日後的立憲奠定了良好的基礎，[38]延續了袁世凱戊戌時期就與康有為「從中央到地方」產生爭議的從「地方到中央」的改革步驟，也是與維新派交往甚密的凌福彭早已萌生的「變法」思想在現有政治框架之下的實踐，對晚清中國具有積極作用；同時，這些改革舉措及收效也穩固了凌福彭的政治地位。在袁世凱 1907 年的舉薦下，凌福彭升任順天府尹，又至直隸布政使，[39]1911 年因防疫有功，被授予頭品頂戴。[40]

　　1912 年中華民國成立之後，凌福彭仍舊在袁世凱麾下做官任職。民國二年（1913 年）四月二日開始督修光緒皇帝崇陵未完工程，[41]至民國四年（1915 年）完成。凌叔華提到，幾年前凌福彭當直隸布政使時損失了不少錢財，所以袁世凱特地給了他這個肥差。[42]1914 年，凌福彭與梁士詒（1869—1933）、龍建章（1872—1925）作為廣東代表，擔任約法會議議員；[43]又於 1915 年 4 月 9 日任中華民國參政院參政；[44]獲授少卿。1915 年廣東水災，袁世凱特派凌福彭「回粵撫慰並會同地方官紳籌辦一切善後事宜」。[45]1922 年，廣東省肇慶市特建「三君祠」以紀念鄧瑤光（1886—1934）、凌福彭、葉蘭泉（1868—1946）三人治水之功。[46]然而，儘管凌福彭身在其職，也有所作為，但相比直隸時期大刀闊斧的改革，與其恩主袁世凱一樣，已現疲態，甚至倒退。到袁世凱醞釀復辟帝制，各省紛紛成立籌安會以勸進，凌福彭與蔡乃煌（1861—1916）亦在廣州成立集思廣益社，在輿論上造勢。但隨着 1916 年袁世凱去世，凌福彭也逐漸淡出了政治舞台。

▲　民國時期的凌福彭

（二）藝術創作

　　在《中國美術家大辭典》所錄歷朝歷代美術家中，凌福彭也在其列，詞條介紹為：

　　　　凌福彭，清代書法家。廣東番禺（今廣州）人，光緒二十一年（1895）乙未科進士。擅長書法。[47]

　　這是凌福彭除官員之外受到認可的另一重身份。凌福彭留存的書法

作品不多，主要見於各類信札，如收藏於廣東省立中山圖書館的〈致鄧華熙書〉。[48] 另有一幅自撰的對聯：「苔色冷含丹嶂影，花光晴出綠天舒」，據陳學勇言，收藏於台灣收藏家謝鴻軒（1917 — 2012）的《近代名賢墨跡》。[49]

此外，進士出身的凌福彭深受中國傳統文化的浸濡，飽讀詩書，文脈醇正，雖不以文名傳，仍可從他留下的詩詞文章中一覽其筆力。

1908 年，袁世凱以足疾洹上歸隱，有賓友舊部到訪，吟詠自娛，凌福彭自然在場。所詠詩歌經袁克文（1889 — 1931）編輯抄寫成《圭塘倡和詩》，其中便錄有凌福彭詩兩首：

次王介艇丈遊養壽園韻

解柄歸農日，真靈位業存。
勛名三尺劍，生計數弓園。
戀岫知雲意，尋山到水源。
東臯春已及，布谷喚前村。

次韻上容庵宮太保

天涯芳草望歸人，忽漫開緘墨瀋新。
一畝宮牆成小築，千秋洛社結比鄰。
蒼龍闕角催耕早，金爵觚稜入夢頻。
三月桑乾河上過，連營萬騎已前塵。[50]

全詩嚴整、得體，雖是應酬之作，亦有詩情，不乏佳句，足見功底。除了與袁世凱親眾的唱和，據鄭逸梅（1895 — 1992）的《藝林散葉續編》，凌福彭還是梁鼎芬所倡南園詩社的成員，曾在詩社雅集的照

片中與眾多耆宿同列。[51]

　　凌福彭善寫對聯，除上文詩中所引「戀岫知雲意，尋山到水源」和
「一畝宮牆成小築，千秋洛社結比鄰」兩聯，還有凌福彭為天津李鴻章
祠所撰「整頓乾坤幾時了，不廢江河萬古流」；[52]與叔叔凌朝康為鄧世昌
（1849 — 1894）合撰輓聯「參軍務以擢功名，咸名千古。戰倭奴而殉大
節，壯節一人。」[53]

　　1916 年，廣東省肇慶市鼎湖山慶雲寺遭火災，燒毀大殿，由住持最
堅募修重修，[54]寺門口左側石碑上刻有凌福彭撰寫的〈重修鼎湖山慶雲
寺碑記〉：

　　　　蓋聞瑞雲凝蓋，金瓶開犍闥之壇；寶月騰輝，珠塔啟祇洹之
剎。虎林墜石，證慧力於華嚴；龍樹衍源，暢宗風於榆櫪。是以敷
和訶之寶樹，大海潮迴；叩靈關之玄扃，寒潭雲覆。碑傳廣福，珍
刺能捐；名記等慈，沈災待拯。載瞻靈宇，式振禪宗。鼎湖慶雲寺
者，經始於明季之時，重修於咸同之際。枕倚巖塿，縈帶河流。樹
絡波蘿，春茸繡竹。七重欄楯，芬流雕縷之檀；四溜飛簷，日晃鑄
銅之瓦。梵園菜畫，醮目蘭規；香積山高，雷音嚴護。簷蔔十笏，
共參彌勒之禪；芬陀七莖，密覆勝音之界。一千三百眾，住揭陀鹿
脇之山；八萬四千門，持普覺漚和之偈。洵祇樹之淨土，為極樂之
仙都。而乃運逐三災，地淪十劫。付華林於半炬，火燭西隅；熏
法苑之真修，衲藏東壁。旃檀作供，嘆佛殿之灰餘；貝葉繙經，聽
梵音之風咽。璇宮紺宇，溯回於三百年前；忍草悲花，感慨於萬千
劫後。欲棲禪之未穩，思聚石以何時。倘復舊觀，須發宏願。敬告
善信，同結勝緣。演尼邱化玉之符，說者闍布金之法。庶幾投花盈
鉢，香凝陀衛之宮；施奈成林，金滿伽藍之苑。寫于闐之妙相，
盡供龍龕；現舍利之全身，重開鹿野。對仙庭而護法，依寶界以資
祥。仆言歸故裏，偶作勝遊，從大室以談元，應戒壇之索記。前身

可證，曾參金粟如來；善果有因，誰是祇陀王子。聊成小引，敬演
蓮宗。莫笑多言，伏遲檀施。

　　番禺凌福彭撰。中華民國五年丙辰歲□月□日。住持僧最堅叩募。[55]

　　時年袁世凱病逝，凌福彭無心繼續政治紛爭，為新修的慶雲寺撰寫
碑文，雖按照文中說是歸故里「偶作勝遊」，然而與他此時心境的變化，
難說沒有一定的關係。這篇〈重修鼎湖山慶雲寺碑記〉是筆者所見凌福
彭所撰的篇幅最長的文章，為了解凌福彭的創作水準與文學風格提供了
珍貴的材料。〈碑記〉全文五百餘字，以駢文寫成，對仗工整，聲律鏗
鏘，藻繪精妙，用典自然。先以神跡言慶雲寺建寺的佛意所歸，再敘說
寺廟明季興修與咸同重修的歷史，描述過往寺廟之美、香火之盛，佛光
籠罩之下的佛祖威嚴與信徒虔誠，喚起親歷者的回憶與未見者的神往，
然後一個陡轉，「運逐三災，地淪十劫」，慶雲寺遭火災，毀於一旦，勾
起讀者於萬千劫後的感慨。而筆鋒再轉，幸得信眾捐資，佛祖保佑，慶
雲寺終於又得重修，不免欣慰感歎。一波三折，波瀾壯闊，作者才學由
此可見。

　　除了書法與文學，凌福彭還有繪畫創作，只是現今難尋蹤跡。即使
是上文介紹的詩歌、對聯、文章，也均是四處搜羅，零散不成體系。但
即便不將凌福彭以文學家、藝術家論，這些創作已大致能勾勒出一個滿
腹經綸、博學多才的中國傳統文人形象。

三、父親及家庭環境對凌叔華的影響

　　如同孟悅、戴錦華在《浮出歷史地表》中所言：「『五四』是不孝不
肖的時代。」[56]一部分中國現代女作家，在這個「弒父文化時代」到來

的時候，選擇做忤逆不孝的「父親的女兒」，[57] 如父母之家的棄兒盧隱、
被父親逼迫嫁到虎狼之家的白薇（1893 — 1987）。她們都因封建頑固
的父親的驅逐而生悲劇命運，於是以決絕的態度與父親和過往的家庭、
「父本位」的文化傳統截然對立。要談論這些女作家與她們的父親之家，
難免抽象，容易流於概念。

　　與此相反，同時代有另外一些女作家與父親的關係極為親近，如
冰心，作為家中唯一的女兒，自小深受父母寵愛，又因母親病弱，她整
天跟在父親身邊，參加父親的工作與活動，着男裝，穿軍服。如林徽因
（1904－1955），年少時就隨父親遊歷歐洲，被父親帶入了更加廣闊的世
界，又規避了大家庭的嘈雜與糾葛，獨享父愛。又如凌叔華，雖子女眾
多，又有父子（女）之序，與父親的情感相較冰心和林徽因更為微妙。
但因她有藝術天分，深得父親賞識，常受父親指點，諸多對藝術、人生
的看法都來自父親。要論及這一類作家，分析她們的父親和父親建立的
家庭影響，便顯得順理成章又十分重要的了。

▲　凌叔華的父親凌福彭（左）和母親（右）

（一）父親的政治立場

凌福彭 1932 年去世於廣東，1943 年遷葬於大北崗。其碑由祀子凌啟恂、凌啟淞及孫凌念本、凌念賜、凌念曾、凌念珠所立，刻「清授光祿大夫考潤臺府君墓」。[58] 可見，當時雖已是民國，但後人對凌福彭，或他對自己的價值總結依然還是清朝封位。原因之一，自然是袁世凱已逝，民國政治大局已變，凌福彭在袁政府時期所獲功勛難與清朝傳統官制下受封的一品大員相提並論；原因之二，或許也是凌福彭晚年回顧自己的政治生涯時所作的結論。

再將官職與凌福彭相近的冰心和林徽因的父親作比較。冰心的父親謝葆璋（1866 － 1940）是海軍將領，參加過甲午海戰。受到進步思想的影響，對清政府腐朽的統治和中國海軍的衰敗狀況極為不滿，辭去煙台海軍學堂監督的職位，直至中華民國成立，才重返海軍任職，繼續海軍建設。這一方面使冰心習慣了軍營生活，在快樂、清潔的環境中，養成了坦白、自然的個性；另一方面，也使冰心除了父親給予的陪伴、溫暖、愛護，還受到了父親現代思想上的影響——不讓她扎耳洞、裹小腳，不包辦婚姻，尊重自由意志，這使得冰心在五四新舊二元風潮中，最終成為以愛為信仰的獨特存在。[59] 林徽因的父親林長民（1876 － 1925）是較為徹底的新派人物，他早年放棄科舉，赴日留學。回國後進入政界，終生提倡憲政，推動民主政治。林徽因早年就讀英國教會學校，又在 1920 年林長民出遊歐洲時，隨父親同行，得以「觀覽諸國事務增長見識」、「近我身邊能領悟我的胸次懷抱」、「暫時離去家庭繁瑣生活，俾得擴大眼光養成將來改良社會的見解與能力」。[60] 林長民為女兒提供的成長和教育環境均是新派的，這使得林徽因的文化心態是立足現代，理性地回望傳統。在她不多的文學創作中，此種現代意識更體現於文體嘗試，如意識流小說的實踐。

相較而言，凌叔華的父親凌福彭立場顯得較為模糊。在過去的歷史研究中，他多被刻畫為袁世凱的擁躉，竊取革命果實的同盟者。[61] 雖然八十年代以來隨着袁世凱研究的深入，凌福彭直隸時期的種種作為也開始得到了較為客觀的評價，其中不乏正面的聲音，但他更多還是作為袁世凱集團的一位成員出現。至於他在跟隨袁世凱之前的政治經歷、政治實踐背後的政治主張，包括在戊戌變法和民國成立兩次選擇背後的思想掙扎，仍是空白。

本書無意在此為凌福彭做政治史與思想史的專題論述，之所以在本章第二節詳盡梳理凌福彭的政治經歷，是為從細節上還原凌福彭所處的歷史階段和他的政治地位，在看待凌福彭所創造、凌叔華所成長與書寫的「高門巨族」時有更翔實的背景根據。此外，基於有限資料中所能見到的凌福彭，他與戊戌相關人物的交遊及政變的旁觀姿態，在清政府的改革及清亡民建時選擇隨袁；在民國政府為官，後期又轉而支持袁世凱復辟，這其中雖不乏政治變故中成熟政客的審時度勢、伺機而變（也許與早年幕主張之洞（1837 — 1909）及廣東同鄉梁鼎芬一致，認定「維新變法」必敗，因此撇清與維新派之間的關係）。但如同陳學勇所說，這種亦舊亦新的立場和思想，相較謝葆璋和林長民的確要複雜得多，也因此，他對於晚清與民國、封建皇權與民主共和、繼承傳統與學習西方難以持絕對的「進步」或「保守」的二元觀點，而是呈現出兼有矛盾、徘徊、游離的狀態。

作為女性的凌叔華，在當時的社會環境中幾乎沒有進入國家政治體系的可能，凌福彭是否與她有過政治相關的討論也存疑。但凌福彭的兩朝為官，複雜的政治身份，的確影響了凌叔華對政治更迭、新舊交替的態度。發動戊戌變法的康有為是父親的好友，曾拜訪過凌家，還應凌叔華的請求，為她寫了一幅「能寫多大寫多大」的字；[62] 清朝滅亡，民國成立，袁世凱上位，對於兒時的凌叔華來說，是父親的工作發

生了變化。袁世凱擔任中華民國大總統期間，第三任國務總理趙秉鈞
（1859－1914）被殺，成為歷史疑案，對凌叔華來說卻是取消了與趙子
的婚約。宏大歷史事件被解讀為私人生活，一方面是歷史本身意義的消
解，另一方面也開啟了歷史另一重的解讀空間。這樣的背景使得凌叔華在
轉型時代，面對東方與西方、傳統與現代的衝突時，更能以一種平常的視
角，體察各方立場，意識到歷史的微妙之處，回歸普通人的生活本身。

　　而凌福彭亦新亦舊的思想，如對舊制度的眷戀、對現代化的追求，
也在諸多方面影響着凌叔華的成長，使她既得以跟隨家庭教師學習四書
五經，向慈禧（1835－1908）的宮廷畫師繆素筠（1841－1918）、郝
漱玉等學習中國畫，打下扎實的國學功底，培養了對中國傳統文化的深
厚感情；又得以向辜鴻銘（1857－1928）學習英文和西方經典，還去
日本短暫的學習了兩年，幾乎是技法和思想上的傳統與現代交融的中西
合璧式教育。這在風雲變幻的二十世紀早期，尤其是對女性而言，殊為
不易。同時亦使得凌叔華在中國文學尚新的潮流中，能夠保留對傳統文
學的客觀認識，進行冷靜而克制的反思，最終在二者的結合中，尋找到
自己的文學風格。

（二）父親的藝術熏陶

　　如同徐志摩在〈《猛虎集》‧序〉中對家族詩歌傳統的追溯──「我查
過我家的家譜，從永樂以來我們家裏沒有寫過一行可供傳誦的詩句」，[63]
凌叔華也有過追溯家族書畫傳統的嘗試。她將源頭溯及凌福彭的外祖
父，將其設定為清同治時期著名書法家謝蘭生（1769－1831），並認
為她從凌福彭那裏得來的一些書畫藏品最初都屬於謝蘭生，是代代相傳
之寶物。雖然據凌叔華的女兒陳小瀅（1930－　）回憶，凌叔華曾跟她
說過謝蘭生只是一位遠房親戚，學界對此也意見不一，一些認為確有其

事，一些認為是凌叔華的虛構。查閱謝蘭生日記《常惺惺齋日記》，與兒女親家走動頗勤，其中有蔡、汪、潘、馮、黃、巖等，未見凌姓，而當時番禺凌家亦是望族，如確有直接姻親關係，很難解釋為何從未出現過與凌家的交往。[64]

然而將歷史真實暫且擱置，凌叔華對家族傳統的追溯依然可以成為另一種證明，即凌叔華對父親作為書畫家的身份確認，對自己作為書畫家的期許，對書畫藝術在傳承意義上的重視。事實上她所得到的最直接的家族傳承，還是來自父親凌福彭。

凌叔華多次提到父親凌福彭對她繪畫教育的用心，甚至超過其他知識的學習：當朋友王竹林（1872 — 1933）發現了凌叔華的繪畫天分後，凌福彭就為她找名師進行專業培養；並在家裏為她佈置專門的畫室，使她能安靜的創作。[65] 凌福彭書畫收藏頗豐，凌叔華自小所見都是珍品、精品，養成了極好的審美品味；凌福彭常年與京中書法、繪畫等藝術大家交往，舉行畫會，使凌叔華得以在良好的藝術氛圍中受陶冶；而凌福彭對凌叔華的藝術精神提點，如練書法，應「眼手合一，意到筆隨」，[66] 如繪畫，「畫甚麼都要出乎真心」，[67] 以及其他沒有留下記錄，卻言傳身教，使凌叔華得以耳濡目染的藝術啟蒙，都貫穿在她整個藝術學習和創作之中。這與凌叔華後來參與的「現代評論派」、「新月派」、「京派」等文學團體所奉行的文藝的超功利性與獨立性是息息相關的，可算作是她自由主義文藝觀的發端。

除了對凌叔華繪畫技法的培養，對她的藝術思想和審美的啟蒙，凌福彭的藝術資源——包括藝術關係與藝術收藏——也在日後成為了凌叔華在藝術場域的資本。前者以藝術場域和文學場域的資本交換，幫助凌叔華進入中國文學場，成為作家；而後者的中國書畫經典原作，尤其在凌叔華初至英國的幾年裏，更是成為她融入當地藝術世界、儘快得到認可的本錢。凌叔華收藏的畫作與她本人的繪畫主要是中國傳統文人畫，

以簡潔的筆法、留白的表現來實現畫物與畫家靈魂和思想感情的和諧統一，這種有別於西方傳統的繪畫方式正好與西方對中國的差異性想像相符；而因為繪畫作品的創作和欣賞都「不需要使用另一種語言」，[68]畫家凌叔華和她的西方觀眾都更容易表現／獲得各自想要的東西。因此，凌叔華多次在英國、法國等展出自己的畫作和書畫收藏，吸引了很多西方藝術欣賞者，使她在畫界獲得聲名的同時，也憑借她從父親那裏繼承的藝術資本，創造了她自己的中國文化符號，而這又間接促進了她在英國的文學發展。

▲　1954 年凌叔華的法國畫展宣傳冊

（三）家庭氛圍與紛爭

《中國黑幕大觀》「政界之黑幕」第二條錄有凌福彭的一則故事：

凌福彭批頰

　　凌福彭尹京兆時，讒事袁世凱，無所不至，尤諱其姓名，一日偶與同僚共讀邸抄，誤呼其名，遽倉皇失色，自批其頰無數。人多笑之。[69]

　　民國初年，揭發中國社會陰暗醜惡的黑幕小說開始盛行，原因之一，志希（羅家倫，1897 — 1969）在〈今日中國之小說界〉一文中總結，乃是政局之混亂，官僚之腐敗。[70]因此，黑幕小說（尤其是政界黑幕）的創作，對於作者來說，既是某種程度上的文人問政，針砭時弊；亦是將個人際遇歸因於政治氣氛，一吐胸中之惡氣。在這樣的背景下，曾在清政府與民國政府兩度為官，且均為高位的凌福彭，成為黑幕小說的鞭笞諷刺對象，也是情理之中。

　　就「批頰」的內容而言，凌福彭跟隨袁世凱辦事，向來過從甚密，這是不爭的事實。然而是否諂媚至此，只根據一篇「黑幕」小說，顯然難以取信。這就不得不注意到施曄（1965 —　）在〈近代城市黑幕小說的再審視〉中提到黑幕小說作為文學消費品的消遣娛樂實質，一種「文學窺惡現象」，尤其是官場這種對於很多讀者來說陌生的場域：「距離感產生好奇心和吸引力，對黑暗秘幕的好奇、對聲色犬馬的慾望，在閱讀過程中得到了充分釋放，從而實現潛意識中不同程度的慾望滿足及審醜想像。」[71]

　　這樣的創作動機與民眾心理在晚清畫報中有着類似的體現。陳平原

在〈《淺說日日新聞畫報》與《淺說畫報》〉一文中舉出《淺說畫報》
兩例，一為〈御前會議志聞〉，稱御前會議上諸親貴束手無策，皇太后
痛哭，眾王公也哭，「謂余系婦人，皇上年幼，凡事需賴爾等主持」。[72]
又有〈日前之御前會議〉，說內閣總理大臣因兩軍開戰，無法籌措軍費，
率同各親貴大臣辭職，隆裕皇太后再三慰留，各親貴皆不置一詞，一毛
不拔。「隆裕皇太后怒甚，痛罵各親貴無良，謂你等平日貪財好色，無
所不為，今事已至此，尚不知出錢自救，你等心肝何在？隨即發出內帑
黃金八萬兩以濟軍餉。」[73]記者與畫家都沒有參加御前會議，卻將種種
細節、個個人物敘述得如此生動，便是賦予陌生宮廷以想像，滿足民眾
好奇，發洩對權貴的憤恨。

　　在此基礎上再來閱讀凌福彭的另一則逸聞——1911 年第 833 期《淺
說畫報》刊載的〈凌福彭幸遇救命星〉，便可有更為豐富的解讀空間。
圖畫所繪為兩位清朝官員交談的場景，左邊者站立，右邊者手持文件坐
於其位，配文為：

　　　　直藩凌福彭之五姨太太賣缺種種劣跡，早經各報揭載，御史趙
　　熙已議具摺奏摺，凌得消息運動某軍機向趙說，趙礙於情面，已作
　　罷論。[74]

　　凌叔華曾在自傳體小說《古韻》中寫到父親有六位姨太太。但在晚
年接受台灣記者鄭麗園的採訪時，她又說是因為與美國的妹妹凌淑浩不
希望外國人知道中國人家庭的具體情形，所以才會寫成六位，實際上父
親只有四位姨太太。[75]而在凌叔華女兒陳小瀅的回憶文章裏，她認為凌
福彭的姨太太應該有五位以上，因為凌叔華時常向她抱怨，說最憎惡五
姨太。[76]《淺說畫報》這則逸聞的價值當然不在於印證凌福彭是否有過
一位五姨太太，或這位五姨太太是否就是凌叔華曾向陳小瀅談到的那位

憎惡的五姨太，而是在於圖畫中雖然只有凌福彭和他正在請求幫忙的某軍機，但五姨太太隱形的在場，使得這幅圖畫被賦予了更深層的含義。它不僅僅是如上文提到的凌福彭「批頰」的黑幕小說或兩次御前會議對官場的窺探，還是對家庭、對閨閫的窺探。

　　由此，我們看到了一個政治人物的家庭所經歷的兩重僭越。一重是五姨太——凌家的這位女性成員從家庭內部向外部的僭越。五姨太排行第五，能夠得到凌福彭的默認甚至是授權，利用他的政治資本賣官鬻爵，正是一種內外權力的變體，先在家庭內部獲得權力，從而實現「私權」到「公權」的轉換，而「公權」的實踐，反過來又會鞏固和提升她的家庭地位。第二重的僭越，即公眾從對政治尚屬公域的範疇，進一步侵入到政治人物的家庭私域。在報刊業和出版業開始發展的清末民初，因為凌福彭的政治身份——時任直隸布政使，原本深藏內室的家庭世界不得不發生外轉，經由讀者與作者的政治好奇，最終完成了對政治家庭的窺視，使得凌氏家庭除了凌叔華在文學作品中和她的妹妹凌淑浩在口述中的描繪，還出現了來自外部視角的另一種聲音。

　　五姨太的形象自然不同於晚清畫報上通常出現的溫良恭順的女性典範，甚至可以說是逆女；然而她也不同於畫報上的另外兩種主要形象：雖被男性觀望卻能保有一定程度自主的妓女，或民國初年隨着女學與女權運動的興起而生的新女性。[77] 畢竟如同〈凌福彭幸遇救命星〉一畫中，男性交易（請求幫忙開脫罪名）是顯形的，背後的女性主角五姨太是隱形的，她充其量不過是擔當了權錢交易的中間人或實施者。而作為五姨太，要在眾多妻妾中被當家人「選擇」擔任其職，本身就暗含了封建傳統大家庭中一種不見血的戰爭，以及被諸多文學作品所描寫過的女性間為了有限的經濟、性愛、權力資源，而引發的虛偽的迎來送往、醜陋的利益爭奪。年幼的凌叔華是這一切的親歷者和受害者，她的母親因為不願介入與其他姨太太對父親的爭奪，又沒有子嗣，處於家庭關係的弱

勢；凌叔華親見其他各房太太對母親的欺壓，她自己身為女兒，亦常受到來自兄弟，甚至傭人的欺壓，這在她作於中年的英文自傳體小說《古韻》中常有着墨。如「中秋節」一章，三媽母憑子貴，在女性妻眷中享有最高地位，甚至連她的丫鬟也凌駕於別房之上，可以肆意打罵凌叔華和她的姐妹，還不許她們哭，而她們的母親自認卑微，無計可施，也僅能希望她們不要去三媽的院裏。

　　當然，凌叔華所處的高門大宅未必在《淺說畫報》一類小報流通的範圍之內，讀寫能力尚缺的幼年凌叔華也不會是此類小報的讀者。但這種外部視角所窺探到的凌家的事實本身，與凌叔華、凌淑浩姐妹的內部視角極為相似，互為補充，共同建構出凌叔華童年生活的動態背景，即所謂「高門巨族」的陰影，或說困境。儘管沒有電視和媒介，仍是在耳濡目染之下，被動介入了成人世界的妒忌、算計、戰爭，凌叔華在這樣的家庭之下成長，是尼爾・波茲曼（Neil Postman, 1931 — 2003）所說的被迫提早成年——童年的消逝。而當她開始文學創作時，她筆下的人物，如孟悅和戴錦華的總結，不似盧隱們、馮沅君們筆下的人物多是未經社會化的，是不妥協的，或理想的，而是「更貼近歷史——現實結構中的女性生存位置」，[78] 凌叔華更能夠在概念的「問題」、「吶喊」之外，發掘出那些隱秘的生活空間，以及生活於其中的主體隱秘的情感，如在社會前進中深鎖閨閣、跟不上步伐的舊式少女，如實現了戀愛自由，卻在步入婚姻後重拾惆悵的新式太太等。凌叔華以她含蓄、內斂而深刻的態度，於理性的思索中賦予她的文學作品獨特的社會價值與藝術魅力，呈現出更加豐富的解讀空間，使她能夠在現代作家中獨樹一幟，被稱為「新閨秀派」，獲得自己的文學史地位，不得不說，這與父親凌福彭和他所主導的家庭氛圍有極大的關係。

注釋

1　楊義：《楊義文存第二卷‧中國現代小說史（上）》（北京：人民文學出版社，1998 年），頁 292。

2　其中凌叔華的出生年份 1904 年有誤，可能為楊義筆誤，因標題處是寫作「凌叔華（1900 — 1990）」，與文中不符。不過關於凌叔華的出生年份，早年確有爭議，如 Lily Xiaohong Lee 和 A. D. Stefanowska 所編 *Biographical Dictionary of Chinese Women: The Twentieth Century 1912-2000*（New York: Routledge, 2015）就專門指出，凌叔華的出生年份為 1900 年。但直至現在，一些外文資料如 Joseph S. M. Lau 和 Howard Goldblatt 所編的 *The Columbia Anthology of Modern Chinese Literature*（New York: Columbia University Press, 2007），紐約公開圖書館所藏弗吉尼亞‧伍爾夫檔案等依然顯示凌叔華為 1904 年生。這種說法很容易推翻，因凌叔華同父同母的十四妹凌淑浩的官方檔案顯示其為 1904 年生，作為姐姐，凌叔華不可能也出生於同年。另外，據凌叔華在燕京大學的檔案，她的出生日期為 1901 年 2 月 25 日，學界幾乎沒有研究者採用此種說法。舒乙在回憶文章〈凌叔華最後的日子〉中專門更正凌叔華的出生日期為 1900 年 3 月 25 日，憑據之一是 1990 年 3 月 25 日（而非 2 月 25 日），凌叔華的妹妹凌淑浩從美國、女兒陳小瀅從英國，還有老朋友、文藝界人士都專程趕來北京石景山醫院，為凌叔華慶祝她的九十歲誕辰。親屬與同儕均認可的 1900 年 3 月 25 日出生說逐漸也被學界認可，成為共識。本書採用的便為此種說法。

3　夏志清：〈美國夏志清教授致楊義信〉，載李喜氣、陳宗文主編：《電白人——楊義》（茂名：南方書社，2000 年），頁 88 — 89。

4　劉衍文、艾以主編：《現代作家書信集珍》（上海：漢語大詞典出版社，1999 年），頁 356 — 357。

5　陳澤泓：《嶺表志譚》（廣州：廣東人民出版社，2013 年），頁 182。

6　「續修番禺縣志姓名錄」中倡修者有：梁鼎芬、凌福彭、張學華、盧維慶，見（清）吳道鎔、丁仁長、梁鼎芬等纂修：《宣統番禺縣續志》（上海：上海書店，2003 年），頁 2。

7　同上，卷十八‧人物（宋）‧五，頁 223 — 224。

8　同上，卷十七‧封蔭‧八，頁 220。

9　同上，卷二十二‧人物（國朝）‧九，頁 286。

10　（清）吳道鎔、丁仁長、梁鼎芬等纂修：《宣統番禺縣續志》，卷二十二‧人物（國朝）‧九、十，頁 286。

11　同上，卷二十二‧人物（國朝）‧十，頁 286。

12　Sasha Su-Ling Welland, *A Thousand Miles of Dreams: The Journey of Two Chinese Sisters* (Lanham, Boulder, New York, Toronto, Plymouth, UK: Rowman & Littlefield Publishers, INC., 2006), p.32.

13　Ling Shuhua, *Ancient Melodies* (London: Hogarth Press, 1953), p.139.

14　凌福彭原名凌福添，字潤臺（也作閏臺）。

15　據《番禺縣續志》卷十六・科目・十，頁210；卷十六・科目・十四，頁212；卷十六・科目・十七，頁213。朱保炯、謝沛霖編：《明清進士題名碑錄索引》（上海：上海古籍出版社，1980年），頁2857。

16　楊義：《楊義文存第二卷・中國現代小説史（上）》，頁292，注釋1。

17　陳學勇：《高門巨族的蘭花：凌叔華的一生》（北京：人民文學出版社，2010年），頁5。

18　袁世凱：〈保定府知府凌福彭卓異引見臚陳政績片〉，載袁世凱著，廖一中、羅真容整理，天津社會科學院歷史研究所、天津圖書館編：《袁世凱奏議》（天津：天津古籍出版社，1987年），頁1458—1459。

19　沈祥雲：〈清代文官保舉制度研究〉（上海師範大學碩士論文，2004年），頁52。

20　袁世凱：〈保定府知府凌福彭卓異引見臚陳政績片〉，《袁世凱奏議》，頁1458—1459。

21　陳學勇：《高門巨族的蘭花：凌叔華的一生》，頁5

22　張蔭桓著，任青、馬忠文整理：《張蔭桓日記》（上海：上海書店出版社，2004年），頁465。

23　凌念勝：〈一代才女凌叔華的父親〉，《世紀》，2013年3期，頁70—71。作者為凌福彭的孫子。

24　張蔭桓著，任青、馬忠文整理：《張蔭桓日記》，頁472。

25　任青、馬忠文：〈張蔭桓甲午日記稿本及其價值〉，《廣東社會科學》，2004年1期，頁120—127。

26　〈中國的危機〉，《中國近代史料叢刊：戊戌變法・卷三》（上海：神州國光社，1953年），頁510。轉引自任青、馬忠文：〈張蔭桓甲午日記稿本及其價值〉，《廣東社會科學》，頁122。

27　蕭一山在《清代通史》中提到：「蔭桓不僅薦康，且為維新運動之主持人。」見蕭一山：《清代通史・卷四》（上海：華東師範大學出版社，2006年），頁596。

28　馬忠文：〈王貴忱先生與張蔭桓研究〉，《南方都市報數字報》，2014年6月22日，http://epaper.oeeee.com/C/html/2014-06/22/content_2115351.htm。

29　張蔭桓著，任青、馬忠文整理：《張蔭桓日記》，頁508。

30　馬忠文：〈張蔭桓、翁同龢與戊戌年康有為進用之關係〉，《近代史研究》，2012年1期，頁4—28。

31　馬忠文：〈王貴忱先生與張蔭桓研究〉，《南方都市報數字報》。

32　張蔭桓著，曹淳亮、林銳選編：《張蔭桓詩文珍本集刊》（第一冊）（上海：上海古籍出版社，2013年），頁516。

33　馬忠文：〈王貴忱先生與張蔭桓研究〉，《南方都市報數字報》。

34　蔡金台致李盛鐸密札中，提到事變後見過凌福彭，見鄧之誠：《骨董瑣記全編》（北京：北京出版社，1996年），頁602—604。

35　袁世凱：〈保定府知府凌福彭卓異引見臚陳政績片〉，《袁世凱奏議》，頁1459。

36 〈奏保凌福彭補關道〉，《大同報（上海）》，1907 年第 7 卷 10 期，頁 30。

37 詳情可見：〈天津府凌守福彭調查日本監獄習藝詳細情形呈直隸總督袁稟〉、〈天津監獄習藝所辦法〉、〈天津監獄習藝所辦理事務規程〉、〈天津監獄習藝所看守兵差務規則〉，《東方雜誌》，1906 年第 3 卷 2 期，頁 64 — 75。

38 袁世凱：〈保定府知府凌福彭卓異引見臚陳政績片〉，《袁世凱奏議》，頁 1459。

39 據錢實甫編：《清代職官年表》（北京：中華書局，1980 年），凌福彭於光緒 34 年到宣統 1 年任順天府尹（2 冊，頁 1340）；宣統 1 年到宣統 3 年任直隸布政使（3 冊，頁 1968 — 1970）。

40 時任直隸總督陳夔龍宣統三年（1911 年）五月十五日上皇帝書：「天恩俯準將凌福彭、齊耀琳均賞給頭品頂戴，以彰勞勣。」見〈摺奏類二：直隸總督陳夔龍奏請獎藩司凌福彭等片〉，《政治官報》，1911 年 1300 期，頁 13。

41 多處資料誤為有慈禧皇太后的「東陵」，實為光緒皇帝的「崇陵」，依據為：〈大總統告令（中華民國四年三月十日）：據督修崇陵工程事宜凌福彭阿穆爾靈圭呈報崇陵工程接修告竣〉；〈督修崇陵工程事宜凌福彭阿穆爾靈圭呈恭報接修崇陵工程告竣情形應請特頒明令布告天下其在工出力各員並請分別給獎文並批令（附單）〉（中華民國四年三月十日）等，見 1915 年《政府公報》第 1019 期、1059 期等。

42 Ling Shuhua, *Ancient Melodies*, p.152.

43 〈約法會議議員姓名錄（1914 年 3 月 18 日）〉，載劉壽林編：《辛亥以後十七年職官年表》（北京：中華書局，1966 年），頁 520。

44 同上，〈參政院參政姓名錄（1914 年 5 月 26 日— 1916 年 6 月 29 日）〉，頁 522。

45 〈特派撫慰籌辦廣東善後事宜凌福彭、李翰芬呈報到粵撫慰情形文並批令（中華民國四年九月十一日）〉，《政府公報》，1915 年 1210 期，頁 34 — 35。

46 1915 年廣東水災，洪水經旱峽直瀉廣州，7 月 12 日水淹廣州城。廣東省警務處處長鄧瑤光聯絡省港救災公所專使凌福彭，香港東華醫院善董葉蘭泉視察災情，撥款 16 萬元修堤。見〈景圍修復全圍紀念碑記〉，《肇慶文化遺產》（廣州：南方日報出版社，2009 年），頁 126。

47 趙祿祥主編：《中國美術家大辭典》（北京：北京出版社，2007 年），頁 1629。

48 林亞傑主編：《廣東歷代書法圖錄》（廣州：廣東人民出版社，2004 年），頁 424。

49 陳學勇：《高門巨族的蘭花：凌叔華的一生》，頁 10。

50 袁克文編：《圭塘倡和詩》。

51 鄭逸梅：《藝林散葉續編》（北京：中華書局，1995 年），頁 83。

52 「天津李文忠祠聯」，錄於李伯元《南亭四話·卷五》（南京：江蘇古籍出版社，2000 年），頁 297 — 298。陳學勇在《高門巨族的蘭花》中所註《南亭四話·卷五》「除夜春聯」為誤。

53 政協河北省委員會文史資料委員會、政協張家口市委員會文史資料委員會編：《民族英雄鄧世昌》（北京：中國民間文藝出版社，1989 年），頁 45。

54 林以森編：《鼎湖拾貝》（汕頭：汕頭大學出版社，2008 年），頁 27。

55　凌福彭：〈重修鼎湖山慶雲寺碑記〉，收錄於劉偉鏗校注：《肇慶星湖石刻全錄》（肇慶：肇慶星湖風景名勝區管理委員會，1986 年），頁 309 — 310。

56　孟悅、戴錦華：《浮出歷史地表》（北京：中國人民大學出版社，2010 年），頁16。

57　同上，頁 14。

58　見凌福彭墓碑文，今位於廣州市黃埔區深井村。

59　冰心：《冰心自傳》（南京：江蘇文藝出版社，1995 年），頁 38 — 42。

60　陳學勇：〈林徽因年表〉，《新文學史料》，1993 年 1 期，頁 182。

61　如佐藤鐵治郎曾評論：「如凌福彭者真罕有其儔也。北洋新政根本上之敗壞，當以凌為罪魁也。」見（日）佐藤鐵治郎著，孔祥吉、（日）村田雄二郎整理：《一個日本記者筆下的袁世凱》（天津：天津古籍出版社，2005 年），頁 153。

62　鄭麗園：〈如夢如歌——英倫八訪文壇耆宿凌叔華〉，載陳學勇編：《凌叔華文存》（成都：四川文藝出版社，1998 年），頁 958。

63　徐志摩：〈《猛虎集》·序〉，載徐志摩著、韓石山編：《徐志摩作品新編》（北京：人民文學出版社，2009 年），頁 372。

64　謝蘭生著，李若晴編：《常惺惺齋日記》（廣州：廣東人民出版社，2014 年）。

65　Ling Shuhua, *Ancient Melodies*, pp.78-87, pp.96-98.

66　Ibid., p.98.

67　Ibid., p.87.

68　鍾軍紅、陳翠平：〈凌叔華：現代而謹慎的女性書寫〉，《一個時代的記憶：中國現代文學名家十章》（廣州：暨南大學出版社，2010 年），73 頁。

69　洛濱生：《中國黑幕大觀》（上海：中華圖書集成公司，1918 年），頁 1 — 2。

70　志希：〈中國今日之小說界〉，載黃霖，韓同文注：《中國歷代小說論著選·下·修訂本》（南昌：江西人民出版社，2000 年），頁 569 — 570。

71　施曄：〈近代城市黑幕小說的再審視——以《上海秘幕》及《北京黑幕大觀》為中心〉，《社會科學》，2013 年 3 期，頁 174 — 180。

72　〈御前會議志聞〉，《淺説畫報》，1911 年 12 月 31 日，轉引自陳平原：〈《淺説日日新聞畫報》與《淺説畫報》〉，《圖像晚清：〈點石齋畫報〉之外》（北京：東方出版社，2014），頁 339 — 340。

73　〈日前之御前會議〉，《淺説畫報》，1912 年 1 月 7 日，轉引自陳平原：〈《淺説日日新聞畫報》與《淺説畫報》〉，《圖像晚清：〈點石齋畫報〉之外》，頁 339 — 341。

74　〈凌福彭幸遇救命星〉，《淺説畫報》，1912 年 4 月 8 日 833 期，頁 4。

75　鄭麗園：〈如夢如歌——英倫八訪文壇耆宿凌叔華〉，《凌叔華文存》，頁 959。

76　李菁：《記憶的容顏：〈口述〉精選集二 2008 — 2011》（北京：生活·讀書·新知三聯書店，2012 年），頁 200。

77　柯惠鈴：〈隳禮之教：清末畫報的婦女圖像——以 1900 年後出版的畫報為主的討論〉，《南開學報（哲學社會科學版）》，2013 年 3 期，頁 59 — 60。

78　孟悅、戴錦華：《浮出歷史地表》，頁 73。

第
二
章

文言的承傳：
在直隸第一女子師範學校
時期的經歷與創作
（1914 ─ 1919）

　　1912 年，凌叔華與她的幾位兄姐在父親凌福彭
的安排下赴日本讀書，姐姐凌淑英（十八歲）和凌
瑞清（十七歲）就讀於同文學校二年級，另一位姐
姐凌大容（十六歲）就讀於同文學校一年級，均為
1912 年 5 月入學。[1]而年齡稍小的哥哥凌淑桂（十五
歲）、姐姐凌淑平（十五歲）和凌叔華（十三歲）
則在家跟隨家庭教師學習。[2]然而，不幸的事情在
1913 年 8 月 10 日發生，凌淑桂、凌淑英、凌瑞清
和凌大容在外出拜謁生田神社時，不幸溺斃於神戶
布引瀑布，父親的日本友人當即決定將剩下的孩子
盡快送回國，凌叔華在日本真正學習和生活的時間
不到兩年即告結束。

　　回國後，凌叔華在《古韻》中寫道，母親覺得
她在日本學習兩年，學業大有長進，找不到合適的
班級讓她繼續讀書，於是通過朋友找到一位老師為
她輔導。經過半年的發憤學習，她考上了「著名女

子師範學校」的三年級。[3] 凌叔華雖然早年在北京和神戶都接受了良好的家庭教育，但「著名女子師範學校」卻可以算作她首次離開家庭，進入公共領域，接受「家外的」、「現代意義上的學校教育」。[4]

凌叔華此處所指「著名女子師範學校」是位於天津的直隸第一女子師範學校——前身為 1906 年時任直隸總督的袁世凱委派傅增湘創辦的北洋女子師範學堂；中華民國成立後更名為北洋女子師範學校；1913 年，天津成為直隸省省會，更名為直隸女子師範學校；1916 年 1 月，留日歸國的齊璧亭（1883—1968）接任校長，再次更改校名為直隸第一女子師範學校。[5]

1907 年，清政府頒佈了中國第一個女子學堂章程〈學部奏定女子小學堂章程〉和〈學部奏定女子師範學堂章程〉，首次承認了女子教育的合法地位，但其中所提到的女子教育的目的仍然是培養「知守禮法」的「賢母」。[6] 直到清朝滅亡，民國成立，新的教育改革應運而生，南京臨時政府教育部於 1912 年頒佈〈普通教育暫行辦法〉和〈普通教育暫行課程標準〉，此後，又陸續頒佈各種學校章程，形成「壬子癸丑學制」，女子教育才終於被納入了國家系統學制中。這是五四以來第一代女作家如凌叔華、冰心、盧隱、蘇雪林的教育背景，她們都是「壬子癸丑學制」的受惠者，也是民國初年女子教育實踐的親歷者。在這個基礎上回觀凌叔華在中學期間所受的教育經歷和文學創作，既有作家個人生活和文學創作的尋溯價值，又有民國初年中學女生精神情感探索之意義。

一、凌叔華直隸第一女子師範學校就讀經歷

凌叔華就讀直隸第一女子師範學校一事幾成定論，然而她的具體入學年份卻各處說法不一。如，凌叔華在 1953 年出版的英文自傳體小說

《古韻》中寫為 1921 年秋天，在她的記述中，她與凌淑浩同時參加了直
隸第一女師的入學考試，[7] 進入三年級。但書中同時也談到在凌叔華就
讀於師範學校期間爆發了五四運動，且將運動時間寫作 1918 年，應都
為筆誤。[8]1993 年傅光明在其翻譯的《古韻》中文版中，將凌叔華入學
的 1921 年更正為 1919 年秋，但仍保留原文關於進校不久五四運動爆發
的記述，時間先後順序有明顯錯誤。[9] 此種說法被一些學者採納，如陳
學勇就照此編寫了凌叔華年譜。[10]

　　1916 年齊璧亭上任後，迅速推動了校友會的成立，並創辦了《直隸
第一女子師範學校校友會會報》（以下簡稱《會報》），[11] 目前可見的《會
報》第 1 期至第 5 期，分別出版於 1916 年 4 月、1916 年 12 月、1917
年 4 月、1917 年 12 月、1918 年 12 月，而《會報》的發現，以及學者
馬勤勤在對《會報》上頻頻出現的「凌瑞棠」即是凌叔華的考證，[12] 將
凌叔華進入直隸第一女子師範學校的時間至少提早到了 1916 年。

（一）入學時間正誤

　　《會報》1916 年 4 月刊出了記錄當時一百九十餘位在校學生基本情
況的〈畢業生及現在學生一覽表〉，[13] 其中有凌叔華的姐姐凌淑萍、妹
妹凌淑浩，但沒有凌叔華本人，而到了 1916 年 12 月，《會報》上卻開
始出現若干署名為「四年級乙組凌瑞棠」的文章。結合《古韻》中凌叔
華直接考上三年級的自述，並有發表在校刊上的〈遊普陀山記〉一文中
提到她民國五年（1916 年）已經有了「暑假」的概念，馬勤勤推斷凌叔
華應為 1916 年暑假前考入直隸第一女子師範學校三年級，暑假後升上
四年級，分入乙組。[14] 而在《家國夢影》中，作者魏淑凌根據凌淑浩的
自述——比凌叔華年幼四歲、入學年份比凌叔華晚一年、入校時直接考
入三年級與凌叔華同班，[15] 認為凌叔華應是 1914 年入學，考上二年級，

1915 年升入三年級；凌淑浩是 1915 年入學，考上三年級，兩人於 1917 年同時畢業。[16] 本書認為這些說法都值得商榷。

　　首先是魏淑凌的說法。1916 年 4 月《會報》第 1 期所刊〈一覽表〉註明凌淑浩其時為二年級，而《教育公報》1918 年第 5 卷第 12 期的〈直隸第一女子師範學校本科四年級學生畢業名單〉證明凌淑浩於 1918 年畢業。[17]1916 年 4 月為二年級，暑假後升入三年級，1917 年暑假後入四年級，再 1918 年夏天畢業，時間是吻合的，雙重證據可證凌淑浩入校即三年級一說有誤。又 1917 年第 4 卷第 12 期《教育公報》刊〈直隸第一女子師範學校學生畢業名單〉中可見「凌瑞棠　廣東番禺」，[18] 可見凌叔華比凌淑浩早一年畢業。按照凌淑浩的說法，她進校第一年年底就考了全班第一，凌叔華才考了全班第三，[19] 說明凌淑浩雖年幼卻完全能跟上學習進度，沒有理由比凌叔華晚一年畢業。因此，魏淑凌關於二人同班、同畢業的說法有誤，凌淑浩進校時就比凌叔華低一級。

　　馬勤勤根據 1916 年 4 月〈畢業生及現在學生一覽表〉有凌淑浩的名字、沒有凌叔華的名字而作出凌叔華 1916 年暑假前入學的結論，本書也存疑。不管是凌叔華的「同時入校說」，還是凌淑浩的「後來居上說」，凌叔華都不可能晚於凌淑浩入學。另外，凌叔華專門提到她在日本學習兩年，學業大有長進，因此母親才做了讓她報考直隸第一女師的決定；而輔導老師在得知她有古文、數學、中國歷史的功底後決定讓她參加三年級考試，以上她的知識背景都屬實情，故凌叔華跳過預科、一年級的基礎課程而直接選擇考入中高年級是可信的。按照《神戶新聞》的報道，凌叔華回國的時間應在 1913 年 8 月溺水事件發生之後，回國不久母親即找了輔導老師幫助她備考。如凌叔華 1916 年 4 月才入學，則是說明她其間雖有處理兄姊後事、安排回國、適應生活等事宜，備考時間卻起碼有兩年，此與《古韻》中半年的備考時間相悖，也不符合凌淑浩眼中的凌叔華自詡天才的形象，更難解釋為何凌叔華寧願花長時間

準備考試，也不正視自身現狀，選擇報考低年級的基礎課程。因此，凌叔華在 1916 年 4 月之後、晚於凌淑浩入學的推斷是不合實情的，《會報》沒有凌叔華的名字，應是編輯疏漏。1916 年 4 月凌淑浩二年級，凌叔華已經在校，當為三年級。

至於具體的入學時間，如果採納凌叔華的入學直接考入三年級的說法，她應在 1915 年秋入學；如果採納魏淑凌所言凌淑浩於 1915 年秋入學、晚凌叔華一年入學的說法，凌叔華應在 1914 年秋入學，考入二年級。而根據北京大學檔案館所藏的凌叔華燕京大學入學登記表，凌叔華在教育經歷的「中學」一欄填寫的學校名稱為「直隸師範」，年限為五年。因此，幾乎可以確定，凌叔華是 1914 年秋季以二年級插班生的身份入學，至 1919 年畢業，正好是五年。[20]

（二）凌叔華兩次畢業的時間

凌叔華在直隸第一女子師範學校本科畢業的時間，上文已由《教育公報》的〈直隸第一女子師範學校學生畢業名單〉證實為 1917 年。

直隸第一女子師範學校自創始以來，前後畢業者有數百人之多。但由於當時中國女子高等教育資源稀缺，[21] 這些畢業生「赴各地任職者，固屬多數，而立志升學者，亦復不少。惟以我國尚無女子高等專門學校，以致升學無地，殊屬遺憾。」[22] 於是齊璧亭任職校長後，一直致力於推動專修科的設立，終於在 1917 年暑假「竭力籌劃乃組成家事專修科一班」，「於八月二十二日實行授課」。[23] 由 1917 年 12 月出版的第 4 期《會報》「新會友就職情況」中有「凌瑞棠（入本校家事專事科肄業）」[24] 可知，凌叔華於 1917 年畢業後，正是入了同年 8 月 22 日開班的家事專修科。

兩年後，凌叔華畢業於直隸第一女子師範學校家事專修科，由 1919 年第 6 卷第 9 期《教育公報》刊〈直隸第一女子師範學校家事專修科學

生畢業名單〉見「凌瑞棠」可證。[25]

（三）凌叔華在校期間的活動

凌叔華在直隸第一女子師範學校期間最值得注意的當然是她的文學創作，後文會有詳析。而在文學之外，凌叔華的書畫才華也在學校找到了土壤。《會報》總共有十餘個欄目，有「文苑」、「書牘」、「課選」、「遊記」、「實驗」、「參觀報告」等，欄目名主要邀請名家題寫，如「學術」、「實驗」、「教授」由梁啟超題寫，「論著」由嚴修（1860－1929）題寫，「遊記」、「文苑」由秦毓琦題寫，「書畫」、「校聞」由凌福彭題寫。但也有幾個欄目由校內擅長書法的師生題寫，如「家政」由國文教員白眉初（1876－1940）題寫，第 2 期的「書牘」由本科四年級的凌叔華題寫。題字與眾多政界名人、書法家、老師同列，可見，凌叔華當時的書畫造詣起碼在同儕中算是出類拔萃。而凌福彭的題字同樣也說明，在凌叔華的中學階段，父親政壇和書畫界的雙重身份依然或多或少的對她產生影響。

此外，凌叔華還展現了她的協調和管理能力。進入家事專修科學習之後，她積極參加了校友會的活動，並在其中擔任了重要的職務。校友會下設八個部門：總務、學藝、圖書、講演、文藝、運動、交誼、餘興，凌叔華主職文藝部，擔任委員長，「掌理文社、詩社等之組織，進行學校新聞、本會會報之編輯、發刊事項」，[26] 目的在於「輔助本校國文之發達，期得美滿有用之效果」。[27] 此外，凌叔華還擔任過校友會的總委員長，「承會長或總務部長之委託召集或支配各委員長」。[28]

這些都可略見凌叔華當時作為文藝積極分子、校園活動積極分子的狀貌，而凌叔華所處的校園氛圍為女學生生活帶來的變化，都是現代女性寫作發生的客觀條件。

二、凌叔華就讀直隸第一女師期間的學習與創作

　　凌叔華曾在〈我的創作經驗〉中談到她的第一次創作是神戶瀑布溺水事件後她為最愛的清姐寫的悼亡文章，「數百淺白的字，卻是一篇十分真實的素描」，貴在「真摯情感」。[29] 其後不久，凌叔華就進入了直隸第一女子師範學校學習，開始在《會報》上刊登作品，這些中學生習作，應當算是她真正意義上的文學創作起點。

（一）文言作品的創作

　　1919 年五四運動之前，白話文運動尚未成規模的興起，教育部對中學國文教育的規定是「首宜授以近世文，漸及於近古文」。[30] 因此，《會報》上的文章幾乎都是以文言寫就。凌叔華是五四運動之後才正式以白話文創作步入文壇的新文學作家，這使得她留存在《會報》的文言佚作成為了考察作家早期文學語言和風格形成發展的重要材料。

1. 國文教育的引導

　　論及凌叔華的文言書寫，自然離不開早年家庭教育為她打下的堅實基礎。跟賈先生學習《論語》和「最適合青少年看，能使人產生新奇聯想」的唐詩；[31] 受文士父親和他與友朋往來唱和的影響；常年學習中國文人畫，對於題畫詩的領悟等。但這更像是一個「厚積」的過程，之所以在進入中學之後出現創作的「薄發」，與直隸第一女子師範學校對學生寫作的激勵是分不開的，而以文言為媒介，亦可見學校對古文能力的重視與培養。

　　首先體現在國文科目的教學內容上。課程大綱或資料現在難以

查找，所幸如董振修（1932 — 　）所說，《會報》的許多欄目都是為教育教學服務的，[32] 因此，通過刊登學生優秀作文的「課選」欄目，或偶爾會刊多篇同題文章的「書牘」欄目，可大致了解學生經由國文教員所獲取的知識情形。馬勤勤曾提到直隸第一女子師範學校對韓愈（768 — 824）、柳宗元（773 — 819）等古文大家的推崇，由學生課業常有相關之題可見，如《會報》第 2 期的〈韓退之《師說》書後〉、第 4 期的〈書韓退之《王承福傳》後〉。她尤其談到《會報》上女學生的小說創作嘗試，呈現出與韓柳擅長的「雜傳體」古文的一脈相承之處。[33] 此外，國文教員對學生習作均有作短評，凌叔華曾得到的評語就有「風骨出於六朝，情愫託於三百」、「光明俊偉如子由，抑鬱慨惻如子長」、「金聖歎所謂『靈眼覰着，靈手捉着』，古史家所謂『天為雨粟、鬼為夜哭』者，此也」。[34] 以上幾例對凌叔華習作的讚賞，點出漢朝司馬遷（公

▲　凌叔華在《古韻》的插圖中所繪的賁先生形象

元前 145 —？）和宋朝蘇轍（1039 — 1112）的文、六朝和唐朝的詩、
明清之際金聖歎（1608 — 1661）的評論，雖無全貌，亦可略知國文教
員心中經典的文學標準。

　　在文藝部成立和會報創辦之初，國文教員張皞如（1878 — 1934）
就公開表達了對當時文化環境和文學面貌的看法：

> 　　自科學紛騰，斯文衰微，陵夷二十餘年矣，詩詞騷歌之體固以
> 古調而不彈，檄移判狀之用亦等人間之絕響，魯魚帝虎且不辦於書
> 生，賦茗簪花更何望乎女子。[35]

　　針對此種「斯文衰微」之情形，除了在常規國文課堂上進行文學經
典的教育和引導，直隸第一女子師範學校還採用了創立校友會、添設文
藝部的策略，目的十分明確——「詩詞歌賦」、「檄移判狀」等的「國粹
冀以保存」。[36] 目標對象不僅是加入文藝部之校友，同時也是全校學生、
校友，鼓勵大家「詠柳絮椒花，各從其所好也」，「解文章，工詩賦，吾
未嘗無誨焉」，期望「際此餘韻流風，幸猶未墜於地，全憑筆歌墨舞共
挽將喪之天」。[37]

　　據凌叔華的記憶，張皞如對新文化運動曾有過十分激烈的批判，他
的觀點無疑對凌叔華產生過直接影響：

> 　　我現在感到，學生運動愈走愈遠。他們要廢除文言，北大的學
> 生甚至公開講：「文言禁錮了中國人的思想，皇帝已被趕跑，儒家
> 思想也該從中國人的頭腦裏肅清。」還有人提出，中國應該學習西
> 方的思想方法，換言之，是要放棄我們舊有的一切，如果這樣，我
> 想我們也沒必要學習中國歷史了，真是荒謬絕倫。[38]

　　張嵩如認為西方有耶穌、蘇格拉底和柏拉圖，東方有孔、孟、老、莊（他認為《孟子》有許多類似於現代民主國家的政策，而《莊子》能令人沉醉，拓寬思路），都是應該欣賞、思考與銘記的。[39]凌叔華喜歡《孟子》，讀《莊子》是張嵩如的推薦，看《論語》時亦認為「孔聖之言，萬世不渝，誠可謂聖之時者。惜近人以舊學目之，致吾輩不獲多讀孔聖書」。[40]因此她中學時期對於學生運動反古、反孔的思潮，跟張嵩如一樣，持懷疑與反對態度。而對於後來一些學者將凌叔華視為五四運動健將，她「受寵若驚」，不置可否，認為當時她只是個中學生，並且「正在醉心於古畫古詩以及中國一切的古藝術」。[41]

　　總的來說，直隸第一女子師範學校的文學氛圍是以中國傳統經典文學的繼承與復興為主流，這正是凌叔華的中學文學教育與創作的一大背景。

2. 文言創作的成績——以遊記為例

　　凌叔華在《會報》上發表的作品體裁主要有舊體詩、日記、書信、雜文、報告等，其中的大部分內容都是中學時期的特定產物，在日後幾乎再沒有類似的創作，尤其是傷感抒懷、友朋唱和、家國議論一類。相對於文學價值，它們對作家階段性情感與思想的考察意義更大，將在下文詳述。而真正在凌叔華的個人創作史上呈延續性發展，同時又能表現出她早期文言創作特質的，還是遊記——即發表於第 3 期的〈遊普陀山記〉，雖只一篇，又是中學習作，筆法卻已十分純熟老練、圓潤灑落，上承唐朝以來「以我之情體物之情、以情會景、景以情遷」的山水之法，[42]亦不乏作者的創新。

　　〈遊普陀山記〉全文一千三百餘字，描寫了作者在 1916 年的暑假由上海吳淞口出發，赴普陀山遊玩的所見所聞。遊記結構與諸多古代遊記名篇相類，如宋代蘇軾〈石鐘山記〉、清代姚鼐〈登泰山記〉，先簡

要介紹目的地情形（「南方有山曰補怛，西迎東越，東望蓬瀛，孤峙海中，梵宮貝闕流轉佛印之墨跡倍多，勝地名山考察博物之標本彌富。如斯勝地，盍往遊乎。」），再交代遊玩時間及背景（「民國五年夏，暑假既朔，遂往遊焉。」），然後按照時間順序，由途經的寧波、蓮花洋群島，直寫到抵達普陀山，下榻永福庵，遊前山佛殿、集市、大沙灘和化身洞，乘輿登佛頂，又下山經仙人井，過紫竹林，歸永福庵，及至翌日遊南天門、仙人跳等勝景後，坐船歸去。作者感覺細膩，動用了多種感官以再現所行，如聽覺（寫到離開寧波後的風雨驟降，特別突出了「一舟大嘩，阿彌救苦之聲不絕於耳」）、嗅覺（寫到下船後渡松林、穿竹徑，強調了「幽香陣陣，沁人心脾，腦情神暢，襟懷一爽」），還有將感覺貫穿交匯的通感（如剛出吳淞口，見茫茫大海無涯無極，「煙波水雲，杳溟如墮雲霧、如乘長風」）。使得全文豐富立體，真實可感，讀之如身臨其境。

〈遊普陀山記〉通篇為散體，間中也穿插駢句儷語，如形容佛頂之高的「仰看青天，白雲如臨身畔；俯顧下界，碧山如起面前」；形容集市之靜的「無雞犬嬰兒喧嘩嚘呴之聲，有佛域齋食清寂嚴肅之態」；又有形容形勢之危的「西望蓬瀛推來白浪，北驚烽火飛送紅燐」。「仰」和「俯」、「有」和「無」以反差表強調，「西」和「北」以兩面喻八方。形式上增加文章靈動，賦予詞句節奏，內容上使表達更為強烈，富有力度。文中還頗多古詩名句的引用，主要是作者見景睹物生發的聯想，如在海面隨釣舟浮游，看到紅日掩映在綠水間，感到王勃（約650—676）的「落霞與孤鶩齊飛」實在精妙；在登上佛頂之時，終於領悟了詩人李白（701—762）「山從人面起，雲傍馬頭生」之句；[43] 在佛頂小立四眺，又想到王維（701—761）「江流天地外，山色有無中」所言不愧。這幾乎是凌叔華與山水有關的創作一以貫之的風格，在此後的〈登富士山〉、〈泰山曲阜紀遊〉等遊記散文，甚至一些小說如〈瘋了的詩人〉均出現

過此類引用。凌叔華曾在 1958 年創作的散文〈愛山廬夢影〉中說道：「我們都是從孩提時就受過愛山水的訓練。許多中國孩子很小就讀過『空山不見人，但聞人語響』或『白日依山盡，黃河入海流』。」[44] 在《古韻》有關賈先生的篇章裏，她也曾說自己「每當看到美景詩興大發的時候，便會不禁想到從賈先生處學來的詩句」。[45] 這兩段話可以共同解釋凌叔華見山水引詩詞的寫法——出自少時的山水熏陶與詩詞訓練。而她中學時期的〈遊普陀山記〉算是這種寫法的文學實踐源頭。

　　除了引用，凌叔華還化用經典之句，最精彩密集者，無疑是結尾處借用與重組的蘇軾（1037 — 1101）〈前赤壁賦〉。如化蘇子「誦明月之詩，歌窈窕之章。少焉，月出於東山之上，徘徊於斗牛之間。白露橫江，水光接天，縱一葦之所如，凌萬頃之茫然」，[46] 為「誦明月之詩歌，假遊之曲，縱一葦之何如，凌萬頃之茫然」。如果說此情此景還算相近，那另一處的化用則形似而內涵迥異了。〈遊普陀山記〉中寫：「嗟乎！羽化而登仙，遺世而獨立，夢耶？醒耶？能乎？否乎？」正是對〈前赤壁賦〉「浩浩乎如馮虛御風，而不知其所止。飄飄乎如遺世獨立，羽化而登仙」的化用。然而，蘇軾文中所要表達的是水天之下的浩瀚與灑脫，凌叔華卻是試圖抒發欲浩瀚與灑脫而不得。在「能乎？否乎？」之後，緊接着的是：「西望蓬瀛推來白浪，北驚烽火飛送紅燐。萬方多難，此日登臨壯懷能無激烈乎？」——國家身處內憂外患之中，青年負家國之責任，也難以超然物外了。

　　在〈遊普陀山記〉中，凌叔華對於家國、社會常有評論之語，如見到前山佛殿巍峨壯麗，像是王者所居，言：「足見昔日人心之崇奉，靡財之矩也。」這本不是新事，唐代柳宗元等前人就已有之。但也有一些評論，可觀凌叔華的新處：

廟為一山之大禪林，統轄全山，其僧眾組織分司各職甚完密，

並設賞罰以防不善，如一小國家以清淨無為尚如此，可見無政府主義不能行於世也。[47]

「無政府主義」這樣的現代概念出現在傳統架構與文言書寫的遊記中，作者還將寺廟的清淨歸功於僧眾組織完備與分工明確，推及到國家的安定需要具有良好的政府運作，正是胡適（1891 — 1962）後來所提的「好政府主義」。[48]觀點暫且不論，但凌叔華作為現代學校教育培養出的具有國民意識和現代思想的女學生，的確是從創作身份和文章思想內核上構成了與中國傳統遊記作者的不同。

誠然，作為凌叔華的中學習作，〈遊普陀山記〉並非無可挑剔，如旅途行程有些繁複，部分情境若省略會更好；與文筆的成熟相比，情感思想仍有生澀。但這仍然不失為一篇優秀的文言遊記，如老師白眉初所評：「普陀山為中國名勝，生獲破浪一遊，幸福匪淺。而思想之超凡，文筆之灑落，有天女散花之觀，有此文方不負此遊。」[49]同時，〈遊普陀山記〉也為研究凌叔華日後的創作提供了有效參考：凌叔華在家庭教育與中學教育所受的豐厚傳統文化與文學教養，對文言文章結構、詞句組織、修辭方式的熟稔，還有她正逐漸成形的文學風格和品味，對山水詩詞的敏感，對蘇軾和〈前赤壁賦〉的偏愛。當凌叔華開始用白話文寫作時，這些過往的傳統文學背景都將成為她化用的素材，形成其文學創作獨有的美學特徵。此外，現代思想的初露，如家國觀，也構成了凌叔華中學創作的另一階段性特點。

（二）現代知識的涉獵

凌叔華進校時，雖然已是民國，但相比清政府，民初政府對女子教育的定位難說已有本質上的變化，在課程的設置上仍有性別區分，修

身、尺牘、家政等仍舊佔據女子教育的重心。不過從該時期的女子教科書所涉及的「民主、科學、國體、政體、現代社會制度、民族、女國民、人權、文明等主題」，[50] 還是能看到女子教育與此前不同的現代性風貌。

《會報》所刊的凌叔華作品之中，最直接體現女學生「現代感」的無疑是 1917 年 4 月第 3 期的〈對於化學實驗水之心得〉。該文刊於配合理科教學的「實驗」欄目下，正好與教育部 1913 年 3 月公佈的女子師範學校課程標準中物理化學一科的教學進度一致，即第四學年學習無機化學與有機化學大要。[51] 全文由水與動物、植物、礦物的關係出發，突出水的重要性，又論及水與人的關係為「須臾不可離者」。而由於水之必需，溶解力又極強，純粹者極少，「苟一不慎，利之所在，害亦隨之」，所以水的鑒別尤為重要。於是引入鑒別水之方法，包括所需器材、裝置示意及實驗步驟。雖僅是一篇實驗報告，算不得文藝作品，但邏輯清晰，思路暢達，語言簡潔清麗，以人文法講化學事，已能算作一篇談水的科普小品文。文中手繪的裝置指示圖，很可能也是凌叔華所作。

另有 1917 年 12 月第 4 期《會報》「參觀報告」欄目下凌叔華與同學韓恂華共同創作的〈參觀中記料器廠〉，是凌叔華與同學於 1917 年 6 月 7 日在學校管理人員和理科教員的帶領下、在該廠經理人的導賞下參觀中記料器廠後的紀要文章。除常規介紹之外，因造料器內正在製作撲蠅器和燈台，作者亦詳細講解了製作過程和原理。如燒爐內置砂、石灰、鹼三者，即成 $CaNa_2Sio_4$，加高溫成紅炭狀液體，長玻璃管吹之，再加幾道工序，冷卻，便能成透明固體的撲蠅器；又如彩色燈罩，加錳可變紫色，加鈾可成黃色，加鐵可成綠色等。

凡此種種，均是科學祛魅的過程。通過對水、料器及其他物質世界原理的揭示，傳播與分享科學知識，以對未知事物神秘性的消解，作為破除迷信思想的一種方式，從而起到「開通民智」的作用。這一點，

在清末民初的教科書編寫者們看來，對於過去居於一室之內、所關心的
不出一家之事、無學無知的女性來說尤為重要。[52]而凌叔華在接受了現
代科學教育後，以實驗、參觀報告的方式刊登於會報之上，供人閱覽了
解，除了完成課堂要求外，也表現出她作為現代女學生，其實已帶有一
些啟蒙者的意味了。

　　這是新文化運動「民主與科學」思潮在「科學」一面的體現，而「民
主」一面，近代國家觀念的形成，「女子國民」的自我認知，更大程度
上影響和形塑了凌叔華中學時期的思想與創作。

1. 國家與國民意識

　　凌叔華在畢業國文考試作文的開頭寫道：

> 　　國之本在家，家之本在身，人不能遺社會而獨立也，明矣。故
> 生於其間，即負責任，凡保國衛家、當兵納稅等，以至開物成務、
> 守先待後等是也。[53]

　　1913 年 3 月教育部公佈女子師範學校課程標準，對修身這門課的要
求是分學期教授持躬處事待人之道、對國家之責務、對社會之責務、對
家族及自己之責務、對人類及萬有之責務等內容。[54]其中對國家和社會
之責務，尤其是十九世紀末以來「晚清帝國」和作為「民族國家」的中
華民國在政治和思想碰撞之後產生的社會共識——希望能藉助西方新的
政治概念來重新理解和詮釋民眾與社會國家的關係，解構「家—國」，
重塑「國民—國家」。如果說凌叔華的作文「國之本在家，家之本在身」
還有一些家國天下觀念遺存的話，那麼後面的「生於其間，即負責任」
等句，已表現出在社會思潮及學校教育的影響下，凌叔華作為國民的自
我體認，這種自我體認具體表現在凌叔華對國家命運的關懷與對國民責

任的思考上。

國民責任

在 1916 年《會報》第 2 期〈與同學書勸其熟讀尤西堂《反恨賦》〉中，凌叔華先寫與朋友的離別之殤，推窗遠眺，想藉以消愁，然而「荒草夕陽，斷壁殘樹，轉增愁恨」。其實，愁恨處並非景物本身，乃是景物背後的社會凋敝之態：「及閱新聞，徒作倚柱之悲，無補安危之事。」情緒層層遞進，終由個人際遇的自憐，轉向對國家的擔憂。[55]「新聞」一句，頗似國文教員張皞如同年所作〈傷時事〉一詩：「孤客天涯空涕淚，傷心最怕讀新聞。」[56]

但凌叔華並非消極，止步感傷，而是繼續寫道：

> 惟近讀尤西堂反恨賦，滌暢襟懷，恨昔作無謂之悲，並悟行樂之須早，且人生自有責任，上而國，下而家，天職何限，苟以風燭憔悴之軀，臨天演淘汰之日，有不敗者乎？ [57]

其中自然有尤侗（1618 — 1704）〈反恨賦〉中灑脫人生觀之影響，[58]但也可見凌叔華的家國之憂並非憑空起意，而是出於國民對國家的責任，對作為國民的自己和青年人的要求。這在〈擬中秋夜與嫦娥書：對月述懷〉一文中亦有相似的意思：

> 人生如蜉蝣朝露，聚何歡，離何悲，富貴如浮雲，名利若泡影，苟盡吾責任於家國，何苦終宵累日自尋煩惱耶？ [59]

這幾乎是凌叔華中學時期的情感基調，雖也有青春期的善感多愁，對未來、對人生的種種迷惘，如〈感懷二首〉的第一首：

悔向塵寰寄此身，聰明徒惹世人嗔。

落花飛絮常扃戶，明月清風自結鄰。

與我神交惟筆墨，慰吾殘喘是萱親。[60]

　　但末句仍要回歸：「願將棉力供天職，豈怨前途歷苦辛。」國難之際，個人終將讓位於家國。[61]

支持國貨

　　國家在內憂外患中，有諸多問題需要尋求解決之道，在凌叔華的文章中，可看到她認為最重要的便是國貨問題，原因在〈參觀中記料器廠〉一文中已有詳釋：

> 　　自舶來品入口，國人趨之若鶩，本國貨棄如敝履，利源外溢，毫不知惜，以致遊民遍野，生活無方，國家百廢待興而財政拮据，莫能徵稅，民無業而貧耳。就日來參觀各工廠言之概為發起時期望頗大，而皆因貨物不暢銷，雖刻刻有改良之念，無資振作，每為抑阻，曷勝歎哉，參觀後感，於是誌之以告同胞，欲國之強，必使民有業，苟人人皆用國貨，豈非民有業歟？[62]

　　然而，雖然明白用國貨可使民有業，進而促進國強，凌叔華也意識到，這並非易解之結。在〈與執友書歷述生平得意事與失意事〉中，她提到了國人使用外貨的原因，正是「連歲干戈，遊民遍野，富者不屑營商，貧者無資作賈，物粗陋而價昂貴」，雖然「有愛國之士大聲痛論，聞者數分鐘之鼓勇」，終究因為土貨陋劣不堪用，不得已要使用外貨——故只規勸國人支持國貨，並不實際。[63]

　　而凌叔華在參觀了中記料器廠之後，也感到寄希望於國貨改良之不易。生意蕭條，製造商無財力也無精力改良，諸種製造形式不新奇，式

樣又極少，更鮮國人問津，遂再成民無業、國不強的惡性循環。凌叔華
也只能感歎：「我國今日一家農而千家食，一人織而千人衣。己國製造不
足取之於外，舶來品之輸入日夥，金錢外溢，如水就壑，曷勝嘆哉！」[64]

「養生」愛國

　　儘管支持國貨的正確方式難尋，但凌叔華就青年國民應該如何盡家
國責任，仍提出了具有可操作性的建議：即養生，保持健康體魄。這與
近代中國改革中的身體改造密切相關，新的民族國家把個人的身體強健
看作國力強盛的保證，個人身體由此進入國家化的進程。而一切與身體
有關的發展趨向，如廢除纏足、講究衛生、鍛煉身體，均是為實現「強
國保種」這一最高目的。

　　凌叔華在《會報》第 5 期有一文為〈對於中日密約之感言〉，作於
中日秘約簽完字，但尚未蓋印之時。秘約的簽訂，使「四千載之文明
古國僅值兩千萬元矣，四萬萬黃帝子孫永淪為奴隸矣」，被凌叔華稱作
「中華民國之末日」。[65]也因此，凌叔華在這篇文章中鮮有的採用了強硬
之態、憤慨之情、激越之語，以強節奏的多重反問排比，步步緊逼，層
層遞進，質疑當局「含首露足、含糊宣佈一二以塞責、以飾人目」，要
求開誠布公，共謀禦敵。而在當前的形勢下，雖然政府亡國之所為，類
「庸醫之誤藥」，凌叔華還是認為，「人之病危，必不能坐待死神之至，
而深思苦慮力求不死之方」。她提出的「不死之方」，乃「力強體壯、
才大思精」的「吾國青年」。[66]——力強體壯，作為凌叔華所謂個人身體
與國家命運關係之一例，在〈與同學書勸其熟讀尤西堂《反恨賦》〉一
文中得到了更加明白的解釋：

　　　　苟以風燭憔悴之軀，臨天演淘汰之日，有不敗者乎？而健康之
　　精神，寄於健康之身體，青年尤應知之聞。[67]

　　反過來說，如果失去了健康之身體，以至失去生命，在國日貧、民日困的時刻，「救國拯民」便只能歸於無望了。

　　1916 年 12 月出版的《會報》第 2 期刊有多篇同題文章〈張允瑛女士追悼會記〉，是直隸第一女子師範學校師生為同年九月去世的三年級學生張允瑛舉行追悼會後的課程作文。據四年級乙班朱吉貞回憶，張允瑛「品學既優，性尤和藹，諸同學無不欽仰」，[68] 凌叔華與她雖不相識，也「聞其遺志，所謂高山仰止，心嚮往之者也」。[69]

　　關於張允瑛的死因，凌叔華與諸師長同學一樣，持「過於勤學，乏於運動致成憾事」的主流觀點，認為「允瑛女士驟挫華年，非天妒才」，而是未知「養生之可貴」。[70] 張允瑛臨終前留下遺言，專門談及改良家政等事，個人身體生命既已國家化，死亡之影響亦是指向國家，如凌叔華的三位姐姐立志「學成歸國組織數工場，提倡職業教育之說」，卻學未成而於日本溺亡；[71] 又如〈追悼會記〉中立志家政的張允瑛，即便深知「吾國家庭黑暗已非一日，狡智詐施猜偽相，感骨肉相處不若路人，此國之不治，亦家之不齊所致也。由風俗歷史之遺傳驟易之非易，然亦吾女子之責也」，[72] 夭折後也只能化作空談。所以凌叔華藉此再次反思承擔國民責任的前提，如何才能將國民個體生命對國家的價值最大化──「寄語同胞諸學子，立身兼要學養生」。[73]

2. 性別意識

　　養生，是凌叔華認同的國民愛國之道；而作為女國民，凌叔華與去世的張允瑛持同樣的觀點，即家政救國。

　　在〈論女子學文之功用〉一文中，凌叔華提到中國女學沉淪久矣，而中國女性因「女子無才便是德」之謬言被誤千載，「德藝不能傳於後，湮鬱無以鳴於書，抑鬱深閨與草木同腐」。[74] 她認為，這不單單是女性的悲劇，同時也是一個家庭、一個國家的悲劇：

　　　　從來風俗之美起於家庭，觀江漢之休風，誦關雎之雅化，知治
國必先齊家也。大丈夫之砥身礪行，為俗所累，果家有賢助，能為
累耶？ [75]

　　凌叔華更以齊姜將重耳勸離齊國為例，說明賢君若無賢助，「三晉
之雄風終無振興之日矣，又安知晉之為晉乎」。齊姜這樣的家之賢助，
還有凌叔華另舉的三遷教子的孟母、畫荻教子的歐陽修母等，與梁啟超
之語異曲同工，即：「治天下之大本二：曰正人心，廣人才。而二者之
本，必自蒙養始。蒙養之本，必自母教始。母教之本，必自婦學始，故
婦學始天下存亡強弱之大原也。」[76] 她們之所以能垂傳不朽，成萬世楷
模，「豈不學而能之乎」？因此，凌叔華認為興女學，正是教育女性遠離
「不識詩書，不知今古」、「與喪心病腦者相去匪遠」之人，成為齊姜、孟
母、歐陽修母這樣的家之賢助，[77] 如張嫮如所言「傳家學，救國人」。[78]
　　為此目的，凌叔華在提倡女學的同時，也特別強調了教學的內容和
側重：並非所有的教育都於人、於家、於國有利：

　　　　吾國在三代，學藝大盛，言學必為六藝，六藝非智技耶，迨
後世誤於詞章。青年子弟從塾師游，雖詩書經義無所不讀，而拘牽
斷裂所優者，不過拾古聖賢之牙慧，尠能發明，豈非太誤學之本義
乎？而女子幸得讀書者百中不一人，亦不出吟風弄月略遣閑愁而
已，吾國所以陷於文弱，此之故也。[79]

　　在意識到「文章不可以圖強」的前提下，凌叔華認為女子教學應得
重智技、輕六藝，也即是蔡元培所言「求其實用固可」，以培養「家庭
間之舊習慣有益於女德者保持勿失」，「以學校中之新智識，則治理家庭
各事」的新型「賢妻良母」。[80]

這樣的女子教育，劉景超認為，是擴充而非放棄了妻子和母親的責任，女性仍然是通過家庭（丈夫與孩子）來服務社會。[81] 這是民族危亡時刻，以女性解放作為社會變革和進步的手段，[82] 是父權與國權博弈之結果，前者向後者的「低頭」。[83] 雖則進步，其實難掩「保國強種」的片面性與功利性。[84] 然而不管怎樣，女性的治家之責作為社會的主流思潮、學校的教育方向，極大的影響了當時凌叔華對於女性和女性教育的看法。

但是，如果僅把凌叔華的文章當做中學女生對特定歷史時代的認知與反映，無疑又太過片面。馬勤勤在整理凌叔華《會報》佚作時就已提出凌叔華在中學時期女性觀的矛盾性。不過她認為的矛盾點是凌叔華既主張「賢妻良母」論，卻痛批「女子無才便是德」，[85] 事實上這是當時社會普遍認知的新型賢妻良母，並無相悖之處。但矛盾性確實存在於凌叔華對性別意義的認知上。其一，凌叔華認為女子不應誤於詞章，應學實用之學改良家庭，建設國家，但在〈論女子學文之功用〉一文中，凌叔華列舉了三遷教子的孟母、挽鹿車的鮑宣妻、畫荻教子的歐陽修母這一類傳統的賢妻良母典型，同時，也列舉了續漢書的班昭（約 45 ―約 117）、吟絮的謝道韞、頌椒的劉臻妻陳氏等因才華而流傳後世的女性楷模；[86] 而她自己始終熱衷文學創作，與同學吟對唱和。其二，凌叔華雖然認可「新賢妻良母」論，卻在〈感懷〉詩中有「讀書空羨班超志，倚柱時懷漆室篇」之句。如果說魯漆室女還是憂國憂民的傳統女性典範，那麼對於投筆從戎終成名將的班超（32 ― 102）的羨意，無疑體現了凌叔華擺脫性別束縛直接服務國家的心願。這一點在她的人生實踐中有更加清晰的表現。早在中學之前，凌叔華就因目睹母親未有子嗣，在家庭中備受欺凌，立志要做比家中男孩更加優秀的人，甚至期望能參加科舉考試，金榜題名。[87] 她當時的志向與家國無關，是更為純粹的對性別權利的爭取。而上中學後，既有兒時宏願，又有老師張暐如「遠大自期、勤

樸自勵」二語的勖勉，凌叔華更是寫下「振精神以鞠躬盡瘁期為一郡之人
物，一國之人物，進而為世界之人物焉」，將人生志向往前推了一步。[88]

　　矛盾性體現了凌叔華早期的女性觀點特質，尚未完全成熟，也並未
形成一套完整穩固的思想話語系統，故而會在吸收與再現時出現不一致
的地方，於創作全局偶發不和諧聲音。但這種不一致恰恰在社會主流思
想與凌叔華的體悟實踐中間構成了張力，使得凌叔華得以突破女性作為
工具的國民意識，在五四運動之前，顯現了「浮出歷史地表」的可能。
儘管微小，甚至出於無意識，但這仍然為凌叔華女性思想的研究提供了
更為豐富的解讀空間，也為日後凌叔華成為五四一代具有性別意識的女
性作家做了思想上的鋪墊。

（三）社交生活的記錄

　　女學生走出家庭，走進學堂，除了受到現代教育的啟蒙，接受現代
思想的洗禮，發生最大變化的便是社交環境與社交群體。

　　凌叔華在《古韻》中回顧她進入直隸第一女子師範學校之前的人生
時，家庭是永恆的主題。這自然跟《古韻》的寫作語境有關，向英語國
家的讀者介紹中國，封建傳統的中國大家庭作為潛在讀者的興趣點，成
為凌叔華的主要創作對象也是情理之中。但是與此同時，《古韻》自傳的
一面仍然不應該被忽視。對於傳統中國女性來說，家庭幾乎是最主要、
甚至是唯一的活動空間與價值載體，凌叔華這一代雖然已有少數女性處
於現代進程中，但對於沒有機會接受學校教育的大多數女性來說，家庭
仍然對她們的人生產生着決定性的影響。相對來說，凌叔華因為父母開
明，又享有優渥的家庭條件，能夠走出家庭、了解外面世界，已算是身
體與精神未受困於家庭的代表，如〈與執友書歷述生平得意事與失意事〉
中所述：

　　　　雖不幸為中土女子，亦未嘗受深閨錮鎖之禁，髫齡時便往來燕
齊楚越間，看日於泰山，避暑於西湖，經黃河揚子江渡黃海渤海，
復東越太平洋而遊蓬瀛，策杖登富士之山，放舟蕩琵琶之湖。昔太
史公之徧覽山川，孔子之周遊列國，亦不過如是也。[89]

　　然而值得注意的是，雖然凌叔華已走出了閨閣，但是與之相伴者，
不論是帶她回廣東老家的母親、帶她出門看社會的園丁傭人，或是一起
去日本的姨娘和兄弟姐妹，均是家庭中人。凌叔華雖然徧覽山川、周遊
列國，她始終處於在家人的包圍中，處於家庭的氛圍裏，並未能夠真正
進入家庭之外的環境。而她內心對於獨自走出高門，參與社會生活，一
直抱有極大的熱情。《古韻》中凌叔華寫到她與天津住處附近墓園的小
朋友交好，認為與他們的相處跟與家人不同：「他們從不搗鬼，大的也
從不欺負小的，誰沒跟上，還能認真的聽取意見。」[90]這與凌叔華與兄
姐玩八月節的遊戲時，她因哥哥是男孩，家庭地位高，而不得不隱忍退
讓，形成鮮明的對比。[91]這是凌叔華的個人經驗帶來的對內外區別的認
識：家庭之內是森嚴的傳統父權等級秩序，男尊女卑，各據勢力；而家
庭之外，卻能夠按照志趣結合，遵守規則，互相尊重，這使得凌叔華在
進入學校環境後，有着更為強烈的結識友朋、進入群體的渴望。

　　徐寧認為更豐富活躍的生活和更深刻多樣的思想，讓女學生有了更
多的共同特徵和價值追求，使得她們因此而聚攏。這種群體性，「促進
了女學生建立或者參與各類團體組織，而在各類團體組織中的實踐又增
強了女生的『合群』意識」。[92]

　　凌叔華在直隸第一女子師範學校校友會擔任總委員長、文藝部委員
長的經歷，無疑就是此種合群性的體現。[93]通過校友會的工作，凌叔華
得以學到校內組織的運作方式，提高管理協調技能；文藝部負責的《會
報》工作更是凌叔華最早與編輯工作發生關聯的契機，對她日後從事編

輯工作的入門意義不可忽視。更重要的是，經由這些團體活動，凌叔華
得以與師長、同齡女學生探討和交流，擴展了交際，豐富了生活，增長
了見識，還發展出更進一層的志同道合、情投意合的情感關係。

1. 文友唱和

《會報》第 3 期刊有凌叔華三首〈題《詠絮樓集》〉同題詩，原詩如下：

> 班昭道韞是前身，誰說今人遜古人。
> 愧儂汲汲徒窺管，美雨歐風卻失真。
>
> 夜深剪燭又焚香，為讀新詩興倍長。
> 不獨吟風兼弄月，文詞滿紙燦琳瑯。
>
> 詠絮樓名不枉稱，謝家恐少此聰明。
> 丹青寫出惟妙肖，渾疑摩詰是前生。[94]

第一首以中國古代公認的才女和「美雨歐風」作比，從縱向時間與
橫向空間雙重角度，誇獎《詠絮樓集》作者之才情；第二首則是讀者視
角，描述讀者讀詩的感受——「興倍長」、「燦琳瑯」，從側面表達對《詠
絮樓集》的讚美；第三首直接點出「詠絮樓」之題，與第一首相似，但
讚譽更進一層，俗世才女謝道韞已不足比，必得引出維摩詰菩薩為前生
才夠。

《詠絮樓集》的作者是凌叔華在直隸第一女子師範學校的同學張兆
檀，詩文原文如今已不可考，所能看到的是作者張兆檀在同期《會報》
上回贈凌叔華的〈敬和淑華仁姊先生原韻即以鳴謝〉：

不櫛何須憾此身，津門唱和有同人。
班昭道韞前生句，恰是吟壇自寫真。

行間字裏筆花香，字字光芒萬丈長。
瓊玖瓊琚欣遠贈，果然聲價重璆瑯。

愧煞樓標咏絮稱，選聲鬥韻理難明。
自經華袞褒揚後，願侍詩龕過一生。[95]

　　張兆檀的寫詩、凌叔華的讀詩評詩，又張兆檀的謝詩，並非現代學校的產物，實則上承中國文人的唱酬傳統，最相似的大概有清代女詩人社團如蕉園詩社、清溪吟社一類。與其說〈題《詠絮樓集》〉是凌叔華對張兆檀詩藝的肯定，不如說是熱愛詩文的中學女生之間以詩交、以情交的見證，文學化的知音情誼。如蕉園詩社女詩人馮嫻評同社張槎雲的文章：「奚特文章足以傳不朽，跡其懿德淑行，不更可風世乎？唯是天不假年，音徽遽隔，某雖企之慕之，而終不復可得見也。況相與唱酬乎？」[96]李國彤認為這證明了女詩人們「以才華相企慕，以能相唱酬為樂趣」。[97]張兆檀「不櫛何須憾此身，津門唱和有同人」句，還有其後另一首發表在《會報》第 4 期的〈和凌君淑華原韻〉中「自從唱和添詩興，笑顧及門也菀然」之句，均屬此類。
　　當然，作為民國中學女生，凌叔華與她的同學以詩唱和跟傳統女詩人相比，畢竟有一些時代特色。
　　張兆檀以暗指傳統才女謝道韞的「詠絮樓」為詩集名，[98]凌叔華又在題詩中以謝道韞比張兆檀之才華，可以算作上一節中凌叔華雖認同詞章弱國，卻依然熱衷文學，懷有成才希冀的又一例證。可見「強國」與「弱國」的相悖，並不單存在於凌叔華個體，是愛好文藝的女學生群體

的共同矛盾。

再者，胡文楷（1899－1988）在〈歷代婦女著作考·自序〉中言：「清代婦人之集，超秩前代，數逾三千。」[99] 然而流傳至今的並不多。除了夏曉虹所說的當時「女子的活動範圍小，家務勞作忙，又受到禮教的約束」之外，[100] 還有傳播媒介的區別。《會報》作為直隸第一女子師範學校最重要的輿論空間，雖然也僅算是該校學生與校友會會員的內部刊物，相較傳統女詩人局限在詩社中的創作和酬唱，傳播的廣度、時限以及對當時後世的影響都大得多。正是如此，凌叔華才不僅擁有了與同儕唱和的機緣，因此而添的「詩興」，還能夠將她的創作作品、與同人互動品評的過程保留下來。這也暗合了李國彤對清代女詩人文學唱酬除同好之樂外的另一判斷——「表明了詩社中女詩人們共同的對『不朽』的期盼」。[101]

2. 閨中密友

不僅有文友之交，凌叔華中學時期還有更近一層的閨間密語、友情生活。

凌叔華在直隸第一女子師範學校時期最好的朋友，應屬四年級甲組的凌集嘉（字荷生）。推測原因之一，除唱和類詩文外，「荷生姊」、「荷姊」是凌叔華的文章中出現頻率最高者，而出現的場景，又都較為私人，可知相處之密切。在〈民國五年年假日記〉一月二十九日篇，凌叔華提到與荷生同遊：

> 晨雞一聲驚回酣夢，急視窗際陰霾四佈，滿天雪意起後，雪花片片飛入簾櫳矣。至午乃晴，午餐飽甚，與荷姊浩妹散步中庭，已而共議往遊郊野，卒成議，聯步出門，天高氣清，風來料峭，神為之爽。[102]

　　根據文中所記，荷生與凌叔華和她的妹妹凌淑浩先在凌叔華家午餐、散步，繼而一起出外遊玩。荷生是安徽懷遠人，年假期間留在天津，並無父母之家可歸，很可能就住在好友凌叔華的家裏。

又如〈日記〉一月二十八日篇：

> 　　午膳後，彈風琴約一時許，久而厭聞，推琴起。荷生姊謂余曰：「樂器誠能感人，可使人愉快，可宣人湮鬱，殊足貴也。余聞法敗普後，全國劇場皆演戰敗恥辱之曲，未及期，法人憤而付清國債，全國稱之，不知為樂曲之功，吾國今日劇場林立，所演者皆陶興怡情之曲，甚致使人神迷意蕩，壯志銷磨，無人過問或禁止之，最可悲矣。……」[103]

　　凌叔華原本自己厭聞琴聲，卻因為荷生的話，想到琴聲原來也可有多種用途，於人或可愉悅或可宣洩。然後想到於法國之振奮人心，於中國之消磨壯志，進而又生民族之悲──彈琴者雖是凌叔華，其後的情緒與文章卻因荷生而起，受荷生之啟發，可知凌叔華對荷生有愛敬，視荷生語為道理。

　　荷生為凌叔華摯友的推測憑證之二，是國文老師張皞如的〈奇遇歌贈荷生淑華二女士並序〉：

> 　　兩人生小未識面，萍水相逢轉相親。古稱道義文章友，性情濡染漸陶熏。課餘閒說鄉裏事，五百年前是同根。各自還家問父老，先人譜牒今猶存。尉佗蠻邦故國古，瓜瓞蔓衍翳為秦。淮水蕩蕩塗山兀，靈秀猶鍾南海濱。爾來戎馬關河阻，魚雁久未通音聞。誰知聘婷兩少女，數百載後續天倫。一堂笑語真奇遇，天緣作合疑有神。[104]

　　不僅寫凌叔華與荷生「人之見之者，咸以為才士惜才士，文章之交固如是耳」的志趣相投，還提到兩人凌氏同姓，溯源至先祖還是同宗同族，因而「相親相近宛若姊妹」。[105] 雖然此說仍舊是中國傳統家庭觀念對同學、朋友之情的移植，並非此處對學校營造的家庭之外社交環境的討論，但關於凌叔華與荷生關係的記錄，對二人「居處笑言，朝夕與共」相處狀態的描述，復原了凌叔華更為內在的社交與情感生活，而這對她的影響，在她的〈與執友書歷述生平得意事與失意事〉一文中體現得更為淋漓盡致。

　　凌叔華自認為「腸一日而九回」、「多煩憂而好鬱惱」之人，主要在三點，其一是對自己之責——華年虛擲，所學太淺，見朋友滿腹珠璣，出言錦繡，忽忽已過志學之年，一事無成，慚愧極矣；其二是對國家之憂——國貨粗陋昂貴，舶來品價廉物美，故後者輸入，金錢外溢，國漸弱，民漸貧；其三是對逝者之殤——先姊三人空有報國志，學未成而長逝。然而因她父母健在，衣食盡足，雖為中土女子，未受過深閨錮鎖之禁，反倒得以周遊各地，以上種種，使得她的私情國愁似無病呻吟，「常被流俗笑」，也因此，不願為俗人道。但是文中的「執友」不是俗人，凌叔華可以對她「歷述生平得意事與失意事」，「情逾骨肉，同志相憐，伯牙已遇，子期樂何」，實為傾訴衷腸的知音之情。[106]

　　凌叔華並未言明這位執友姓甚名誰，筆者猜測應為荷生。雖然「與執友書」的公開發表，已經突破了私人的領域，僅能算作書信體裁的文章，凌叔華選擇書信體的緣由，亦與後來擅長書信體寫作的五四女性作家異曲同工，均是「伴隨着『自我的發現』產生的一種青春時代的閉鎖心理」，[107] 經由某種契機，自由敞開心扉的結果。對凌叔華而言，最重要的契機無疑是執友的出現。如此創作出來的作品，充滿青春的朝氣與憂愁，恰逢知音的惺惺相惜，其單純與稚拙、真誠與坦然，不論是內容還是情調，在日後凌叔華的創作中都是很少見的。

　　而凌叔華的書信體述懷，還有上文所論述的憂國憂民之題，愛國救亡之道，也可以解釋為何日後凌叔華初初登上文壇，便少剖解自我、直抒胸臆之詞，也鮮家國關注、心繫危亡之語。並非生而如此，也不是一蹴而就，她也曾有過這樣的寫作過程，只是在學習和成長的過程中，由生活和思想經歷，對關注對象、寫作目的、藝術風格不斷選擇、最終確立的結果。從這個角度看，《直隸第一女子師範學校校友會會報》尤有凌叔華文學創作初期考察之意義。不論是後來發生的變化，還是一以貫之的風味，作為凌叔華的文學起點，都為她日後的文學發展奠定了基石。

注釋

1　《神戶新聞》，1913 年 8 月 11 日，轉引自 Sasha Su-Ling Welland, *A Thousand Miles of Dreams: The Journey of Two Chinese Sisters*, pp.99-102.

2　據《神戶新聞》的報道，當天凌家的四個孩子外出拜謁生田神社，久出未歸，家庭教師即出去找他們。在路上聽聞幾個中國人在布引瀑布淹死了，馬上回家告知孩子的媽媽謝氏，再一起趕往派出所。因此得知凌家是有家庭教師的，而十六歲的凌大容尚且就讀一年級，可知其下面的弟妹可能並未正式接受學校教育。

3　Ling Shuhua, *Ancient Melodies*, p.230.

4　張莉：《浮出歷史地表之前——中國現代女性寫作的發生》（天津：南開大學出版社，2010 年），頁 2。

5　夏明遠：〈河北省立女子師範學院〉，載中國人民政治協商會議天津市河北區委員會文史工作委員會編：《天津河北文史‧第 1 輯》（天津：中國人民政治協商會議天津市河北區委員會文史工作委員會，1988 年），頁 68 — 69。

6　〈學部奏定女子師範學堂章程〉，舒新城編：《近代中國教育史料‧卷二》（上海：上海科學技術文獻出版社，2015 年），頁 171。

7　《古韻》中的「梅姐」即是凌淑浩，凌叔華在《古韻》中稱自己是家中最小的孩子，為此，她把妹妹凌淑浩塑造成了姐姐。

8　Ling Shuhua, *Ancient Melodies*, p.230.

9　凌叔華著，傅光明譯：《古韻》，《凌叔華文存》，頁 576。

10　陳學勇：〈凌叔華年譜〉，載陳學勇編：《中國兒女——凌叔華佚作‧年譜》（上海：上海書店出版社，2008 年），頁 199 — 278。

11　《會報》規定每年發刊兩次，於暑假年假前出版，分送會員會友。目的在於「篤守道德，光大學術，卓著功業，表彰才藝」，進而使得「女士女夫，崢嶸露角，推廣支會，千斯萬斯」。

12　馬勤勤由凌叔華妹妹凌淑浩和凌叔華女兒陳小瀅均提到凌叔華在第一女子師範讀書時在校刊屢屢發表作品，又凌叔華的國文教員張曍如的文章有「淑華（名瑞棠），廣東番禺人，並姓凌氏」等證據證明凌瑞棠即是凌叔華。見馬勤勤：〈凌叔華在直隸第一女子師範學校事跡和佚作考〉，《中國現代文學研究叢刊》，2014年 5 期，頁 192 — 203。

13　〈畢業生及現在學生一覽表〉，《會報》，1916 年 4 月 1 期。

14　馬勤勤：〈凌叔華在直隸第一女子師範學校事跡和佚作考〉，《中國現代文學研究叢刊》，頁 195 — 197。

15　Sasha Su-Ling Welland, *A Thousand Miles of Dreams: The Journey of Two Chinese Sisters*, p.111.

16　Ibid.

17　〈直隸第一女子師範學校本科四年級學生畢業名單〉，《教育公報》，1918 年第 5卷 12 期，頁 9。

18　〈直隸第一女子師範學校學生畢業名單〉，《教育公報》，1917 年第 4 卷 12 期，頁 4。

19　Sasha Su-Ling Welland, *A Thousand Miles of Dreams: The Journey of Two Chinese Sisters*, p.112.

20　北京大學檔案館，原文為英文，檔案名為「Life History Before Entering College」，中學名字凌叔華簡寫為「Chihli Normal」。

21　雖然「壬子癸丑學制」已有《高等師範學校規程》，但事實上，當時中國並沒有女子高等師範學校。另外，「學制」提出的男女合校教育也未實行。直到 1917 年教育部公開在全國招收女子高等師範學校的學生，中國才有了最早的女子高等學府；1919 年，大學開始允許女生就讀，女性受到高等教育的機會才得到實質性的提升。

22　〈專修科將行增設〉，《會報》，1917 年 4 月 3 期。

23　〈專修科成立〉，《會報》，1917 年 12 月 4 期。

24　〈新會員就職情況〉，《會報》，1917 年 12 月 4 期。

25　〈直隸第一女子師範學校家事專修科學生畢業名單〉，《教育公報》，1919 年第 6 卷 9 期，頁 19。

26　〈修改本會章程〉，《會報》，1917 年 12 月 4 期。

27　〈文藝部辦事細則〉，《會報》，1917 年 12 月 4 期。

28　〈修改本會章程〉，《會報》，1917 年 12 月 4 期。

29　凌叔華：〈我的創作經驗〉，《中國兒女》，頁 90。

30　《教育部公佈中學校令施行》，1912 年 12 月公佈，1914 年 1 月改正十八條，舒新城編：《中國近代教育史資料》（北京：人民教育出版社出版，1962 年），頁 527。

31　Ling Shuhua, *Ancient Melodies*, p.125.

32　董振修：〈天津教育、出版史上的一份重要文獻——直隸第一女師校友會《會報》簡介〉，《天津師範大學學報（社會科學版）》，1992 年第 4 期，頁 50。

33　馬勤勤：〈「浮出歷史地表」之前的女學生小說：以《直隸第一女子師範學校校友會會報》（1916 — 1918）為中心〉，《文學評論》，2014 年 6 期，頁 129。

34　見《會報》第 2 期〈與同學書勸其熟讀尤西堂《反恨賦》〉老師評語，4 期〈與執友書歷述生平得意事與失意事〉、〈擬中秋夜與嫦娥書：對月述懷〉老師評語。

35　張嵊如：〈勸校友入文藝部啓〉，《會報》，1917 年 4 月 3 期。

36　同上。

37　同上。

38　凌叔華著，傅光明譯：《古韻》，《凌叔華文存》，頁 580。

39　Ling Shuhua, *Ancient Melodies*, p.236.

40　凌叔華：〈民國五年年假日記〉，《會報》，1917 年 12 月 4 期。

41　凌叔華：〈《凌叔華短篇選集》後記〉，《凌叔華文存》，頁 788。

42　張大新：〈明理・圖貌・傳神・寫心——關於山水遊記形成過程的思考〉，《文學評論》，1992 年 2 期，頁 93。

43　凌叔華原文為「雲向馬頭生」，應是李白原詩「雲傍馬頭生」的錯記。

44　凌叔華：〈愛山廬夢影〉，《凌叔華文存》，頁 688。

45　Ling Shuhua, *Ancient Melodies*, p.125.

46　蘇軾：〈前赤壁賦〉，載劉建龍編：《古文類鑒》（北京：中國文史出版社，2015 年），頁 138。

47　凌叔華：〈遊普陀山記〉，《會報》，1917 年 4 月 3 期。

48　胡適、甘蟄仙：〈講演：好政府主義〉，《晨報副鐫》，1921 年 11 月 17 日和 18 日。

49　教師評語部分，見凌叔華：〈遊普陀山記〉，《會報》。

50　劉景超：《清末民初女子教科書的文化特性》（北京：知識產權出版社，2015 年），頁 59。

51　舒新城編：《中國近代教育史資料》，頁 733。

52　劉景超：《清末民初女子教科書的文化特性》，頁 206。

53　凌叔華：〈國文考試題目〉，《會報》，1917 年 12 月 4 期。國文考試的題目為：「在相從未及終年，忽爾畢業期至，畢業後離多會少，今願以遠大自期、勤樸自勵二語贈諸君，以勖將來，諸君其有意乎？抑別有心期乎，其各隨所志，直言勿隱。」

54　舒新城編：《中國近代教育史資料》，頁 734。

55　凌叔華：〈與同學書勸其熟讀尤西堂《反恨賦》〉，《會報》，1916 年 12 月 2 期。

56　張蟑如：〈傷時事〉，見周恩來：〈次蟑如夫子《傷時事》原韻〉，載周恩來著，中共中央文獻研究史、南開大學編：《周恩來早期文集》（北京、天津：中央文獻出版社；南開大學出版社，1998 年），頁 226。

57　凌叔華：〈與同學書勸其熟讀尤西堂《反恨賦》〉，《會報》。

58　如：「天地循環，無往不復，杲日其雨，滄海如陸，苦樂相依，吉凶互伏……當我生而多艱，何暇代古人蹙蹙哉。」，見尤侗〈反恨賦〉。

59　凌叔華：〈擬中秋夜與嫦娥書：對月述懷〉，《會報》，1917 年 12 月 4 期。

60　凌叔華：〈感懷二首〉，《會報》，1916 年 4 月 2 期。

61　同上。

62　凌叔華、韓恂華：〈參觀中記料器廠〉，《會報》，1917 年 12 月 4 期。

63　凌叔華：〈與執友書歷述生平得意事與失意事〉，《會報》，1917 年 12 月 4 期。

64　同上。

65　凌叔華：〈對於中日密約之感言〉，《會報》，1918 年 12 月 5 期。

66　同上。

67　凌叔華：〈與同學書勸其熟讀尤西堂《反恨賦》〉，《會報》。

68　朱吉貞：〈張允瑛女士追悼會記〉，《會報》，1916 年 4 月 2 期。

69　凌叔華：〈張允瑛女士追悼會記〉，《會報》，1916 年 4 月 2 期。

70　劉芷雲：〈張允瑛女士追悼會記〉，《會報》，1916 年 4 月 2 期。

71　凌叔華：〈與執友書歷述生平得意事與失意事〉，《會報》。

72　凌叔華：〈張允瑛女士追悼會記〉，《會報》。

73　同上。

74　凌叔華：〈論女子學文之功用〉，《會報》，1916 年 4 月 2 期。

75　同上。

76　梁啟超：〈論女學〉，載陳元暉主編：《中國近代教育史資料彙編：戊戌時期教育》（上海：上海教育出版社，2007 年），頁 102。

77　凌叔華：〈論女子學文之功用〉，《會報》。

78　張皞如：〈奇遇歌贈荷生淑華二女士並序〉，《會報》，1917 年 12 月 4 期。

79　凌叔華：〈論女子學文之功用〉，《會報》。

80　陸璋：〈蔡孑民先生在愛國女學校之演說詞〉，《環球》，1917 年第 2 卷 1 期，頁 50。

81　劉景超：《清末民初女子教科書的文化特性》，頁 46。

82　胡坤：《藍色的陰影——中國婦女文化觀照》（西安：陝西人民教育出版社，1989 年），頁 235。

83　黃金麟：《歷史、身體、國家：近代中國的身體形成（1895 — 1937）》（北京：新星出版社，2006 年），頁 41。

84　同上，頁 41。

85　馬勤勤：〈凌叔華在直隸第一女子師範學校事跡和佚作考〉，《中國現代文學研究叢刊》，頁 201。

86　這同楊千里編寫的《女子新讀本》認同「女子讀書，本非求才也，蓋求為國民也」，卻選入班昭的情形相似。楊千里的理由是：「載道之器，可以傳之無窮者，非著作乎？著作之最貴重，可以藏之名山者，非國史乎？」因而選擇著史之班昭，表為國之貢獻。凌叔華對班昭的提及可能也有這一方面的考慮，但是，對於才女形象更為純粹的謝道韞與陳氏，卻很難用同樣的道理解釋。

87　Ling Shuhua, *Ancient Melodies*, p.151.

88　凌叔華：〈國文考試題目〉，《會報》。

89　凌叔華：〈與執友書歷述生平得意事與失意事〉，《會報》。

90　Ling Shuhua, *Ancient Melodies*, p.224.

91　Ibid, pp. 64-77.

92　徐寧：《江南女校與江南社會》（上海：上海人民出版社，2015 年），頁 223。

93　〈直隸第一女子師範學校校友會新章〉，《會報》，1916 年 12 月 2 期。

94　凌叔華：〈題《詠絮樓集》〉（三首），《會報》，1917 年 4 月 3 期。

95　張兆檀：〈敬和淑華仁姊先生原韻即以鳴謝〉，《會報》，1917 年 4 月 3 期。

96　馮嫻：〈與李端明〉，載陳枚編：《寫心集》（上海：中央書店，1936 年），頁 317。

97　李國彤：《女子之不朽：明清時期的女教觀念》（桂林：廣西師範大學出版社，2014 年），頁 124。

98　雖然《資治通鑒》中有記載：「凝之妻謝道蘊，弈之女也，聞寇至，舉措自若，命婢肩輿，抽刀出門，手殺數人，乃被執。」是謝道韞大勇與節義之體現，也是當時社會所鼓勵的「女英雄」形象，但在凌叔華和張兆檀創作的語境中，更多還是突出謝氏的才女形象。

99 胡文楷：〈歷代婦女著作考・自序〉，載朱一玄、陳桂聲、李士金編：《文史工具書手冊》（瀋陽：遼寧教育出版社，1989 年），頁 441。

100 夏曉虹：〈《紅樓夢》與清代女子詩社──從大觀園中的「海棠詩社・談起〉，《文史知識》，1989 年 7 期，頁 100 — 102。

101 李國彤：《女子之不朽：明清時期的女教觀念》，頁 124。

102 凌叔華：〈民國五年年假日記〉，《會報》。

103 同上。

104 張皞如：〈奇遇歌贈荷生淑華二女士並序〉，《會報》。

105 同上。

106 凌叔華：〈與執友書歷述生平得意事與失意事〉，《會報》。

107 錢虹：《燈火闌珊：女性美學觀照》（台北：秀威資訊科技股份有限公司，2011 年），頁 73。

第三章

大學的教育：
語體轉型與
現代思想的成熟
（1920 — 1924）

　　凌叔華於 1919 年從直隸第一女子師範學校畢業，在表哥的建議下，回到北京，隨後進入燕京大學女子學院，開始接受高等教育。

　　在凌叔華中學畢業的 1919 年前後，中國女子高等教育主要有兩種：進入專為女子開設的單一性別的女子高等學府，如北京女子高等師範；或進入男女合校制綜合性大學，如北京大學、燕京大學。[1] 但當時能進入男女合校的綜合性大學的女學生很少，如 1920 年就開放了女禁的北京大學，到 1922 年才招收了 11 名女生。[2] 其原因，大致如王翠艷所說，「受限於當時婦女解放的實際發展水平和社會開化的程度」，只有極少數「離經叛道」，又家庭開明的女性才有可能接受男女合校的高等教育。[3]

　　燕京大學雖然也是中國最早實現男女合校的綜合性大學之一，但男校與女校管理方式與當時的其他學校不同，簡單而言，是「女學生既被看作是男

女合校的全體學生的一部分，又被看做是一個有着特殊利益的獨立集
體」。[4]具體的實施方法為：一、女學生有專屬於女性的專業、課程設置
（如女子體育、女子生理衛生等）以及獨立的女性師資；二、女校師生
生活、教學、宗教區域相對獨立完整，可以不受打擾。而同時，女學生
又可以與男校一起共享「優秀的師資力量、完善的課程設置和先進的圖
書館、實驗室和教學儀器」。[5]燕京大學這種兼及女性考慮的男女合校式
綜合性大學在當時受到了家長和學生的認可，凌叔華便是在這樣的背景
下做出的學校選擇。

　　學界對於凌叔華進入燕京大學的時間，通常參考陳學勇所作〈凌叔
華年譜〉，確定為 1921 年秋天。[6]但根據凌叔華在燕京大學的檔案，她
的成績記錄開始於 1920 年學年度第二學期，因此，她應為 1921 年春天
入學。[7]

　　至於凌叔華的專業，她在進入燕京大學的第一年修讀的是動物系，
原因與歌德（Johann Wolfgang von Goethe, 1749—1832）有關：

> 因為我想當哥德，哥德是念動物的，所以我就處處學他，而且
> 我妹妹學醫，而動物學中有門解剖學，說不定可與她配合。[8]

　　這裏所說的妹妹即是與她同時就讀於直隸第一女子師範學校，後來
去美國做了藥學家的凌淑浩。在凌叔華燕京大學第一年的成績單中，也
的確有一門動物學（Zoology）。

　　她第二年之所以會轉到英文系，是因為老師的建議：

> 一位英文老師讀了我的作文後，堅持認為我在文學上會有發
> 展，並借給我意大利宗教家阿西西（Francis Assisi，也是動物、自
> 然界的愛好者）的幾本書，還保證我讀完後會改變主意，後來果然
> 轉系。[9]

凌叔華在英文系一直讀到了大學畢業，於 1924 年 6 月獲得文學學士學位。

一、西方文化的影響 —— 凌叔華的大學教育

除了男女同校、性別分治之外，燕京大學最大的特色便是「中西一治」。這個理念是在燕京大學燕園校區落成的時候，由燕京大學教務主任、男校文理科科長傅晨光（Lucius C. Porter, 1880 — 1958）在〈一個新的開端〉一文中提出：

> 這所大學最基本的精神內涵：中西一治（實現東西方的融會貫通）……一方面燕京將保留中華文化中所有優秀的成分，如在中國文化中居於至高地位的「孝」——其在西方文化中甚至沒有對應的名詞……另一方面，燕京也會從西方文化中汲取積極的養分：如個人的進取心、廣闊的社會責任感、豐富的科學探索的方法，致力於為人類謀幸福的對自然的掌握、敏捷的活動能力，以及對普世之愛的信仰。[10]

對於自幼在「中」的環境中長大的凌叔華來說，「中西一治」，更重要的是「西」的一面。

凌叔華的英文啟蒙較早。因為父親與博古通今、學貫中西的怪傑辜鴻銘相交甚密，讓她跟隨辜鴻銘學過一年的英文。辜鴻銘教授英文的方式是先背誦，再講解：

> 像英國人教孩子一樣的學，他們從小都學會背誦兒歌，稍大一點就教背詩背聖經，像中國人教孩子背四書五經一樣。[11]

　　但是，由於辜鴻銘對凌叔華的英語教育沒有明確的教學時間、[12] 教學內容和教學目的，[13] 使得凌叔華雖然在與辜鴻銘的相處中拓寬了眼界，掌握了獨特的語言學習方法，在早期的語感訓練和文化培養方面「放了幾塊扎實的石頭」，[14] 但若要論具體的英語語言功底和系統的西方歷史文化知識，則並未達到預期的目的。凌叔華晚年回想跟辜鴻銘學英文的往事，也認為「如果當時辜鴻銘不是辜鴻銘，說不定收穫更多也未可知」。[15]

　　而中學時代，儘管西方的現代政治、科學理念已經開始東漸，對凌叔華這一批二十世紀初期的女學生產生影響，有了「民族國家」、「現代科學」等意識，但是在注重傳統教育的直隸第一女子師範學校，這些所謂的現代思想都被包裹在國族話語之下，並非真正意義上的西學。正如凌叔華中學詩作「愧儂汲汲徒窺管，美雨歐風卻失真」，[16] 西方更多還是一種抽象概念、東方參照。也因此，無論在英語語言還是文化教育方面，這類「普通中學」的學生都相對弱於當時有着「很好的英語學習氛圍並且至少有一位以上英語為母語的英語教師」的教會中學學生。[17]

　　凌叔華入學前打下的英文功底，雖然使她滿足了燕京大學二十年代《招生簡章》的規定，即「通曉英語、談話清楚；誦讀普通英文課本沒有困難；善用文法，尤其諳熟動詞；能作明白清晰的英文作文」，[18] 但由她初入燕京大學時英文科的成績僅為「合格」可知，相較其他獲得「中等」和「良好」的科目，凌叔華的英文明顯屬於弱項。[19] 這既是凌叔華當時英文水平的記錄，也是燕京大學對學生英文高要求的體現。

　　據王翠艷的統計，在燕京大學預科生和本科生的 56 和 48 個必修課學分中，居於第一位的是英語，學分單位分別佔到 20 和 14（佔必修課總學分的三分之一左右）。[20] 燕京大學中英雙語的教學環境要求所有專業的學生都需要達到既定的英語語言標準，其最終目的在於：

　　　　取西洋文化中任何有益於中國、且可增進國際間之了解者，與
中國人共享之。欲使西洋文化中任何有益於中國之經濟、政治狀況
及社會福利，必以有相當訓練之中國男女青年為媒介。所謂相當訓
練者，即在其能分別在西洋文化中，何者為有用，何者為無用，然
後利用其有用之部分以應中國之需要。[21]

　　燕京大學對英語教育的重視和西洋文化的提倡，都對凌叔華產生了
重要的影響，是她由中而西、由傳統到現代的重要轉折點。

　　凌叔華在燕京大學的第一學年（1920 — 1921 學年）僅參加了下學
期的課程，具體科目為：英語、地質學、動物學、國文、論文、聖經，[22]
其中，動物學應為她當時身處動物系的專業必修課，聖經是燕京大學作
為教會學校所保留的宗教課程，而英語與國文是全校學生的公共必修
課，多為第一年之基礎課程。真正使凌叔華得以接受系統、全面的西方
文學文化教育的是她第二年轉入英文系之後的課程。

　　1921 年到 1924 年英文系的三個學年中，凌叔華所修讀的課程主要
是英文系科目，文學方面有十九世紀英文文學、十八世紀英文文學、
十七世紀英文文學、十六世紀之前英文文學、莎士比亞、現代詩歌和戲
劇、英文寫作、翻譯等；歷史文化方面有聖經精讀、現代歷史、社會教
育、宗教哲學、議會法等。[23] 此外，還有與國文相關的中國文學、國文
寫作、中國哲學（具體為《易經》）、國故概要、[24] 名著選讀、文字學
等。同時，凌叔華還選修了日文和法文兩門外語。[25]

　　凌叔華的分數證明了她對課程內容的吸收和掌握。根據總成績單，
凌叔華除剛進校時英文和三年級上學期法文拿過合格 P（Passing）、
四年級上學期英文拿過中等偏下 M-（Medium-）之外，均是中等 M
（Medium）、良好 G（Good）和優秀 E（Excellent），其中，中等為
16 次，良好為 21 次，[26] 優秀為 13 次。在要求嚴格、淘汰率高的燕京大

學，這樣的成績並不易得。[27]另外，凌叔華畢業時獲得了「金鑰匙獎」，
該獎每年僅頒予學習成績、課外活動、社會服務等方面表現都十分優異
的畢業生，可證凌叔華在燕京大學的狀況。

　　刊載於 1935 年 6 月 14 日《清華周刊》的〈外國語文學習概況〉，
特別強調了清華大學外國語文課程的目的：

　　　　蓋中國文學與西洋文學關係至密。本系學生畢業後，其任教員，
　　或作高深之專門研究者，固有其人。而若個人目的在於：（1）創造
　　中國之新文學，以西洋文學為源泉為圭臬；或（2）編譯書籍，以
　　西洋之文明精神及其文藝思想，介紹傳佈於中國；又或（3）以西
　　文著述，而傳佈中國之文明精神及文藝與西洋，則中國文學史學之
　　知識修養，均不可不豐厚。故本系注重與中國文學系相輔以行者可
　　也。[28]

▲　凌叔華

　　雖是清華大學外國語文系的章程，用於談論燕京大學英文系也十分
適宜。經過燕京大學英文系的學習，凌叔華對西方的認識不再只是民族
國家範疇之內、代表抽象現代的遙遠「歐風美雨」，而成為了有語言文
字、文學、歷史、政治、哲學、法律、宗教等具體知識的所在，這使她
在真正意義上得以走出中國傳統的視域，在一個更為廣大的參照之下重
新體察世界，反觀自我。而這其中，最直接、也最重要的一點，是讓凌
叔華系統而全面的感受並接觸到另一種與中國傳統文學截然不同的西方
文學風貌，由是促成了她文學思想的轉變、文學語言的轉型，最終成為
五四一代最重要的新文學女作家之一。

二、不同語體的嘗試 —— 凌叔華的翻譯習作

　　五四運動爆發的時候，凌叔華作為直隸第一女子師範學校學生，
持保留傳統的態度；但在上了大學之後，北京文化界、高校的風向幾乎
都偏向了現代那一面；加之燕京大學英文系的英語文學熏陶，使得凌叔
華對於文學也有了新的看法。既是為求文學新的發展，在當時的文化場
域中尋到出路；亦是文學觀點和審美態度的遷移，凌叔華走向白話文創
作，都是順理成章的事。
　　然而，因為凌叔華過去一直以文言書寫，燕京大學的創作作為其白
話文早期實踐，相較直隸第一女子師範學校時期的文言文創作和後期出
色的新文學作品，呈現出獨特的過渡色彩。

（一）從文言文到白話文

　　凌叔華的同代作家中，有一些是直接由白話文開始創作的。比如

盧隱，她幼時並未接受過系統的古文訓練，根基比較薄弱，在北京女子高等師範就學期間，時常因與同學比較而自慚形穢。老師胡適和白話文運動給了盧隱創作的自由和底氣，使她不再受限於傳統的文學形式與內容，可以像「凌叔華們」用文言文一樣，用白話文書寫，將文學創作作為「訴說生命體驗」、「追求自我價值」的方式。[29]白話文對於盧隱來說有着文字書寫和自我言說的雙重賦權與解放意義。

又如冰心，雖然她中學念教會學校貝滿中學、大學念燕京大學國文系，與凌叔華中學念直隸第一女子師範學校、大學念燕京大學英文系的中西合璧教育背景有相似之處，而二人後來的作品都講求現代與傳統文化的相互滋養，文言與白話的互為增補。但是在進入燕京大學之時，冰心已經接受了教會學校的西方教育；凌叔華早年生活與學習在濃郁的傳統文化氛圍之下，又在直隸第一女子師範學校打下了堅實的舊學基礎，中國舊有文化文學對於當時的她來說，既是擅長的，也是偏愛的，這使得白話文運動發生時，冰心很快便投入其中，而凌叔華以及她身邊的環境還傾向於懷疑，甚至否定。凌叔華甚至坦陳在剛進入燕京大學的時候，在報上看到冰心和胡適的新詩，「只覺得好笑」。[30]

除了中西教育的次序之外，家庭的態度也是造成女作家們白話文寫作區別的原因。冰心的家庭相對開明，當她回顧早年用白話文寫作時曾經說過：「我雖然十年來諱莫如深，怕在人前承認，怕人看見我的未發表的稿子。而我每次做完一篇文字，總是先捧到母親面前。她是我最忠誠最熱誠的批評者，常常指出了我文字中許多的牽強與錯誤。」[31]而凌叔華在開始新文學創作後，始終向家庭隱瞞創作的事實，因為那時在家中沒有人要看她寫的東西；[32]亦會將有自己發表作品的報紙刊物都收藏起來，因為爸爸是保守的傳統文人，「怕爸爸不高興」。[33]這使得從文言文到白話文，凌叔華較盧隱、冰心這些同代作家，經歷了一個更為複雜與曲折的過程。

這個過程之複雜與曲折，可由凌叔華的作品發表情形得知：冰心在 1919 年進校後，就開始在《晨報》發表文章；同年 12 月燕京大學當時的唯一出版物《燕京大學季刊》創刊，第 1 期即刊發了冰心的小說〈世界上有的是快樂……光明〉和報道〈燕京大學男女校聯歡會志盛〉；1923 年 2 月《燕大周刊》創刊，冰心的論文〈中國新詩的將來〉亦是發表在《燕大周刊》的第 1 期上。而僅比冰心晚一年進校的凌叔華直到 1923 年才開始在《晨報副鎸》發表文章，到 1924 年 5 月，燕京大學學生主辦的校園刊物《燕大周刊》上才有了她的作品。

凌叔華大學時期的發表具體情況見下表：

發表篇目	發表時間	體裁	發表載體	署名
讀了純陽性的討論的感想	1923 年 8 月 15 日	雜文	晨報副鎸	瑞唐女士
女兒身世太淒涼	1924 年 1 月 13 日	小說	晨報副鎸	瑞唐
朝霧門中的哈大門大街	1924 年 2 月 21 日	散文	晨報副鎸	瑞唐
資本家之聖誕	1924 年 3 月 23 日	小說	晨報副鎸	瑞唐
約書亞·瑞那爾支	1924 年 5 月 3 日	譯文	燕大周刊	凌瑞唐
我的理想及實現的泰戈爾先生	1924 年 5 月 6 日	散文	晨報副鎸	瑞棠
約書亞·瑞那爾支（續）	1924 年 5 月 10 日	譯文	燕大周刊	凌瑞唐
汝沙·堡諾	1924 年 5 月 17 日	譯文	燕大周刊	凌瑞唐
汝沙·堡諾（續）	1924 年 5 月 24 日	譯文	燕大周刊	凌瑞唐
加米爾·克羅	1924 年 5 月 31 日	譯文	燕大周刊	凌瑞唐
解悶隨記	1924 年 7 月 5 日	散文	晨報副鎸	叔華女士
「我那件事對不起他？」	1924 年 12 月	小說	晨報六週年增刊	瑞棠

但是，由上表可知，凌叔華雖然開始發表作品的時間晚，成果難與冰心的「數以百計」相提並論，[34] 但主題、文體都頗為多樣。她自己也說，「在大學那幾年寫作很努力」。[35] 可見 1920 年到 1923 年中間的發表空白，未必是凌叔華的創作空白。細讀凌叔華在 1923 年 9 月 6 日致周作人的信件，提到她已有「由英文及日本書譯出的小文」，希望日後能

得老師指點；又提到隨信寄給周作人的小冊子是她第一次寫語體長文，「誤謬不對的地方一定非常之多」。[36] 約略可讀出兩點信息：一、凌叔華在此前一直在學習和練習白話文的寫作，包括中文新圈點法這些基本的語體文規則，時間不短，用力頗深，由已有一個「小冊子」，且有能讓周作人滿意並幫忙投稿的小說〈女兒身世太凄涼〉便知。這即是「複雜而曲折的過程」，除了為認可白話文的價值而要作的思想和情感上的準備——如上一節中所說的廣泛而有深度的西方文學和思想教育之外，必然還需要從文言文到白話文的寫作實踐訓練。二、在凌叔華進行白話文寫作練習的同時，她也在進行英文和日文的中文翻譯。胡適在〈建設的文學革命論〉一文中寫道：「有志造新文學的人，都該發誓不用文言作文。無論通信、做書、譯書、做筆記、做報館文章、編學堂講義、替死人作墓誌、替活人上條陳⋯⋯都該用白話來做。」[37] 其中特別提到了翻譯須用白話文；而羅家倫在他 1919 年的文章中也明確表示：「歐洲近來做好小說都是白話，他們的妙處盡在白話，因為人類相知白話的用處最大。」[38] 因此，已「有志造新文學」的凌叔華在給周作人的信中提到的所作翻譯的媒介，理所應當是白話文。

　　凌叔華作為英文系的學生，做英漢翻譯實屬分內之事。但作為白話文的初學者，白話文創作與翻譯同時進行，這就不能不引起學者與讀者的重視。傅斯年（1896 — 1950）曾提過做白話文的一種方法，即「挑選若干有價值的西洋文章，用直譯的筆法去譯他，逕自用他的字調句調，務必使他原來的旨趣一點不失，這樣練習久了，便能自己作出好文章。」[39] 陳西瀅評論徐志摩早年譯作〈渦堤孩〉時，曾說在其中可以看到他文格的萌芽，「大部分還沒有受融化的工夫，所以有時像《水滸》、《紅樓》，有時近直譯，有時是純粹的白話，有時夾雜些文言，真有些南腔北調，不拘一格」，與徐志摩後來的文章做比較，直感「進步太快」。[40] 這幾種論述都印證了宋炳輝（1964 — 　）的觀點：

　　近現代翻譯文學的持續興盛，正是與現代漢語的形成同步，它
與現代漢語寫作一樣，是現代漢語形成的另一重要實踐域，而當寫
作主體與翻譯主體交叉重合的時候，對於外國文學的翻譯就已經是
一種不折不扣的現代漢語實踐了。[41]

　　因此，在研究同時進行翻譯與創作的現代作家時，若將他們的文學
作品與翻譯作品齊觀，便很可能得以看到一個處於變化過程中的、相互
影響的現代漢語的實踐過程。尤其是對於凌叔華這樣一位初出茅廬的新
文學學生作者，階段性狀態便更為突出，在其文學發展的研究中，意義
也更為重要。

　　作家的作品創作時間與發表時間並不總是一致，作者未必會按照寫
作的順序投稿；投稿之後，又與所投刊物的出刊情況、投稿數量、版面
安排等各種因素有關，這是文學生產的常識。就凌叔華的個案而言，陳
西瀅也說她「往往寫了一篇文字，壓了半年幾個月才拿出去發表」，[42]
所以儘管她在燕京大學時期的譯作發表時間都相對靠後，卻並不意味着
順序是創作居前、翻譯居後。相反，以她的譯文與散文雜文小說等創作
文章做參照比較，能夠較為清楚的看到一個由稚嫩到成熟的不斷成長和
發展的動態過程。

（二）凌叔華的三篇英漢譯作

　　凌叔華的三篇譯作——〈約書亞·瑞那爾支〉、〈汝沙·堡諾〉、〈加
米爾·克羅〉分別描繪了三位畫家的成長與生活，並且均出自同一本
書，即奧利弗·布朗尼·霍恩（Olive Browne Horne）和凱瑟琳·羅
伊斯·斯克比（Katherine Lois Scobey）在 1903 年出版的《偉大藝術
家的故事》（*Stories Of Great Artists*）。這部作品嚴格意義上並不能算

作文學類，兩位作者在書的前言中說得很清楚，源起是作者想為自己學
校的學生尋找合適的書籍，使他們能夠了解世界上一些偉大的畫作及其
作者。然而現存作品幾乎沒有適合三四年級孩子閱讀的，於是只能創作
了這本《偉大藝術家的故事》。[43] 因此，該書的設定是兒童藝術啟蒙讀
物，目的是培養學生的藝術興趣、引導學生了解藝術。正如陳西瀅在談
論翻譯時所說的：「傳達智識的媒介愈是簡潔明瞭，智識的傳佈也愈廣；
讀者的困難愈少，教導的力量也愈大。」[44] 這一類讀物對語言的要求主
要體現在明白曉暢、確定性強。又加上《偉大藝術家的故事》潛在讀者
是兒童，那必得再加以考慮兒童的心理狀態和接受能力，故而主題、結
構都較為簡單，語言也更為生動活潑且淺顯易懂，均大大降低了翻譯的
難度。

　　總的來說，凌叔華的譯文在內容、風格和語言上均對原文有較好的
還原，將約書亞・瑞那爾支（Sir Joshua Renolds, 1723－1792）、汝
沙・堡諾（Rosa Bonheur, 1822－1899）、加米爾・克羅（Camille
Corot, 1796－1875）的人生和創作以原文特有的趣味介紹呈現了出
來。但是若要論及翻譯的信達雅三原則，以及凌叔華白話文技能的成
熟，則仍值得討論。

1. 翻譯中的錯誤

　　凌叔華譯文有兩大問題，其一是對原文理解的偏差，其二是白話文
表達的錯誤。雖然並未在大的方向上影響讀者對內容的理解，卻使得部
分事實偏離，細節意義喪失，甚至出現文理不通、情理不符的情形。

詞彙

　　三篇譯文的翻譯問題首先體現在對詞彙的詞義認知上，以下分別列
舉名詞、形容詞、動詞、助動詞的例子以證。

A. 名詞

在〈汝沙‧堡諾〉一文中，原文為描寫汝沙‧堡諾深入鄉村尋找動物模特時這樣寫道：

> At one time, she made sketches of the oxen plowing in the field. At another time, she drew the cows standing knee — deep in the sweet clover.[45]

同樣是牛，文中分別使用了「ox」和「cow」來區別，而凌叔華在她的譯文中則均以「牝牛」來指稱。[46]如果說牝牛和 cow 的對應還有其合理性的話，將代表牛的總稱或公牛的「ox」強譯為雌性的「牝牛」，則難以自圓其說。

B. 形容詞

〈約書亞‧瑞那爾支〉一文在刻畫畫家愛心時，提到了他愛給乞丐小孩畫像的事。有一次他正在給一個小孩畫像，小孩忽然睡着了，畫家很喜歡小孩睡着的樣子，便重新拿了一塊畫布畫小孩的睡相。在說到換畫布的時候，原文是「fresh canvas」，[47]即棄用原本正在畫的醒着的小孩那張畫布，改用一張「新的畫布」，而凌叔華譯為「新奇畫布」，[48]畫布本難用「新奇」形容，放在此處更是不知所謂。

同一篇文章裏，瑞那爾支因畫藝卓群，被英皇封為爵士；他的故鄉人民為了表示對他的尊敬，又選他做了市長，後者顯然讓瑞那爾支更加得意。原文中，瑞那爾支跟皇帝說：「This gives me more pleasure than any other honor I ever received.」[49]「any other honor」是指過往所接受過的所有榮譽，表示故鄉人民的肯定對瑞那爾支的重要性，並非真正的比較。而凌叔華的翻譯卻將這裏所提到的榮譽變成了特指：「這次賜給我的快樂，比那一次所得的榮譽都多。」[50]其口吻與意蘊亦發

生了改變。

C. 動詞

〈加米爾‧克羅〉中的克羅非常喜歡自然，尤其喜歡春天。原文是這樣寫的：「He liked to represent springtime, when all the world is freshly dressed in green.」[51]而「represent」，應為「描繪」之意，凌叔華譯成了「表示」，因此譯文為「他喜歡表示春天」，[52]前後不通，實難解析。

又如〈汝沙‧堡諾〉中與動物相關的段落。畫家在自家花園裏養了一頭獅子，非常兇猛狂野，與畫家感情甚篤。後來因為畫家要離開巴黎，不得已將獅子送去動物園。等到她終於回到巴黎，去動物園看獅子的時候，獅子已經眼盲，躺在地上想家。看到過去的猛獸變成這個樣子，畫家止不住的落淚。她跟獅子說話，獅子站了起來，走到她身邊，發出了某種聲音向她表示歡迎。畫家帶着獅子回家，不久，獅子就死在家裏，死時手臂枕在畫家的手臂上。關於獅子與畫家重逢時向畫家發出的聲音，原文用的「purr」，[53]是帶有顫抖的喉音，既帶有貓科動物的特色，又可說明其時獅子心情的激動、身體的虛弱，而凌叔華譯為「嗥叫」，[54]大聲的吼叫，雖然不能算錯，但較之原文，的確失去了一些情境感。

D. 助動詞

〈加米爾‧克羅〉中的主人公加米爾有一個很長的名字：約安‧巴甫太西‧加米爾‧克羅（Jean Baptiste Camille Corot），因為他在學校的七年裏，別人都叫他加米爾，所以此文中的敘述者也採用這種稱呼。

敘述者的這句話，原文為：「We, too, shall call him by that name.」[55]表示將來時態。而凌叔華的譯文是：「所以我們也只可用這名字。」[56]語氣加重，程度加深，改變了原文的意味。

語法：以主語問題為例

　　儘管凌叔華在詞彙的翻譯中難免出現錯處，但這更多出於對原文語言掌握的不足——在朱光潛看來，是很難規避的，因為「文字意義的徹底了解需要長久的深廣的修養，多讀書，多寫作，多思考，才可以達到」。[57]而語法的錯誤，朱光潛認為是「不可原恕」的，因語句文法組織有規律可循，最常見的錯誤起於忽略。[58]

　　在很多情況下，朱光潛的意見是正確的，但在討論凌叔華三篇譯作時，除了譯者的「忽略」，還有白話文水準的局限，受困於文言寫作的舊習，尚未能在中西文法的差異性中掌握合適的白話表達方式。

　　朱光潛在〈談翻譯〉一文中指出過中文句式與西文句式的不同，以及翻譯的難點：

> 　　中文少用複句和插句，往往一義自成一句，特點在簡單明瞭，但是沒有西文那樣能隨情思曲折變化而見出輕重疾徐，有時不免失之鬆散平滑。總之，中文以簡練直截見長，西文以繁複綿密見長，西文一長句所包含的意思用中文來表達，往往需要幾個單句才行。[59]

　　西文繁複綿密之原因，以張衛中的觀點，在於「其句子成分都有很明確的形態標誌，同時大量的關聯詞使西文能夠完成非常複雜的組合」，這樣的句式優點，是可以「為大量吸納信息提供充分的空間」。[60]而隨着時代的變化，當傳統漢語無法為發展中的中國社會和文學提供足夠的敘事支持，這樣的西文文法系統必然會作為一種策略，被漢語寫作者學習和吸納。因此，在提到五四之後的漢語句子結構時，王力（1900－1986）特別明確指出了幾個變化：

> 　　五四以後，漢語的句子結構，在嚴密化這一點上起了很大的

變化。基本的要求是：主謂分明，脈絡清楚，每一個詞、每一個詞組、每一個謂語形式、每一個句子形式在句子中的職務和作用，都經得起分析。這樣，也就要求主語盡可能不要省略、聯結詞（以及類似聯結詞的動詞和副詞）不要省略，等等。[61]

其中王力特別強調的有關句子結構嚴密化的「主語」問題——不僅是省略問題，還有錯用問題——恰恰就是凌叔華最容易出錯的地方。而根據翻譯的步驟又分為兩種情況，一種是對英文原文理解的錯誤，一種是在翻譯成白話文時表達的錯誤。

A. 理解謬誤

理解謬誤發生在譯者閱讀原文的時候，並在翻譯成中文的過程中，延續了之前的錯誤理解。

例如〈汝沙・堡諾〉一文談到汝沙小時候與兄弟姐妹在樹林和田地上玩了一天之後回家的場景。

原文是：

> How quickly the little white creature comes as the children call it by name! Very gently Rosa strokes its soft wool as it drinks the milk.[62]

譯文是：

> 這些白羊聽見小孩子叫他們就立刻往前去。汝沙很溫和的撫摸那羊的白毛，慢慢的喝羊奶。[63]

由原文和譯文的對照可知，原文中喝羊奶的是羊，而譯文中喝羊奶

這個動作的主語省略，便視為與上一句撫摸羊毛的動作是同一主語，喝羊奶的便成了汝沙。

又如〈加米爾‧克羅〉的結尾處，談到克羅年老時朋友給他舉辦了一場宴會，送他紀念牌，還說了很多愛戴的話，克羅非常感動，原文說：「He could only whisper, "It makes me very happy to be loved so much." This was the last time that the artist was away from home.」[64]

根據原文，這場美妙的宴會是克羅最後一次離開家，不久之後，他就去世了。但在凌叔華的譯文中，她譯成「這談話是他末一次了」。[65]雖然這裏所說的「談話」可以理解成是克羅最後一次參加公開活動，亦能解釋部分原文，但與「離開家」相比，程度還是尚淺，並沒有能夠完整表達克羅當時的身體狀況，以及這次宴會對他的人生所起到的落幕之用，原文語境亦發生了偏移。

B. 表達謬誤

表達謬誤發生在譯者用白話文譯寫的過程中。主要問題不僅體現在內容上誤導讀者，也體現在語言上的「不達」，表不明原文之所表，言不清原文之所言，增加讀者閱讀難度。

以〈約書亞‧瑞那爾支〉為例。原文是：

Reynolds liked to paint little beggar children. He often coaxed them to come to his studio to pose for him⋯⋯ A little child who posed for him became tired and fell asleep.[66]

譯文是：

瑞那爾支喜歡畫乞丐小孩，他常常哄他們到他畫室裏來，做他

　　的畫料。有一次有一小孩子坐在那裏給他畫，他（小孩）慢慢的瞌
　　睡起來。[67]

　　由原文可知，做肖像模特的是小孩，打瞌睡的也是小孩；但在譯文
中，第一個「他」是指瑞那爾支，第二個「他」卻是小孩，在同一複句
的多個分句中同時使用第三人稱代詞指代不同主語，並且中間沒有任何
解釋，造成主語混亂。如果只看這一句話，將打瞌睡的人理解成瑞那爾
支也並無問題。
　　這樣的例子還有很多，又如〈汝沙‧堡諾〉中提到《牛耕田圖》的
創作過程時，主語的省略帶來動作主體的錯置：

　　這些牛用很大氣力上那小山的頂，它們已經耕出很深的犁溝
　　了，農夫當時撒種子在這又暖又黃的土裏。以後好幾天，這人和牛
　　還做工，（畫家）才可以畫完。[68]

　　「才可以畫完」這一句在原文中並沒有，是譯者自主添加的。而根
據句式，「畫完」的動作行為主體是「這人和牛」，但很明顯，譯者的原
意是需要人和牛再做工幾天才能夠完成耕田的動作，而畫家汝沙同樣也
需要再工作幾天才能畫完。
　　而另外一些例子，由於主語省略，直接帶來了句義的改變。
　　如〈加米爾‧克羅〉的一開篇，作者便描寫了克羅與鳥的親近關係。
原文是：

　　He used to talk to the birds. They seemed to sing more
　　sweetly when he came into woods.[69]

　　而譯文是：

　　　　他每每對鳥說話，（？）覺得鳥也特別唱的好，當他來的時候。[70]

　　原文認為鳥在看到克羅進入樹林時唱得格外甜美，因為克羅對鳥有感情，常跟牠們說話，所以鳥似乎對克羅也有感情回饋，強調的是克羅與鳥之間雙向的情感互動。而在凌叔華的譯文中，由於主語省略，「覺得鳥也特別唱的好」的主語承上文的克羅，可理解為克羅喜歡鳥，他覺得當他在的時候鳥唱歌會特別好。這樣的認知，建立在相信人對鳥、對自然的影響力的基礎上，並不是文章想要刻畫的愛慕自然、認為自然界能夠使人受到感觸的畫家克羅的意志，是對人物形象的一種曲解。類似這樣的問題，如果不參考原文，對細節的認識、場景的想像、人物的理解均會發生偏移，從而使得譯文喪失了最基本的「信」的標準。

　　因為第三人稱代詞不用作主語，古代漢語對主語的處理相對現代漢語要靈活不少，並且省略的方式更為多樣，除了現今依然沿用的承前省略和蒙後省略之外，還有隔句省略等。在凌叔華的中學文言習作中，就時常出現諸如「（吾）破曉聞鐘聲，披衣起參諸大殿」、「（國人）舶來品趨之若鶩，本國貨棄之如屣」等主語省略的情形。漢語「只多單句，很少複句，層次極深、一本多枝的句調尤其沒有」，[71]在這樣的語言環境中，只要不影響理解，主語省略是有可行性的。可是如果以漢語的語言法則直接用於「每一個句子通常必須有一個主語」的英文翻譯之中，[72]尤其是在應對層層剝進的較長或較複雜的英文文句組織時，便很容易由主語省略造成主語缺失，以致影響閱讀。在漢語歐化的過程中，一個常見的現象是主語的增加，可省而不省、可無而欲有，凌叔華的譯文卻似乎反其道而行之，這是在她同時期甚至更早時候發表的散文、雜文、小說都極少出現的語法謬誤。可見，的確有可能如筆者在上文提出的猜

想，凌叔華的翻譯實踐在創作實踐之前。在這三篇譯文翻譯之時，凌叔華的白話文歐化程度十分有限，依然受着文言文的影響。

2. 從「分句後置」談起——凌叔華的白話文探索與發展

　　針對白話文寫作，傅斯年早在 1919 年便提出了建議，即「直用西洋文的款式，文法，詞法，句法，章法，詞枝……一切修詞學上的方法」。[73] 儘管凌叔華的翻譯暴露出她早期在白話文摸索過程中的諸多弱點，但是經由同樣的文本，還是能夠看到她通過翻譯，學習和借鑒英語文法，不斷自我反思與修改，提升白話文寫作的努力。本節將主要以「分句後置」的語法結構為例，具體討論這個問題。

　　〈汝沙·堡諾〉中如此描述汝沙對繪畫的喜愛：「As long as she had in her hands a pencil, a piece of charcoal, or a lump of modeling clay, she was happy.」[74]

　　其中的「as long as」——「只要」，在凌叔華的譯文中譯作「當」，引條件句——「她是甚麼時候都快活，當（只要）她手內有管筆或一塊配成一堆做模型的土。」[75] 按照原文語序或傳統中文的書寫方式，該句可以譯為「只要她手內有管筆或一塊配成一堆做模型的土，她就感到很快樂」。而把「當……」句提前，正是王力談論五四以後漢語新興句法時特別談到的分句位置的變化：

　　　　從前漢語的條件式和讓步式，都是從屬分句在前，主要分句在後的。在西洋語言裏，條件式和讓步式的從屬分句前置後置均可。五四以後，這種從屬分句也有了後置的可能。[76]

　　除了條件分句後置，凌叔華在三篇譯文中用得更多的是時間分句後置。例如〈約書亞·瑞那爾支〉中，瑞那爾支給父親寫信，原文說：

「While working here, I am the happiest person in the world.」[77] 而譯文為：「我可算世界上最快活的人，當我在這裏畫畫的時候。」[78] 又如瑞那爾支和朋友去旅行時，原文說：「How they enjoyed skimming over the blue waters of the sea!」[79] 譯文是：「他們非常的快樂，當他們航行在青藍的海上。」[80]

余光中（1928— ）在〈翻譯和創作〉中特別強調「在譯文中講究字句的順序」，[81] 因為作者在原文中所要表達的意義，除了內容之外，很可能還寄於語法之中。因此，要談論以上三種分句後置是否合適，還是應該回到原文。

在條件分句的例子中：「As long as she had in her hands a pencil, a piece of charcoal, or a lump of modeling clay, she was happy.」[82] 所要強調的是她感到快樂的來源，必須要有這個條件，因此本句的重心應在「as long as」這一條件句。而在譯文中，重心也是一樣，從語法結構來看，將「當」句後置是適宜的。

在時間分句的例子一中：「While working here, I am the happiest person in the world.」強調的是成為世界上最快樂的人的條件，即在這裏工作，譯文與原文一致。而在例子二中：「How they enjoyed skimming over the blue waters of the sea!」原文使用的是「how」感歎句，強調的是謂語，即享受（enjoy）的動作，但在譯文中，重心則倒向了「在青藍的海上」。

可見，凌叔華並非已經能夠很熟練地使用白話文新起的「分句後置」，還是有模仿特定句式的痕跡，以至於會出現錯用的情形。並且，即便是在可以使用的句子中，語言也還是難免生硬，尤其是三個選句中「當」的用法。條件分句一例，凌叔華將「as long as」譯為「當」，不能算作妥帖；而在「How they enjoyed」一句中，凌叔華亦將後面的分詞短語「skimming over the blue waters of the sea」補充成了

「當」開頭的分句，既對句義有所影響——將「航行在青藍的海上」由快樂的原因變成了感到快樂的時段——又使句子平添臃腫；將「while working here」譯為「當我在這裏畫畫的時候」算是這三個例子中最合理的，但是是否也有必要完整使用「當……的時候」這樣「公式化的翻譯體」亦是值得商榷。[83] 一定的西化固然可以滋養漢語，幫助譯者／作者更好的使用漢語表達，但「不必用而用」，[84] 反倒會干擾文章內容，破壞詞句理解。

　　然而，如同本書反覆強調的，這是凌叔華白話文實踐的初期作品，屬於探索階段，在凌叔華後來的作品中，很少再出現這一類附會特定句式或短語而影響文從字順的情形。以時間分句後置為例，如凌叔華發表的第一篇散文〈朝霧中的哈大門大街〉：

> 當那天呂祖大師及關老爺怒氣沖霄，要殲滅交民巷，那些所謂民國元勛，大人物，老爺，先生，博士（原來博士銜在民國很抖，老老爺大人，都不稱呼，卻愛人稱呼博士），大人們都燒香頂禮的球，千萬不要因此打他們的飯碗，試了他們找體己另錢的機會。[85]

　　類似的語境，凌叔華選擇的已是更能配合上下文的時間分句前置，而非一味後置了。條件分句後置的情形也不多，偶有見到，如小說〈酒後〉：「我總不能舒服，如果我不能去 Kiss 他一次。」[86] 但與上文的譯文相對比，〈酒後〉中的後置自然得多。這便是由分句後置看到的凌叔華白話文書寫的一種變化。

　　除了「分句後置」之外，還有一些其他的新興語法現象也出現在凌叔華的翻譯文本和創作文本中，例如說話人在對話結構中的位置由通常的前置，變成可以中置和後置，也是五四之後漢語吸收西文的一種新的變化，三篇譯文中兩種均有，各有一處。

〈加米爾・克羅〉在寫到克羅漫遊時與經過的鳥、樹、蝴蝶交談時，出現了說話人中置的情形：

> "Is it for me you are singing, little bird?" he would say.
> "Well, this is fine." [87]

凌叔華在譯文中完全保留了這樣的句式：

> 他走路時或和那鳥，那樹木，蝴蝶說話，「小鳥呀，你是為我而歌嗎？」他說，「好呀，這真美呢！」[88]

另一例子是〈汝沙・堡諾〉在寫到汝沙在公園畫畫，被一旁的老紳士誇獎，說話人在句子中的兩種位置都出現在同樣的場景中：

> "You draw well, my little girl," says an old gentleman who is standing near. "Yes. " answers Rosa, "and my papa draws well, too. He taught me. " [89]

原文老紳士說話的部分用的是說話人後置，汝沙說話的部分用的是中置。而在凌叔華的翻譯中，老紳士的部分用了傳統的前置，汝沙的部分用了後置：

> 有一年老的紳士在旁說：「小姑娘，你畫的這樣好啊！」
> 「是嗎？我父親畫的更好，他教給我的。」汝沙答他。[90]

類似的句式，在凌叔華燕京大學時期的創作中使用很多，尤其是小說文體中。

後置之例有如：

「下次這些字紙簍裏的信別拿來給我看，不是我已經告訴過你一次了麼？」老爺吩咐道。（〈資本家之聖誕〉）[91]

「回來做甚麼？」他說完，摔門走了。（〈「我那件事對不起他？」〉）[92]

中置之例有如：

「是呢，」三姨娘說，「總而言之，中國女人太容易叫人糟蹋了。大小姐呀，我不是怕人糟蹋，我也到不了你們家呢。」（〈女兒身世太淒涼〉）[93]

《偉大藝術家的故事》的三篇文章固然不是凌叔華吸收這類句式的唯一來源，五四之後很多中國作家都開始使用這樣的方法，如魯迅〈阿Q正傳〉中便有說話人中置和後置的情形：

「完了？」趙太爺不覺失聲的說，「那裏會完得這樣快呢？」[94]

「我是蟲豸，好麼？……」小 D 說。[95]

翻譯文學、新文學作品，包括凌叔華在課堂上所學習的英文的詞法句法都會成為她更新自己的文法系統的途徑，而對作品內容和語言形式都有具體規定的翻譯工作，更是凌叔華不斷實踐和提升白話文寫作能力的方式。上文所舉出的說話者在句中位置的歐化，即是文法形式「直譯」

英文原文的實例，經過翻譯的過程，譯者強化了自身對英文語法結構的感性與理性認知。正是經由這些對英文文法的學習和處理，夾雜過往文言語法的限制和影響，不斷犯錯與修改、總結與反思，凌叔華才慢慢從譯文的青澀邁向創作文本的成熟，最終找到自己的白話文語言。

三、女性的革命與改良意識
—— 從戲劇和小說看凌叔華的女性思想

　　如果說直隸第一女子師範學校仍然是在父權與國權的博弈之下培養以「保國強種」為目的的「新賢妻良母」，那燕京大學提倡的則是培養有自立精神、有主體意識的「超賢妻良母」。[96] 由凌叔華曾修讀的直隸第一女子師範學校 1917 年開辦的家事專修科與燕京大學 1923 年設立的家政學專業的對比，能得到最直觀的了解。

　　黃育聰和高少鋒曾將中國的家政學分為中國創辦的學校的家政系和教會學校家政系兩種。[97]

　　前者可追溯到晚清《女子師範學堂章程》「立學總義」，「以養成女子小學堂教習，並講習保育幼兒方法，期於裨補家計，有益家庭教育為宗旨」。[98] 由此，女學被納入學校教育體系中，[99] 家政學作為女學的重要內容，也開始有了其學科意義。到後來民國成立，「壬子癸丑學制」擴大了女子教育的範圍，開始設立女子中學和女子師範，家政學也進入了女子中等教育的範疇，並出現了一些現代性的變化。這點主要體現在課程設置上，開始由「單純的服務家庭」向其他方面擴展，接觸到如經理家產一類教育，「獲得的職業面變大，有利於進一步參與到社會中」，但是「要求女性回歸家庭的最終目標及學習設置依然頑固」。[100] 凌叔華所就讀的直隸第一女子師範學校的家事專修科即屬於此類。

　　燕京大學的家政學學科與直隸第一女子師範學校的家事專修科從源頭上就有本質區別，它並非上承晚清的家事學，而是屬於「教會學校家政系」的脈絡，直接由美國的家政學學科移植而來。雖然其培養目標——「幫助培養（女性）養成有高級標準的家庭管理；養成家事教師與領導者，以服務中國學校需要；提供給中國學生接觸科學、藝術、經濟等學習機會，以解決家庭問題」，[101] 仍不脫「女子治內」的傳統思想，帶有時代的局限性。然而在學科建立初期，課程設置就涵蓋了營養學、衛生處理、兒童護理與兒童發展、家事管理等課程，儘管也兼及本土化，加入「女紅」性質課程，但也只剩「製帽與縫紉」一門選修課。[102]與「衣、食、住及侍病、育兒、經理家產、家計簿記、栽培、前養兼實習烹飪」等將「技能訓練」置於核心地位的直隸第一女子師範學校一類傳統家事學科相較，無疑已有本質區別。女性的價值和角色不再「局限於家事管理」，「而是有了更廣闊的服務社會的通道」。[103]

　　直隸第一女子師範學校家事專修科與燕京大學家政科的對比，反映了國立中學與教會大學在校園氛圍與教育導向方面的不同，這是凌叔華所處的具體環境的變化。而從大的社會背景着眼，這樣的不同也源於女性解放思想隨時代發展而產生的變化，如錢理群（1939— ）在〈試論五四時期「人的覺醒」〉中所言：

　　　　辛亥革命時期的婦女問題是從屬於政治的，所強調的是婦女在政治上與男性的平等，即與男子一樣平等地擔負起對於國家、民族、社會的責任，共盡「國民」的義務。……而五四時期的婦女問題則服從於「人」的解放這一時代的總主題的。因此，在五四先驅者看來，所謂婦女獨立價值的發現與覺醒，必須「使女子有了為人或者女的兩重的自覺」。[104]

在社會思潮和學校教育的雙重引導影響之下，相較直隸第一女子師範學校時期與家國觀念交雜的女性意識，燕京大學時期的凌叔華開始有了獨立女性的覺悟，超越了中學時期的賢妻良母，並對女性家庭處境、社會角色等方面進行了反思。

（一）戲劇中的革命憧憬──嫦娥的追求及其寓意

凌叔華在晚年回憶燕京大學創作的時候，特別提到了她受英文戲劇老師鼓勵而自編自導的兩齣英文短劇〈月宮女神〉和〈天河配〉，劇本發表在《中國科學與文學周刊》（*The China Journal of Science & Arts*，後更名為 *China Journal*）。陳學勇先生經過長期尋索，終於找到這份期刊和所刊的〈月宮女神〉英文劇本；又經邱燕楠翻譯成中文版，發表在 2013 年第 1 期的《現代中文學刊》上。凌叔華一生戲劇創作很少，僅有〈她們的他〉（1927）、〈女人〉（1929）、〈下一代〉（1971）幾部。〈月宮女神〉的發現把凌叔華的戲劇創作時間推前一大步，豐富了她的戲劇研究史料，劇本所描寫的女性形象與命運也成為了解凌叔華這一時期性別思想的重要參考。

以嫦娥奔月故事為中心的文本，在中國經過了長久的流傳與演繹，隨着社會對女性認知的不斷變化，出現了各種版本，主要區別體現在對嫦娥奔月動機的歸因。較有代表性的說法有四種，其一是自私竊藥說，即嫦娥為了一己私慾，偷走后羿的不死藥以求升天，典型文本有〈淮南子·覽冥訓〉：「羿請不死之藥於西王母，姮娥竊以奔月。」[105] 下場是化為醜胎，如張衡〈靈憲〉所言，「是為蟾蜍」。[106] 其二是急中生智說，即嫦娥為防止逢蒙偷走不死藥，不得不自己吞下，文本有〈淮南子·外八篇〉：「羿請不死之藥於西王母，托與姮娥。逢蒙往而竊之，竊之不成，欲加害姮娥。娥無以為計，吞不死藥以升天。」[107] 因動機勇善，得到光

明結局：「然（娥）不忍離羿而去，滯留月宮。廣寒寂寥，悵然有喪，無
以繼之，遂催吳剛伐桂，玉兔搗藥，欲配飛升之藥，重回人間焉。羿聞
娥奔月而去，痛不欲生。月母感念其誠，允娥於月圓之日與羿會於月桂
之下。」[108] 其三是拯救黎民說，在這種說法裏，后羿與夏朝的君主羿合
併為同一形象，嫦娥見到后羿施行暴政，又有不死之藥，擔心百姓因此
更遭厄運，故而偷藥救民。還有第四種洩恨解脫說，這是嫦娥奔月的版
本中最具有現代意義的一種，強調了后羿與嫦娥之間作為夫妻的相對權
力關係，弱勢的女性因難忍強勢的男性對自己的壓迫與傷害，選擇以偷
藥的方式復仇反抗，開始新生。其中，嫦娥對后羿不滿之處也有幾種情
形，一種是后羿出軌，出處是屈原（公元前 340 —公元前 278）〈天問〉：
「帝降夷羿，革孽夏民。胡射夫河伯，而妻彼雒嬪？」[109] 嫦娥因后羿與
河伯之妻雒嬪相好，以竊藥升天為報。但這個說法並不可信，在同一篇
〈天問〉中，還提到了后羿的妻子玄妻（純狐女），並不是嫦娥。另一種
情形在早期文獻中未有確實記載，在部分學者的研究中卻有提及，即嫦
娥不堪忍受后羿的男權統治，選擇偷藥。[110]

　　凌叔華的〈月宮女神〉延續了第四種女性主義視角，從夫妻之間
的矛盾入手，為嫦娥偷藥尋找了無可辯駁的理由，使得嫦娥不僅情有可
原，而且值得肯定，是尋找自我、爭取權利的現代獨立女性之代表。在
此基礎上，凌叔華也有自己的一些創新，她的嫦娥奔月話劇既有與以往
版本相似的地方，也表現出特定的時代背景和她個人的階段性特色。

　　〈月宮女神〉是一齣詩劇，角色設嫦娥、后羿、吳剛、玉兔四者，
在四個場景展開：

　　場景一：漢代清寂的山上，嫦娥獨語：陪丈夫后羿來到這座荒無人
煙的山上已經一年，為他拋下了所有的親友，錯過了人間所有的樂趣，
然而他永遠是一個人坐着，讀道家經書，從不與她交流。又一年秋天到
了，她感到孤獨。

　　場景二：山洞裏，后羿獨坐，玉兔在他旁邊敲打：嫦娥走進山洞，想邀約后羿與他一同遊玩，被后羿拒絕，堅持修道才是人生唯一的意義，嫦娥獨自離開。

　　場景三：山的另一邊，玉兔在搗藥，被嫦娥看見：嫦娥詢問玉兔，才得知原來玉兔在為后羿煉製仙藥，后羿吃了之後，就能升上天堂。然而，后羿卻沒有告訴嫦娥，而是準備獨自升天，繼續留她在這寂寞的荒山，嫦娥非常傷心，服下了后羿的丹藥，升上了天堂。

　　場景四：月宮，吳剛正在砍桂花樹：嫦娥見到了吳剛，也見到了玉兔，得知西王母已經封她為月宮女神，她決定要離開她身後的世界，做一個心懷蒼生的天神。

1. 人間的寂寞

　　隨着嫦娥奔月傳說的演變，歷朝文人都喜以嫦娥入詩入文，其中一個很明顯的傾向，就是以浪漫化的手法，消解對嫦娥作為盜藥者的批判，反突出一位女子獨處月宮清寂孤寒的形象，如李白〈把酒問月〉中「白兔搗藥秋復春，嫦娥孤棲與誰鄰」，[111] 杜甫（712 — 770）〈月〉中「斟酌恒娥寡，天寒奈九秋」，[112] 李商隱（約 813 —約 858）〈月夕〉「兔寒蟾冷桂花白，此夜嫦娥應斷腸」，[113] 陳陶〈海昌望月〉中「孀居應寒冷，搗藥青冥愁」等。[114] 而在〈月宮女神〉中，月宮的一切都是充滿生命力的。相反，倒是陪伴在后羿身邊的人間生活是嫦娥真正的寂寞。

　　嫦娥何以處在清寂的山中，與后羿相依為命，戲中解釋得很清楚，是為了陪同后羿修道。而為了這個陪同，她「錯過了人間所有的樂趣」：

> 年輕的女人怎麼能忘記她親愛的父母和可愛的姐妹，
> 她擁有的是從來不花時間找樂趣的沉默寡言的丈夫。

> 許多年來丈夫都是孤獨地坐着，
> 只讀着一本道家的經書，
> 對他來說任何交談都是不珍惜光陰。[115]

　　嫦娥第一層的寂寞源自於為了丈夫后羿，放棄了世界，捨棄了自我，來到清寂的山上；第二層寂寞來自后羿的冷落，他享受了嫦娥的犧牲，為修道犧牲了嫦娥。

　　劇中嫦娥與后羿的對話是頗有意味的。當嫦娥邀約后羿與她一起去山上觀賞「芳香的金燦燦的桂花樹」時，后羿照例拒絕，藉口卻荒誕無稽：

> 請讓我單獨呆會兒　我美麗的妻子，
> 我在思考一個玄妙的問題。
> 我的心從未被任何美艷的景色打動過，
> 它乾得就像一口古井，硬得就像一塊岩石。
> 回到你自己的山洞去吧，讓我們用不同的方式享受自我。[116]

　　這表現出后羿對嫦娥的雙重期待，既要她如舊式女性放棄自我，以夫為重；同時又要隨時可以如新式女性，獨立自主，不思依附。這是中國傳統社會一以貫之的男性中心論，視女性為召之即來揮之即去的奴隸與附屬品。嫦娥所表現出的犧牲、沉默、順從，恰恰是這樣的社會中最受到肯定的女性價值。這些性格特質，均出自她自幼所受的教育、生活環境的熏陶，還有習以為常的麻木。所以，即便她感到深深的寂寞，她也只會告訴玉兔：「我請求我丈夫允許你經常來陪伴我。」[117]——在「請求」、「允許」這一類體現性別權力關係的詞彙所建造的語境中，嫦娥是甘做弱者，並不想對現狀做出任何改變，甚至沒有意識到現狀需要做出改變。

2. 月宮的革命

〈月宮女神〉中的嫦娥之所以會偷藥，是玉兔告訴嫦娥它在搗的藥是為后羿升天之用。面對丈夫的隱瞞，對自己的拋棄，嫦娥感到傷心和憤怒：

> 如果他吃下這個神奇的丹藥，他將永遠地步入天堂，
> 我就會忍受更大的寂寞。
> 他為甚麼不告訴我，
> 他已經厭倦了我，
> 這些年我們同甘共苦，
> 我為他付出，我久久忍受。[118]

但是這卻不是嫦娥偷藥的動因，她並非貪圖一己私慾，也並不是要破壞丈夫的升天大計，只是純粹的出自傳統女性對男性的依附，擔心被拋棄，便先一步走在前。如同嫦娥所說：「我希望他會帶着我一起升天。讓我先服下這丹藥吧。」[119]

嫦娥的革命是升入月宮之後才發生的，月宮開啟了她的視野，給她帶來了女性意識的「啟蒙」，令她走出家庭，見到了一個與后羿死寂的、冷漠的天地不一樣的充滿生命力的世界，由以下的兩組對比可以看出：

	月宮	人間
環境	「這銀白的光比陽光更耀眼，眼前是高大、晶瑩的建築。地面如此光滑潔淨，好像是明玉砌成，……空氣中瀰漫着那株挺拔桂花樹的香氣，桂花樹梢已然觸破一碧如洗的天空。」	「已經整整一年都沒有人來到這座山上了，只聽到蕭瑟樹林中鳥兒的歌聲。這些日子樹葉開始發黃，發紅，秋天又來了。」

（續上表）

	月宮	人間
人物	問：桂花樹這麼美麗，芳香，你為何要砍倒它？ 答：我們的天神命令我來砍的，因為它們長得太快，已經戳到天空。一百年前，我曾是一個神仙，因偷吃了玉帝花園裏的果子被流放到這裏。神仙們覺得桂樹長得太高，因而派我來砍樹。我已經砍了許許多多年，日夜不歇，但永遠砍不倒它。	問：這隻兔子在搗甚麼？多漂亮的小動物啊，你從那兒得到它的？我喜歡它雪白的皮毛和櫻桃般的紅眼睛。 答：西王母賞賜予我的，為嘉獎我的勤勉工作。它在搗着一種可以延年益壽的草藥。我的好妻子，請回你的山洞去，今天我不能和你一起出遊。

　　在對月宮的描寫中，嫦娥使用了「耀眼」、「高大」、「晶瑩」、「光滑潔淨」這一類極為鮮亮的形容詞，寫出月宮的精於雕琢，而「瀰漫」、「觸破」兩個動詞，又點出了月宮的生機，使得月宮不僅高雅，而且活潑。相較而言，嫦娥對人間的形容就枯燥得多，不過是「蕭瑟」一詞。原本已經人跡罕至，又添上鳥叫，更顯孤寂。「發黃」、「發紅」，使得人間的畫面十分蕭條。

　　一切景語皆情語，人間和月宮在嫦娥眼中會如此迥異，還是心情所致。而心情的不同，主要是由於處境的不同。在〈月宮女神〉中，嫦娥作為女性的處境主要是通過與男性的關係——特別是對話——來體現的。在上表中的兩組問答中，后羿只是就事論事，回答完嫦娥關於這隻兔子從哪裏來、在搗甚麼的問題之後，就要求嫦娥離開，封鎖了交流的可能，也即是保羅・格賴斯（Herbert Paul Grice, 1913 — 1988）會話理論所說的單方面宣佈不遵守會話合作原則。而吳剛的回答，除了為甚麼要砍這棵樹之外，他還回答了他是誰、他甚麼時候開始砍這棵樹、這棵樹永遠砍不倒之類的話，對嫦娥問題的認真與重視，也表現出對嫦娥本人的尊重。而吳剛對嫦娥的發問：「你是誰，女士？這裏是月宮。你的打扮像那些凡界尋常人，誰帶你來到這裏的？」[120] 雖多是基本信息之問，也為封閉式問法，但在滿足好奇之外，吳剛還是以發問的方式，鼓

勵了嫦娥的自我言說。相對后羿不可置疑的威權，單向的發號施令，吳剛所代表的是一種有傾訴和聆聽的雙向交流模式。后羿和吳剛的對比，正是某一側面的男權社會現實與女性主義理想的對比。

除了吳剛之外，嫦娥的月宮還有玉兔。玉兔不似在人間的時候，需要后羿的允許才能去看嫦娥，反是藉西王母之語——「我很欣慰，你對你的女主人這般忠誠」[121]——以示玉兔脫離后羿統治，轉由嫦娥所屬，是情感上的忠心，亦是嫦娥作為玉兔「主人」（或獨立個體自己的主人）的身份復甦。除玉兔外，「仙女們隨着優美音樂唱起了迎候曲」，也來迎接嫦娥。月宮的氛圍被描寫得奇幻與熱鬧。月宮的生命力、吳剛的友善、玉兔的忠心、仙女的熱情，共同促成了嫦娥的重生，由情感覺醒引發了理智覺醒。儘管在情節的推進上有一些突兀，但結局卻真實地體現了作者對於女性議題的看法。嫦娥並非自願走出家庭，而是抱着與丈夫一同升天的願望偷吃丹藥，經歷一番陰差陽錯，她真正實現了人格的獨立和思想的升華，最終決定：「從現在起，我要離開我身後這個世界」。[122]

一位女性走出家庭之後應當如何？凌叔華／嫦娥的答案是：投身社會事業。

> 我會用月宮的光芒照耀人世間的一切。
> 會把甘甜的雨露帶給世界萬物，讓它們生長。
> 我的光芒不同於閃爍的星星和炎熱的太陽，
> 人類將在夜晚看到我，伴着溫潤的清輝。
> 我會同情那些苦難中的人們，
> 在寒冷寂寞的夜裏，他們將流淚朝我祈福。[123]

這裏可以談到一個頗有意味的參照。據凌叔華的回憶，這部話劇上演的時候，是向梅蘭芳（1894—1961）借的衣服，[124] 梅蘭芳在 1915 年也改編創作過嫦娥奔月的故事，以古裝歌舞劇呈現。梅蘭芳和凌叔華

的戲劇結尾都是嫦娥升天，不僅沒有受到任何責罰，反倒變成了女神，受眾仙子的簇擁。但梅蘭芳版本的結局是「嫦娥與眾仙姑在廣寒宮裏飲宴，慶賀中秋佳節」，宴終人散後，嫦娥看到下界眾生，雙雙成對，「不覺動了凡心」，想到如今獨居漢宮，唱起「當年深悔偷靈藥，碧海青天夜夜心」。[125]雖也是人間常情，但與〈月宮女神〉中的嫦娥相比，無疑後者更能體現出五四以後新女性的立場——否定傳統男權社會對女性價值的貶損，認可家庭之外別有洞天，不再認為「保國強種」乃女子要務，男子平天下需要女子治好家，而是鼓勵女性直接邁向社會，尋找自我，服務社會，實現新生。

凌叔華不僅在戲劇中有如此態度，在現實生活中也是身體力行。只是，人間社會不是月宮烏托邦，也沒有藥丸，吞下便能成為月宮女神。

幾乎與戲劇的創作同時，凌叔華寫信給老師周作人，表達自己要做一個優秀小說家的志向，希望通過文學，將中國女子的生活讓世界知道——這與嫦娥的回饋世間有異曲同工之妙。然而，在當時的社會環境下，要成為一位女作家並非易事。凌叔華 1923 年在《晨報副刊》發表了〈讀了純陽性的討論的感想〉，回應了社會上對女性寫作的批評，駁斥了文藝場和輿論環境對女性作者的不友好，也表達了她想文藝，以及想以文藝服務、改革社會而不得的苦衷：

（一）很多人說投稿到報上的著者，大概與報館中人相識，或素有名望的人們，方有選登之望。……年來，所選女著者之件，大概是除了遊記，小雜感，幾位女子態度的詩人的小詩以外，其餘的稿子，不但有寥寥如晨星之感，並且叫人人都想這般女學者，不過是專能說一說「風花雪月」及「秋愁春恨」的情緒罷了……投論說稿吧，是素來未與某一記者相識。再者，自己在國內亦不是名人。最巧的是，就是常投詩稿的女士，又是直接間接都是認識報界中人的。由是說來，原因雖不充足，但是很足使女學者缺減投稿之勇敢

及興味……

　　（二）女子的長或短處，是富於感情，易於喜怒羞憤，且又心
細多疑。……此次各類有價值的公開討論，大都系沒有讓女子加入
的可能性。為甚麼呢？題目及論說，都是有價值的，但是其中辯論
者的態度，過半數的，帶謾罵性質，且不時，加入對人的問題，指
名叫罵，試問如有女著者加入，又安能夠躲開這類謾罵？ ……而且
女子又那能受人的呼名指罵呢？ ……

　　（三）這幾年的著作上，女士加入亦不少，但除了小詩小說之
外，其他問題有女士的名甚少，而甚至於無。……我承認女子是富
有詩才的，但我不能承認「女子知書，不過能作詩而已」。作詩，
是我羨慕而贊成的，但我不羨慕或贊成，除了作詩不能他事的人。
大多數女學者因社會上出了這類「愛讀女子詩不歡迎女子文」的情
形，不知不覺的，就減少了她們作論之興味。因為她們天生的富於
情感缺少理論的嗜好，終於的，或走入吟風弄月之一途，其餘的便
與文無緣並絕交了。[126]

　　報館關係網絡的限制、文壇辯論風氣的惡劣、對女子只能作詩不能
為文的偏見，幾種作用之下，導致了女子雖然有心要以文筆來參與文化
社會的發展，卻終究裹足不前，以使人有「中國女界的可危」之感。凌
叔華在這篇文章中還未能預見的是，一年後當她發表第一篇小說〈女兒
身世太淒涼〉，又有了解她家庭情形的好事者給報社投稿，將小說所述
與凌叔華家庭一一對應，假造凌叔華「已出嫁又離婚」之事，企圖壞其
名譽。這種種危機，均是女性寫作可能遭遇的困境。[127]

　　〈月宮女神〉幾乎是凌叔華最具有革命色彩的一篇女性主義作品，
從丈夫之家的出走，對傳統制度與道德的拋棄，對個人價值和社會意義
的追求，似乎與馮沅君、盧隱這幾位同時代的女作家一樣，都充滿了新
女性的反叛與決絕。不過，這馮、盧作品中的常態，卻是凌叔華創作的

異數，在她後來的作品中，真正能如嫦娥一般衝破現實、實現自我追求的，大概只有〈綺霞〉中的綺霞。

凌叔華作為女性作者所體會到的社會之難，與〈月宮女神〉中嫦娥掙脫束縛、升天成仙之易，隱含在〈月宮女神〉的結構之中——嫦娥所在的山上只有她和后羿兩個人，去了月宮也只有她和吳剛兩個人，人間與月宮的人物角色其實是同樣的一男一女，正好構成了現實與理想的兩重觀照，既是對現實的反諷，也是因現實無可實現而生發的理想主義的想像。自由、開明、活潑的月宮不過是封建、專制、沉寂的人間理想的投影，而嫦娥這種真正能以「女神」之運、「女神」之力參與的社會改良、女性革命，也只有在藝術的語境中才有可能實現。

（二）小說中的改良意識 —— 過渡期女性的追求與困惑

在傳統中國文學中，詩文為上乘，小說的地位並不高。直到晚清政治活動家為了「改良群治」，將小說與維新革命捆綁，如梁啟超發起的「小說界革命」，小說才開始由文學邊緣向中心移動。後又得益於五四的思想文化啟蒙大潮，小說的重要性提升，又經過五四作家介紹、翻譯西洋小說、創作現代小說、研究中國古典小說的系統化努力，小說開始擺脫對政治的附庸，作為獨立文體，「成為整個社會公認的最有藝術價值的文學形式」。[128] 但也正因為現代小說的思想啟蒙價值，使得「中國現代小說從一開始就肩負了沉重的社會使命」，[129] 以啟蒙民智、傳遞思想、探討問題的文體便利，承擔起揭露與改造社會的責任。這是凌叔華最初開始小說創作的背景，也是其早期創作最顯著的特色所在。

〈女兒身世太淒涼〉是凌叔華發表的第一篇小說，原本收錄在她上呈周作人請求評點指教的小冊子中，經周作人推薦給編輯孫伏園（1894－1966），發表在《晨報副刊》上。〈「我那件事對不起他？」〉

雖發表時間較晚，卻也算是凌叔華第二篇涉及性別議題的小說。它們與
〈月宮女神〉相似，都是討論男權社會下女性的生存處境，小說中的女
性也在一定範圍內顯示出其獨立與解放。不同之處在於〈女兒身世太淒
涼〉和〈「我那件事對不起他？」〉是完全的植根於現實社會，相較〈月
宮女神〉的革命，褪去了理性主義色彩，而更接近於改良。

　　〈女兒身世太淒涼〉描寫了舊式少女婉蘭、舊式姨太太三姨娘和新
式女性「表姐」三位女性的悲劇故事。婉蘭接受了父母的包辦婚姻，嫁
與三少爺。三少爺婚前就已與家中丫鬟孕有一子，結婚後將丫鬟納為偏
室，又繼續尋花問柳，還要求婉蘭向他母親說情，再娶兩妾。婉蘭在忍
受丈夫風流無賴的同時，要接受封建婆婆的刁難，失寵妾室的遷怒，苦
無出路，逼回娘家。三姨太自幼喪父喪母，被叔叔許配給婉蘭的父親，
結婚一年後才知道家中還有一妻一妾，然而已無他法，只得繼續忍受丈
夫的冷淡、其他妾室的挑事。表姐本接受了現代思想，提倡開放交際、
自由戀愛，一直勸告婉蘭「千萬不要為順從父母，失掉了自己一生的快
樂」，[130] 然而因為拒絕了三位追求者的求婚，被搬弄是非登載小報，聲
名盡毀；又因拒絕了父母安排的對象，影響了父親的差事，受到父母的
埋怨，大受打擊，一病不起，含冤去世。〈「我那件事對不起他？」〉刻
畫了一位舊式太太胡少奶奶，在丈夫赴美留學的七年中獨守空房、照顧
公婆，原本以為賢良淑德、恪守婦道能換來丈夫的憐愛，卻恰恰因為她
的傳統守舊，遭到了受過新式教育、愛上新式女性的丈夫的嫌棄，向她
提出離婚，胡少奶奶因此選擇了自殺。

　　小說中的女性均是與家國大業無涉的尋常女性，凌叔華關心的也不
再是她們應該如何於社會於國家發揮作用，卻是她們作為女性個體的命
運與處境。在新舊交替的時代，現代思想啟蒙了一部分人，卻還沒有能
夠滋生出供這一部分人按照意願生活的土壤，因此會出現如「表姐」這
樣的新式女性因開放交際和自由戀愛受到家庭和社會雙重排擠的悲劇，

以及胡少奶奶這樣的舊式太太因無法迎合新式丈夫的趣味和期待，無奈自殺的慘事。儘管在〈女兒身世太淒涼〉的最後，婉蘭會發出這樣的疑問：「人為萬物之靈，女子不是人嗎？為甚麼自甘比落花飛絮呢？」[131]——已是對於「人」有初步的領悟了，但父權／夫權社會餘威之強大，又足以使婉蘭和三姨娘這樣的女性依然需要遵從傳統中國對女性角色的設定和要求，隱藏自我，消滅個性，做家庭中沉默的服從者和奉獻者。

　　日本學者阿部紗織敏銳地在她的論文中提出了〈女兒身世太淒涼〉中的表姐之死所表現出的「新女性」的局限性。表姐對社交開放、戀愛自由的追求使她的貞操受到了懷疑，前途歸於無望，使她遭到社會的排擠和父母的埋怨。而尤其是父母的埋怨，對表姐來說，不僅僅是失去愛，還是失去了庇護，直接影響到她「作為女兒在『家』中的位置」。最終令她無力面對現實，心病復發病倒在床，以舊女性的狀態迎來死亡。[132] 這樣的「新女性」雖然追求自由戀愛，卻沒有馮沅君筆下的新女性高喊「不得自由我寧死」的魄力，亦無盧隱小說中追求愛情而不得的女性選擇自殺的勇氣。雖然這些「新」得更加徹底的女性在破除封建舊藩籬的時候，亦會有她們的束縛，如冰心和馮沅君難以割捨的與母親的愛，但是這與表姐對父母家庭、傳統秩序的依附仍然有着本質的區別。

　　在同一篇文章中，阿部紗織又以婉蘭和三姨娘為表姐的比較對象，提出了這篇小說中舊女性的突破。表姐去世後，婉蘭和三姨娘圍繞她的死展開了對自我身世的梳理和感慨。對於舊式女性來說，自我言說是一種禁區，婉蘭的苦楚，不能讓自己的父母知道，三姨娘的遭際，也是家中的一種秘密。然而，在〈女兒身世太淒涼〉中，兩人不為人知的故事與心情都通過對話，一一鋪陳展開，打開了舊式女性不為人知的內心世界。更為巧妙的是，新女性表姐也經由對話，加入了她們的共同體，不論是「新」，還是「舊」，都將她們個體的悲劇提高到了女人的痛苦，如婉蘭說的話：「總而言之，女子沒有法律實地保護，女子已經叫男人

當作玩物看待幾千年了。……似這般飄花墜絮，九十春光已老，女兒身世應如是。」[133]

以上所言的兩種情形，不論是新女性的「舊」，還是舊女性的「新」，指向了處於新舊罅隙間的不徹底的女性在獲得自由和實現解放的過程中兩條不同的道路。表姐是推翻後重建，摒棄父母包辦婚姻，要求社交開放、戀愛自由，是革命式的道路；而婉蘭和三姨娘，卻是處於舊制度的框架中，逐漸推進的改良式的道路。這樣的兩種道路，很自然的讓人想到凌叔華的父親凌福彭在清朝末年所做過的選擇，而凌叔華通過對小說人物角色的塑造，表達了與父親同樣的意見，即改良更有可能促進變革的實現。

柯臨清（Christina K. Gilmartin）認為女性的社會活動被視為一個「引起恐慌、乾坤顛倒的世界的表徵」，[134] 雖然新女性對於社交與戀愛的追求並未觸及到更加深層的政治與社會內核，但是這樣的行為與幾千年的封建傳統女教規範相違背，必然會遭到由內到外的更大範圍的反對和打擊。以表姐為例，追求她的三位男子在求愛失敗之後，便通過報紙虛構「歪詩香艷文」，用社會輿論給予她第一重打擊；而她的父親因為沒了差事，歸因於她拒絕了他們安排的婚事，又以家庭怨恨給予她第二重打擊。在這樣的雙重打擊之下，表姐雖然曾經嚮往解放、心懷自由，並以身試新，走出了第一步，終究使得這場性別範疇的個人革命消隱在離成功依舊遙遠的地方。而與此同時，在婆家受盡委屈、回娘家也只能保持緘默的婉蘭，和嫁人前對自己的婚姻一無所知，嫁人後發現要屈身為妾卻依然還是要按照原定安排生活的三姨娘，表面上維持着中國傳統的賢妻良妾，扮演着順從、忍耐的舊式女性的角色，卻通過私房話語，改變了原本「被觀看」、「被談論」的被動狀態，開啟了作為舊式女性的自我言說——實則是某一程度上的新、解放，雖然未必會對婉蘭或三姨娘的命運產生多大改變，但是這種自我表達通道的開啟、對女性悲劇命

運的反思，卻是女性覺醒的重要標誌。而更關鍵的一點是，這一切發生在不驚動社會根基、父權威力的前提之下，變革暗流也因此能夠得到更好的保障。

同樣的，在〈「我那件事對不起他？」〉中，胡少奶奶在喝洋水火自殺之前，通過給公婆的信，有一番展露自己內心世界的獨白。由胡少奶奶寫信前的話：「當這年頭，像我這樣女人必不少，寫一信叫人家也知道我們的苦衷」，[135] 可知雖是私信，實則帶有公開化的目的：

> 翁姑大人膝前：媳不孝，竟不能侍奉二親矣。溯自入胡門，蒙慈愛有加，方圖反哺；豈料家門不孝，橫生變故耶。媳已三思，惟有一死以全夫婿孝道，以保大人桑榆暮景之歡。再者，近年離婚婦女，多受社會異眼；老父遠客未回，大歸亦不能。媳生長深閨，未習謀生自立之道，茫茫大地，竟無媳容身之所，媳只有死之一途耳。[136]

胡少奶奶這封信的出現，是意識到自己的個人遭際在女性群體中的某種共通性，而要用自己的方式將變革往前推進一步，將言說範圍由閨閣之內擴展到閨閣之外的社會。這是凌叔華筆下的這位舊式女性的革命。胡少奶奶作為封建傳統社會的女性榜樣、現代社會「現代思想」的犧牲品，其受害者的處境，使得她表達自我、用文字記錄自我，並試圖將這種有悖於社會對傳統女性沉默規訓的聲音傳播開來時，免於遭受直接的鎮壓，反而是支持，如她所聽到的跟媽囈語：「我們姑奶奶那一件事對不起姑爺？那一件事虧負了你們姓胡的？」[137] 可見，和婉蘭、三姨娘相類，胡少奶奶的變革沒有直接的對抗，而是巧妙地隱藏在被無故拋棄的「賢德媳婦」的悲哀裏，而這正是作者凌叔華使女性內心世界得以被聽見，得以參與到主流社會歷史化進程之中的一種努力。

　　這種新與舊的角落中默默發生的婉順的變革，女性在既有性別規範之內的改良實踐，成為日後凌叔華小說中此類主題的濫觴，如〈酒後〉中向丈夫爭取親吻朋友機會的采苕、〈花之寺〉中假扮丈夫情人與丈夫約會的燕倩等，都是有女性突破意味的，卻也只是試探性的，不觸及根柢的。這作為凌叔華女性敘事的風格，在〈女兒身世太淒涼〉和〈「我那件事對不起他？」〉兩篇小說習作中初步顯現出來。而凌叔華在燕京大學時期的思想與文學習得、語體寫作嘗試也在她日後的寫作中不斷得到完善與發展。

注釋

1　王翠艷：《女子高等教育與中國現代女性文學的發生——以北京女子高等師範為中心》（北京：文化藝術出版社，2007 年），頁 36。

2　陳東原：《中國婦女生活史》（北京：商務印書館，2015 年），頁 295。

3　王翠艷：《燕京大學與五四新文學》（北京：文化藝術出版社，2015 年），頁 19。

4　（美）艾德敷（Dwight W. Edwards）著，劉天路譯：《燕京大學》（珠海：珠海出版社，2005 年），頁 253。

5　王翠艷：《燕京大學與五四新文學》，頁 16。

6　陳學勇：〈凌叔華年譜〉，《中國兒女》，頁 201。

7　根據凌叔華在燕京大學的資料「Record of Ling Jui T'ang 凌瑞棠」，北京大學檔案館。

8　鄭麗園：〈如夢如歌——英倫八訪文壇耆宿凌叔華〉，載《凌叔華文存》，頁 967。

9　同上。

10　Lucius C. Porter, *A New Start*，北京大學檔案館館藏燕京大學資料，轉引自王翠艷：《燕京大學與五四新文學》，頁 10。

11　凌叔華：〈記我所知道的檳城〉，《凌叔華文存》，頁 697。

12　「他那裏天天有客來訪，來的客又常不肯走，我只好耐煩等候」，見凌叔華：〈記我所知道的檳城〉，《凌叔華文存》，頁 698。

13　「他順手拿過幾本詩集來，第一天教我背幾首……叫我把書拿回家再背幾首。」見鄭麗園：〈如夢如歌——英倫八訪文壇耆宿凌叔華〉，《凌叔華文存》，頁 958。

14　凌叔華：〈記我所知道的檳城〉，《凌叔華文存》，頁 698。

15　鄭麗園：〈如夢如歌——英倫八訪文壇耆宿凌叔華〉，《凌叔華文存》，頁 959。

16　凌叔華：〈題《詠絮樓集》〉，《會報》。

17　陳雪芬：〈民國時期燕京大學英文系的優良傳統探析〉，《現代大學教育》，2013 年 6 期，頁 61。

18　燕大校友校史編寫委員會：《燕京大學史稿：1919 — 1952》（北京：中國人民出版社，1999 年），頁 91 — 92。

19　「Record of Ling Jui T'ang 凌瑞棠」，北京大學檔案館。

20　王翠艷：《燕京大學與五四新文學》，頁 11。

21　〈本校之過去與將來〉，北京大學檔案館館藏燕京大學檔案資料，轉引自王翠艷《燕京大學與五四新文學》，頁 11。

22　「Record of Ling Jui T'ang 凌瑞棠」，北京大學檔案館。

23　同上。

24　課程內容是：「選集關於自先秦至清代諸家諸派思想學術之材料，講授其系統之原委及變遷之概要，並注重討論批評，以為讀者將來獨立研究之基礎。每一學期由教員選定關於國學之書若干種，由學生選讀二三種，自行研究，寫成札記，每星期交教員批閱一次。」

25 「Record of Ling Jui T'ang 凌瑞棠」，北京大學檔案館。

26 其中三年級上學期英文為 G-，良好偏下。

27 據 1940 年 2 月 3 日《燕京新聞》，該季度新生因上學期季考成績不足被指令退
學者共 4 人，41 人被警告。而陳雪芬〈民國時期燕京大學英文系的優良傳統探
析〉一文中，談到 1937 年燕京大學就有 43 名學生因成績不合格而被勸退學。
在如此嚴苛的考核風氣下，錢穆也有「燕京大學上課，學生最服從，絕不缺課，
勤筆記」之評論。

28 〈外國語文學系概況〉，徐葆耕編選：《會通派如是説──吳宓集》（上海：上海文
藝出版社，1998 年），頁 201。

29 張凱默：〈現代女作家大學經歷與主體精神成長──以女師大、燕京大學女作家
自敘傳為例〉，《中國現當代文學研究》，2015 年 4 月 4 期，頁 200。

30 凌叔華：〈《凌叔華短篇選集》後記〉，載《凌叔華文存》，頁 788。

31 冰心：〈冰心全集・自序〉，載范伯群編：《冰心研究資料》（北京：知識產權出版
社，2009 年），頁 130。

32 凌叔華：〈悼克恩慈女士〉，《凌叔華文存》，頁 663。

33 凌叔華：〈《凌叔華短篇選集》後記〉，《凌叔華文存》，頁 788。

34 王翠艷：《燕京大學與五四新文學》，頁 117。

35 凌叔華：〈悼克恩慈女士〉，《凌叔華文存》，頁 663。

36 周作人：〈幾封信的回憶〉，載鍾叔河編：《周作人文選・卷四》（廣州：廣州出版
社，1995 年），頁 492。

37 胡適：〈建設的文學革命論〉，載夏曉虹編：《胡適論文學》（合肥：安徽教育出版
社，2006 年），頁 21。

38 志希：〈今日中國之小説界〉，載黃霖，韓同文注：《中國歷代小説論著選（下）
修訂本》（南昌：江西人民出版社，2000 年），頁 575。

39 傅斯年：〈怎樣做白話文〉，載趙家璧主編，胡適編：《中國新文學大系建設理論
集・卷一》（上海：良友圖書印刷公司，1935 年），頁 226。

40 陳西瀅：〈渦堤孩〉，載陳子善、范玉吉編：《西瀅文錄》（瀋陽：遼寧教育出版社，
2000 年），頁 132。

41 宋炳輝：《文學史視野中的中國現代翻譯文學──以作家翻譯為中心》（上海：復
旦大學出版社，2013 年），頁 26。

42 陳西瀅：〈《花之寺》編者小言〉，《西瀅文錄》，頁 228。

43 Olive Browne Horne and Katherine Lois Scobey, *Stories of Great Artists* (New
York, American Book Co.,1903), pp.3-4.

44 陳西瀅：〈論翻譯〉，《西瀅文錄》，頁 58。

45 Olive Browne Horne and Katherine Lois Scobey, *Stories of Great Artists*, p.147.

46 凌叔華：〈汝沙・堡諾〉，《中國兒女》，頁 118。

47 Olive Browne Horne and Katherine Lois Scobey, *Stories of Great Artists*,
pp.75-76.

48 凌叔華：〈約書亞・瑞那爾支〉，《中國兒女》，頁 111 ─ 112。

49　Olive Browne Horne and Katherine Lois Scobey, *Stories of Great Artists*, p.78

50　凌叔華：〈約書亞‧瑞那爾支〉,《中國兒女》,頁 112。

51　Olive Browne Horne and Katherine Lois Scobey, *Stories of Great Artists*, p.90.

52　凌叔華：〈加米爾‧克羅〉,《中國兒女》,頁 127。

53　Olive Browne Horne and Katherine Lois Scobey, *Stories of Great Artists*, p.154.

54　凌叔華：〈汝沙‧堡諾〉,《中國兒女》,頁 121。

55　Olive Browne Horne and Katherine Lois Scobey, *Stories of Great Artists*, p.81.

56　凌叔華：〈加米爾‧克羅〉,《中國兒女》,頁 123。

57　朱光潛：〈談翻譯〉,《華聲》,1944 年第 1 卷 4 期,頁 12。

58　同上。

59　同上。

60　張衛中：《漢語與漢語文學》（北京：文學藝術出版社,2006 年）,頁 102。

61　王力：《漢語語法史》（北京：商務印書館,2005 年）,頁 342。

62　Olive Browne Horne and Katherine Lois Scobey, *Stories of Great Artists*, p.137.

63　凌叔華：〈汝沙‧堡諾〉,《中國兒女》,頁 114。

64　Olive Browne Horne and Katherine Lois Scobey, *Stories of Great Artists*, p.92.

65　凌叔華：〈加米爾‧克羅〉,《中國兒女》,頁 127。

66　Olive Browne Horne and Katherine Lois Scobey, *Stories of Great Artists*, pp.75-76.

67　凌叔華：〈約書亞‧瑞那爾支〉,《中國兒女》,頁 111 — 112。

68　凌叔華：〈汝沙‧堡諾〉,《中國兒女》,頁 119。

69　Olive Browne Horne and Katherine Lois Scobey, *Stories of Great Artists*, p.80.

70　凌叔華：〈加米爾‧克羅〉,《中國兒女》,頁 123。

71　傅斯年：〈怎樣做白話文〉,載趙家璧主編,胡適編：《中國新文學大系建設理論集‧卷一》,頁 224。

72　王力：《中國現代語法》（北京：商務印書館,1985 年）,頁 341。

73　傅斯年：〈怎樣做白話文〉,《中國新文學大系建設理論集‧卷一》,頁 223。

74　Olive Browne Horne and Katherine Lois Scobey, *Stories of Great Artists*, p.144.

75　凌叔華：〈汝沙‧堡諾〉,《中國兒女》,頁 118。

76　王力：《漢語語法史》,頁 337。

77　Olive Browne Horne and Katherine Lois Scobey, *Stories of Great Artists*, p.68.

78　凌叔華：〈約書亞‧瑞那爾支〉,《中國兒女》,頁 108 — 109。

79　Olive Browne Horne and Katherine Lois Scobey, *Stories of Great Artists*, p.70.

80　凌叔華：〈約書亞‧瑞那爾支〉,《中國兒女》,頁 109。

81　余光中：〈創作與翻譯〉,載羅新璋、陳應年編：《翻譯論集》（北京：商務印書館,2015 年）,頁 824 — 825。

82　Olive Browne Horne and Katherine Lois Scobey, *Stories of Great Artists*, p.144.

83　余光中：〈翻譯和創作〉,《翻譯論集》,頁 830。

84　謝耀基：〈漢語語法歐化綜述〉,《語文研究》,2001 年 1 期,頁 20。

85　凌叔華：〈朝霧中的哈大門大街〉，《凌叔華文存》，頁 598。

86　凌叔華：〈酒後〉，《凌叔華文存》，頁 52。

87　Olive Browne Horne and Katherine Lois Scobey, *Stories of Great Artists*, p.86.

88　凌叔華：〈加米爾‧克羅〉，《中國兒女》，頁 125。

89　Olive Browne Horne and Katherine Lois Scobey, *Stories of Great Artists*, p.142.

90　凌叔華：〈汝沙‧堡諾〉，《中國兒女》，頁 117。

91　凌叔華：〈資本家之聖誕〉，《凌叔華文存》，頁 14。

92　凌叔華：〈「我那件事對不起他？」〉，《凌叔華文存》，頁 26。

93　凌叔華：〈女兒身世太凄涼〉，《凌叔華文存》，頁 12。

94　同上，頁 24。

95　魯迅：〈阿 Q 正傳〉，載朱棟霖主編：《中國現代文學經典（1917 — 2012）》（北京：北京大學出版社，2014 年），頁 20。

96　胡適：〈美國的婦人：在北京女子師範學校講演〉，《新青年》，1918 年第 5 卷 3 期，頁 223。

97　黃育聰、高少鋒：〈家政系與 1920 年代女子高等教育觀——以燕京大學家政系為核心〉，《湖南科技學院學報》，2011 年 3 月第 32 卷 3 期，頁 30。

98　〈學部奏定女子師範學堂章程〉，舒新城編：《近代中國教育史料‧卷二》，頁 170。

99　鄭亦麟：〈中國家政學概述〉，《深圳大學學報（人文社會科學版）》，1989 年 2 期，頁 116 — 122。

100 黃育聰、高少鋒：〈家政系與 1920 年代女子高等教育觀——以燕京大學家政系為核心〉，《湖南科技學院學報》，頁 31。

101〈燕京大學女校課程特別報告（1923 — 1924）‧家政學（Special Bulletin Regarding Courses at Yenching Women's College 1923-1924）〉，北京大學檔案館藏燕京大學資料，轉引自王翠艷：《燕京大學與五四新文學》，頁 17。

102 黃育聰、高少鋒：〈家政系與 1920 年代女子高等教育觀——以燕京大學家政系為核心〉，《湖南科技學院學報》，頁 32。

103 王翠艷：《燕京大學與五四新文學》，頁 17。

104 錢理群：〈試論五四時期「人的覺醒」〉，《文學評論》，1989 年 3 期，頁 12 — 13。

105（西漢）劉向：〈覽冥訓〉，《淮南子》（長沙：嶽麓書社，2015 年），頁 54。

106（東漢）張衡：〈靈憲〉，轉引自朱大可：《華夏上古神系（下）》（北京：東方出版社，2014 年），頁 496。

107〈淮南子‧外八篇〉，轉引自朱大可：《華夏上古神系（下）》，頁 496。

108 同上。

109（楚）屈原：〈天問〉，載王承略、李笑岩譯註：《楚辭》（濟南：山東畫報出版社，2014 年），頁 67。

110 滿長君：〈嫦娥奔月傳說的歷史發展遺痕及其原因研究〉，山東大學碩士學位論文，2009 年，頁 19 — 20。

111（唐）李白：〈把酒問月〉，載傅東華選注：《李白詩》（武漢：崇文書局，2014 年），頁 125。

112（唐）杜甫：〈月〉，載張忠綱選註：《杜甫詩選》（北京：中華書局，2005 年），頁 270。

113（唐）李商隱：〈月夕〉，載李商隱著：《李商隱詩集》（上海：上海古籍出版社，2015 年），頁 116。

114（唐）陳陶：〈海昌望月〉，載（清）彭定求編：《全唐詩・卷七》（北京：中華書局，2008 年），頁 3801。

115 凌叔華作，邱燕楠譯：〈月宮女神〉，《現代中文學刊》，2013 年 1 期，頁 87。

116 同上。

117 同上，頁 88。

118 同上。

119 同上。

120 同上，頁 89。

121 同上。

122 同上。

123 同上。

124 鄭麗園：〈如夢如歌——英倫八訪文壇耆宿凌叔華〉，《凌叔華文存》，頁 967。

125 梅蘭芳：《舞台生活四十年》（北京：中國戲劇出版社，1987 年），頁 290。

126 凌叔華：〈讀了純陽性的討論的感想〉，《凌叔華文存》，頁 803 — 804。

127 周作人：〈幾封信的回憶〉，《周作人文選・卷四》，頁 494。

128 陳平原：《中國小説敘事模式的流變》（北京：北京大學出版社，2010 年），頁 144。

129 錢理群、溫儒敏、吳福輝：《中國現代文學三十年》（北京：北京大學出版社，1998 年），頁 46。

130 凌叔華：〈女兒身世太淒涼〉，《凌叔華文存》，頁 7。

131 同上，頁 13。

132（日）阿部紗織作，文潔若譯：《「新女性」之死——圍繞凌叔華〈女兒身世太淒涼〉的考察》，《楊浦文藝》，2014 年 5 期。

133 凌叔華：〈女兒身世太淒涼〉，《凌叔華文存》，頁 12。

134 Christina Kelley Gilmartin, *Engendering the Chinese Revolution: Radical Women, Communist Politics, and Mass Movements in the 1920s* (Berkeley, Los Angeles, London, University of California Press), p.199.

135 凌叔華：〈「我那件事對不起他？」〉，《凌叔華文存》，頁 28。

136 同上。

137 同上。

<table>
<tr><td>第
四
章</td><td>

作家的發展：
資本積累與文學地位的塑造
（1925 — 1935）

</td></tr>
</table>

凌叔華在學校期間發表的文章幾乎都是使用學名，從直隸第一女子師範學校的「凌瑞棠」，到燕京大學時期的「瑞唐」、「瑞唐女士」、「瑞棠」。大學畢業後的 1924 年 7 月，凌叔華在《晨報副刊》發表雜文〈解悶隨記〉，第一次使用了筆名——她的字「淑華」所衍生的「叔華女士」。其後，除同年 12 月在《晨報六週年增刊》發表的〈「我那件事對不起他？」〉的「瑞棠」，凌叔華幾乎都沒有再使用過學名作為作品發表署名。關於文章署名，冰心也有過類似的處理：她在學校刊物上均用原名謝婉瑩或婉瑩，在校外報刊雜誌發表文章使用筆名冰心。可見原名與筆名對於當時學生出身的作家的確具有身份認知的意義，但冰心是兩名並行，凌叔華卻是有先後之分，顯示出女學生到女作家的變化痕跡，更是充滿了象徵意味，標示着凌叔華的寫作正式告別學生習作，要以作家身份進入中國現代文壇了。

一、初入文壇——從畫家到作家

陳西瀅在給女兒陳小瀅的一封信中曾提到凌叔華的成名，說：「那個時代認字的不多，寫作的人更少，能夠發表文章的人少之又少，所以作家很容易出名，女作家更容易出名。」[1]從歷時性角度來看，民國特殊的社會文化條件的確為凌叔華這批現代女作家提供了比過去更好的文學平台，使她們能通過才華和努力，發展和成就各自的文學夢想。但是，若將同時期女作家做比較，文學才能自有差異，文學聲名高下有別，獲得過程也各有不同。

（一）成為同人——畫家進入文學場

凌叔華自幼跟父親博覽經典，先後師從畫家繆素筠、王竹林、郝漱玉等學畫，得到了很好的繪畫啟蒙，年輕時便有了畫名。她的父親凌福彭嗜好書畫，在北京這個中國文物藝術的寶庫工作四十餘年，交下很多書畫家、收藏家朋友。凌叔華承繼了父親豐富的畫界社會關係，之後，又通過畫友江南蘋（1902 — 1986）熟識了江的師傅陳師曾（1876 — 1923）、陳半丁（1876 — 1970），通過他們，又認識了姚茫父（1876 — 1930）、齊白石（1864 — 1957）、蕭屋泉（1865 — 1949）等當代畫家，成為北京畫家群體的一員、畫會的參與者與主辦者，也即是同人。[2]美國畫家穆瑪麗（Mary Augusta Mullikin, 1874 — 1964）曾參加過凌叔華在家中主辦的畫會，寫文稱讚當天的聚會像凌叔華這位年輕女士創作的傑作。[3]泰戈爾訪華時也曾參加過一次在凌叔華家舉辦的畫會，而正是那次畫會真正對凌叔華的文學發展產生了助力，使其將畫界資本共享於文學界。

該次畫會也是凌叔華傳記和研究中必有着墨卻最多錯謬的部分，主

要集中在時間和場合的誤作。林杉的《秀韻天成凌叔華》中將 1924 年
4 月 29 日北京畫界為泰戈爾舉辦的歡迎會誤作為凌叔華府邸舉辦的畫
會。[4] 陳學勇在他編寫的凌叔華年表中，根據凌叔華發表於 1924 年 5 月
12 日《晨報副刊》的散文〈我的理想及實現的泰戈爾先生〉特別註明了
「5 月 6 日日記」，[5] 認定畫會時間即為該文的寫作時間，即 5 月 6 日。[6]
然而，從凌叔華散文內容可知，她是 5 月 6 日才第一次在燕京大學女子
學院的演說會上見到泰戈爾。而不論是晨報 5 月 7 日刊出的文章〈泰戈
爾昨在燕大講演〉，[7] 還是學者季羨林（1911 — 2009）、艾丹等編寫的
泰戈爾訪華行程表，都只提到了 5 月 6 日下午泰戈爾的燕京大學女子學
院演說會。[8] 西方學者內伊（Stephen N. Hay）對於這一天的記錄更加
詳盡，但也只提及泰戈爾與胡適共進早餐以及演說會後女學生與泰戈爾
的積極互動，並無其他。[9] 況且，如果畫會是同一天舉辦，又是在凌叔
華家，她的文章沒有理由只談及演講會而不涉及畫會活動。另外一些學
者如傅光明對參與畫會的相關人士作了令人質疑的猜想，認為後來成為
《現代評論》編輯和凌叔華丈夫、幫助凌叔華逐漸走向文學高峰的陳西
瀅也參與了這次畫會，並且是在畫會上第一次認識了凌叔華。[10] 但據陳
西瀅的女兒陳小瀅回憶，陳西瀅是之後凌叔華主動給他寫信，邀請他去
家裏喝茶時才第一次去到凌府，[11] 而他們兩人在畫會前就已相識。[12] 這
些畫會與相關事件、人物和文章的錯誤聯繫體現了凌叔華研究者們對泰
戈爾畫會的看重以及對它產生的實際意義的肯定，卻也反映了目前凌叔
華研究缺乏系統性、專業性和嚴密性的問題，同時也反映了一個重要事
實：即資料的有限。

　　與泰戈爾在中國的其他活動不同，他訪華的相關文獻對於這次畫會
幾乎沒有任何記載，研究者多從人物口傳獲取原始材料。口述數據的收
集時間與事件發生時間跨度之大帶來記憶漏失或誤差的可能（凌叔華在
鄭麗園訪談中提到這次畫會是在 1987 年，而畫會舉行在 1924 年，已相

隔 63 年），而受訪者基於個人原因「對如實回憶原則的偏離」，[13] 也使
得這類口述信息的可信度較低。由凌叔華 5 月 6 日才第一次遠觀泰戈爾
真人，可確知畫會發生在該日之後。後來，泰戈爾真光劇院演講受到爭
議，主辦方以泰戈爾健康為由，登報取消了他在 5 月 12 日早上的講演
之後的一切公開和私人活動，宣布他將於當天下午赴西山休息，[14] 而他
自西山返京後只參加了極少的活動，如會見佛教代表團，發表最後一次
公開演講，主題都是宗教。由此可以得知，泰戈爾參加凌叔華家舉辦的
畫會日期當在 5 月 7 日至 11 日之間。

　　事實的模糊不清和無從考證，為畫會添上了一層神秘的色彩，卻也
提供了另一重解謎思路——說明這次畫會並非部份研究者想像的是具有
一定規模和社會影響力的活動，而帶有非公開的內部交流性質。凌叔華
的在場，使得她也被劃歸到這個內部群體之中。

　　該次畫會本為陳半丁、齊白石、姚茫父等成立的北京畫界同志會策

▲　陳西瀅與凌叔華的合照

劃邀請泰戈爾共同參與的一次活動，後來提議以凌叔華家為舉辦場所，故凌叔華得以憑藉缺一不可的女主人和女畫家的雙重身份出席。這是她的家庭資本和她在畫界資本的一次集中獲利。雖然在〈我的理想及實現的泰戈爾先生〉一文中，凌叔華已在泰戈爾燕京大學演講會後與他有過關於繪畫和詩歌的近距離交談，但在內伊的記載中，凌叔華只屬於若干崇拜泰戈爾的女學生中的一個，除了林徽因外，都沒有姓名的存留。[15]但在這次畫會上，凌叔華卻成為了被泰戈爾記住的女藝術家，泰戈爾甚至告訴徐志摩他對凌叔華的喜愛超過林徽因。[16]通過繪畫技藝、畫會安排，以及向泰戈爾「要畫」等方式，凌叔華以藝術家的身份進入了泰戈爾個人的中國記憶，還與在場的胡適、徐志摩和不在場的陳西瀅等文學界人士一起參與了泰戈爾訪華的這一文化活動中，成為了泰戈爾主題下的「同人」。

　　凌叔華最早是在《晨報副刊》發表文章，之後在《現代評論》與《晨報副刊》均有作品發表。無論從個人文學發展還是寫作風格上，學者都傾向認為《現代評論》對凌叔華有更大的影響，如魯迅就曾評論凌叔華小說發祥於《現代評論》。[17]在研究《現代評論》時，顏浩（1975－　）指出這一類知識分子型期刊大多是採用同人雜誌的形式：「刊物的編輯對於同人的稿件沒有選擇的權利，一般要求來稿必登。」[18]《現代評論》雖然在其發刊詞中試圖淡化過於強烈的同人氛圍，將其定位為「同人及同人的朋友與讀者的公共論壇」，[19]但「並不足以改變其同人雜誌的性質」。[20]而《晨報副刊》雖未表明是同人刊物，在徐志摩接手後，很大程度上也成為新月派文人的陣地，帶有同人風格。凌叔華在〈讀了純陽性的討論的感想〉中曾明確表示過作為女性新人作者，又沒有相熟的編輯，發表文章十分困難，這是孫伏園主編《晨報副刊》時她的感受。當時老師周作人雖幫她推薦了一篇小說，大部分還是以自己投稿為主。而在凌叔華能以足夠的文化資本在為報刊雜誌供稿時佔主導地位之前，她

要在陳西瀅作為文學編輯的《現代評論》、徐志摩主編時期的《晨報副刊》這一類期刊發表文章，最重要的就是成為同人團體的一員。泰戈爾畫會正是這樣一個契機，使得凌叔華實現了社會資本從畫界到文學界的轉化，以同人身份，在同人期刊中逐步走向其文學的發展成熟期。

（二）〈酒後〉的成名

除了累積文學場的社會資本，要奠定自己在文壇的地位，還需要拿出文學實績。凌叔華在《現代評論》發表的第一篇小說〈酒後〉，就吸引了文壇的注意，作為成名作，將作者凌叔華推到了文壇前台——這便是凌叔華的第一份實績。

〈酒後〉講述了一對新式知識分子夫妻永璋與采苕在夜深客散之後，由醉倒的朋友子儀而引發的一場對話。先是喝醉了的丈夫永璋對妻子采苕訴情，而采苕心不在焉，引出采苕情之所至，已被睡着的子儀牽引了去。然而采苕並未將心事暗藏，反倒坦蕩告與丈夫，希望丈夫允許她去親吻子儀。故事在結尾處突轉，當丈夫終於應允采苕，采苕走到子儀身邊，卻忽然回轉身，說她不要親吻子儀了。

〈酒後〉是凌叔華的小說成熟之作，也是轉型之作。通過「描寫婦女心理的大膽細膩和藝術表現上的恰到好處」，[21] 以一件小事——已婚女性心儀醉酒的男友應不應該親吻——表現了「知識女性微妙的心理變化」。[22] 這裏實現了兩個讀者面向，其一是女性群體，其二是知識分子群體。如弋靈所說「女性大都具有豐富熱烈的情感，當男性無論從哪一方面震撼了她們的心時，她們的熱情便難於抑制地爆發了」。[23] 當情感不符合社會規範和道德傳統時，「親吻」便不僅僅是一種個人行為，而帶有了性別革命的性質。但是當故事發生於「酒後」，酒精對意識的清洗，消解了革命行為及其背後的革命主觀意願，又使得越軌變得情有可

原。凌叔華藉助弗洛伊德（Sigmund　Freud,　1856 — 1939）的心理學理論，以醉酒打破意識的常規狀態，「自我」放鬆對「本我」的審查，從而實現暫時的道德解禁，使人得以面對自我，復甦情感，對於知識分子來說，亦是找到了一種文學書寫的方式。正因為如此，〈酒後〉以其獨特的文本魅力，在一定範圍之內收穫了讀者，開始獲得文壇的影響力。

1.〈酒後〉的認可

　　　　〈酒後〉發表後，剛巧日本一家很有名的雜誌《改造》派主筆小火田熏良來到北京，預備收集幾篇中國新文學代表作，翻譯成日文，出一份中國專號。由於小火田熏良在美國研究李白詩全集時，認識北大教授楊振聲，因此，透過楊教授將我的〈酒後〉拿去。《改造》是日本第一份具有學術價值的刊物，小火田熏良之舉亦可算是中日新文學的第一次合作，所以格外叫人注意。後來，魯迅在他編的《中國新文學大系》對我的〈酒後〉也評了些話，人們就更注意了。在中國，好像只有魯迅提過才有價值，才算數，其實〈酒後〉的成名，主要還是因受日本重視的結果。[24]

　　這是凌叔華在晚年接受訪問談到〈酒後〉的影響時所回憶的內容。或許如她所述，在上世紀二十年代，《改造》對〈酒後〉的譯介為這篇小說和它的作者在中國和日本書學聲名的奠定起了一定作用，給了作家凌叔華在進入文學場之初一個不錯的開場，但由於缺乏史料印證，難以在事實層面論證此事產生的影響。同時，凌叔華將《改造》和《新文學大系》中魯迅的提及做對比，也並不公平，《改造》譯介之事發生在 1926年前後，距離〈酒後〉發表時間不長。而《新文學大系》的出版卻是十年之後，「酒後」之風已過，早已不在同一個比較空間之中。只能說，

魯迅對〈酒後〉的談及——「間有出軌之作，那是為了偶受着文酒之風的吹拂」——使得〈酒後〉作為凌叔華創作中的一次偶然逾矩，跟她那些「舊家庭中的婉順的女性」寫作，一同進入了中國現代小說的敘述中。

　　真正要談到〈酒後〉在中國國內文藝界的反應，應是魯迅的弟弟、凌叔華的大學老師周作人。

　　1925 年 1 月 19 日，周作人在《京報副刊》以「平明」的筆名發表了一篇文章〈嚼字〉，內中提到了〈酒後〉。不過他的角度比較特別，主要是針對〈酒後〉一文中出現了幾次的「跕」字，他不認識此字，特查字典，得出「曳履」和「墜貌」兩義：「但這兩個意義都湊不上，我於是忽發奇想，把他認作站起來的站字，通固然可通了，但為甚麼『跕』字要用『跕』字代替，我至今還不懂。」[25] 周作人所說的「跕」字，除了《現代評論》中的首刊，在後來凌叔華的作品集中，都全部改為「站」字，事實上，也的確如周作人所說，必得將「跕」認作「站」才能正常理解。以一例可見：

　　　　那個女子忽跕（站）起來道：
　　　「我們倆真大意，子儀睡在那裏，也不曾給他蓋上點。等我拿塊毛氈來，你和他蓋上罷。把那邊電燈都滅了罷，免得照住他的眼，睡的不舒服。」
　　　「讓我去拿罷，」男子趕緊也跕（站）起來說。[26]

　　對於周作人的批評，凌叔華並未有任何回應，也難以回應。以凌叔華的中國文字功底，不至於會為了偏字生字的刻意使用，而冒影響文義的風險。「跕」字和「站」字在字形上的相似，很可能是這一錯誤的緣由，是編輯疏忽或印刷錯誤，而非作者有意為之。周作人會專門寫作一篇文章來談，當然是出於學者的精益求精與嚴謹治學態度，實為可貴。

此外，還有一個必要的前提，是周作人對〈酒後〉的評價：「在《現代評論》裏讀得一篇叔華先生的小說〈酒後〉覺得非常地好。」[27]他當時未必已經將「叔華」和曾經與他有過通信的學生凌瑞棠劃上等號，除了《晨報副刊》上一篇關注不多的雜文〈解悶隨記〉，這是凌叔華第一次使用叔華的筆名；或是他知道，但有意不暴露作者的身份，以免生出〈女兒身世太淒涼〉時讀者將人物角色等同於作者而進行人身攻擊的事端。不論怎樣，起碼說明周作人肯定這篇作品的價值，才會願意花費時間討論文中一個字的錯用，這本身就是對〈酒後〉的一種認可。

2.〈酒後〉的改寫本與小說本的比較

《改造》雜誌對〈酒後〉的譯介，周作人對〈酒後〉的讚賞與批評，魯迅在文學史中對〈酒後〉的提及，是學者和批評家視角的「〈酒後〉影響」，雖重要，卻並不完整。閻純德曾談到小說〈酒後〉發表後，「此類作品一度層出不窮，被人稱為『酒後派』」。[28]這正好提供了一個切入點，使我們得以從另一角度對〈酒後〉的影響進行考察。

1925 年 1 月〈酒後〉發表之前，已有很多以「酒後」為題作開頭的作品，主要是由酒生了靈感；或藉酒意書憤、狂歌、感傷一類的自我抒發之作；也有以「酒後」作為故事發生背景的小說，如程小青（1893 — 1976）的偵探小說〈酒後〉，雖都有作者或角色喝了酒的元素存在，作品中也免不了酒精影響下的人的精神鬆懈、行為釋放，但終究沒有一個更為核心的主題或模式，難以稱為某種風格或流派。[29]力子在1923 年曾提出一種「茶餘酒後派」小說，又說「笑罵派」，是指中國文人習慣的「旁觀笑罵」，供人們在休息或空閒之餘消遣，亦是另一個意思。[30]

凌叔華的小說〈酒後〉帶起的「酒後派」不屬於後一種「茶餘

酒後派」，也較前一種單以「酒後」作為共同點的作品更為具體。一種情形是明確提出創作靈感源於凌叔華的小說〈酒後〉，如丁西林（1893 — 1974）的劇本〈酒後〉和 YM 的小說〈酒後〉，另一種情形是在小說〈酒後〉的基本框架之下演繹發展新的故事，即「酒後偷吻」模式：現實中情感被壓抑的 A，在所愛慕的 B 酒後睡着時，藉着酒意，實行偷吻，如張慧君的〈酒後〉。

　　這一系列在故事邏輯、小說風格、人物性格等方面均有明顯〈酒後〉痕跡的文學作品，除了丁西林的劇本〈酒後〉，其他幾乎未在文壇有過水花，卻能從另一角度反映出凌叔華小說〈酒後〉的讀者接受程度，以及所謂「成名作」的分量。

男權意識的折射 —— 丁西林的〈酒後〉

　　「酒後派」的作品中，成就最大、也最有影響力的自然是丁西林的劇本〈酒後〉，該劇不僅發表在 1925 年 3 月 7 日的《現代評論》上，還於同月在北京上演，吸引觀眾無數。在《現代評論》的劇本前，丁西林附有「作者的話」：

> 　　這篇獨幕短劇，是由一個朋友的一篇短篇小說產生出來的。（這篇小說，已經在本刊第五期發表。〈酒後〉是小說的原名。）我讀了那篇小說，覺得他的意思新穎，情節很配作一獨幕劇。當時同讀的兩位朋友，亦表示贊同，並極力慫恿我寫一篇短劇。我既受了那篇小說的啟示，又得到他們兩位的鼓勵，遂寫成了這本劇本。[31]

　　由此可知，「意思新穎」、情節合適是他在小說〈酒後〉的基礎上創作劇本的原因，所以，他在改動中基本保留了原來的人物關係和情節框架。不過，由於小說和劇本體裁不同，兩位作家對「酒後」的「意思」理

解不同，丁西林的〈酒後〉呈現出與凌叔華的〈酒後〉不同的趣味，其中最顯著的區別，便是情節推動的人物主體以及其中所蘊藏的性別意涵。

就情節的關鍵——妻子提出要親吻男子，小說〈酒後〉是以妻子采苕作為主導的，並且是純粹感情的。采苕自認識子儀，就非常欽佩他，「他的舉止容儀，他的言談筆墨，他的待人接物」，都時時令她傾心。而那日「他酒後的言語風采」，醉酒後熟睡後的「溫潤優美」（「容儀平時都是非常恭謹斯文」，酒後之狀是從未見過的），再想到「他家中煩悶情況」（一個毫沒有情感的女人，一些只知道伸手要錢的不相干的嬸娘叔父），采苕「不由得動了深切的憐惜」。這樣的情感，從一開始對子儀的體貼照顧，怕他受凍，要拿毛氈，又擔心他醒了會要茶要水，不願自己去休息，層層推進，終於情感噴發，難以自禁，主動向丈夫提出請求，想要親吻他。

而劇本〈酒後〉是以丈夫蔭棠為主導的，感情在戲劇中處於次要的地位。在劇本的開頭，丈夫就有意識的調侃妻子亦民和朋友芷青的關係，亦民讓蔭棠給芷青蓋被子，蔭棠說：「你比我蓋得好。」說完還看了妻子一眼。亦民提到晚上喝酒是幾個人喝芷青一個，有替他不平之意。而蔭棠回道：「喝你們兩個。」將朋友和妻子曖昧捆綁。儘管亦民時有辯駁，說自己只喝了半杯酒，又被蔭棠「你沒有喝酒，你幫了他講話」駁回。事實上，一直到劇本後半部分，很難說亦民真的表現出對芷青情感上的偏愛，更多還是朋友範疇的關照。至於亦民提出要親吻芷青，是腦中生的「一個異想」，而這個異想，是由她和蔭棠關於生與活的一番討論生發的：

妻　我想一個人在世界上，要有了愛，方才可以說是生在世上，如果沒有愛，只可以說是活在世上。

夫　生在世上，和活在世上，是怎樣的分別法子？

　　妻　　一個人，在世上，有了愛，他就覺得他是人類的一個，他就覺得這個世界也是他的，他希望大家都有幸福，他感覺得到大家的痛苦，這樣方才能夠叫生在世上。一個人，如果沒有愛，他就覺得他不過是一個旁觀的人，他是他，世界是世界，他要吃飯，因為不吃飯就要餓死，他要穿衣服，因為不穿衣服就要凍死，他要睡覺，因為不睡覺就要累死。他的動作，都不過是從怕死來的，所以只好叫做活在世上。

　　夫　　照你這樣的定義，中國有四萬萬人，最少有三萬九千九百九十九萬，是活在那裏，不是生在那裏。

　　妻　　所以我想一個人如果沒有愛，那就是世界上最可憐的人。

　　夫　　一個人沒有愛，也不是最可憐的人，不知道愛，也不是最可憐的人。最可憐的人，是他知道愛，沒有得愛，或有得愛，社會不容他愛的人。

　　妻　　你是說——（轉頭向那個客人看了一看）芷青，是不是？　[32]

　　由此，妻子亦民感覺到芷青的「活在世上」，「實在非常的可憐他」。然而又一轉折，丈夫蔭棠「好像剛剛想到」，說：「我想他和你心目中所理想的一種男子，倒有點接近」，又一次挑逗妻子，將她把對芷青的同情，往愛情的方向推。亦民要親吻芷青的「一個異想」由此而起。

　　兩個版本中妻子的請求最後都得到了丈夫的同意。小說〈酒後〉是這樣描寫的：

　　她此時臉上奇熱，心內奇跳，怔怔的看住子儀，一會兒她臉上熱退了，心內亦猛然停止了強密的跳。她便三步並兩步的走回永璋身前，一語不發，低頭坐下。永璋看着她急問道，

　　「怎麼了，采苕？」

　　「沒甚麼，我不要 Kiss 他了。」　[33]

可說是采苕臨陣怯場，不敢親吻；也可說采苕要求丈夫同意她去親吻子儀，更多是要求親吻的權利，而非親吻的行為，在丈夫同意的那一剎那，她的目的已經達到，表現凌叔華保守的女性主義立場；或說采苕是在最後時候忽然清醒，擺脫了「酒後」的精神麻痺，「自我」重新戰勝「本我」，「現實原則」又再高於「快樂原則」。但無論出於何種原因，采苕放棄親吻子儀是她自己的選擇，她對子儀由心到行，都是由她一力推動。這一點，和劇本〈酒後〉有本質不同。

劇本〈酒後〉在妻子亦民去親吻芷青之前，用了一連貫的動作來刻畫丈夫蔭棠和妻子亦民的區別：

> 妻　　那我就去！（立起）
> 夫　　（鎮靜得很）你去好了。
> 妻　　（軟了下來）他會知道嗎？
> 夫　　（取笑）你要不要他知道？
> 妻　　（安自己的心）喔，他不會知道。
> 夫　　（搗亂）我告訴你一個方法，如果你不要他知道，你輕一
> 點兒，如果你要他知道，你就重一點兒。[34]

「鎮靜得很」、「取笑」、「搗亂」描寫出丈夫面對妻子要去親吻芷青時候的毫不在乎、把控一切的心情，雖然親吻芷青的想法是妻子提出，卻連怎樣親，都需要丈夫的指引，更是襯托出「軟了下來」、「安自己的心」的妻子的無助。整個故事均是丈夫先前的鋪墊，後來的誘導、慫恿的結果。妻子似乎僅僅是演出了丈夫安排的劇本，說出了「去吻他一吻」這句台詞。最後，妻子沒有親吻到芷青，原因是芷青醒了，客觀環境發生了變化，並非妻子自己的選擇。丈夫對此的反應先是「大失所望」，繼而不甘心地想要再次製造矛盾，試圖告訴芷青真相：「誰教你不多睡一會？……因為……因為有一個人……（一字一字的）……正……想……

要……想要和你……」直至嘴被妻子緊緊掩住，才放棄。一種結局夭折，要以另一種結局來收尾完成既定的戲劇衝突，是丈夫作為編劇、導演、觀眾的最後掙扎。而妻子作為演員（或說棋子），是被支配的、又是被觀看的對象。總之，在整個過程中，是完全被動的。這正是丁西林的劇本版〈酒後〉中男女關係的實質，也是這兩個版本〈酒後〉的差異。

雖然丁西林的〈酒後〉劇本發表後，有評論者評論劇本比凌叔華的小說「尤有精采」，[35] 上演之後，又有論者說在情調上較凌叔華版本更勝一籌，[36] 然而劇本消解了凌叔華小說版本中女性的主體性追求，取而代之為男權社會中司空見慣的男性支配女性的故事，從女性主義角度來說，劇本改動稍為遜色了。

理想化的愛情 —— YM 的〈酒後〉

YM 的〈酒後〉寫於丁西林的〈酒後〉之後不久，發表在 1925 年的《松聲》上，是明確的凌叔華和丁西林〈酒後〉之仿作：

> 這篇小說，是我的一個朋友，要求我將北京《現代評論》中叔華君的一篇小說和戲劇家西林君改編的一篇獨幕劇，改編出來。閱者如果讚許這篇的情節，請送給叔華西林兩君；如讀者對於這篇刪改得不滿意，則歸罪於鼓勵我改編的一個朋友，因為他叫我這樣寫的。[37]

YM〈酒後〉的設定如故事結構、人物情節等均與凌叔華和丁西林版〈酒後〉相似，但作者亦保留了自己的看法，對小說的主題與意旨做了調整。

在 YM 的小說裏，親吻朋友的建議不是妻子，而是丈夫提出來的：

> 那男子笑道：「你既憐憫他的枯寂，走過去親他一個吻，像我和

你一樣的密切。使他也得到一點點人生的甜蜜，一點點人生的愛情。」

那女子微哼幾句曲兒，接着說：「你以為我不敢嗎？和一個平常認識的人，親個巴臉，有甚麼稀奇？」

「我恐怕你沒有這個膽子吧。」男子激她說。

「你以為一個女子結了婚，就不敢和另外一個男子表示親愛嗎？表示憐惜嗎？偏做給你看看。」她說罷，要向客人睡在的方向走去。[38]

如果說凌叔華的小說中的妻子是真的對朋友子儀動了心，求得丈夫的同意，要去親吻他，是女性試圖從男性處爭取權力，帶有新女性的現代色彩；丁西林的小說是妻子對芷青有朋友間的憐惜之心，但在丈夫的慫恿和推動下，產生「異想」，提出要親吻他，是間接的服從了丈夫的安排，是現代夫妻未能掙脫傳統性別模式的表徵；那麼在 YM 的小說中，故事則變得較為簡單，妻子對醉酒的朋友無更多感情的投入，丈夫讓妻子去親吻朋友也並未有更多引導的成分，只是一句玩笑話，兩夫妻間的小遊戲罷了。

YM 的小說中親吻朋友是丈夫提議的，自然不需要另求允許，然而和凌、丁版本一樣，妻子最終都沒有完成親吻朋友的動作，原因也頗有意味。

YM 的版本與丁西林的版本更似，親吻動作沒有完成是因為客人醒了，無法完成，但丈夫都很想告訴客人他的妻子正準備親吻他。不同點在於，丁西林劇本裏的丈夫是因為妻子「趕緊的走來，掩住他的嘴」、「嘴又掩住了」、「緊緊的掩住他的嘴不放」三次強硬的掩嘴動作才「不再掙扎了」；YM 小說裏的丈夫不過被妻子揪了一下大腿，並說出「你當真嗎？你當真，我要惱了」的怒話，便「用手在腿上撫摩了幾下，不敢作聲」。兩個版本中丈夫想要爆出親吻事實的願望，無疑是前者大於

後者的，而前者更像是與妻子三次掩嘴的博弈，最後沒有說出真相，是出於審時度勢。後者是發現妻子的不悅立刻停止，甚至表露出相對的弱勢──「不敢做聲」，是權力上的讓渡，更似情感上的妥協，與凌版和丁版比較，少了性別規範，更多着墨在兩夫妻的恩愛上。丈夫與妻子前衛的思想、對彼此的信任，使得他們並不將親吻一位異性朋友看作是與情感背叛相關聯的事，也因此，並不涉及到凌叔華〈酒後〉中的妻子在丈夫和朋友之間的猶豫掙扎，也沒有丁西林〈酒後〉中丈夫對妻子的試探、嘲諷。YM 筆下的人物是更為開放、更為理想的現代派。但也因妻子由始至終沒有對朋友真正動過心，只是一場與丈夫之間的「親吻遊戲」，不牽扯情感的玩笑，少卻了原作複雜的人物心理和情感波動，故事自然顯得稍欠深度。

失愛的補償──張慧君的〈酒後〉

1926 年，張慧君在《三角之光》發表了小說〈酒後〉。與丁西林和 YM 不同的是，她在場景和人物設定上都做了調整。故事角色不再是現代知識分子，主人公改為了一對舊式男女，所處的場景也由現代家庭的客廳，改為了有抽水煙的老婦人吐出的青煙、男主人公躺着的藤榻、剛剛舉辦了賞月之宴的舊式居所。

女主人公曼雲一直深愛男主人公智文，曾主動請母親向智文提親，無奈得知智文當時已經定親，曼雲只能將心事埋藏心底。在一次賞月之宴後，智文醉倒在曼雲家的藤榻上。曼雲拿毛巾單被給他蓋好（如采苕給子儀拿毛氈），與母親談起智文的家庭之苦（如采苕與永璋談起子儀）：

> 「他真可憐。像他這樣一個人，竟博不到誰何的愛憐，我想起他的家庭的煩悶情形，一個像愛他而又像不愛他的女人，一個毫不關心的繼母，一個伸手只要錢的父親，不由我不替他可憐。難怪他

在鬱鬱不樂的時候，常常會流淚。」她嘆了一聲，望了一望睡倒在榻上的人。「今天他一定又感到了甚麼不如意的事了，否則決不會喝了三盅酒，便醉得這般的。」

　　曼雲的話，不由得動了她母親的深切的惋惜的情感，「真是憾事，如果你。」忽又換個情緒道：「喚老媽子去沖一壺開水預備着，他醒來一定要茶要水的。」[39]

　　念起相愛的往事，看到智文「酒暈已退，和平時一樣蒼白的臉色」，想到他目前生活的苦境，曼雲心裏愈發難過：「滿腔已如沸水一般熱烈的愛，非乘這時表示出來不可，於是便按捺住了心頭的狂跳，俯下身去，把膩滑的粉臉，貼了上去。」然而「不意竟驚醒了智文的甜夢，她急躲到榻後的椅上坐下，帶着顫聲問，『智哥，你醒來了嗎？』」[40]

　　小說情節較為簡單，曼雲對自己情感的壓抑是因為愛慕對象已有妻室，雖明知他生活不幸，卻無計可施，知其不可得，又無可奈何，只得在酒意之下，偷吻對方。

　　這種處理反映了凌叔華〈酒後〉的一種讀者接受。丁西林和 YM 看到的是意思新穎的情節的部分，所以兩篇作品都保留了最戲劇化的妻子在丈夫面前親吻另一男子的情節。而張慧君看到的卻是其中難以自禁的愛情的部分，因此略去了「丈夫」這一關鍵角色，以母親取而代之，不去考慮一己之情與他人的矛盾，只關注唯一的愛人。這使得曼雲的最後一吻相較其他「酒後派」作品，具有更高的情感純粹度。後來也有一些另外的「酒後派」之作表現了不同的關注點，如王警濤 1929 年發表在《紫羅蘭》的〈酒後的甜吻〉，其描寫的兩位男性的同性之愛，在民國初年，與凌叔華〈酒後〉中妻子對丈夫朋友的愛相似，均是一種對禁忌的突破，不過當時距離〈酒後〉發表已遠，這裏不再贅言。[41]

　　總而言之，〈酒後〉之所以被稱作凌叔華的成名作，並非空穴來風，

而是由發表在《現代評論》後不久便獲得文壇前輩的讚許、日本文藝雜誌的認可、其他作家的仿寫和改編共同佐證。〈酒後〉的成功，真正開啟了凌叔華的作家之路，使得她除了在文學場的資本之外，開始具備了文學實力，而她日後的作品也不斷延續和強化了這優勢。

二、由短篇小說開始──凌氏小說創作綜合剖析

　　趙園（1945－　）在《論小說十家》中討論凌叔華的作品時，說凌叔華「一下筆就寫得很熟，像是老於此道」；[42] 夏志清也說「她一開始，就顯示出一種較成熟的感性和敏銳的心理觀察」。[43] 他們談論的「一下筆」、「一開始」都只是凌叔華的第一個短篇小說集。但事實上，對凌叔華燕京大學時期的小說作品略加考察就可以得知，她雖不乏文學天分，但要從一位小說的創作新手，成長為日後「新閨秀派」的代表，仍有無法迴避的成長階段，而在她貢獻出相對於同代女作家「更多樣、也更血肉豐滿的女性人物」之前，她筆下的人物，也曾和冰心、盧隱的人物相似，「在時代的裏挾下」，一定程度上「流於概念的化身或傳聲筒」。[44]

　　由〈女兒身世太淒涼〉、〈「我那件事對不起他？」〉這類直白粗糙的初級作品，到〈酒後〉這一類有「較成熟的感性和敏銳的心理觀察」、能夠得到文壇認可的作品的變化，[45] 自然免不了作家暗地裏的推敲琢磨、慘淡經營，但讀者只能由文章的發表情形──從〈女兒身世太淒涼〉到〈「我那件事對不起他？」〉時隔將近一年，〈「我那件事對不起他？」〉到〈酒後〉卻只隔一個月──看到作者的提升，卻難以看到中間的寫作過程。這迫使我們將研究視線轉移至外部，從凌叔華受到的文學影響尋找線索。

　　陳思和（1954－　）等學者對「20 世紀中國文學的世界性因素」進

行了重審與反思，指出中國現代文學並不僅僅是「世界的回聲」，對世界被動的「響應、接受、傳播」，[46] 即便魯迅自己提及過果戈理的〈狂人日記〉、尼采的「蟲豸論」對他的小說〈狂人日記〉的影響，在陳思和看來，單從文本的對照，亦無法佐證西方作家與中國作家之間單向的影響與被影響的關係。如果是兩位成熟作家的成熟作品作比較，的確需要警惕以免陷入西方中心主義的窠臼。但是單看凌叔華的個案，在以詩文而非小說作為文學傳統的中國，作為一個短篇小說初學者，向西方短篇小說家學習，確實是一條可行之路，也是她的小說創作得以從青澀走向老練不可忽視的地方。比較文學的影響研究，要求在文本的相似之外，必須要提供作家接受影響的憑據，就凌叔華而言，既有相似點，又有影響憑據的，只有俄國小說家契訶夫（Anton Pavlovich Chekhov, 1860 — 1904）和英國小說家曼殊斐兒。

（一）短篇的構造 —— 契訶夫的影響

在本國文人中，凌叔華所受到影響最大、也最直接的，無疑是凌叔華永久的「文學上的朋友」徐志摩和《現代評論》文藝稿件的編輯、後來成為凌叔華丈夫的陳西瀅。不過由於徐志摩與陳西瀅都未在小說上着力，他們對凌叔華小說創作的影響更多是在文學選擇與審美傾向方面。凌叔華曾經說過，徐志摩是「私淑許多作家的」，而陳西瀅卻是「偏心契（訶夫）」的。[47] 因此，對於徐志摩來說，要寫好短篇小說，可能有很多的參照；而在陳西瀅看來，契訶夫是無論如何不可迴避的。

凌叔華在燕京大學讀英文系的時候，可能已經讀過契訶夫作品的英文版，但她開始接受和認可契訶夫的時間更晚一些，應在 1925 年末。1925 年 11 月 21 日在給胡適的信中，凌叔華說她讀完了契訶夫的小說，受了他的不少暗示，「契的小說已經入腦，不可救拔」——那個時期正

是凌叔華小說的高產期。[48]

　　凌叔華真正坦言她試圖模仿契訶夫的作品是她 1925 年 5 月 7 日發表在《現代評論》上的〈再見〉。凌叔華說她在這篇小說中「很想裝契訶夫的俏，但是沒裝上一分」。[49] 這篇小說是陳西瀅認為意思深刻，好好修改有可能成為凌叔華傑作的作品，因此她向「與契老相好」的胡適請教，想知道要怎樣才能使作品更為完美。而直到晚年與學者楊義通信，她仍然承認「十分契重契訶夫作品」。[50]

　　凌叔華對契訶夫的欣賞主要是小說技法層面，這表現在她不僅推崇契訶夫的作品，想要模仿契訶夫，當她在現實生活中遇到可入小說的素材時，她會想到如果是契訶夫（而不是同為小說家的自己），該會如何描述，如陸小曼生病，徐志摩照顧一事：

> 　　志摩前些日子服侍病人，臉都熬綠了，現在眉已愈，看護說志摩昨天穿了一身光閃閃的袍子，腳上亮堂堂的皮鞋，攜眉散步於交民巷中了。此次眉雖病，面上可沒有憔悴，志摩倒憔悴了。此次的事雖說出人意料之外，若教契訶夫來記下來，讀者又必感到同樣的淺笑。[51]

　　因此，凌叔華創作中體現的契訶夫影響，更多是在技法層面的。

1. 從〈女兒身世太淒涼〉說起

　　要討論凌叔華小說的發展，必然涉及到兩個階段的討論，其一是創作的初始階段，其二是創作的成熟時期。尤其涉及到影響研究，更是需要一個參照以凸顯前後的對比。所以，凌叔華的小說處女作〈女兒身世太淒涼〉種種粗糙、稚嫩的問題，在本書的討論中尤為重要。

敘事方式

陳平原在談到現代小說創作的時候特別突出了五四作家較為深厚的傳統詩文素養，認為對於小說創作來說，這既是「成長的養分」，又是「前進的包袱」。[52] 劉新華進一步將其細化到五四女性小說，她認為中國的女性作家在小說寫作藝術方面缺乏自己民族的敘事傳統，有着根深蒂固的「詩文記憶和素養」，「這時期女性小說文本中大量的不可遏止的情感宣洩和繁瑣的寫景抒情勝於精心敘事，從某種意義上也反映了中國女性從詩人到小說家的歷史過渡」。[53]

這個論斷用在凌叔華的身上是十分適宜的。從中學階段沉迷於舊體詩文，到大學時創作第一篇白話文小說〈女兒身世太淒涼〉，凌叔華還沒有能夠真正的領悟到小說與其他文體的不同之處，也未尋找到自己的敘事方法。〈女兒身世太淒涼〉的開頭段落便是一個很好的例子：

> 當暮春三月的一個早晨，花園草長了，桃李花落了一地。暖和的風，時時還吹起地上的花片，與蝴蝶一同跳舞。那無知的黃蜂，還嗡嗡的飛來飛去採蜜，他們似乎還不知花已落完了。那高才過牆的桃李樹，滿出了新葉子，從那嫩黃的疏葉中，露出了幾個小桃、小李。園門口的垂柳樹正對着園主人的小姐妝樓。微風蕩漾着那柔條，一絲一絲的飛向東又飛向西的，好像東亞美人梳髮，及西洋歌女跳舞。枝頭上的鵙鴒鳥，看了這種風光，益發縮起脖子，目不轉睛的對住花園叫：「姑姑，姑姑……」的。[54]

凌叔華用了三百餘字詳盡地描寫了暮春花園，在一年後，凌叔華又一次描寫了類似的景象：

> 那一去不回的光陰，忽忽的已過了一個整年了。又到了第二個

　　　暮春天氣，那花園裏，仍然是草長花飛。那春風仍是吹人欲困的。
　　那垂楊柳仍舊的柔條輕擺，那鵠鵠鳥還「姑姑姑姑」的叫個不住。
　　楊柳對過的小樓，湘簾半捲，時時吹出些藥味，夾雜些香爐煙，徐
　　徐的出來。[55]

　　以如此大的篇幅在文前和文中描寫環境景觀，意在做一番前後的對
比，即一年後表姐病故，婉蘭出嫁，而花園之景依舊，不由得使人觸景
生情，感物是人非。這是中國古典詩詞中頗為常見的寫法。然而，小說
所描繪的景物與人物、故事的黏合度不高，並未真正起到烘托整體氛圍
的功用。強調了暮春的落花、無知的黃蜂、有了新葉的桃李樹、飄蕩的
柳絲、亂叫的鵠鵠，或許有隱喻之意，但在小說中主要還是花園的元素
之一，作為場景或背景存在。語言上又缺乏個性，全無新意，多是「暮
春三月」、「花園草長」這一類「令人眼熟的表現語言」，[56] 使得這些景
物描寫不僅無助於敘事，反倒使文本空間繁瑣化，單薄的結構無力支
撐，更顯冗長拖沓。

人物塑造

　　〈女兒身世太淒涼〉的故事幾乎是直接建構在對話之上的，對話的
內容便是小說的內容，對話中的人物便是小說的人物。以婉蘭為例。婉
蘭故事的前半部分是在與表姐的交談中，由表姐敘述出的：

　　　　那三少爺（婉蘭的未婚夫）聽說晚上，在書房與他母親的大丫
　　頭銀香雙宿雙飛呢。他母親明知道這事，但又不敢說他二人。現在
　　那丫頭已經有了身四個月了。……他們家怕那丫頭在你未進門前生
　　下小孩，於面上不好看，所以每天就送了吉日過來，叫舅舅預備你
　　的喜事。……現在已經答應他們定好黃道吉日五月初二了。[57]

　　婉蘭故事的發展，是在婉蘭回娘家與三姨娘聊天時，以「今天趁人人都出街，我不妨跟你說說我的苦處」為開頭，自己講述的：

　　　　我自從去年春天知道要嫁這樣一個荒唐男子，我沒有一個晚上不落淚的。……新婚的頭一個月……婆婆不但不怨他兒子行為乖妄，反怪我假惺惺，逼丈夫逛窯子。銀香說，少爺待她那樣沒情，是我調唆的。我孤身處此兩難之間，每天見的不是怨容也是怒色。他呢，也就變了，每天總是晚上兩三點回來，醉薰薰的滿口胡言亂語……我沒有一天不哭兩三次的……[58]

　　雖是對話，實則主人公的直抒胸臆、長篇大論，已是近於獨白了。這種敘事方式在五四時期頗為盛行，旨在以人物之口，表達作者的態度和心聲——在小說敘事模式方面自有其革命性，打破了中國傳統小說的情節中心，開始以人物心理作為小說的結構重點。

　　但是問題在於〈女兒身世太淒涼〉並沒有成熟的寫作技巧來讓「人物心理」支撐起小說的架構。如同小說對三位女性的描寫：

　　　　穿凝杏黃衫子在靠窗口一張貴妃床半睡半坐的支頤着視園中花木，青黃的面，雖塗了些胭脂，也蓋不上那愁病的色，可是長眉細目，另有多病佳人的風緻。（婉蘭）

　　　　穿了一身淺紅的衣裳，坐在一張搖椅上，隨那椅搖來搖去，態度非常活潑，論那面目，卻也粉面朱唇，驕貴中露出樂天之狀。（表姐）[59]

　　　　穿了一身黑花絲緞，細高身材，瓜子臉，半老佳人，倒也不惡，惟獨眉心眼角，隱隱露出含怨受屈的神氣來。（三姨娘）[60]

　　婉蘭、表姐和三姨娘的衣着、姿態、長相、表情經這一番外在描寫已經十分清楚，但三位女性的面貌卻仍是模糊。她們的對話所講述的悲慘遭遇，都只描述了經歷本身，停留在事實的鋪排、問題的展現，以及向說話對象控訴的層面；三位女性分別作為新女性、舊式姨太太、舊式少女（後來的舊式太太）的代表，以各自梗概式的、缺乏細節的悲劇的疊加，完成女性悲劇命運的結論，人物本身已是符號化的存在，即便有對心理情緒的描寫，也難免陷入空洞。總而言之，小說始終在外圍打轉，並沒有真正深入到社會結構或人物內心的分析，這就使得故事本身扁平無力，人物形象蒼白單薄，小說本身也匱乏藝術表現力。

衝突選擇

　　凌叔華在給周作人的信中提到寫小說的動因：「中國女作家也太少了，所以中國女子思想及生活從來沒有叫世界知道的，對於人類貢獻來說，未免太不負責任了。」[61] 又由上一章對凌叔華創作背景的討論，可知凌叔華在創作初期對小說的追求，仍是社會意義層面的。而出於閱歷局限和她所處的文學創作初級階段，她選擇的是具有轟動性的事件類型，使用的是會帶來轟動效應的手法，從宏觀處表現社會問題。在〈女兒身世太淒涼〉中最典型的實例就是用表姐的死亡表現新女性婚戀的困境，而相似的是，〈「我那件事對不起他？」〉也是用胡少奶奶的自殺表現舊女性婚戀的悲劇。

　　在此之前，凌叔華的寫作曾有幾次觸及死亡主題。最早是在八姐殞身於神戶瀑布之時，因與八姐感情甚篤，凌叔華開始有了關於死亡的神秘主義的思考。雖然追述的文章都是後來所寫，但依然能見死亡對年少的凌叔華留下的陰影。《古韻》〈櫻花節〉一章的最後一段文字是對八姐生前的最後描寫：

　　八姐沒說話，顯得很憂愁，低低地唱起了她最喜歡的一首歌：
「花非花，霧非霧，夜半來，天明去，來似春夢無多時，去似朝雲
無覓處。」當時我只覺得這首歌音調優美，並不知道是甚麼意思。
八姐關了燈，我們躺在鋪了草席的地板上。月光把梨樹的影子投到
對面的白牆上。寒冷的夜風吹起了鑲了花邊的窗簾，不時將花瓣吹
進屋來。過了好長時間，我都沒有睡着，笛聲仍縈繞在腦際。[62]

　　這段話結束後，記述凌叔華日本生活的〈櫻花節〉就結束了，與此
相對應的現實結構是幾位兄姐——此處尤指八姐——溺水夭折，凌叔華
離開日本，回到中國。對於八姐所唱的〈花非花〉，凌叔華說：「當時只
覺得這首歌音調優美，並不知道是甚麼意思。」[63] 正是表明了她對溺水
事件的認知，那不僅僅是一場意外，而在八姐無端憂愁唱起的隱含人生
短暫、去留無常之意的〈花非花〉中，已藏了先兆。八姐對自己的死亡
存有先驗感知，是一種神秘主義的暗示。

　　凌叔華日後給她的女兒講述這件事時，又再次強調了這種神秘主
義。她說那天早上八姐離開家前，自己向她借了一把梳子。如今她不可
能再還給她了，這讓她在後來的生活始終難以釋懷。她從不肯把自己的
梳子借給別人，認為會帶來厄運。[64]——這種闡釋已是近於迷信了。但
不論怎樣，八姐的死亡帶給她真切的、具象化的死亡恐懼，使死亡對她
來說，不再是遙遠虛無的存在。

　　進入中學之後，受到民初女子教育中「保國強種」思想的影響，
凌叔華對死亡的想像開始走出了個人的神秘經驗，將個人——尤其是女
性——的死亡與家庭、國家的命運緊密捆綁在一起。國之不治，在於家
之不齊，女子的生命價值、女子教育的意義最關鍵便是改良家政，輔助
國家強盛。為了實現此目標，首要前提是女子生命的保全。凌叔華在給
同學張允瑛寫的悼詞中最遺憾的也是她的離世使她改良家政的志向無法

實現，因此，「養生」成為了凌叔華中學時極力提倡的觀點。即便是談到兄姐日本溺亡之事，該時期的凌叔華亦是棄置私情，於家國立場慨歎：「先姊三人嘗與棠論之，淚隨聲下，立志遊學美日二邦，辭父母旅異域，學成歸國組織數工場，提倡職業教育之說，心以為空文與實踐並行，救國拯民在此一舉也。又誰料學未成而長逝，不顧乎子虛，視余傷心喪志，當何如哉？」[65] 這是對死亡理性的認知，肯定了生命存在先於一切的意義。

這些有關死亡經驗的書寫，充滿了情感的真摯和理念的篤信，十分動人。在她豐富的生命體悟的參照之下，〈女兒身世太淒涼〉和〈「我那件事對不起他？」〉兩篇小說所描繪的死亡──表姐的鬱鬱而終和胡少奶奶的含恨自殺──缺少了個體的溫度，成為某種口號，顯得尤為淺顯與突兀。

▲　凌叔華在《古韻》中所繪的插圖《我們在北京的家》

表姐和胡少奶奶死亡的劊子手是社會輿論和家庭壓迫，是封建父權的力量。這樣的死亡不是個人化的，而帶有鮮明的時代特色和普遍意義。凌叔華期望以死亡這種極端的生命形態，引起人們對於死亡背後意蘊的反思，引發社會對相關問題和人群的關注，這本無可厚非。問題在於，角色命運的驅動，無法藉助充實的情節和生動的個性，回歸到鮮活的生命個體身上。死亡，便顯得空、泛、蒼白，像是口號、「噱頭」，受限於特定理念的傳播，從概念中來，到概念中去，將複雜的社會歷史問題和人性簡單化，非但不能引起讀者的共情，反倒使他們在大量類似的悲劇故事中變得麻木。這是凌叔華和同時代很多問題小說作者創作的弊病。

如同茅盾所言：「要點不在一位作家是不是應該在他的作品中『提出問題』，而在他是不是能夠把他的『問題』來藝術形象化。」[66] 而凌叔華在這方面顯然還沒有達到應有的高度。

2. 在〈嫁妝〉的參照之下——從〈女兒身世太淒涼〉到〈繡枕〉

在凌叔華的創作中，〈繡枕〉是一個研究熱點，通常被學界認為是凌叔華的代表作之一，被多種文學選本如《中國新文學大系》選入。小說描述了一位大小姐在大熱天趕着繡一幅靠墊套子，要作為禮物，讓父親呈送給一位高官，希望手藝得到賞識，為自己換來一樁滿意的親事。然而兩年過去，大小姐仍在深閨做針線活，她精心縫製的繡枕卻被人拿來當做腳踏墊子用，最後被剪了做成一對枕頭，輾轉多次，到了自己的傭人手上。

無獨有偶，契訶夫的短篇小說〈嫁妝〉也是一個待字閨中的少女與母親為自己日後的出嫁準備嫁妝，然而嫁妝散盡、少女人生悲劇突轉的故事。而且小說均是以幾個場面的描寫來完成情節的發展與人物命運的變化。〈繡枕〉是一年前的閨房與一年後的閨房，〈嫁妝〉是很久以前的小房子、七年前的小房子、去年的小房子。〈嫁妝〉與〈繡枕〉在主題

和結構上的相似性，作為契訶夫對凌叔華影響的研究案例，在研究論文中並不鮮見。雖然十九世紀的俄國與二十世紀的中國存有諸多差異，但作家表現的閨中少女待嫁的心情、女性不能自控的命運，卻有着超越時空的共通之處。

然而，學者容易忽略的是凌叔華的〈繡枕〉與〈女兒身世太淒涼〉兩篇小說在創作主旨和文章結構上的相似：〈女兒身世太淒涼〉中未出嫁的婉蘭和〈繡枕〉中的大小姐一樣，都屬於孟悅、戴錦華所說的那一類「在新文化讀者和作者心中沒有甚麼價值」、「幾乎被弒父時代所忘卻」的舊式少女。通過對她們的生活境遇和內心世界的刻畫和挖掘，凌叔華向讀者展示了「一個以往不進入人們視線的舊式女子的生活空間，與世隔絕的死寂閨房」。[67] 此外，與主題相對應的，是小說結構和敘事時間的相似。〈女兒身世太淒涼〉與〈繡枕〉都是將很長的故事處理成「一兩個生活場面的展現」，[68] 採用兩段式結構，以「忽忽的已過了一個整年了」和「光陰一晃便是兩年」作為敘事時間縮短的標誌句，以婉蘭家的花園和大小姐的閨房分別作為兩個時段的平行場面，展現婉蘭和大小姐隨時間變或不變的生活境況，以及貫穿始終的悲劇命運。兩文在內容和形式上一脈相承，通過契訶夫〈嫁妝〉的參照，尤其能夠看到小說技法上的發展和突破，成為考察其創作進步的最好角度。

描寫精簡化

施蟄存曾經評價凌叔華是一個「稀有的短篇小說家」，理由是她的短篇小說「篇幅剪裁的適度」——「不感覺她寫得太拖沓了，或太急促了，在最恰當的時候展開故事，更在最恰當的時候安放了小說中的頂點。」[69] 這一點跟契訶夫的文學態度有異曲同工之妙。[70] 在契訶夫看來，短篇小說的首要魅力是「樸素和誠懇」，[71] 而要達成這個目標，第一步就是去除冗長。

　　情節的集中和角色的減少都是契訶夫去除冗長的重要手法，在這兩點上，〈女兒身世太凄涼〉等早期作品已有了初步的意識。本書還是以契訶夫十分重視的環境描寫為例。契訶夫在寫給他當時頗為欣賞的作家高爾基（Maksim Gorky, 1868 — 1936）的兩封信中，專門對其風景描寫提出了兩個建議，其一是「缺乏節制」——「您像是在劇院裏的一個看客，在表示自己的快樂的時候那麼不加節制，因而妨礙自己和別人聽戲了……在您用來插在對話中的風景描寫裏，特別容易讓人感覺出來」。[72] 其二是不夠樸素——「您常把風景比做人，例如海呼吸，天空瞧着，草原安然自得，大自然低語、說話、發愁等，這類用語使得描寫有點單調，有時候顯著太甜，有時候卻又含糊不清」。[73]

　　契訶夫在〈嫁妝〉的開頭也涉及到一系列的環境景物描寫，篇幅亦不短，然而寫法就與〈女兒身世太凄涼〉全然兩樣。

　　　　有生以來見過很多房子，大的、小的、磚砌的、木頭造的、舊的、新的，可是有一所房子特別生動地保留在我的記憶裏。不過這不是一幢大房子，而是一所小房子。這是很小的平房，有三個窗子，活像一個老太婆，矮小，傴僂，頭上戴着包髮帽。小房子以及它的白灰牆、瓦房頂和灰泥脫落的煙囱，全都隱藏在蒼翠的樹林裏，夾在目前房主人的祖父和曾祖父所栽種的桑樹、槐樹、楊樹當中。那所小房子在蒼翠的樹林外邊是看不見的。然而這一大片綠樹林卻沒有妨礙它成為城裏的小房子。它那遼闊的院子跟其他同樣遼闊蒼翠的院子連成一排，形成莫斯科街的一部分。這條街上從來也沒有甚麼人坐着馬車路過，行人也稀少。

　　　　小房子的百葉窗經常關着：房子裏的人不需要亮光。亮光對他們沒有用處。窗子從沒敞開過，因為住在房子裏的人不喜歡新鮮空氣。經常居住在桑樹、槐樹、牛蒡當中的人，對自然界是冷淡的……小房子四周是人間天堂，樹木蔥蘢，棲息着快樂的鳥雀，可

是小房子裏面，唉！夏天又熱又悶，冬天像澡堂裏那樣熱氣騰騰，有煤氣味，而且乏味，乏味得很……[74]

　　首先，契訶夫由房子的建造入手，顯出其狹小、破敗，又由周邊樹蔭對房子陽光和新鮮空氣的遮蔽——同時，「房子裏的人不需要亮光」，「住在房裏的人不喜歡新鮮空氣」——奠定了故事毫無生機、死氣沉沉的基調，人物尚未上場，其貧窮、壓抑、閉塞的面貌已呼之欲出，非但不顯贅餘，反倒為故事的發生和發展做好了敘事準備。另外，這段話幾乎沒有使用花哨的形容詞或擬人的動詞，而是通過人的感受來描摹，一如契訶夫所說，「風景描寫的鮮明和顯豁只有靠了樸素才能達到」，[75]而「肯於使用自然現象和人類行動的對比等等，那麼景物就會生動地出現了」。[76] 例如，在描寫小房子的四周環境時，契訶夫是採用了人的視角——「是人間天堂」；而描寫小房子內部情形時，亦是採用人體感覺——「夏天又熱又悶，冬天像澡堂裏面那樣熱氣騰騰……而且乏味，乏味得很」。

　　在〈嫁妝〉的參照下反觀〈繡枕〉，小說雖未如〈女兒身世太淒涼〉和〈嫁妝〉使用大量篇幅描寫故事發生的場景，卻以「熱」的主題，營造了故事的氣氛，寫作方式與〈嫁妝〉相似，較之〈女兒身世太淒涼〉進步不少：

　　大小姐正在低頭繡一個靠墊，此時天氣悶熱，小巴狗只有躺在桌底伸出舌頭喘氣的份兒，蒼蠅熱昏昏的滿玻璃窗上打轉。張媽站在背後打扇子，臉上一道一道的汗漬，她不住的用手巾擦，可總擦不乾。鼻尖的剛才乾了，嘴邊的又點點凸了出來。她瞧見她主人的汗雖然沒有她那樣多，可是臉紅的醬紅，白細夏布褂汗濕了一背脊。[77]

　　雖是寫熱，凌叔華並未從正面描寫熱的程度或狀態，而是通過動物和人在熱的環境中的表現來寫熱，如小巴狗的喘氣，蒼蠅的打轉，張媽打扇子、擦汗，繼而以張媽的視角來觀看大小姐，寫出張媽眼中大小姐的熱。這一視角的轉換，融入了人的主觀感受，相較〈女兒身世太淒涼〉描寫段的外視角，內容和情感均豐富了許多。而不論是小巴狗、蒼蠅還是張媽的熱，都是為了從側面強調大小姐的熱，進而表現她為了做繡枕的認真與不易，其節制感正是體現在無一字虛言，層層推進，為日後的希望落空、悲劇突轉埋下伏筆。

　　同是描寫待嫁少女的居所，〈繡枕〉中的「熱」與〈嫁妝〉中的「悶」，雖然具體表現的方面有所不同，都生動且犀利地刻畫出深閨的與世隔絕，在社會倉促的變化中被遺忘的處境。而其腐朽與破敗，正與作品試圖表達的女性的物化傳統、命運悲劇有着相似的情感基調，使得小說從一開始就充滿了晦暗的氣氛。

心理動作化

　　陳平原對凌叔華的小說〈再見〉曾有評論，稱其「着重表現知識女性微妙的心理變化，作家沒有一句心理分析，讀者從人物的對話和行動中又分明可以感受到人物情緒的波動和精神的轉折」，他認為「如此精緻含蓄的小說在『五四』時代還很少見」。[78] 事實上，凌叔華的心理描寫作為她的一大寫作特色，一直是學者的討論重心，然而其最大的特色，正如陳平原所說，並非對人物心理直接的描摹刻畫，而在於契訶夫提出的「使得人物的精神狀態能夠從他的行動中看明白」。[79]

　　為了描寫大小姐對自己用心的肯定、繡工的滿意，然而因為繡品的用途，又羞於正面談論的心情，作者先用張媽對大小姐的一番讚美，引出大小姐的回應——「嘴邊輕輕的顯露一弧笑渦，但剎那便止」。而當張媽話興不斷，要繼續談到給大小姐提親的事時，大小姐的反應是先「停

針打住」，說：「張媽，少胡扯吧。」然後「臉上微微紅暈起來」。[80]

　　這樣的大小姐，與〈嫁妝〉中的瑪涅奇卡頗為相似。敘述者「我」第一次見到瑪涅奇卡時，她「臉紅了」，並且具體到面部的變紅次序，「先是她那點綴着幾顆碎麻子的長鼻子紅起來，然後從鼻子紅到眼睛那兒，再從眼睛紅到鬢角那兒」。當她的母親跟她談到結婚的時候，她紅着臉發佈不婚宣言：「我絕不出嫁！絕不！」但是敘述者說：「可是說到『出嫁』兩個字，她的眼睛亮了。」後來，「我」因為見到了瑪涅奇卡給她父親繡的煙荷包，大為讚賞，瑪涅奇卡又「臉紅了，湊着母親的耳朵小聲說了幾句話」，引「我」去看她與母親親手縫製的嫁妝。[81] 幾年過去，當瑪涅奇卡的部分嫁妝被葉戈爾‧謝梅內奇拿去施捨給朝聖者，她的母親痛哭，想到繼續下去女兒的嫁妝將所剩無幾的時候，瑪涅奇卡依然嘴裏說着「我絕不出嫁，絕不出嫁」，口吻卻「興奮而又帶着希望」。[82]

　　大小姐和瑪涅奇卡不同程度的臉紅，均是一種心理的外化，既有身為少女的嬌羞，又有對自己手藝的滿意，同時還有對於自己可由手藝換取美好姻緣的純真期待。無可迴避的臉紅，再輔以逃避式的語言——大小姐讓談論她婚事的張媽停嘴，瑪涅奇卡多次重申她永不結婚——更是進一步強化了少女懷春的嬌羞卻又矛盾的心理。

　　在〈繡枕〉的後半部分，大小姐依然在閨閣刺繡，先前為自己精心準備的待嫁之禮，幾經踐踏，輾轉到了原本連看一眼繡枕也不得資格的小妞手上。作者也沒有直接描寫得知真相的大小姐心情，卻以「大小姐只管對着這兩塊繡花片子出神」、「大小姐沒有聽見小妞兒問的是甚麼，只能搖了搖頭算答覆了」的動作，[83] 間接表現出大小姐內心失望、進至絕望，而神情恍惚，無法回歸現實的狀態。

　　嫁妝散盡之後，作者沒有直接描寫瑪涅奇卡，卻是描寫她的母親「穿一身黑衣服，戴着喪章」，「坐在長沙發上做針線活」。當「我」跟老太太說話的時候，她先是「微微一笑」打招呼；繼而「小聲」告訴「我」

她仍在為女兒縫製嫁妝，並且偷偷藏到神甫那裏，以免被葉戈爾‧謝梅內奇拿走；接着「看一眼（女兒的）照片，歎口氣說：『要知道我成了孤魂！』」[84] 三個連貫的動作，將老太太作為主人的熱情客氣、作為母親的用心良苦、作為寡母的哀傷無奈三步遞進，完整展現，其母也如此，瑪涅奇卡本人的命運可想而知。

　　試想以〈女兒身世太淒涼〉婉蘭和三姨娘那一種直白的方式來描寫大小姐與瑪涅奇卡和她的母親——曾多麼辛苦的縫製靠枕，準備嫁妝，最終卻落得如此的下場——雖能短暫博人同情，卻被強烈的自我之哀、社會之恨，遮蔽住了更為幽深、蜿蜒的情緒，藏於中國與俄國女性美麗傳說之下「隱秘、灰暗、無意義、無價值的」，「無從語人也無人可語的內心畫面」。[85] 這正是〈繡枕〉和〈嫁妝〉最為精彩的地方，也是小說人物和故事得以立起來的關鍵所在。

情節生活化

契訶夫有一段談論劇本寫作的話，同樣可以代表他對小說寫作的看法：

> 　　人們要求說，應該有男男女女的英雄和舞台效果。可是話說回來，在生活裏人們並不是每時每刻都在開槍自殺，懸樑自盡，談情說愛。他們也不是每時每刻都在說聰明話。他們做得更多的倒是吃、喝、勾引女人、說蠢話。必須把這些表現在舞台上才對。必須寫出這樣的劇本來！在那裏人們來來去去，吃飯、談天氣、打牌……不過這倒不是因為作家需要這樣寫，而是因為在現實生活裏本來就是這樣。……例如一個人坐上潛水艇，到北極去探求靜心養性之道，同時他的愛人發出悲慘的哭聲，從鐘樓上跳下來？這一切都不真實，現實生活裏沒有這種事。應當寫得樸素，寫彼得‧謝敏諾維奇怎樣跟瑪麗雅‧伊凡諾芙娜結了婚。這就行了。[86]

　　因此，在契訶夫的小說中，始終有一種瑣碎化的傾向，即去除強烈的戲劇色彩，將小說還原到現實的生活。當然，儘管契訶夫認為「開槍自殺」、「懸樑自盡」並不是生命的常態，但他並非認為文學作品不應該出現生死大事，而是應該以最接近生活的方式表現與討論此類話題。〈嫁妝〉便是一個實例。小說在寫到「我」最後一次造訪瑪涅奇卡家的小房子時，她並沒有出現：

> 　　那麼她女兒在哪兒呢？瑪涅奇卡在哪兒呢？我沒問穿着重喪服的老太婆，我不想問。不論是我在這所小房子裏坐着，還是後來我站起來告辭的時候，瑪涅奇卡都沒走出來見我，我既沒聽見她的說話聲，也沒聽見她那輕微膽怯的腳步聲……一切都明明白白，於是我的心頭感到沉重極了。[87]

　　結局非常明顯，瑪涅奇卡的嫁妝被偷光了，她最終也沒有如願出嫁，並且英年早逝。但作者卻沒有明白點出，只是以「我」的所見推斷出結果。而最妙的是，契訶夫在文末對瑪涅奇卡母親的動作描寫中，全然看不出瑪涅奇卡去世的事實，她照舊為女兒縫製嫁妝，並且偷偷藏在神甫那裏以保安全。直到瑪涅奇卡的死亡揭示出來之後，母親的種種行為才有了再闡釋的意義。原來並非單純的為女兒計的慈母愛、孤兒寡母的身世哀，是在失去了女兒之後的隱忍，因過度悲痛而產生的自欺，如此一來，她為死去的瑪涅奇卡準備嫁妝、籌劃婚事，便是既荒唐又可悲了。這樣的死亡，並不像〈女兒身世太淒涼〉或〈「我那件事對不起他？」〉試圖傳遞某種宣言，向社會提出某種問題，卻是讀者所能體會到的真實的生活，給人以故事的回味、心靈的震盪。

　　在凌叔華的小說中，這一點更加推向極致。《花之寺》小說集收錄的小說，包括後來的《女人》和《小哥兒倆》，凌叔華幾乎沒有再直接

描寫過死亡。〈繡枕〉中的大小姐並不會因為精心縫製了繡枕，卻沒有能夠交換到美好的姻緣而自殺，因為在現實生活中，由期望到失望，再到絕望，是一個漫長的過程，是繡枕從大小姐的手中，到棄置地上被酒客踩髒，再輾轉到了小妞兒處，歷時兩年，大小姐的心慢慢冷卻。所以即便由繡枕的命運，想到自己的命運，壓制在心底的隱秘又一次被翻起繚亂了心思，她也只是「默默無言，直着眼，只管看那枕頂片兒」，依然如故的在閨房中刺繡。之後的人物，不論是〈中秋晚〉中因「天降災禍」，失去孩子、又失去丈夫的心的太太，還是看破世事知道一切都是虛空的〈有福氣的人〉的老太太，都不再是決絕的、革命的、斷裂的、充滿戲劇化的，以極端的死亡，作為終止痛苦或解決問題的方式。而是平靜的、節制的，即便出現波折動盪，終究還是要回歸故道，懷着忍耐的心，照常生活下去。縱然有時不得不寫到死亡，她的着重點也不是死亡本身，而是死亡所帶給人的恐懼，如〈死〉；又或盡量採用迂迴的方式，不直接觸及，如〈楊媽〉中「到底也沒有回來」的楊媽。

　　這種沖淡的寫法，並非能被所有的評論家欣賞。如弋靈就曾指出凌叔華的小說沒有「理智和情感間的衝突的痕跡」，使得全篇缺乏「climax」。[88] 但溯其根本，不論是描寫精簡化、心理行動化，還是情節生活化，都是契訶夫和凌叔華共同的文學追求，即短篇小說的真實感。這不僅體現在小說的內容，也體現在小說的標題上。凌叔華大學期間發表的三篇小說標題都十分直白，明確點出主題，直接引向社會某一方面的問題，如〈女兒身世太凄涼〉和〈「我那件事對不起他？」〉的女性命運和婚戀問題，〈資本家的聖誕〉的資產階級和社會等級差異問題，都帶有濃郁的問題小說的色彩。尤其是〈「我那件事對不起他？」〉，與汪敬熙（1898 — 1968）〈誰使為之？〉、葉紹鈞（1894 — 1988）〈這也是一個人？〉等問題小說採用了同樣的問句句式，以反問、質疑的口吻，拋出作者對社會情勢的態度和思考。表達之直露，態度之激進，以社會

▲　1940年《花之寺》日版譯本的封面

性、話題性取代文學性，是凌叔華在早期創作中的顯著特點。而當她進入《花之寺》階段之後，小說標題卻幾乎都變成了〈酒後〉、〈繡枕〉、〈吃茶〉、〈中秋晚〉、〈花之寺〉等以時間、地點、行為動作等客觀的、不帶感情色彩的標題，這當然與她對文學的認識和對自己創作的定位有關，但與契訶夫對小說標題的態度也有一定的相關性。契訶夫認為小說標題是與「人物的話語」、「人物的姓」同樣重要的「接近生活的必要」，而作法必得「樸素」──「隨便腦子裏想起甚麼都行──別的都不要。而且要少用引號、斜體字、破折號──這是矯揉造作」。[89] 契訶夫自己的小說〈萬卡〉、〈胖子與瘦子〉、〈套中人〉、〈變色龍〉、〈第六病室〉，與凌叔華《花之寺》小說集中的小說題目在風格上都有異曲同工之妙。

　　契訶夫曾被批評為「專門寫毫無原則的文章的作家」，[90] 這一點和凌叔華的《花之寺》曾遭受的批評有相似之處，只是大概因為凌叔華是女性作家，在批評者那裏，更傾向於認為是因為作者「處於較安適的環

境，人生的悲哀，人間的冷酷，都不曾親嘗」，才會採用這種「把感受到的現象，忠實地寫在之上」的客觀的方式。[91] 除此之外，凌叔華小說中的現實主義特色、底層社會關注，包括善用淡淡的諷刺與幽默，均能看到她對契訶夫的模仿與學習。正是這些優秀短篇小說的影響和啟發，幫助了凌叔華短篇小說技巧的提升，使得她能在較短時間內修正自己的創作錯誤，突破過去的創作局限，由〈女兒身世太淒涼〉階段發展至〈酒後〉、〈繡枕〉階段，進而完成《花之寺》、《女人》、《小哥兒倆》，奠定其文學的地位。

（二）小說的情調 —— 曼殊斐兒的影響

相較於契訶夫影響，討論凌叔華的曼殊斐兒影響要複雜得多。凌叔華素被文壇友人冠以「中國的曼殊斐兒」之名，不僅中國，甚至日本報刊刊登凌叔華的〈搬家〉日譯版時也如此評價她。她的態度不像對契訶夫那般，多次公開表示欣賞，反倒是極力否認，說自己對曼殊斐兒並不了解。

她曾經在晚年的訪談中提到，當她的小說〈寫信〉發表的時候，徐志摩一早來恭賀她，讚她是中國的曼殊斐兒，她當時心裏極不服氣，就憤憤地說：「你白說我了，我根本不認識她！」[92] 這多半是好友間的意氣話。在上世紀二十年代，徐志摩將曼殊斐兒的短篇小說譯介到中國，編成《曼殊斐兒短篇小說集》，又在曼殊斐兒死後寫下〈那二十分不死的時間〉以追悼和感念，以至於「誰都知道有一個『仙姿靈態』的曼殊斐兒」，[93] 凌叔華「對文藝的心得」大半由徐志摩培植，[94] 不可能不知。後來凌叔華在與楊義的通信中再次與曼殊斐兒劃清界限：「在徐志摩已死之後，其實我只讀過一二篇曼式之作，但我十分契重契訶夫作品，據說 K. Mansfield 也十分愛重契訶夫小說云云。」她認為「也許文人寫東西，寫來寫去總是難免會雷同」，她甚至推測，她總被拿去跟曼殊斐兒

相比較未必是她們的寫作相似度有多麼高，或許跟她們的丈夫都是文學評論家有關。[95]

　　然而只要對相關文學史料略加鈎沉就可以發現，凌叔華與曼殊斐兒之間的關係並非徐志摩、沈從文、蘇雪林這些文學友人的附會，[96] 而是確實存在着密切的文學關聯。

　　1926 年 4 月 20 日，凌叔華翻譯了曼殊斐兒的小說〈小姑娘〉（The Young Girl），發表在《現代評論》上，這篇小說後來又有了文潔若（1927－　）譯本，譯為〈小妞兒〉。很難想像如果對曼殊斐兒毫無了解，為何會選擇這位作家的作品翻譯；如果只看過曼殊斐兒的「一二篇」作品，又是為何偏偏挑選出〈小姑娘〉這一篇。同年 10 月，凌叔華在《現代評論》發表了她的第一篇兒童主題小說〈小英〉，從此將創作主題由女性擴展到兒童，這樣的巧合，很難不讓人產生聯想。事實上，除了兒童主題創作之外，凌叔華的很多創作都能夠在曼殊斐兒的作品中找到結構原型。而凌叔華所受的曼殊斐兒創作的影響，主要體現在文學情調方面，具體而言，便是題材和寫法的借鑒。

▲　凌叔華為徐志摩繪明信片《海灘上種花》

1. 影響的來源：〈寫信〉與〈貼身女僕〉

凌叔華認為，她之所以常被拿來與曼殊斐兒做對比，是因為她的〈寫信〉與曼殊斐兒的〈小姐的僕人〉（The Lady's Maid）在寫法上的相似性。這一篇〈小姐的僕人〉，一譯為〈貼身女僕〉，發表在 1929 年 3 月的《新月》上，譯者正是凌叔華的丈夫陳西瀅。

在〈貼身女僕〉的譯後附言中，陳西瀅對〈貼身女僕〉的新奇格式讚賞有加：

> 小說與劇本的形式，近年來常常顯示一種極有意味的現象。劇本本來只有對話的，可是蕭伯納，柏里們的劇本裏常總是穿插着許多極詳細的描寫，使讀者在讀時感到好像唸一本小說；小說本來重描寫敘述的，可是在有些小說家的手中，只剩了對話，除了不分幕外，形式幾乎與劇本無異了。曼殊斐兒的這一篇，又創立了一個新格，因為在這裏非但沒有敘述，只有說話，而且只有一方面的說話，對手方說的甚麼，只有讓讀者自己去想像了。好在這也並不難，因為對手方的話極簡單。這篇的寫法，好像作者就是小說中被稱為「太太」的客人，在這一家作客過夜。聽到了這一席話？這裏所寫的，就是她當時所聽的話，一字字的速記下來了。我們也得把自己處在這位客人的地位，才能得到完全的領略。[97]

這一番評論，對於凌叔華的〈寫信〉，也是完全適用。在採訪中，凌叔華談到這兩篇小說的相似性在於它們都是「自敘體形式表現」，「從心理學角度寫小說」。[98] 然而除此之外，二者在全文的結構、謀篇佈局、人物設置等方面都有很多相似點。首先，兩篇小說都僅涉及兩個人物，一個說話者，一個傾聽者。說話者均為相對地位較低的那一方，〈貼身女僕〉中是僕人，〈寫信〉中是目不識丁的張太太；傾聽者是相對地位

較高的那一方，〈貼身女僕〉中是太太，〈寫信〉中是獨立知識女性伍小姐。傾聽者對說話者的話語時有回應，但小說都只單方面記錄了說話者的言語，將傾聽者的回應留與讀者想像。兩個人物的會面均是說話者出於某種需求去到傾聽者的居所，〈貼身女僕〉中是女僕要去給太太送茶，〈寫信〉中是張太太要去請伍小姐幫她給她的丈夫寫信。兩人的對話均由日常的寒暄開始，漸漸聊到自身，最終以說話者自敘的方式，將她「可憐的一生都寫出來」。[99] 如此高度的相似，若只是出於文人之間的「異曲同工」，實在是難以自圓其說。

　　再者，凌叔華曾經說過，陳西瀅是個嚴苛的批評者，為了避免被他潑冷水，導致文章寫不下去，她平時寫東西都不給他看。在某些時期或特別的情形下，這或許是實情，但就此抹殺掉兩位文學工作者在文學方面的互幫互助，也是不應該的。凌叔華的第一本短篇小說集《花之寺》由陳西瀅編輯出版，說明陳西瀅對凌叔華文學事業的支持；凌叔華在給胡適的信中會談到陳西瀅的文學主張，對她作品的看法等等，說明兩人時常會就文學相關的問題有所交流和討論。陳西瀅〈《父與子》譯者的話〉對此有最直接的表述：

　　　　在這個譯文付印之前，曾經有一個讀者從頭至尾細細的看過兩遍，至少她一個人說她能夠看懂這本書的。對於這一個讀者，叔華，譯者不僅感謝她校看兩遍的耐心，更得謝謝她修改了好些字句，使這本譯文比較的流暢些，明白清楚些。[100]

　　這篇「譯者的話」寫於 1930 年 1 月 20 日，翻譯的工作應是在 1929 年進行，與〈貼身女僕〉翻譯的時間相差不遠。凌叔華既是《父與子》譯本的校對者和潤色者，即便對〈貼身女僕〉的翻譯沒有幫助，若說對這篇小說完全沒有了解，或沒有看過，可能性極低；而看過之後，寫出

1931 年 5 月發表於《大公報》的與〈貼身女僕〉形式相似度如此之高的
〈寫信〉，若說沒有受其影響，也不太可能。她對與曼殊斐兒關係的極力
撇清，反倒有欲蓋彌彰的意思。或許正與文藝友朋樂於在凌叔華與曼殊
斐兒間尋找的共同點有關，兩人都是以寫小說作為人生追求的作家，在
文學關注對象、審美取向，甚至婚姻伴侶上均十分相似，曼殊斐兒僅比
凌叔華年長十二歲，算是同輩，卻已經取得了如此的成就，令凌叔華身
邊對她的文學影響最重要的兩位男性陳西瀅和徐志摩深為折服，很難說
不是出於同性文人間的妒忌。這樣的心態還有另一個例子可證，即曼殊
斐兒與弗吉尼亞・伍爾夫兩位傑出的女作家彼此妒忌。曼殊斐兒羨慕伍
爾夫的家庭和她的丈夫所能帶來的安全感；伍爾夫則妒忌曼殊斐兒有可
能取得的成就。[101] 這樣的比較也許能夠使凌叔華對曼殊斐兒影響的抗拒
容易理解。而兩人的相似性，反過來又可以解釋為何凌叔華會對曼殊斐
兒作品的情調產生共鳴。

2. 影響的實例──「生活大膽的斷面」

　　林徽因曾在〈《大公報文藝叢刊小說選》題記〉中提到當時短篇小
說的創作局限：

> 　　　我們感到大多數所取的方式是寫一段故事或以一兩人物為中
> 心，或以某地方一樁事發生的始末為主幹，單純的發展與結束。這
> 也是比較薄弱的手法。這個我們疑惑或是許多作者誤會了短篇的限
> 制，把它的可能性看得過窄的緣故。生活大膽的斷面，這裏少有人
> 嘗試剖示，貼己生活的矛盾也無多少人認真的來做，這也是我們中
> 間的一種遺憾。[102]

如果說凌叔華早期的小說如〈吃茶〉、〈中秋晚〉、〈花之寺〉等還

在試圖講述一個具有完整情節、關注發展脈絡的故事，那麼她愈到後期，反倒是愈加關注「生活大膽的斷面」、「貼己生活的矛盾」這一種突破了傳統小說情節本位與邏輯界限的小說。林徽因選在《大公報文藝叢刊小說選》中的〈無聊〉一文便是。全文幾乎只是描寫了一個新式太太無心工作、懶於社交，對萬事都提不起興趣來的百無聊賴的一天。她與傭人張媽在家，因無所事事，選擇出門購物，但同樣感覺不到任何的意思，最終還是叫車回家。整篇小說情節被淡化至沒有，太太內心的波動、起伏、矛盾是表現的重心。

　　這篇小說與曼殊斐兒的〈啟示〉（Revelations）極為相似。〈啟示〉的主人公莫妮卡亦是一位丈夫上班、與女傭在家的太太。她因為神經痛困擾了一個早上，又被各種瑣事煩擾，感到「再也忍受不了這個寂寥的套房，這個不出聲的瑪麗，這個房間裏陰慘慘、靜寂、女人氣的一切了」，[103] 非要出去不可，叫了一輛出租車去理髮師那裏——平常她總覺得理髮店是她能真正成為她自己的地方，但是這天也依然感到難熬，最終提前離開。雖然由於兩位小說家創作背景相異，兩位太太的情緒由來與去向有其不同之處，意義的指向也各有其社會時代特色，但從結構和敘述方式上，顯見〈無聊〉對〈啟示〉的借鑒痕跡。

　　凌叔華的〈再見〉與曼殊斐兒的〈蒔蘿泡菜〉（A Dill Pickle）也是另一種「生活大膽的斷面」的展現，如陳平原所說，「本來應該是戲劇性很強的小說，都被處理成一兩個生活場面的展現，而這種展現又集中在最能表露人物心理的一兩個細節」。[104] 兩篇小說描寫了舊情人久別重逢的情景，通過對話推動敘事，在兩人交換現狀、回顧往事之後，再次分別，引往日難現之哀。兩篇小說均是發生在餐廳中，開頭極為相似：

　　　　六年後，她又見到了他。（〈蒔蘿泡菜〉）[105]

　　　　四年後，她在西湖劉莊的花神亭上遇見他了。（〈再見〉）[106]

結尾處主角的反應也是一樣：

　　　　她走了，而他目瞪口呆地坐着，處於一種無可言說的驚詫之
　　中。（〈蒔蘿泡菜〉）[107]

　　　　她的船出了西泠橋的洞子。他呆呆的望着湖水。（〈再見〉）[108]

　　不過如同出現在小說中的食物，〈蒔蘿泡菜〉中的蒔蘿泡菜表現的
是「酸」，〈再見〉中的糖蓮子起碼還有一絲甜味，兩篇小說的人物和
主題也呈現出不同的味道。〈蒔蘿泡菜〉的男主角是資本主義文化滋養
下徹頭徹尾的自私者，「太自我迷戀，太自以為中心，甚至在內心裏為
他人找不到一個容留之地」，[109] 並且也想當然的將女主角歸於這樣的類
型。男主角從懷舊情緒回到現實的方式是對經濟的算計，讓服務員買
單，並告訴她奶油沒動過，不要算在賬上。女主角看清了他們關係的現
實，在於看清了男主角的「不變」，他的自私本性跟社會制度一樣，沒
有任何希望。〈再見〉的男主角是在民國政府擁有了一定權力的政治投
機者，與〈蒔蘿泡菜〉的男主角不一樣的是，他對女主角仍然存有一定
的感情，當他知道女主角的工作和生活處境時，並不像〈蒔蘿泡菜〉中
的男主角一樣「沒再深究下去」，繼續「愜意的」自我傾訴，而是希望
女主角能夠接受自己的幫助。雖然後來兩人同樣選擇分開，但舊情難續
的原因是出於他受到社會風氣影響的「變」，如同女主角離開後，他回
歸現實的方式——督促廚房，為他要獻媚的督辦準備好桂花栗子。
　　向其他作家借鑒情節模式，曼殊斐兒在短篇小說創作初期也有過類
似的實踐，如她的〈疲倦的孩子〉（The Child Who Was Tired），幾

乎可以看做是契訶夫〈瞌睡蟲〉（Sleepy）的英文版改寫。但契訶夫並不認為這是不可接受的，相反，他認為「根據外國作品改寫是一件完全合法的事」，不過他認為應該有一個標準，就是是否去除了原作中的外國氣味。[110] 在這一點上，凌叔華的作品算是範例，不論在內容還是語言上，都幾乎完成了本土化。〈寫信〉中的底層文盲、舊式的張太太，〈無聊〉中的新式太太如璧，〈再見〉中的職業女性筱秋，她們的經歷是中國的──張太太丈夫參軍、她在家照顧婆婆兒女、料理一切家事；如璧逃離了封建大家庭賦予的女性職責，享有小家庭中工作和生活的自由，卻也因此受困；筱秋是新式獨立女性，做清貧但孤傲的教師。她們的喜好也是全然中國的──張太太重男輕女，信奉菩薩，口頭禪「阿彌陀佛」；如璧厭惡中國房子烏煙瘴氣一團糟，羨慕西方人家的小花園；筱秋喜歡中國傳統文化，擅長寫詩。她們所生活的社會──張太太擔憂受了自由戀愛熏陶的女學生對她婚姻的威脅、如璧買布時店家所說的「新生活運動」、筱秋所經歷的雷峰塔的倒掉，也是新舊交替的現代中國的真實寫照。尤其語言方面，如熟語的使用──〈寫信〉中的「殘花敗柳」、〈無聊〉中的「一兒一女一枝花，多兒多女多冤家」，又如中國的典故──〈再見〉中「他們笑我是林和靖，迷上梅花了」等，都使得這些小說充滿了中國的情調。

在曼殊斐兒既有的故事框架之下進行的重新創作與文化移植，使得凌叔華的短篇小說作品在題材和情節上常有新意，揭開了一個又一個被遺忘的角落，在對生活的展現上一次次突破林徽因所說的「可能性」。凌叔華的文學敏感與審美能力使得她的作品既上承契訶夫的對生活真實的追求，又有曼殊斐兒的現代主義風貌，同時還具有中國社會人倫的特質和她自己的文學風格。

三、進入文學史──黃金十年文學創作概況

〈酒後〉之後，凌叔華陸續在報刊雜誌上發表了很多小說，前期主要平台是《現代評論》，也有少數幾篇發表在《晨報副刊》上。1928 年《現代評論》停刊，徐志摩的《新月》雜誌創刊之後，凌叔華也有一段時間以《新月》作為主要發表載體。以 1925 年 1 月〈酒後〉的發表為起點，1928 年第一本女性主題的短篇小說集《花之寺》的出版為高峰，到 1930 年第二本女性主題的短篇小說集《女人》、兒童主題短篇小說集《小孩》的出版，再到 1935 年《小孩》的修改版《小哥兒倆》的出版，凌叔華幾乎完成了她在小說主題上的探索與發掘，創作風格上的成熟與定型，同時也憑藉這一時期的文學成就在現代中國文學史中留下了一席之地。

從 1925 年到 1935 年的十年中，雖然凌叔華的整體文學風格趨向統一，但在不同的時期，仍然呈現出較為明顯的階段性特徵，大致可由《花之寺》的出版，分為前後兩個階段。

(一)《花之寺》階段（1925 ─ 1928）

《花之寺》短篇小說集 1928 年 1 月由上海新月書店出版，收錄了凌叔華的十二篇短篇小說，包括在《現代評論》發表的〈酒後〉（1925 年 1 月 10 日）、〈吃茶〉（1925 年 3 月 16 日）、〈繡枕〉（1925 年 3 月 21 日）、〈再見〉（1925 年 5 月 7 日）、〈花之寺〉（1925 年 11 月 7 日）、〈有福氣的人〉（1925 年 12 月 17 日）、〈等〉（1926 年 4 月 10 日）、〈春天〉（1926 年 6 月 12 日），還有在《晨報副刊》發表的〈中秋晚〉（1925 年 10 月 1 日）、〈茶會之後〉（1925 年 10 月 19 日）、〈太太〉（1925 年 12 月 31 日）、〈說有這麼一回事〉（1926 年 5 月 3 日）。

對於這些篇目的選取，編者陳西瀅在「編者小言」中有所解釋：

> 在〈酒後〉之前，作者也寫過好幾篇小說。我覺得它們的文字
> 技術還沒有怎樣精練，作者也是這樣的意思，所以沒有收集進來。
> 在〈春天〉之後，作者也曾經發表了好幾篇文字，可是我又覺得她
> 的風格漸漸有轉變的傾向——那好像在〈春天〉裏就可以覺察出來
> 的吧——只好留着等將來另行收集了。[111]

可以說，從〈女兒身世太淒涼〉到〈酒後〉，凌叔華開始學到了短篇小說的作法，在對小說主題的把握、人物性格的塑造方面有了自己的心得，擺脫了燕京大學時期隔靴搔癢式的控訴型文風，實現了從「傳統詩文作者」到「現代小說家」的轉變。而從〈酒後〉到〈春天〉，凌叔華開始形成自己的審美趣味和文學風格，雖然仍舊關注女性的生活，但在題材的選取、人物的觀照、主題的表現方面都逐漸有了自己獨到的認識。

延續〈女兒身世太淒涼〉的寫作，凌叔華又創作了〈繡枕〉、〈吃茶〉和〈茶會以後〉，主題都是一貫的舊式少女的「思春」，[112] 發生的年代雖相差不大，生活環境的開放度卻略有不同。〈繡枕〉的大小姐鎖在深閨，對外界一無所知，只能循規蹈矩，原原本本按照舊時的方式，以精心縫製繡枕，作為換取好親事的籌碼。〈吃茶〉中的小姐芳影生活的環境相對大小姐要開放一些，但也因此更加顯出舊式少女「內經驗和外環境」之間的矛盾和衝突。淑貞的哥哥王斌是一位留洋歸來的現代青年，在與芳影相處的過程中，處處行西方紳士之禮：為她倒茶、拿戲單、撿掉下的手帕，臨出戲院時為她穿大氅，出戲院時攙扶她上車，看戲時為她翻譯字幕上的英文，每逢芳影與他搭話他便很留心的聽等等。然而這種種的關照，在王斌看來是「外國最平常的規矩」，對於久處深閨的舊式小

姐芳影來說，卻只能用自己狹隘傳統的男女觀念解釋為王斌對她有意。也正因此，在收到王斌結婚請柬的時候，芳影感到「好似一大缸冷水，直從她頭上傾潑下來」，「一陣一陣的說不出的難受」。[113]〈茶會以後〉的阿英和阿珠兩姐妹的生活空間相對大小姐和芳影又更開放了一些，已不再是閨房之內，或閨房為主的空間，她們開始走出房門，參加茶會這一類公開的社交活動。只是她們骨子裏仍然是舊的，心中懷着對戀愛的期待，卻又恐懼真正的進入現代的社交環境。以對小姐們跟男朋友起勁說笑的「看不慣」，掩飾自己內心裏和大小姐、芳影一般的戀愛期待。三篇小說以開放度的不斷變化，展現出舊式女性現代化的過程。舊式生活方式隨着社會制度的土崩瓦解，已經難以為繼，然而，受傳統禮教規訓的舊式女性，卻仍舊難以在新的社會生活中尋找到應對的方式，處處都無所適從，內心熟悉的傳統一面與陌生的現代一面不斷交戰。

　　如同〈女兒身世太淒涼〉中的婉蘭，結了婚，便從舊式少女變成了舊式太太。傳統觀念的根深蒂固，使得大小姐、芳影、阿英阿珠這一類舊式少女即便通過自由戀愛的新式途徑完成婚嫁，很可能還是會沿着她們母親、祖母的老路，從舊式少女，變成舊式太太。〈中秋晚〉中的太太即是一例。在小說的開頭，太太與丈夫敬仁是剛剛結婚的恩愛夫妻，正和樂融融共度中秋。就在這時，丈夫忽然接到電話，說乾姐姐病危。敬仁要立刻就走，太太並非認為丈夫不應該走，但她相信迷信的觀點，中秋之夜一定要吃團鴨，不然團圓宴不團圓，會成為日後的不祥徵兆，堅持丈夫一定要等吃了團鴨再走。丈夫趕到乾姐姐家時，乾姐姐已經去世，心中悲傷，遷怒於吃團鴨延誤了時間，還弄碎了一個供過神的花瓶，「又是一個不吉祥」。太太在這雙重的不吉祥中迎來了日後戰戰兢兢的生活，及至後來丈夫開始逛花街柳巷，家道中落，太太兩次小產，因房子到期交割，被迫獨自搬走，太太始終認為是團鴨和花瓶的預兆，上天註定的災禍。〈太太〉的太太相對〈中秋晚〉中的太太更為失敗，二

者都是依附丈夫生活，後者的太太還曾努力經營家庭生活，期望能夠與丈夫和美度日，她對迷信的堅持，也是基於這一點；而前者的太太，則只不過是以太太為名的寄生蟲，既要放棄自力更生，接受丈夫的供養，又不管理家事，先是在牌桌上花光了丈夫的錢，又為了與其他太太的攀比，無謂的虛榮，當掉了丈夫的火爪馬褂和金錶，雖然在丈夫發現後，被狠罵了一頓，但過後，照舊丟下孩子回到牌場。〈有福氣的人〉中的老太太大概是〈中秋晚〉和〈太太〉中的太太都共同羨慕與嚮往的，甚至是待字閨中的大小姐、芳影、阿英阿珠也都想像與期待的。首先，她妝奩私儲都極為富足，享有經濟上的自由，無須看人臉色；再者，她因能容忍丈夫納妾，公婆說她深明大義，丈夫也敬服他，直至自己成了當家，對子孫媳婦都沒有偏向，因此子孫也都孝順。但是事實上，表面上的榮光，並不能掩飾內裏的虛假，一次偶然的機緣，老太太偷聽到了幾場對話，才明白過來所謂孝順的子孫，無非是惦記她的鑽石帽花、碧綠翡翠的朝珠，情感是物質化的情感，表面上的福氣，不過是好看的空殼罷了。最能夠體現傳統女性最終「福氣」的老太太，最終都不得不面對這樣的真相，無疑是對傳統制度下女性命運的一次集體嘲諷。

　　相對而言，新式太太的處境比舊式太太要好得多，她們的婚姻結合多是經歷了自由戀愛的過程，按照自己內心的真實意願做出的選擇。〈酒後〉中的太太與丈夫感情尚好，卻對別個頗有才華卻家庭不幸的男子產生了崇拜與憐惜的心情，想趁他熟睡時親吻他，雖然徵得了丈夫的同意，仍然十分猶豫，走到跟前，又退了回來。同樣的，〈春天〉中的太太也有一個別的男子，是她婚前的求愛者，她雖然從未答應過他，婚後也沒有見過面，但是時時聽到他潦倒憔悴的情狀，又忽然接到他患病、希望得到安慰的信，十分難過，想要回信，卻又不知如何開頭，便在春天陷入了煩躁的心情。〈酒後〉和〈春天〉的太太都是婚姻中備受寵愛與保護的那一方，卻同樣偶生「出軌」之心，對象那方都同樣處

境艱難，處於弱勢的狀態──〈酒後〉的男子醉酒睡在沙發上，需要太太蓋毛毯、端茶送水，〈春天〉的男子在太太的想像中，也是在床上呻吟，這些都喚起了太太們拯救與保護的慾望，正是女性在由傳統向現代過渡的過程中，對於主動與被動雙重價值追求的朦朧意識。另一篇〈花之寺〉的太太以性別反轉的方式將〈酒後〉和〈春天〉中的「出軌」之心付諸了行動。太太以別個女子的名義，給自己的丈夫寫了一封信，說自己是一棵小草，他是園丁，給小草生命，給小草顏色，約丈夫在花之寺見面。結局自然是喜劇，丈夫發現原來寫信者竟是自己的太太，嗔怪一番，兩夫妻愉快的去野餐。小說情節並不複雜，引發的思考卻是深刻的。丈夫會與寫信者見面的原因，最關鍵的一點，是「她也會說，她是小草，我是她的匠人，給她生命」，正是強勢者、施與者的姿態，這正與丈夫「一定時候起來，一定時候吃飯，又一定時候工作」的拘束生活相反，而其中一部分的約束，「見不相干的人，聽不愛聽的話」，正是源於他太太的社會關係，這些人佔去了他與妻子的時間，使得妻子無法陪他出去野遊，深感煩悶。丈夫這樣的狀態，實則與新式太太們的狀態相似，在現實中要做被動者，便會期待着出現別個場景得以做拯救者。而反觀太太，在將自己化身為寫信人的時候，擺脫了妻子的身份帶來的束縛，主動寫信邀約男子，亦是在主體復甦中，享受到了愉悅。

除了新舊女性命運與處境的探討，凌叔華有兩篇應時之作。一篇是〈說有這麼一回事〉，是根據楊振聲（1890 — 1956）發表在《晨報副刊》上的小說〈她為甚麼發瘋了〉改寫的，原因是大家都覺得楊振聲的版本太過於倉促，他自己也覺得草率，便請凌叔華重寫。故事講述的是兩個女學生影曼和雲羅因排演莎劇《羅密歐與朱麗葉》入戲太深，發展出同性之愛。然而這樣的戀情並不被當時的社會家庭所接納，雲羅迫於家庭壓力回了家，兩人開始還有書信來往，後來就杳無音信。影曼再次得知雲羅消息的時候，是聽說她結婚了，山盟海誓化為虛空，影曼「撲

撞一聲便跌倒在地上」。這是凌叔華的小說主題最為大膽的一篇，通過描寫兩位女性精神上的相互依戀，肉體上的相互溫暖，使得禁忌的愛情也擁有了被理解的可能。另一篇〈等〉寫於三一八慘案之後，慘案發生當天，阿秋和她的母親因為阿秋男友在晚飯時的到訪，充滿了喜悅與期盼的心情，一邊精心準備飯菜，一邊暢想未來婚後的美好生活。然而，到了約定的時間，男友還沒有來，阿秋母親到學校去打聽，才知道原來阿秋男友已死在衛隊的槍下。全篇未有一字對慘案的控訴，卻通過對阿秋母親近乎暈厥、還未得知消息的阿秋的緊張和着急心情，表達了對段祺瑞政府射殺學生的憤慨。

此外，還有一篇〈再見〉，講述職業女性筱秋在西湖上偶遇過去男友駿仁的故事，並未涉及到社會風潮，也沒有討論傳統與現代、新與舊的矛盾，只是通過對話，表現出駿仁在四年間的變化，以及這些變化引起的筱秋的心理波動。在凌叔華的早期創作中，這一篇可說是最具有超越一時一地文學意義的作品，以嫻熟精彩的對話，寫出深刻的人性。無怪凌叔華在給胡適的信中說，陳西瀅認為〈再見〉好好修改，可成為她的傑作。而其中的人性關注，早於〈春天〉，更早地顯示出凌叔華創作發展的一種方向。

（二）《女人》和《小哥兒倆》階段（1928 — 1935）

《花之寺》的最末一篇〈春天〉發表後，凌叔華的文學創作開始發生了一些變化，有學者認為這體現在凌叔華由「立志於剖露『中國女子思想及生活』轉而表現『那永久的普遍的人性』」。[114] 這個說法不盡然準確，雖然凌叔華這一時期將兒童納入了關注視域，但她的創作依然是在表現中國女子及兒童的思想與生活。不過與《花之寺》時期相比，凌叔華的確開始跳出「新與舊」的範疇，不再局限於具體的歷史空間，而

開始在更為「永久的普遍的」層面，創作小說，書寫人物。

1.《女人》──人性奧秘的探索

　　《女人》1930 年 4 月由上海商務印書館出版，收錄了凌叔華的八篇短篇小說，包括發表在《現代評論》的〈病〉（1927 年 4 月 12 日）、〈他倆的一日〉（1927 年 9 月 17 日、24 日），發表在《新月》上的〈瘋了的詩人〉（1928 年 4 月 10 日）、〈小劉〉（1929 年 2 月 10 日）、〈送車〉（1929 年 4 月 19 日）、〈楊媽〉（1929 年 6 月 10 日），發表在《小說月報》上的〈女人〉（1929 年 4 月 10 日），還有未經發表直接收錄到小說集中的〈李先生〉。

　　其中最能體現《女人》整體風格的是〈病〉、〈他倆的一日〉、〈女人〉。三篇小說在主題上均是延續《花之寺》中的現代女性婚戀主題，不過情調已大不相同。這大概與作者的創作背景有關，《花之寺》中大部分篇目創作的時候凌叔華尚未結婚，對於婚姻中的新女性描寫刻畫更多集中在〈酒後〉、〈花之寺〉、〈春天〉這一類微妙的情感波動上。而《女人》中的大部分篇目都是凌叔華婚後創作，作家走出閨閣，不再空談愛情，開始了具體、瑣碎的婚姻生活，在創作中，也將視線轉移到現實的一面。〈病〉中的妻子玉如為了讓生病的丈夫能夠到山上靜養，違背了自己作為畫家的原則，幫人假造名家畫冊，又怕丈夫不高興，沒有告訴他。丈夫見妻子總是在外奔忙，多神秘電話，想當然地認為是受到了妻子的背叛，對她日漸冷淡，直到最後妻子告知真相，才釋了心結。〈他倆的一日〉中妻子筱和為了照顧母親，只能與丈夫棣生做魚雁情侶，小說描寫的是他們一年後重逢的一天，相聚既是美滿，卻不免又要陷入離別，對未來一切都感到迷茫。〈女人〉雖說收錄在小說集，卻是以劇作方式呈現的。主人公太太無意中發現了丈夫出軌之事，為了三個孩子，決定要採取行動。她根據丈夫衣袋所藏的信，見到了丈夫的出軌對象，扮

作偶然初識的朋友，交給對方丈夫的名片，邀請來家中做客。對方是不諳世事的女學生，發現交往的對象原來已有妻室和孩子，便主動退出。三篇小說分別提出了婚姻中會遇到的幾種現實問題，〈病〉中的經濟問題和夫妻間的信任問題，〈他倆的一日〉中作為女兒的孝與作為妻子的愛的矛盾問題，〈女人〉中婚姻之愛與約束的問題。凌叔華筆下的主人公在面對這些問題時，都以自己的方式做出了選擇：〈病〉中的妻子得到了丈夫的理解，也賺到了足夠的錢，能夠和丈夫一起去山上靜養；〈他倆的一日〉中的妻子最終應該還是會選擇回到母親身邊；〈女人〉中的妻子讓丈夫的情人離開了他，家庭又回到最初的樣子。然而，這些問題是否能夠隨着故事的完結而真正得到解決，卻十分值得懷疑，畢竟，小說的主人公所面臨的問題，並非簡單的「事」的問題，也不僅是上世紀二十年代的「時」的問題，而是在當今社會依然存在，是人與人之間關係的本質，人性的本質，這正是《女人》時期的凌叔華着力去探討與表現的主題。

除了這三篇小說中的新式太太之外，《女人》中也有舊式太太，如〈送車〉中的周太太和白太太，與《花之寺》中的〈太太〉如出一轍。小說通過周太太和白太太的談話，惟妙惟肖的刻畫出一類對舊式婚姻帶來的合理依附極為滿足的、充滿虛榮和慾望的舊式太太。比〈太太〉更進一步的是，〈送車〉中的太太更有一種維持現有狀態的自覺，對作為寄主的丈夫的畏懼，對失去包辦婚姻的恐慌，也因此表現出對自由戀愛的敵意，對下人變本加厲的頤指氣使——以彌補缺失的對自我命運的把控，喚回家庭生活的權力。這一切的根源皆是「對自己獨立人格的麻木」。[115]

〈小劉〉的主人公小劉又是另一種人性弱點的體現。唸書時，小劉是開朗淘氣、又機靈古怪的「軍師」，以現代女性的姿態，立於三從四德、賢妻良母這一類束縛規訓女性的思想的對立面。然而多年後，當小劉嫁作人婦，卻完全失去了年輕時的光彩與銳氣，成為了多年前她恥於

成為的那一類女性，溺於丈夫與孩子的日常瑣碎中。成為賢妻良母是
否意味着現代女性的倒退？作者並未表明態度，但是至少在文中敘述
者——即小劉曾經的同學林女士眼中，為妻為母的角色的確吞噬了小劉
的生命力，看到她「蘋果一般的腮」變成了蠟黃色，「黑白分明閃着靈
活的雙眸」變得「渾濁無光」，還是有一種惋惜的心情。小劉最終選擇
了以犧牲自己的方式成全家庭，夢想家不再做夢，勇士喪失了勇氣，自
然與環境本身的殘酷有關，但若說與自己的猶豫、軟弱無涉，也是自欺
欺人罷。

　　〈瘋了的詩人〉的雙成原本也有可能滑向小劉、周太太、白太太那
一類的舊式太太，所不同的是，她並非立於庸俗世故那一面，而是恪守
禮教、壓抑自我，「像古物陳列所陳列的白玉觀音一樣整齊完美，看去
總是那樣兒毫無情感的樣子」，「高貴冷傲」，使人見了「除了敬畏之外，
很不易發生別的情感」。[116] 然而一場病使她得以掙脫因襲的束縛，以
「瘋」的狀態回歸自然，復甦天性，是人性困境的一種浪漫主義解法，
也是凌叔華的現實主義小說創作的一個特例。

　　〈李先生〉和〈楊媽〉是凌叔華此前沒有觸及過的人物類型，分別
表現了人的某種情感與狀態。〈李先生〉中的主人公李志清是一位四十三
歲的獨身女性，在中學做校監，年輕時因驕傲負氣不願結婚，後來又為
了貼補家用，要在外做事，不能結婚，等到母親去世，與哥哥分家，獨
自搬到學校住，也就不再考慮結婚的事了。她雖然不必像小劉一樣將自
己埋葬在家庭生活中，卻在週末無處可去的境地中感受到深深的寂寞。
這種未嫁女性的寂寞感，與《花之寺》中閨秀小姐的青春待嫁之心相
比，更多了隱約的性的苦悶。〈楊媽〉中的楊媽是一位在別人家幫工的
底層老年女性，每個月都要向主人家請一天假去找兒子。她的兒子不務
正業，「甚麼下流事都肯幹」，親戚們都勸她放棄，但她依然堅持。後來
好心的主人家打聽到楊媽兒子有可能跟隨司令退兵到了甘肅。楊媽連夜

離開，自此音信全無，再也沒有回來。小說是開放式的結尾，但由前文
的鋪墊亦可知道並不會太光明，首先甘肅之遠，槍炮無眼，並非楊媽這
樣的老婆子可以輕鬆抵達，即便到了甘肅，是否能找到兒子，兒子是死
是活，如果是活，又能否如楊媽所願「改邪歸正」，都是未知。一位母
親的癡與悲躍然紙上。不論是「老處女」的性苦悶，還是楊媽無望的母
愛，都是凌叔華對於女性隱秘情感和心理的又一次挖掘，是她過往文學
創作的延續，是對《花之寺》主題的深化和超越，也是凌叔華這一時期
文學創作的階段性特徵和成就。

2.《小哥兒倆》——兒童／成人世界矛盾的思考

　　《小哥兒倆》在 1930 年以《小孩》為題，由上海商務印書館出版，
在 1935 年 10 月，更名為《小哥兒倆》，又由上海良友圖書公司出版。
《小哥兒倆》主要收錄凌叔華自 1926 年以來所創作的九篇兒童主題作
品，因篇幅太少，應編輯要求，又增添了 1930 年之後四篇成人主題的
作品。前期依然以《現代評論》和《新月》作為主要載體，包括發表在
《現代評論》上的〈小英〉（1926 年 10 月 2 日）、〈弟弟〉（1927 年 1 月
1 日），發表在《新月》上的〈小蛤蟆〉（1929 年 3 月 10 日）、〈小哥兒倆〉
（1929 年 4 月 10 日）、〈搬家〉（1929 年 9 月 10 日）、〈鳳凰〉（1930 年
3 月 10 日）。後期的主要陣地是凌叔華自己編輯的《武漢日報・現代文
藝》，如〈異國〉（1935 年 3 月 8 日）、〈開瑟琳〉（1935 年 7 月 19 日）。
在《現代評論》停刊、《新月》主編徐志摩去世，《武漢日報・現代文藝》
尚未創刊的三年間，凌叔華的小說發表途徑比較多樣，收錄在《小哥兒
倆》中的包括發表在《文藝月刊》的〈倪雲林〉（1931 年 3 月 30 日），
發表在《大公報》「萬期紀念號」的〈寫信〉（1931 年 5 月 22 日），發
表在《北斗》的〈晶子〉（1931 年 10 月 20 日），[117] 發表在《文學季刊》
的〈千代子〉（1934 年 4 月），以及發表在天津《大公報》「藝術周刊」

的〈無聊〉（1934 年 6 月 23 日）。

《小哥兒倆》中的四篇成人主題的創作雖給人「小孩子穿了雙大人拖鞋」的感覺，[118] 但也不乏其文學意義。〈無聊〉一文以意識流的寫法，刻畫了新式太太如璧在家無心工作，外出購物卻依然心不在焉，煩躁愁悶又百無聊賴的一天。〈寫信〉通篇是舊式張太太的獨白，以請識字的伍小姐幫忙給丈夫寫信為由，鋪陳展開張太太對自己人生的回顧和心情的描摹。兩篇小說在文體形式和人物的心理描摹方面都有新的突破，之後的章節會有具體的分析。〈異國〉以一位在日本醫院住院的中國女性因中日關係的惡化，感受到醫護人員對自己由熱情到冷漠的態度變化，表達了作者對「野心的帝國主義及心窄的愛國主義者」操縱人與人之間樸素情感的憤恨，是作者以文學創作對當時中日敵對關係現實所作出的回應。[119]〈倪雲林〉是凌叔華的小說中唯一一篇以名人為原型的小說。倪雲林是凌叔華非常欣賞的一位元末明初著名畫家，作者在史料記錄的倪雲林事跡的基礎上，重在小說中塑造了一個心境淡泊無心身外事，意態蕭然又有物外情的文人畫家。其間引經據典，古意蔥蘢，雖是文字，也處處可見作者的畫筆神韻，使讀者閱後，不僅得倪雲林的個性與事跡，也得他的風雅與風骨。這是凌叔華以畫家身份進入文學場之後，第一次在小說創作中將她的雙重身份綁定在一起。這篇小說也是最為接近凌叔華繪畫品味的文學作品之一。四篇小說各有其文學特色，成為凌叔華這一時期文學嘗試的重要見證。但若將《小哥兒倆》的篇目以整體觀之，最有價值的仍然是兒童主題的九篇小說。

在兒童文學的創作中，凌叔華主要通過兒童與成人世界的參差對照，表現兒童天然的純真美好，然而成人世界的入侵，讓兒童的珍貴特質蒙上了陰影。

兒童的世界和成人的世界是有隔膜的。在〈弟弟〉中，弟弟認為他與二姐男朋友林先生之間是「一個人待另一個人好」的友情，林先生

幫他要小人兒的畫，他與林先生分享二姐偷藏起來的林先生的照片。所以當林先生沒有如期送他的畫來，大姐夫又說「林先生那裏想起你的畫呀，他只想你姐姐的畫了」，[120] 弟弟沒有辦法依照成人的邏輯體會二姐偷藏林先生照片中的綿綿情意，也不理解林先生只想二姐的畫所表達的愛情之味，只單純理解成林先生出賣了他，把他偷開二姐抽屜的事告訴了大家，由是認定了林先生對他們友情的背叛，哭了起來。〈搬家〉中的枝兒有一隻大花雞，因為要搬家，無法帶上輪船，只能送給她最喜愛的四婆，而四婆卻將大花雞殺了，送來給枝兒一家餞行。得知真相後的枝兒非常傷心，因為大花雞是她的朋友，她是將她的一位朋友交託給另一位可信的朋友，希望能使大花雞得到妥善的照顧，四婆殺了大花雞，對枝兒來說，是情感的背叛。但是對於四婆來說，大花雞是理想的食材，她家庭貧困，沒有能力為枝兒一家的離開盡心意，只能將大花雞做成菜，並非背叛，相反，是情感的表達。成人世界與兒童世界的隔膜，使孩童感到受傷。

　　既有隔膜，再加上成人與兒童的相對權力關係，更可能表現為成人經驗對兒童經驗的強勢壓抑和介入。〈小蛤蟆〉中的小蛤蟆自幼被長輩教育，知道兩腳怪（即人）是神通廣大、無所不能的超級生物，而當他真正見到了兩腳怪，才發現不過是被蚊子叮咬而無能為力、見到蛤蟆會害怕得大叫的外強中乾的生物。但即便如此，他的母親依然告訴他：「兩腳妖怪的最難學到的道行是寧可自己受些苦，叫別的東西快活快活⋯⋯我們既做不到就不要胡猜亂說。」[121]〈晶子〉中的晶子由父母帶去公園過生日，一位友善的姐姐送點心給晶子吃，晶子十分想要，父母卻顧慮陌生人，不允許她拿；後來姐姐又送了晶子一朵花，晶子聞到「微帶甜芋芋」的花粉味兒很香，將花吃了下去，父母擔心花有毒，急忙把她送去醫院，回去的時候晶子依然望着樹上的花可愛，父母卻「都不像來時那樣有說有笑的了」。[122]〈開瑟琳〉中的小姐開瑟琳與傭人王媽的女兒

銀兒原本是一對友愛的小夥伴，然而因為階級差異，開瑟琳的母親不喜歡女兒總和銀兒在一起。一次，開瑟琳不小心打爛了母親的手錶，因為害怕被責罵，和銀兒一起把手錶埋在花園裏。王媽和銀兒被開瑟琳的母親當做偷了手錶的小偷，被趕出了家門。

　　如果說〈小蛤蟆〉、〈晶子〉、〈開瑟琳〉的故事還是出於成人保護兒童的善意，那麼〈鳳凰〉所展現的兒童與成人的矛盾則顯得更為可怕與殘酷。女孩枝兒因為孤獨，逃出家玩，被人販子下了蒙汗藥，企圖拐賣。對於人販子來說，枝兒是沒有家人保護、毫無防範能力的孩子，是適合下手的對象，但對於枝兒來說，人販子卻是孤寂生活中唯一願意和她玩、並願意帶她去看真鳳凰的好朋友。成人世界的陰謀險惡與兒童世界的純淨善良呈現出對立的狀態，這對力量處於弱勢地位的兒童來說已構成了實質上的威脅。

　　〈小英〉中的小英與書中的其他兒童不同，她很顯然已經是一個早熟的孩子了。從三姑姑做新娘前流的眼淚和偷聽到的大人的談話中，小英開始意識到三姑姑的婚姻為她帶來的創痛，並非張媽試圖以兒童的單純溫情的立場解釋的「捨不得離開家，捨不得離開奶奶，捨不得離開你」，而是她所要嫁入的那個家庭的現實：「一定那個老太婆欺侮她了。」從張媽的臉色，小英知道自己沒有猜錯。而她的「三姑姑不做新娘子行嗎」的發問，[123] 與先前對新娘子的憧憬形成鮮明的對比，以夢想的破滅為代價，達成了難得的兒童與成人視角的統一，卻不得不使人覺得悲哀，跟第一章討論凌叔華家庭環境時所提到的「童年的消逝」一樣，這似乎預示着小英從此要結束童年時光，進入成人的世界了。

　　不過，對於成人參照之下的兒童，凌叔華也並不是全然的懷疑，她有時也會構建出一個和諧的天地，盡可能的淡化兩個世界的衝突和矛盾。比如〈小哥兒倆〉中，大乖和二乖兩兄弟因為心愛的小鳥被野貓咬死，本來準備去找野貓尋仇，然而在看到野貓產下的一窩貓仔之後，立

刻恢復了善良的本性，放棄了復仇的願望，要充當夜貓的保護者與照顧者了。〈千代子〉中，千代子原本準備做「愛國大事」，要去澡堂羞辱裏小腳的支那女人，卻因看到了小腳女人抱着的白胖娃娃，不知不覺忘了計劃，加入到看小孩的女人們中間，一同愉快的笑了。雖然在過程中，大乖二乖和千代子都曾受過來自「成人世界」的「復仇」一類心理的蠱惑，但最終勝利的還是兒童自然純真的天性。而在九篇有關兒童的短篇小說中，唯有兩篇表現了這種理想主義的傾向，還不能算作徹底，畢竟千代子已有為了愛護日本人應該抵制支那人的意識了，行動的一次不成功，並不意味着日後不會再去實施。這也正是凌叔華現實主義文學觀的一種體現，和《女人》小說集所嘗試描寫的一樣，再天然美好的童年，也逃不開永久的普遍的人性。

從《花之寺》到《女人》，再到《小哥兒倆》，凌叔華用了十年時間，完成了她作為小說家最重要的創作。她的短篇小說創作技巧在不斷走向成熟，突出體現在對短篇小說結構的控制和對文學資源的善用。前者使得凌叔華的短篇小說簡潔、得當，在有限的篇幅內，情節能得到充

▲　《小哥兒倆》1935 年的初版書影

分的展開，人物性格命運能得到足夠的表達，有着較高的敘事質量，而不會如同時代很多女性作家作品一般，陷入抒情過當的陷阱。而後者使得凌叔華描寫的人物世界豐富、獨特，她一方面調動了自己過往經驗中對女性和孩童的認知，發現他們的生活，挖掘他們的情感和心理；另一方面，又注重吸收西方的文學資源，結合中國國情，截取生動而有味的中國女性和孩童的生活片段，既新穎，又不乏深刻性。

　　由這三本短篇小說集可以看出，凌叔華始終對女性和與女性同為弱勢的孩童充滿了關注和同情，尤其是其他作家容易忽略的新時代陰影下的舊女性、舊制度餘溫中的新女性、成年人濃霧裏的孩童等。凌叔華以其細膩和敏感切入小說人物的情感和心理，表現出女性作家對其性別處境與命運的深入體察，在冰心宣揚愛的哲學的時候，凌叔華能更多着眼於隱含其中的個體、社會、歷史、文化的複雜性，使得小說更為有層次感和深刻度。凌叔華在保存性別經驗的同時，也在尋找另一條與盧隱、馮沅君等女性作家抒發自我的寫作風格不同的道路，她試圖從純然的感性中抽離，以契訶夫似的客觀理性來重新審視女性故事的發生，這使得她的作品常常含有一種反思特性，能夠讓讀者不僅吶喊、反抗，也自省、思考。

　　正是如此，凌叔華的文學作品呈現出比同時代女性作家更為成熟的狀態，為新舊交替的晚清民初女性面貌提供了十分重要的文本證據，同時也體現出第一代現代女性作家在文學上的探索與發展，代表了其中的較高成就。一證便是她的作品被選入《中國新文學大系（1917 — 1927）·小說卷》這一「權威的新文學史」，[124] 並以五四代表女作家的身份在日後不斷被提及和強化。

注釋

1　李菁：〈故都舊事——我的母親凌叔華〉（陳小瀅口述），載《記憶的容顏：〈口述〉精選集二 2008 — 2011》，頁 204。

2　凌叔華：〈回憶一個畫會及幾個老畫家〉，《凌叔華文存》，頁 677－684。

3　Mary Augusta Mullikan, "An Artists'Party in China", *Studio International*, Vol.110, No.512, pp.284-291.

4　林杉：《秀韻天成凌叔華》（北京：作家出版社，2008 年），頁 61－64。

5　凌叔華：〈我的理想及實現的泰戈爾先生〉，《凌叔華文存》，頁 600－603。

6　陳學勇：〈凌叔華年譜〉，《中國兒女》，頁 203。

7　《晨報：一九二四年四月－六月》，第 29 分冊（北京：人民出版社，1981 年）。

8　季羨林：〈泰戈爾與中國〉，載《社會科學戰線》，1979 年 2 期，頁 290；艾丹：《泰戈爾與五四時期的思想文化論爭》（北京：人民出版社，2010 年），頁 62。

9　Stephen N. Hay, *Asian Ideas of East and West: Tagore and His Critics in Japan, China, and India* （Cambridge, Massachusetts: Harvard University Press, 1970), p.165.

10　傅光明：《凌叔華：古韻精魂》（鄭州：大象出版社，2004 年），頁 23。

11　李菁：〈故都舊事——我的母親凌叔華〉（陳小瀅口述），載《記憶的容顏：〈口述〉精選集二 2008 — 2011》，頁 207。

12　凌叔華在採訪中說過是在歡迎泰戈爾訪華的一個茶話會上認識陳西瀅，畫會在茶話會的第二天舉行，提到徐志摩、丁西林、胡適之、林徽音等在場，但沒有提及陳西瀅。見鄭麗園：〈如夢如歌——英倫八訪文壇耆宿凌叔華〉，《凌叔華文存》，頁 962。

13　（英）約翰・托什（John Tosh）作，吳英譯：〈口述史〉，載定宜莊，汪潤主編：《口述史讀本》（北京：北京大學出版社，2011），頁 14。

14　載 1924 年 5 月 17 日《密勒氏評論報》。

15　Stephen N. Hay, *Asian Ideas of East and West: Tagore and His Critics in Japan, China, and India*, pp.165-166.

16　見 1925 年 4 月 30 日徐志摩致泰戈爾信，載《徐志摩全集補編 4：日記書信集》（上海：上海書店出版社，1994 年），頁 243。

17　魯迅：〈小説二集・導言〉，《中國新文學大系導言集》，頁 87。

18　顏浩：《北京的輿論環境與文人團體：1920－1928》（北京：北京大學出版社，2008 年），頁 2。

19　〈本刊啟事〉，載《現代評論》，1924 年 12 月 13 日第 1 卷 1 期。

20　顏浩：《北京的輿論環境與文人團體：1920－1928》，頁 3。

21　諸孝正：〈試論凌叔華的短篇小説創作〉，《韶關師專學報》，1987 年 3 期，頁 27。

22　陳平原：《中國小説敘事模式的流變》，頁 88。

23　弋靈：〈《花之寺》：凌叔華女士的短篇小説集〉，《文學週報》，1929 年

326 — 350 期，頁 687。

24　鄭麗園：〈如夢如歌——英倫八訪文壇耆宿凌叔華〉，《凌叔華文存》，頁 959。

25　平明：〈嚼字〉，《京報副刊》，1925 年 41 期，頁 8。

26　同上。

27　同上。

28　閻純德：《20 世紀中國著名女作家傳（上）》（北京：中國文聯出版公司，1995
　　年），頁 110。

29　程小青：〈酒後〉，《民眾文學》，1923 年第 1 卷 4 期，頁 1 — 9。

30　力子：〈隨感錄：「茶餘酒後派」小説〉，《民國日報・覺悟》，1923 年第 1 卷 15
　　期，頁 3。

31　丁西林：〈酒後〉，《現代評論》，1925 年 3 月 7 日第 1 卷 13 期，頁 8 — 9。

32　同上，頁 10 — 11。

33　凌叔華：〈酒後〉，《凌叔華文存》，頁 52。

34　丁西林：〈酒後〉，《現代評論》，頁 13。

35　暟嵐：〈文藝美術：酒後：現代評論第一卷十三期，作者西林〉，《清華周刊：書
　　報介紹副刊》，1925 年 16 期，頁 55。

36　蕭然：〈觀「酒後」和「一隻馬蜂」〉，《京報副刊》，1925 年 99 期，頁 6。

37　YM：〈酒後〉，《松聲》，1925 年 20 期，頁 5。

38　同上，頁 6。

39　張慧君：〈酒後〉，《三角之光》，1926 年第 2 卷 7 期，頁 22。

40　同上，頁 25 — 26。

41　王警濤：〈酒後的甜吻〉，《紫羅蘭》，1929 年第 4 卷 7 期，頁 1 — 6。

42　趙園：《論小説十家》（杭州：浙江文藝出版社，1987 年），頁 387。

43　C. T. Hsia, *A History of Modern Chinese Fiction* (Hong Kong: The Chinese
　　University Press, 2016), p.65.

44　孟悦、戴錦華：《浮出歷史地表》，頁 73。

45　C. T. Hsia, *A History of Modern Chinese Fiction*, p.65.

46　「20 世紀中國文學的世界性因素」討論會紀要，《中國比較文學》，2002 年 2
　　期，頁 52。

47　凌叔華在給胡適的信中提到陳西瀅是「偏心契」的，（《凌叔華文存》，頁 905）
　　而凌叔華自己給楊義的信中提到她十分器重契訶夫的作品。（《凌叔華文存》，頁
　　937）

48　凌叔華致胡適，《凌叔華文存》，頁 905。

49　同上，頁 899 — 900。

50　凌叔華致楊義，《凌叔華文存》，頁 937。

51　凌叔華致胡適，《凌叔華文存》，頁 905 — 906。

52　陳平原：《中國小説敘事結構的轉變》，頁 144。

53　劉新華：〈論凌叔華的女性故事〉，《中國現代文學研究叢刊》，2000 年 2 期，頁
　　60。

54　凌叔華：〈女兒身世太淒涼〉，《凌叔華文存》，頁 3。

55　同上，頁 7 — 8。

56　劉新華：〈論凌叔華的女性故事〉，《中國現代文學研究叢刊》，頁 60。

57　凌叔華：〈女兒身世太淒涼〉，《凌叔華文存》，頁 6。

58　同上，頁 9。

59　同上，頁 1。

60　同上，頁 8。

61　周作人：〈幾封信的回憶〉，《周作人文選·卷四》，頁 493。

62　凌叔華：《古韻》，《凌叔華文存》，頁 567。

63　Ling Shuhua, *Ancient Melodies*, p.216.

64　Sasha Su-Ling Welland, *A Thousand Miles of Dreams: The Journey of Two Chinese Sisters*, p.103.

65　凌叔華：〈與執友書歷數生平得意事與失意事〉，《會報》，1917 年 12 月 4 期。

66　茅盾：〈中國新文學大系·小說一集·導言〉，《中國新文學大系導言集》，頁 63。

67　孟悅、戴錦華：《浮出歷史地表》，頁 73。

68　陳平原：《中國小說敘事結構的轉變》，頁 120。

69　施蟄存：〈一人一書〉，《施蟄存作品新編》，頁 266。

70　（俄）契訶夫著，汝龍譯：《契訶夫論文學》（北京：人民文學出版社，1958 年），頁 6。

71　同上，頁 91。

72　同上，頁 265。

73　同上，頁 268。

74　（俄）契訶夫作，汝龍譯：〈嫁妝〉，《契訶夫短篇小說選》（北京：人民文學出版社，2002 年），頁 5。

75　（俄）契訶夫：《契訶夫論文學》，頁 268。

76　同上，頁 27。

77　凌叔華：〈繡枕〉，《凌叔華文存》，頁 53。

78　陳平原：《中國小說敘事模式的轉變》，頁 88。

79　（俄）契訶夫：《契訶夫論文學》，頁 27。

80　凌叔華：〈繡枕〉，《凌叔華文存》，頁 53 — 54。

81　（俄）契訶夫：〈嫁妝〉，《契訶夫短篇小說選》，頁 8。

82　同上，頁 9。

83　凌叔華：〈繡枕〉，《凌叔華文存》，頁 56 — 57。

84　（俄）契訶夫：〈嫁妝〉，《契訶夫短篇小說選》，頁 11。

85　孟悅、戴錦華：《浮出歷史地表》，頁 74。

86　（俄）契訶夫：《契訶夫論文學》，頁 395 — 397。

87　（俄）契訶夫：〈嫁妝〉，《契訶夫短篇小說選》，頁 11。

88　弋靈：〈《花之寺》：凌叔華女士的短篇小說集〉，《文學週報》，頁 687。

89 （俄）契訶夫：《契訶夫論文學》，頁 397。

90 同上，頁 187。

91 弋靈：〈《花之寺》：凌叔華女士的短篇小説集〉，《文學週報》，頁 687。

92 鄭麗園：〈如夢如歌──英倫八訪文壇耆宿凌叔華〉，《凌叔華文存》，頁 960。

93 陳西瀅：〈曼殊斐兒〉，《西瀅文錄》，頁 66。

94 凌叔華致陳從周信，《凌叔華文存》，頁 931。

95 凌叔華致楊義，載《現代作家書信集珍》，頁 335。

96 除了徐志摩之外，沈從文和蘇雪林均有將凌叔華與曼殊菲兒並置的評論。沈從文：「凌叔華女士，有些人説，從最近幾片作品中，看出她有與曼殊菲兒相似的地方，富於女性的筆致，細膩而乾淨，但又無普通女人的愛為中心的那種習氣。」沈從文：〈北京之文藝刊物及作者〉，《沈從文全集・17・文論 修訂本》（太原：北嶽文藝出版社，2009 年），頁 22。蘇雪林：「如仿人家稱魯迅為『中國高爾基』，徐志摩為中國『雪萊』之例，我們不妨稱凌叔華為『中國曼殊菲兒』。」見蘇雪林：〈凌叔華的《花之寺》與《女人》〉，載蘇雪林著，沈暉編：《蘇雪林文集》（合肥：安徽文藝出版社，1989 年），頁 462。

97 陳西瀅：〈《貼身女僕》譯後附言〉，《西瀅文錄》，頁 227。

98 鄭麗園：〈如夢如歌──英倫八訪文壇耆宿凌叔華〉，《凌叔華文存》，頁 960。

99 陳西瀅：〈《貼身女僕》譯後附言〉，《西瀅文錄》，頁 227。

100 陳西瀅：〈《父與子》譯者的話〉，《西瀅文錄》，頁 217。

101 Jeffrey Meyers, *Katherine Mansfield: A Darker View* (New York: Rowman & Littlefield, 2002), pp.146-147.

102 林徽因選輯：《大公報文藝叢刊小説選》（上海：上海書店，2015 年），頁 2 ─ 3。

103 Katherine Mansfield, "Revelations", *The complete stories of Katherine Mansfiled* (Auckland: Golden Press, 1974), p.193.

104 陳平原：《中國小説敘事模式的轉變》，頁 120 ─ 121。

105 Katherine Mansfield, "A Dill Pickle", *The complete stories of Katherine Mansfiled*, p.167.

106 凌叔華：〈再見〉，《凌叔華文存》，頁 65。

107 Katherine Mansfield, "A Dill Pickle", *The complete stories of Katherine Mansfiled*, p.174.

108 凌叔華：〈再見〉，《凌叔華文存》，頁 74。

109 Katherine Mansfield, "A Dill Pickle", *The complete stories of Katherine Mansfiled*, p.174.

110 （俄）契訶夫：《契訶夫論文學》，頁 29 ─ 31。

111 陳西瀅：〈《花之寺》編者小言〉，《西瀅文錄》，頁 228。

112 劉思謙：《「娜拉」言説：中國現代女作家心路紀程》（開封：河南大學出版社，2007 年），頁 134。

113 凌叔華：〈吃茶〉，《凌叔華文存》，頁 63。

114 馮慧敏、謝昭新：〈論凌叔華的自由主義文學觀〉，《中國現代文學研究叢刊》，
　　2012 年 9 期，頁 83。
115 劉思謙：《「娜拉」言説：中國現代女作家心路紀程》，頁 137。
116 凌叔華：〈瘋了的詩人〉，《凌叔華文存》，頁 213。
117 收入《小哥兒倆》時更名為〈生日〉，但本書所參考的《凌叔華文存》仍取〈晶
　　子〉，故注釋仍是〈晶子〉。
118 凌叔華：〈《小哥兒倆》序〉，《凌叔華文存》，頁 785。
119 凌叔華：〈異國〉，《凌叔華文存》，頁 362。
120 凌叔華：〈弟弟〉，《凌叔華文存》，頁 291。
121 凌叔華：〈小蛤蟆〉，《凌叔華文存》，頁 272。
122 凌叔華：〈晶子〉，《凌叔華文存》，頁 330。
123 凌叔華：〈小英〉，《凌叔華文存》，頁 299 — 300。
124 王緋：《空前之跡——1851－1930：中國婦女思想與文學發展史論》（北京：商
　　務印書館，2004 年），頁 632 — 634。

第五章

編輯的眼光：
《武漢日報・現代文藝》
副刊論（1935 — 1936）

　　1935 年前後，《武漢日報》陸續開闢了一批「現代」欄目，如「現代農村」、「現代電影」、「現代法律」、「現代經濟」、「現代政治」、「現代教育」等，雖未明言目的，但以「現代」之名，大抵也是希望能夠在華中地區開啟一道現代之窗，為《武漢日報》帶來與過往不一樣的空氣，《現代文藝》副刊應運而生。

　　1928 年，凌叔華的丈夫陳西瀅赴武漢任武漢大學文學院院長，凌叔華隨同前往。至 1935 年，凌叔華已是有三本短篇小說集出版的五四代表女作家，她先後以《現代評論》和《新月》為主要發表載體，與「現代評論派」和「新月派」交遊過密，文學態度受到「現代評論派」的自由主義影響，堅持「新月派」「純文學」的主張，也被劃歸於這兩個文學流派之中。及至 1933 年沈從文發表〈文學者的態度〉，引發「京海之爭」，凌叔華秉持「現代評論

派」、「新月派」一脈相承的思想獨立、文學自由觀點，重視文學的審美
性，熱衷書寫傳統中國，與「京派」不謀而合；「京派」文人又多是「新
月派」「舊部」，或北大、燕京等津京高校的師生，與凌叔華素有關聯。
因此，凌叔華也被看作是「京派」代表作家。這些文學標籤是凌叔華文
學發展的標記，表達了她的文學觀點，代表了她個人的文學際遇、集體
的文學思潮與現代文學世界的互動關係，同時，也體現了她在文學圈中
的關係網絡。凌叔華既有自己的文學成就，又身處武漢，是大學教授的
太太、學術精英文化圈活躍者，聯結曾經或正在文學界產生影響的「現
代評論派」、「新月派」和「京派」，當為《現代文藝》主編的一位理想
人選。

　　據凌叔華給巴金（1904 — 2005）的信，這個刊物原本是三個人負
責——陳學勇推測是凌叔華、蘇雪林和袁昌英（1894 — 1973）——但
三幾個月過後，「其他二人都覺得不大值得如此犧牲他們的寶貴光陰」，
便都推到了凌叔華手中。凌叔華認為「這種刊物如辦兩三個月收場，還
不如不辦開頭，目前又沒有經濟問題，所以大膽接收下一切責任與義
務」。[1] 這自然是一方面的原因。另外一方面，凌叔華在武漢大學並不似
蘇雪林和袁昌英得以擔任教職，雖是作家，「名義上沒有按月按日的正
當收入」，[2] 不過是文學院院長夫人，教職工家屬的身份，沒有自己獨立
的經濟社會地位。因此，《現代文藝》副刊編輯的工作，不僅有她對於
刊物的一番熱情和責任，也有對自己生活處境的現實考量，困頓情感的
依託。

　　《現代文藝》副刊於 1935 年 2 月 15 日創刊，1936 年 12 月 29 日終
刊，每週五出刊，持續了兩年的時間，總九十五期。是凌叔華除了中學
時期編輯校刊的學生實踐和《現代評論》搬到上海之後的非正式主編以
外，[3] 第一次正式的、獨立的擔任編輯工作。這兩年的編輯經歷，使得
凌叔華不僅作為編者，享受了更大的寫作自由，開始涉獵此前未有涉獵

的文類，如童話；同時，藉由這一小小版面，凌叔華充分展現了她的文學思想和審美取向，《現代文藝》也成為了解她這一階段文學生涯的突破口。

一、《現代文藝》副刊概覽

《現代文藝》副刊在兩年中，刊登了近一百位作家的創作和翻譯作品，「作者人名之多，範圍之廣，可以說是本刊的一種特色」。[4]

（一）作者群體

《現代文藝》的「發刊詞」第二條明確提出，要「竭力戒除黨同伐異的惡習」：[5]

> 新文學的歷史雖僅短短的十餘年，文壇中的派別出現不少。五四運動初起時，所有作家因努力的目標相同，還能站在一條戰線上奮鬥。不曾過了幾時，政治上割據稱雄同室操戈的習慣，就傳染到文學上來了……屬於同黨的文人，不論他的作品如何不成熟，也恭維得天花亂墜，恨不得捧之於三十三天之上，屬於異派的文人，不論他的作品如何優美，也要吹毛求疵，冷嘲，熱罵，恨不得抑之於十八層地獄之底。這風氣雖由一二名流提倡，不受其影響者究有幾個？……這些雖然是小事，但正確文藝標準，因之難以成立，低級趣味的作品因之可以魚目混珠，充塞出版界，而真正有價值的作品反不能得讀者歡迎。[6]

儘管門戶之見，賢者不免，但這樣的文壇風氣的確在妨礙着新文學

前途的發展，因此編者要在〈發刊詞〉中特別提出：「以為自己警惕之資，並為同志之鑒戒。」在《現代文藝》的編輯中，的確可以看到凌叔華在這一點上的覺悟，由作者構成的多樣便可得知。

　　《現代文藝》的作者群根據不同來源，大概可以分為武漢大學作者群、凌叔華文學同人群（尤其是京派同人群）、新作者群和其他作者群。

　　武漢大學作者群包括武漢大學教職員工及 1935 年前後新近畢業的學生。教師有吳其昌（1904 — 1944）、石民（1902 — 1941）、陳銓（1903 — 1969）、方重（1902 — 1991）、朱東潤（1896 — 1988）、陳西瀅、蘇雪林、袁昌英等。職工有圖書館館員馬文珍（1906 — 1997）等。畢業生有 1933 年畢業的陳瘦竹（1909 — 1990）、1935 年畢業的彭榮仁（1912 — 1986）等。

　　文學同人群包括凌叔華「現代評論派」、「新月派」、「京派」時期的同人。這三個文學流派在文學思想上有所承繼，具體成員也有重疊，但仍能大致區分出三種來源：早有私交、後同為「現代評論」作家的胡適、楊振聲，新月派詩人孫洵侯（1909 — ？）、朱湘（1904 — 1933）、孫大雨（1905 — 1997）。其中作者群體最為龐大的是京派作家，囊括了沈從文、[7]朱光潛、李健吾（1906 — 1982）、蕭乾、蘆焚（1910 — 1986）、卞之琳（1910 — 2000）、林庚（1910 — 2006）、常風（1910 — 2002）、俞平伯（1900 — 1990）、徐芳等。[8]特別需要指出的是，還有一些京派作家並不完全因為凌叔華而在《現代文藝》發表作品，而是經由蕭乾主編的《大公報‧文藝》與《現代文藝》的聯號關係，由蕭乾推薦至《現代文藝》，如劉榮恩（1908 — 2001）、李影心等。由這一京派作家陣容，足以看出《現代文藝》被當做京派在華中地區分支所言不虛。[9]除此之外，也有其他雖不與凌叔華同屬同一文學流派，卻在文學上有交遊的作家，如戴望舒（1905 — 1950）、巴金、靳以（1909 — 1959）等。

　　除了前述較為大眾熟知的作家、學者，凌叔華還十分注重對文學新

人的培養，如李威深（李君彥，1913 — 1999）、田濤（1915 — 2002）、
劉祖春（1914 — 2001）、王西彥（筆名也用王西稔）（1914 — 1999）、
嚴文井（1915 — 2005）、李蕤（1911 — 1998）、陳藍（即張秀亞，
1919 — 2001）等，他們在《現代文藝》發表作品時，都尚處於文學創
作的起步階段。

此外，《現代文藝》作者群還有三個特別的群體，十分值得關注：

其一是女作家，「差不多佔了本刊一半的篇幅」，[10] 包括凌叔華、冰
心、蘇雪林、陳衡哲（1890 — 1976）、袁昌英、楊剛（1905 — 1957）、
沉櫻（1907 — 1988）、羅洪（1910 —　）、維特（沈蔚德）（1911 —？）、
陳藍、蔣恩鈿（1908 — 1975）、徐芳、冷綃、謝縵、青子、微沫，體現
了凌叔華作為女性編輯對女性文學的支持和重視。

其二是左翼作家，包括朱企霞（1904 —？）、李蘇
菲（1912 — 1971）、力麥（李麥）（1910 — 1987）、李輝英
（1911 — 1991）、李欣（胡昭衡，1915 — 1999）、李威深、楊剛等。可
見凌叔華雖然不處於左翼文學陣營，卻不以門戶之見作為選稿標準。

其三是有爭議的作家，主要是指剛剛經歷了「何徐創作問題」風
波的徐轉蓬。「何徐創作問題」風波是指 1934 年 2 月林希雋化名清道
夫在《文化列車》第九期發表〈「海派」後起之秀何家槐小說別人做
的〉，揭發左翼作家何家槐（1911 — 1969）發表的小說和散文多為徐
轉蓬和陳福熙所作。[11] 此事據徐轉蓬所言，沈從文、施蟄存和邵洵美
（1906 — 1968）應是清楚內情，因為徐轉蓬有一篇文章先拿給沈從文修
改，改了很多，發表出來卻變成了何家槐的名字，其他幾篇發表在《現
代》和《新月》的作品也是如此。[12] 此事不僅將何家槐和徐轉蓬捲入了
風暴中心，包括施蟄存、邵洵美、沈從文、徐志摩等也被牽扯其中。就
此，海派的施蟄存以一則聲明撇清了和何家槐的關係；新月派的邵洵美
也通過記者答讀者的方式表達了自己觀點，認為純屬二人私事，不值一

提；左聯是動員自己的成員何家槐主動承認錯誤；而京派的沈從文則選擇了沉默——王愛松（1965－　）認為，這是「沈從文不再討論京派、海派問題並最終導致京海派論爭不了了之」的直接原因。[13] 如此的文壇風波，又與京派同人沈從文關係密切，凌叔華即使身處武漢，也不可能一無所知，然而她卻在《現代文藝》第三期，即風波過後不久的 1935 年 3 月 1 日就發表了徐轉蓬的小說〈長壽〉，其後，又在第十一期發表了〈鄉村裏的夜校〉、七十一期發表了〈死後〉（節自〈我的父親〉）。同年 5 月 12 日，沈從文編輯的《大公報‧文藝副刊》發表了徐轉蓬的小說〈失業〉，後來林徽因選輯《大公報文藝叢刊小說選》時亦將此文選入在內。可見不論是凌叔華，還是她的京派同人沈從文、林徽因對於文學作品的態度，均是堅持文學本位，不避爭議。

　　從武漢大學的教授作家群，現代評論派、新月派作家群，到作為主力的京派作家群，還有女作家群、左翼作家群、有爭議的作家，無怪凌叔華在〈停刊之詞〉中會說：「恐怕不容易找到幾個刊物能夠容納這許多不同的名字吧。」這正是凌叔華編輯《現代文藝》的初衷，希望文學能夠不受政治、經濟的影響，不受門戶派別的干擾，回歸到文學的審美本質。這與朱光潛在創辦京派又一文學陣地《文學雜誌》時提出的「自由生發，自由討論」原則，「多探險，多嘗試，不希望某一種特殊趣味或風格成為『正統』」的主張不謀而合。[14] 可以說，《現代文藝》的編輯，正是凌叔華與她的京派同人們自由主義文學觀的一次集中表現。

（二）作品特色

　　廣泛的作者基礎，加上「編者的謹嚴」，[15] 使得《現代文藝》雖然篇幅不大，卻在有限的空間中開拓出一個豐富的文學世界。

　　從體裁上看，《現代文藝》有學者、批評家的評論作品，如朱光潛

〈近代美學（一）：近代美學與唯心哲學的淵源〉、〈近代美學（二）：近代美學的基本原理〉、〈藝術與聯想作用〉，李辰冬（1907 — 1983）〈文藝的價值論〉等文藝理論作品，或常風「漫談系列」如〈小說的技巧〉、〈編譯詩〉，炯之〈新文學之過去現在與未來〉等文學評論作品。有散文如陳西瀅〈過年〉、〈添在後面的蛇足〉、〈作家雜話〉等「閒話」餘續，蘇雪林的「島居漫興」系列作品；也有詩歌，如武漢大學馬文珍的〈謠言〉、〈消息〉、〈憂時〉，京派詩人徐芳的〈笑〉、〈秋的花〉；有散文詩，如董重〈孤獨的旅人〉等。有書信如被編輯家趙家璧（1908 — 1997）稱作「國內最近發現的重要資料」的〈志摩遺札〉；[16] 有序跋如凌叔華〈《小哥兒倆》序〉；有日記如凌叔華〈西京日記幾頁〉等。有成熟作家的小說如巴金〈隱身珠〉，也有文壇新人的小說如嚴文井〈黑色鳥〉等；有童話，如凌叔華〈紅了的冬青〉，還有高植（1911 — 1960）〈拉丁美洲的文壇〉、〈海外文壇消息〉一類文學資訊。各項體裁均已兼備。

　　除創作外，《現代文藝》在翻譯方面也收穫頗豐。有詩歌翻譯，如孫大雨所譯的白朗寧〈安特利亞·代爾·沙多〉；有小說翻譯，如袁昌英所譯的哈羅德·曼胡德（H. A. Manhood, 1904 — 1991）〈蘋果婦人〉；有隨筆翻譯，如石民所譯的塞繆爾·巴特勒（Samuel Butler, 1835 — 1902）的雜感；有劇本翻譯，如袁昌英所譯的康斯坦斯·霍姆（Constance Holme, 1880 — 1955）的〈意中的家〉（The Home of Vision）等。

　　然而，雖然作者是多元的，作品是多樣的，綜觀《現代文藝》的作品，卻依然能夠感受到極其濃郁的京派色彩，其中最值得一提的是書評和小說。

1. 書評與《大公報·文藝》的「京派」聯號

　　楊義曾談到兩種流派的形式，一種是「社團—流派」，一種是「文

學形態—流派」：

> 前者以社團和刊物作為連接流派的紐結，後者則在同人刊物
> 中創造一種文學風氣和文學形態，因此流派紐結處於有形和無形之
> 間。前者以凝聚力著稱，後者以擴散性見長。[17]

京派很顯然屬於後一種。吳福輝以同人刊物為線索，概括了京派作為文學流派的發展過程：《駱駝草》、《文學月刊》、《學文月刊》、《水星》等的出版開始帶有初步流派意識；1933 年沈從文執掌主編《大公報・文藝》是流派確立的標誌，而 1935 年蕭乾加入編輯事務，一直延續到抗戰前，「使《大公報・文藝》成為北方文壇的重鎮和『京派』文學的主要發祥地」。[18]

這是凌叔華編輯的《武漢日報・現代文藝》與蕭乾編輯的《大公報・文藝》建立「聯號」的背景。雖然在文潔若的回憶錄中，「聯號」更多是一種「戲稱」，[19] 但兩位編輯的確都相互在自己編的刊物上發表對方的作品，[20] 更彼此轉稿。凌叔華對於建立聯號，也明確向沈從文表達過自己的態度，其實是一種雄心：「將來南至粵，西至川，都有文藝聯號才好。這話目下也許只是一個夢，可是夢不一定不會變真的。」[21] 這裏所說的文藝聯號，已經不僅是文學資源共享的「戲言」，更是凌叔華作為京派一員的宣言，要延續北方《大公報・文藝》已經奠定的京派基礎，在華中的《武漢日報・現代文藝》發揚開來。而由《文藝》副刊繼承而來的最為突出的京派傳統，便是書評。

如陳子善所說，治中國現代文學史，若要探討「京派文學」，「京派」書評「斷不可忽略」。[22] 從楊振聲和沈從文 1933 年開始主編天津《大公報・文藝》開始，便已有書評發表，當時的書評作者主要有李健吾、李長之（1910－1978）、常風、李影心等。但書評真正得到重視，是在蕭

乾 1935 年接手《大公報》的《小公園》和《文藝》之後。蕭乾在大學
時念新聞系，使他很早就意識到書評的重要性，他的大學畢業論文寫的
正是〈書評研究〉，他認為「書評最適宜刊登在報紙副刊上，因為又快
又及時。既涉及文學，又具有一定的新聞價值」，[23]「比廣告要客觀公
允，比作品論淺顯實用」。[24] 因此，他專門設置了「書報簡評」欄目，
在《文藝》和《小公園》合併之後，又進一步確立了「書評」的位置，
不僅發表單篇的書評文章，還組織「書評專刊」，特設「書評專輯」，
不斷擴大書評作者的隊伍，提高書評質量。

　　這些書評之所以能算作京派文學的一類代表，不僅因為它們都刊登
在京派文學陣地《大公報·文藝》，還因為它們體現了京派作家共同的
價值取向，尤其是對書評獨立性的追求，以編輯蕭乾的幾條原則為例：
一、不接受出版商的贈書。二、不評論自己和沈從文的著作，到上海後
又包括不評論巴金和靳以的書。前者是「抵禦外界誘惑」，後者是「杜
絕自身欲藉書評而獲利的一切私慾」，而這後一點，在研究蕭乾書評的
學者葛昆元看來，是更難的。[25] 三、持論客觀，不捧不罵。這三點原則
與沈從文的批評觀不謀而合。沈從文曾批評過兩種批評家，一種是「與
商人或一群一黨同鼻孔出氣的僱傭御用批評家」，另一種是「胡亂讀了
兩本批評書籍瞎說八道的說謊者」，他認為真正的書評要「不武斷，不
護短，不牽強附會，不以個人愛憎為作品估價」，「評論不在阿諛作者，
不能苛刻作品，只是就人與時代與作品加以綜合，給它一個說明，一種
解釋。」[26] 這正是試圖使文藝從政治、商業的影響中獨立出來，「播根於
人生沃壤」，達到「寬大自由而嚴肅」的京派文學所奉行的文藝態度。[27]
既有如此的編輯綱領，又都對京派文學的追求有共同認知，《文藝》作
家的書評書寫也呈現出相近的特質，將對文學審美的關注，取代了對文
學功利的關注，劉峰傑認為，京派批評正是因為這一點，完成了新文學
在純文學、純審美方面的內在要求，代表着中國現代文學批評的審美自

覺與成熟。[28]

　　在蕭乾進入《大公報》的 1935 年 7 月之前，《現代文藝》的書評量極少，僅有第五期（1935 年 3 月 15 日）邵瀛的〈評勞倫士：賈德立貴婦的戀者　D. H. Lawrence: *Lady Chatterley's Lover*〉。同年 8 月，可能是受了書的觸動，但更可能是受到蕭乾在《大公報・文藝》開闢書評專欄的啟發，凌叔華開始意識到書評這一文體在《現代文藝》的缺失，於是創作了一篇美國作家布斯・塔金特（Booth Tarkingtor, 1849 — 1946）《十七歲》（*Seventeen*）的書評。文章雖然列在「圖書介紹」的欄目之下，實則已有了蕭乾對書評定義的內核，即「評者的判斷」，可算是編輯凌叔華為書評稿件的拋磚引玉。到 10 月 25 日常風發表巴金《俄國社會運動史話》的評論之後，《現代文藝》開始較為頻繁的刊載書評文章，如：第四十九期劉滋培（1908 — 1984）〈評《回家》〉（余上沅著，原載天津《大公報・文藝》）、第五十期吳辰〈評《回春之曲》（田漢著）〉、第五十一期常風〈《書評研究》（蕭乾著）〉、第五十六期李影心〈《沉默》（巴金著）〉、第五十七期常風〈《話匣子》（茅盾著）〉、第六十一期劉榮恩〈《吾國吾民》（林語堂著）〉、第六十八期劉榮恩〈《這裏不行》（Sinclair Lewis 劉易士著）〉、第六十九期李影心〈評《畫廊集》（李廣田著）〉、第七十四期張允明〈《新的糧食》的銘感〉、第七十六期黃照〈《分》（何谷天著）〉、第八十期劉榮恩〈《脫爾斯泰傳》（吉剌特亞伯拉罕著 [*Tolstoy, By Gerald Abraham*]）〉、第八十九期常風〈巴金的愛情三部曲（一）霧（二）雨（三）電〉，加上邵瀛和凌叔華的兩篇，共計十五篇，書評開始成為《現代文藝》一個頗有特色的部分。

　　查看這些書評的作者，不難發現，常風、李影心、劉榮恩、黃照等，均是蕭乾在《大公報・文藝》發展書評寫作時最早的、也是最重要的書評作者。[29] 在書評的分工中，也依然是遵照蕭乾在《大公報・文藝》

的安排，如《這裏不行》、《脫爾斯泰傳》這一類外國讀物多請燕京大學
英文系畢業、執教於南開大學的劉榮恩負責。唯一的不同是，在《大公
報》不能評論的蕭乾，《大公報》搬到上海後不能評論的巴金，因《現
代文藝》由凌叔華編輯，無須避嫌，所以會有常風〈《書評研究》（蕭乾
著）〉、李影心〈《沉默》（巴金著）〉、常風〈巴金的愛情三部曲（一）
霧（二）雨（三）電〉三篇書評，是《現代文藝》書評對《大公報‧文藝》
書評難得的「超越」和「創新」。

　　從京派這個大的範疇來看，《現代文藝》的確發揮了其作為京派在
華中地區分支的作用，將京派大本營《大公報‧文藝》的京派書評移植
到武漢，擴大了京派書評的影響力，為京派書評作者的寫作豐富了選
擇，增加了發表載體。但是《現代文藝》幾乎照搬《大公報‧文藝》的
書評模式，編輯凌叔華並沒有充分發揮其主觀能動性，只是簡單地複製
蕭乾的書評理想，並且在兩年之間，除了《大公報‧文藝》原本的書評
作者，並未能夠培養出新的作者，從《現代文藝》刊物的角度來看，不
得不說，是一種遺憾。

2. 京派小說與新作者——〈傳令嘉獎〉、〈渡頭〉和〈家〉為例

　　1936 年，良友圖書公司的文藝編輯趙家璧受了國外「英、美最佳
小說年選」、戲劇年選，還有日本改造社編的《文藝年鑑》的啟發，想
要將每年發表在全國各地文藝刊物上的最佳短篇小說選輯成一份小說年
選。「由於文藝刊物的編輯，在自己主編的刊物中，總是能夠最早發現
優秀作品的人，而在同類刊物中，他也是最善於發現新人新作，沙裏
淘金的」，[30] 趙家璧和靳以、蕭乾等商議，決定組織一個二十人的以文
藝編輯為主、加上幾位著名作家的評選隊伍，每人推選一至三篇發表
於 1935 年 11 月 30 日至 1936 年 11 月 30 日的小說，評出面廣質高、比
較公正的好選本。此外，趙家璧又對三位不同地區的評審——在武漢任

《現代文藝》副刊編輯的凌叔華、在廣州任副刊《東西南北》編輯的洪深（1894 — 1955）、在福州工作的郁達夫（1896 — 1945）——有特別要求，即他們所評選的篇目應是「所在地的地方刊物中的作品」。[31] 據此，凌叔華選擇了三篇發表在《現代文藝》的小說，分別是 1936 年 5 月 1 日第六十二期李威深的〈渡頭〉、1936 年 10 月 23 日第八十七期陳荻的〈傳令嘉獎〉、1936 年 11 月 20 日第九十期維特的〈家〉。

如同趙家璧所說，《二十人所選短篇佳作集》的作品，不僅可以反映「創作界的動向」，也可以從評審對稿件的取捨間明白地感覺到一年來「文藝批評界的趨勢」。[32] 這三篇小說雖然由於發表時間的限制，未必能夠代表《現代文藝》小說的最高水準或創作全貌，但能夠代表凌叔華眼中華中地區「創作界的動向」，以及她作為文藝副刊編輯、短篇佳作評審的文藝批評趨向。也正因為如此，〈渡頭〉、〈傳令嘉獎〉和〈家〉具有十分重要的意義，它們集中體現了當時的凌叔華在小說方面的文學標準與審美取向，成為了解凌叔華編輯思想的重要窗口。

李威深的〈渡頭〉是以第一人稱「我」敘述的：「我」要去縣城辦事，在路上偶遇一位相熟的五十多歲的農民同鄉，要去縣城退換一雙三年前買、但一直不捨得穿的靴子，於是兩人同行，途中「我」與同鄉談話，並由對同鄉的觀察引出所思所想，最終抵達渡口時，同鄉卻因見到日本車進村，決定回家，放棄了進城換鞋。

陳荻的〈傳令嘉獎〉是一篇諷刺小說，描寫了郵局搬運工曹老大在夜守倉庫的時候，因為誤將局長當小偷，將局長暴打一頓，並在翌日誇耀自己的「壯舉」時，得意忘形而暴露了同事老湯賄賂同事、曠工的事實。由此，曹老大從大家心中力大、氣足、人好，淪為了老湯仇恨的對象，同事的笑料。最諷刺的是，曹老大對所打的人的身份、旁人對自己的態度變化毫無自知，仍舊以功臣自居，聽信同事的調侃，以為局長要對他「傳令嘉獎」。

維特的〈家〉通過描寫老王媽做工的吳家的一天，刻畫出一個衰頹消極的城市家庭：抽大煙的老太太；靠着妻子吳少奶奶的嫁妝過活、不務正業沉迷下棋的吳先生；與婆婆小姑不合，不擅家事，迷戀社交生活的吳太太；對發生的一切一無所知，只顧吃糖、享樂的幺小姐。

三篇小說最明顯的共同點無疑是對底層的關注：〈渡頭〉中主人公「我」的同鄉是底層農民，〈傳令嘉獎〉的曹老大是底層勞動者，〈家〉中的老王媽也是從農村到城市打工的底層人民，這種「趨向農村或少受教育分子或勞力者的生活描寫」，[33] 是林徽因歸納的京派小說的一種特徵。然而這三篇小說的共同點、或說它們的京派文學內質遠不僅於此，而在更加具體而深刻的層面上表現出對鄉土中國的情感眷戀。

〈渡頭〉：常與變的感傷

〈渡頭〉中的同鄉是中國傳統農業社會的一個代表，是「變」的對立面的「常」的人。「我」第一天認識他的時候，他就是這個樣子，三十多年後他還是這個樣子，作者用了兩個詞來形容這種「常」：「還是」──「他走起路來，兩條腿從上到下還是像一對彎曲的頂門棍」、「還是那個嘴臉，像是用一塊霉爛的土色瓦片砸成的」；「照舊」──「照舊歡喜說四稜話」。此外，同鄉有一些習慣，例如抽煙，同鄉自己說：「有癮啊，我不抽就不成。不抽煙，比不吃飯還難受啊。唉，這就是──慣了……」[34] 又例如對真相的洞察，「我」想：「他窺察而能不費力地說出在那些漂亮話與污穢行為之間的真情，已經成為一種習慣。」

這樣一位處於「常」的環境中，懂得其中的人們「如何生活、如何思想」的「常」的同鄉，最為篤信的便是植根於鄉村的人性之常。這種人生觀由「他的父親，祖父以至遠祖」那裏代代傳承而來，使他能在世間為時太久的「欺騙的網」中保持清醒，連「我」都感到「要想使這樣的一個人相信點甚麼是異常困難的」。

　　同鄉是不相信官吏的——「雖然他懼怕它，有時也阿諛它，但永遠不會相信它」。當政府派美國棉花種子給村民種，說不要錢，借一百斤，秋後還一百五十斤，村民以為佔了莫大便宜的時候，同鄉就明白這完全是「騙人的勾當」。然而與左翼文學中的階級批判不同的是，當作為知識分子的「我」提出現代民主的思想，說最好是讓鄉下人自己來管理政治的時候，同鄉也表示了不信任。時任村長趙大腦袋「想剝人一層皮」；做了一輩子當村長的夢的村人吳靈，先是對村長「巴巴結結」，等到村長被告倒，又立馬「跑來跑去說大腦袋的壞話」。前者作為官吏殘忍貪婪，後者作為平民又何嘗不卑鄙虛偽。而當村長終於下台，村中管理開始施行新的制度——「凡是養一頭牲口的人家都算是村中一個管事人」時，同鄉的狗雖然四條腿，卻不算牲口，小驢子又要被迫賣掉，同鄉笑道：「我這個管事人也得下野。」[35] 小說描寫同鄉的笑是「哈哈地笑，那聲音像是鍋爐在放氣」，可見，對於「就會拉掉襪子數一數腳趾頭」的鄉下人的「自治」，同鄉早已看得清楚。

　　但是小說在「我」與同鄉快要走到渡頭的時候發生了突轉——日本車來了。如果說，在小說的前部分同鄉還對村中的一切充滿了掌控，遇到試圖訛詐他的土棍，他「瞧都沒瞧他一眼」；即便面對「變」的因素——「已經是一個讀書人」的「我」，在問到現在村長是誰的時候，同鄉還能以「你還不知道底細麼」的問句，加以斜視，表現一種居高臨下的、對生於鄉村卻與鄉村隔絕的「我」的遺憾。那麼在日本車到來的時候，同鄉卻第一次顯示出「懼怕而又疑慮的神氣」，拉着「我」躲在柳樹的後面，看着日本車，說：「他們逡巡了又逡巡，是個甚麼主意呢？ ……」同鄉對於出現的日本人並不是民族主義範疇的憎恨侵略者或悲憤家國淪喪，只是驚異於「常」的打破。同鄉無法用自己過往的經驗和知識來解讀眼前出現的與「常」的傳統中國鄉土社會迥異的「變」，「中國人是頂壞的，頂壞的，比中國人再壞的人沒有呵！ ……」可是中國人之外呢？

渡頭在這裏成為了「變」與「常」的交界，雖然日本車在此掉了頭，回
到了大陸，可是第二天政府就下令重修被損壞的土橋，暗示「常」的
不可守，變化的必然發生——同鄉的眼裏露出了一種「遲鈍的憂傷」，
「一種深切的無助的憂傷」。於是他選擇不去縣城換鞋，而要退回到雖然
壞，雖然不可信，卻令人感到安全與踏實的村中。[36]

　　同鄉是沒有名字的，從頭至尾作者都只用「他」來指代，他代表的
既是和同鄉一樣的傳統鄉村中的農民，也代表鄉土中國層面的中國人。
生活在相對封閉凝固的世界裏，以常觀變，在現代侵入傳統，外敵進攻
中國之時，感受到的不僅是時代感，京派所謂「狹義的人生」，還有對
動盪的恐懼，以及在此參照之下對傳統鄉土的情感依賴與精神寄託。

〈傳令嘉獎〉：自然的諷喻

　　表面上看，〈傳令嘉獎〉是一篇諷刺曹老大的小說。他頭腦愚魯，
行事莽撞，空有一身蠻力，即便聽說了新局長最近喜歡夜巡，新局長在
被打的過程中一直喊「是我！是我！」第二天局長遲到，臉上有傷，他
都始終沒有意識到打錯了人。而他又喜歡居功，自認有了「夜捉」的成
績，急於宣傳，說到興起，不記得應該要為老湯的曠工和行賄打掩護，
以至於將老湯也陷入了「吃掛誣」、「調出省」的境地。似乎一切禍事均
是曹老大的錯，小說前部分對他的誇獎，都是為了最後的諷刺鋪墊。

　　然而很明顯，這並不是小說的主要目的所在，相對於禍事的製造
者，曹老大的形象要複雜的多。小說一直在着力刻畫的一點是曹老大作
為他生活圈中的一個異數，與眾人皆有區別。他生命力旺盛，作為郵
局的搬運工，比所有人力氣都大，「一下子扛上三袋，有時四袋，總有
一百五六十斤，兩手叉腰，腦袋彎在袋子下面，甩開穗子步，又輕巧，
又穩當」，[37] 其他人都只有羨慕的份兒。他以義氣論事，不為俗利計較。
雖然認可「圖舒服，就得傷財」的價值觀，讓老湯以「二兩龍井，一人

一把澡」來「買」代值一晚的夜班，但他並不是為了自己，是為了兄弟們舒服，他讓大家去洗澡，自己一個人留下來替老湯和大家守倉庫。他愛崗敬業，忠於職守，發現有小偷侵犯公共財產，立刻要採取行動。他相信人與人沒有等次，不分階級，「都是骨頭摻肉長的」，「會風使風，會雨使雨」，他沒有文化，拿不動筆桿子，但他能扛袋子，並不比知識分子差，即便是局長，他也認為「失掉了人形，都一樣」，挨打的時候都是齜牙咧嘴、連哼帶叫。總的來說，曹老大健康、自然，順應天性，擁有原始的力量和真摯的感情。因此，這樣的曹老大無論如何不能理解他犯下的「過錯」：他打局長，只是打了一個偷東西的人；而他對老湯的所謂背叛，在老湯一開始與他談龍井與洗澡錢時，他已明確表示沒有必要壓低聲音，因為明人不做暗事。

　　這與小說中的其他人物形成了鮮明的對比，尤其是老湯。老湯是精於世故之人，十分清楚社會的規則，明裏是一套做法，暗裏又是一套做法。懂得使用錢財收買別人，以達到自己不可告人的目的；更懂得權力的等級，對於身份高於自己的局長，充滿了奴性的卑微。這一點，最生動的例子便是局長知道老湯行賄的事後，老湯去找曹老大算賬，當時大家都怕聲響把局長引下樓——老湯忍氣吞聲，把手亂擺，「明明是一肚子骯髒，無處發洩」。[38] 然而曹老大不怕，他不解老湯動氣的原因，連聲質問老湯，聲音大到地板跟着登登響。除曹老大外，單位的所有人都遵守嚴格的階級觀，認為「局長坐汽車，你得扛袋子」，大家不是一類人，談到局長，亦是仰視、惶恐。所以在人們的邏輯中，曹老大打局長，不管出於甚麼情境、甚麼因由，都是犯上，不可饒恕；曹老大對老湯的「背叛」，則是對大家默認的社會規則的破壞。

　　這大概是〈傳令嘉獎〉真正的題中之意，它所要諷刺的其實是以老湯、局長等一眾郵局同事為代表的在身體上弱於曹老大這樣的原始生命，精神上逐漸喪失了如曹老大一般的真與善，被物質社會導向了道德

畸形和人性扭曲的一群人，他們與曹老大所代表的「理想的人的自然蓬
勃生命」嚴重對立，[39] 是這個社會的病症所在。而要消除病症，尋求社
會的、民族的未來生機，只有從原始的鄉土、消逝的過去、從曹老大那
樣的人中去找。

〈家〉：鄉土的懷舊

〈家〉這篇小說描寫了作為鄉村對立面的城市家庭，以吳家四口人
一天的時間分割與生活面貌，表現出城市的萎靡不振，反襯出傭人老王
媽所代表的農村的健康向上。

吳家的一天是從中午開始，往後順延至半夜的。當樓下太太和傭
人李媽開始炒菜準備午飯，吳家四口人還睡在床上，只有做完了一切家
事的老王媽無所事事，百無聊賴。當樓下李媽開始吃午飯時，老太太才
「披了衣服坐在床上咳嗽」，么小姐「站在地上一邊擦着眼睛，一邊亂
跳，叫快打臉水來」，吳少奶奶「對着鏡子擦粉」，吳先生還躺在床上，
「依舊發出鼾聲」，老王媽「旋風似的」伺候她們洗臉、收拾房間，同時
做飯、做菜。晚上到了十一點，吳先生才回家，又叫王媽熱酒炒飯。等
到他們一家終於睡覺，老王媽彎腰弓背涮洗鍋碗時，樓下李媽的鼾聲已
經像是「正睡着的老雄貓」，而一切收拾妥當，老王媽終於得以休息，
早是三更天。這對於以太陽影子來當時鐘，日出而作日落而息的鄉下老
王媽來說，無疑是一種違逆，也因此，對於不遵守自然時間規律的吳家
一家，老王媽持否定的態度——「真是甚麼人家！」[40] 並且將之上升為對
城市人的不滿。雖然「人家說到城裏來見見世面」，但她還是認為，只
有鄉裏的日子過得正氣，因為「早晨是早晨，晚上是晚上」。

然而時間觀的不同，只是老王媽與吳家、城市與農村的對比中表
面的那一層。事實上，吳家以及他們代表的城市人最大的惡源並不在於
當「太陽都要上屋頂了」他們還沒有像鄉裏人那樣「早吃過中飯在田裏

做活」，而在於他們根本不做活。鄉裏人珍惜時間，努力工作，勤勞堅定、生活充實，「愈忙愈有精神，一閒了倒渾身不得勁」；吳家卻只消磨時間，頹廢懶散，百無聊賴，剩下無盡空虛。吳家的生活是沒有實質性內容的，不過是老太太抽大煙，「煙槍發出呼呼的聲音」；幺小姐跟隔壁小姊妹出去玩；吳先生在家中無所事事，與太太拌嘴，耐不住無聊，要出門下棋；而吳少奶奶「毫無心緒」地將一條絨線褲子拆了又打，打了又拆，心中不平，也重新撲粉，換好衣裳，去朋友那裏。一家人均沒有工作收入，亦沒有正經事幹，只是守着吳少奶奶的嫁妝，虛度光陰，坐吃山空。

在鄉下人老王媽的眼裏，吳家就是健康、自然的鄉裏人的反面，是沈從文〈三三〉中的白臉先生，是病態、墮落的城市人的代表。然而，作者希望表達的始作俑者是現代城市文明嗎？顯然也不是。

因為一家人對吳少奶奶的經濟依賴，彼此間的親情也變質為一種金錢關係。吳先生懼怕吳少奶奶，因為吳少奶奶掌控了他的經濟命脈，對吳少奶奶溫存順從，不過是為換取一塊錢的出門津貼。老太太看不慣吳少奶奶擔養家之責的頤指氣使，卻不得不指望她供自己抽大煙；幺小姐亦是吳少奶奶的受養者，所以當她們見到吳少奶奶生氣，「頓時像被槍彈驚散了林中的鳥群一樣，房裏馬上靜寂無聲」，娘倆的眼睛都不敢向吳少奶奶看。吳少奶奶雖因經濟獨立，在家中有底氣，情感上卻被吳先生虛偽的「涎臉」、老太太與幺小姐的「娘兒倆親熱」所孤立。即便是「親熱」的老太太和幺小姐，實際上也各自盤算，明白清賬，老太太要幺小姐拿一角錢出來買牛肉湯吃，也得連哄帶愛，再三聲明下月吳先生給了她月費錢，再加倍償還。這樣的家人關係、情感模式，早已背離了人性最初的純善質樸。正如沈從文在〈丈夫〉中描寫鄉下的婦人來到城市，當她「慢慢的與鄉村離遠，慢慢的學會了一些只有城市裏才需要的惡德，於是這婦人就毀了」，[41] 吳家雖沒有從鄉村走到城市的過程，

當他們作為人的生活受到物的生活壓迫，變得虛偽、醜陋，產生種種罪惡，在老王媽的鄉村參照下，也是呈現出衰頹破敗的面貌。所以作者要否定的，並不是全然的城市文明，而是城市文明中對人性壓迫的部分，是「拜金主義和人類異化現象」。[42] 而這正好作為與鄉村舒展的人性的對立面，被納入到京派宏大的敘述總體之中。

李威深的〈渡頭〉刻畫的是常與變的矛盾，陳荻的〈傳令嘉獎〉刻畫的是自然性與社會性的矛盾，維特的〈家〉刻畫的是農村與城市的矛盾，他們的共同特點是在現代文明入侵、激進政治變革、社會人心變質的時代背景之下，都選擇了以回歸傳統、回歸自然、回歸農村這一「追尋過去的獨特模式」，包括重新審視植根於傳統中國鄉土的「淳樸、原始的人性美、人情美」，[43] 反省「這個民族過去偉大處與目前墮落處」，[44] 並從中展開對民族性與人性的思索。這幾乎是京派小說的共同意旨所在，凌叔華對這三篇小說的選擇，同樣表現出她在編輯《現代文藝》的過程中所持的京派審美趣味，從這個角度看，《現代文藝》是京派的華中分支，也是毫不為過了。

二、《現代文藝》的編輯狀況

《現代文藝》停刊時，凌叔華曾對刊物的存在狀況做了簡單的回顧和分析：

> 這刊物存在的時候是活着的。它沒有犯貧血病，也沒有中風麻痺。它沒有在病床上吟呻，延一天是一天，挨一個月是一個月。在最初兩三個月，我們也常常鬧稿荒，常常有營養不足的恐懼。可是到了今年，我們無論在何時，都有十期以上可以登載的稿件在手中。我們所感覺困難的，倒不是好文章的太少，而是好文章的太多。[45]

可見《現代文藝》雖經歷過早期「稿荒」，但已完成從無到有，由艱難跋涉到柳暗花明的發展過程，停刊之時，實屬「繁盛期」。

（一）前期的稿荒

作為副刊編輯，在選擇刊載作品的時候要考量的方面很多，尤其是篇幅。這一點蕭乾在〈一個副刊編者的自白〉中已有所提及，他以小說為例，認為副刊的空間限制使得它很難符合小說文體的篇幅要求，即便是整版的《文藝副刊》，也登不完愛倫・坡（Edgar Allan Poe, 1809 — 1849）那樣的「標準短篇」，[46] 又如昆明《雲南日報》的《南風》，每期只有三欄地位，還不夠登一篇小說的楔子。[47] 並且，通常來說，一版副刊不能僅用來刊登一篇文章，因為「為報紙設想，每期題目還要多，且不能常登續稿，才能熱鬧」，所以副刊只能向「報屁股」的方向發展，盡可能的「登雜文，挑筆仗，至多是小品隨筆」。[48]

從《現代文藝》來看，一個作品獨佔整版的情形只出現了六次，分別是第八期孫大雨譯的白朗寧長詩〈安特利亞・代爾・沙多〉、第二十期彭榮仁譯托爾斯泰（Leo Tolstoy, 1828 — 1910）〈神明鑒察〉、第二十三期凌叔華〈開瑟琳〉、第二十八期袁昌英譯康斯坦斯・霍姆的話劇〈意中的家〉、第三十期廷秋〈我的遊記〉、第七十期陳瘦竹〈借兵〉。有續稿的情形出現了六次，分別是第一期和第二期吳其昌的〈買畫〉、第八期和第九期孫大雨譯的白朗寧長詩〈安特利亞・代爾・沙多〉、第十三期和第十八期吳其昌的〈讀詞〉、第二十八期和第二十九期袁昌英譯康斯坦斯・霍姆話劇〈意中的家〉、第三十一期和第三十二期凌叔華〈轉變〉、第三十二期和第三十三期朱東潤〈仲兒的離別〉。

很明顯的可以看出，這些篇幅最長、佔據了整版或有續稿的作品，除了陳瘦竹的小說〈借兵〉，幾乎都出現在 1935 年 9 月之前的三十三

期，在第三十三期之後，幾乎每一期《現代文藝》都能刊登兩篇以上的完整作品，通常以三篇的體量為主。

前三十三期的凌叔華仍處於編輯工作的適應期，有可能是她尚未能夠完全習慣副刊的節奏。然而更重要的，還是刊物所面臨的客觀問題，也正是凌叔華在〈停刊之詞〉中所提到的稿源不足。

凌叔華對《現代文藝》刊載的作品要求很高，具體而言，主要體現在〈發刊詞〉中提及的兩點：其一，應該是健全文學，即病態文學的反面。〈發刊詞〉中列舉了病態文學的多種存在形式：「滿足官能，刺激色情的，肉麻淫猥的小說」；「動輒以天才自居、歌德自命的以誇大獨自尊狂示範青年的詩文」；「描寫恐怖的殘殺，瘋狂的暴動，無理由的反抗，挑撥青年野蠻天性，醞釀將來慘酷劫運的文字」；「專門刺探人家隱患，攻訐人家陰私，甚至描頭畫腳，拿刻畫當代人而來開心的身邊故事」。[49]與這些相反的，「有強烈的情感同時又有冷靜的頭腦，觀察事理能直徹到底，不為表面現象所欺蒙，論斷平允不偏激，不存成見，富於同情心，向上的志氣，和進取的精神的文學」，在凌叔華看來，才能「勉強夠得上健全的條件」。其二，除了思想之外，藝術上也應該達到一定的標準，須「力求其完整」。同樣的，她以反面的情形解釋：「寫新詩則一意摹擬那半明半昧的象徵派，希圖以外表之艱深掩飾其內容之空洞；寫散文小說，則或故意聲牙詰屈，以歐化的句法鳴高，或繚繞迴旋，半文半白，以清澀的文體玄異。」她認為這些藝術上的「貪懶」「取巧」，都是阻礙偉大文藝作品出現的「大梗」，因此期望作者能夠在字句、文法、形式上能多用一點氣力，注重質的精良。

在《現代文藝》的起步階段，刊物還沒有獲得足夠的關注，稿源本就有限，編輯對藝術的高要求，又更加限制了稿件的選擇；蕭乾在1935年7月才進入《大公報》，《現代文藝》尚未與《大公報・文藝》建立聯號關係，還沒有能夠得到京派同人刊物的轉稿支持。《現代文藝》的前期

作者最主要還是編輯的舊友，如武漢大學的陳西瀅、蘇雪林、吳其昌、陳銓、袁昌英、石民、馬文珍等，或如文學同人沈從文、孫大雨等。幾乎難以見到新作者的身影，更不用說凌叔華在〈停刊之詞〉裏提到的「認識了許多以文字為終身事業的青年」。[50] 為解決稿源，凌叔華甚至找出了徐志摩的六封遺札和朱湘的遺詩，可以想見刊物當時的冷清，編輯維持局面之艱難。

　　除了刊物編排之外，從《現代文藝》上凌叔華創作作品的發表情形也可以看得出刊物的稿源狀況。

　　不算凌叔華作為編輯發表的〈謹答向培良先生〉、六封〈志摩遺札〉和〈停刊之詞〉等，《現代文藝》總共有十一期刊載了凌叔華的文章，分別是 1935 年 3 月 8 日第四期的小說〈異國〉、1935 年 6 月 14 日第十八期的童話〈紅了的冬青〉、1935 年 6 月 21 日第十九期的日記〈西京日記幾頁〉、1935 年 7 月 19 日第二十三期的小說〈開瑟琳〉、1935 年 8 月 30 日第二十九期的圖書介紹〈十七歲〉、1935 年 9 月 13 日第三十一期和 9 月 20 日第三十二期連載的小說〈轉變〉、1935 年 10 月 18 日第三十五期的小說〈心事〉、1935 年 11 月 8 日第三十八期的序〈《小哥兒倆》序〉、1936 年 3 月 20 日第五十六期的散文〈春的剪影（一）〉、1936 年 4 月 10 日第五十九期的散文〈春的剪影（二）〉。其作品所佔篇幅不少，尤其是幾篇小說，〈轉變〉連載了兩期，〈異國〉幾乎佔據了第四期整版，只插了一首徐芳十五行的詩〈笑——酒店女侍〉，〈開瑟琳〉更是直接成為了第二十三期的全部內容。這與蕭乾所信奉的副刊編輯對自己的約束——「永不用自己的東西佔刊物地位」相悖。但是如果將發表篇目與時間做一番比對就會發現，凌叔華發表的作品幾乎都是在 1935年，當時《現代文藝》的稿源尚未達到凌叔華所說的「無論在何時，都有十期以上可以登載的稿件在手中」的 1936 年。以自己的創作來頂稿源之缺，大概也是編輯凌叔華無可奈何的選擇。

（二）編輯者的創作

　　凌叔華發表在《現代文藝》的文學作品除了收錄在《小哥兒倆》中的〈異國〉和〈開瑟琳〉外，很少受到讀者和學者的重視。事實上，因為《現代文藝》作為一個「內地報紙副刊」，如唐達暉所言，「存在的時間不長，現在知道的人不多，而且也不容易見到」。[51] 幾乎是到 2008 年陳學勇收集整理的《中國兒女——凌叔華佚作‧年譜》出版，首次收錄凌叔華在《現代文藝》中發表的篇目之後，凌叔華在她編輯《現代文藝》副刊期間的創作情形才得以讓更多的讀者與學者了解。她同時作為作者和刊物編輯的雙重身份，觸發了新的靈感，獲得了更大的創作自由度，為創作帶來了一些變化。

1. 新題材的寫作：職業女性與中年男性

　　〈轉變〉在小說的情節和結構上幾乎都與 1929 年的小說〈小劉〉如出一轍。小劉和徐宛珍都是「我」學生時期極為崇拜的偶像，「有學問又有志氣」，獨立自主，敢作敢為。畢業後音訊漸失，卻因為偶然的機緣在武漢重逢，「我」應邀去兩人家中探訪，卻發現兩人都由「我」仰視的對象，變成了過着「我」所不能贊同的生活的人。不過，兩篇小說雖然在形式上具有極高的一致性，但變化的實質和所要表達的主題卻是不同的。〈小劉〉的變化是由少女變成主婦後所要承擔的沉重的家庭負擔所帶來的，是家庭對女性的磨折。而徐宛珍的變化——告別獨身，卻是由社會對職業女性的摧殘所帶來的。因為沒有靠山，徐宛珍被原來任教的學校辭退；進入財政廳後，又因為不認同女職員自稱「花瓶」的墮落行徑，受到女職員的一致排擠。與〈女兒身世太淒涼〉中追求者報復「表姐」的手段相似，均是採用製造與傳播桃色新聞，刊登在小報上。

徐宛珍忍無可忍離職，在家館教書，卻因學生淘氣，主人責難，再次離職。之後又經歷了幾個工作，均不如意。而家庭壓力當頭，自己沒有收入，母親只能去當鋪，無奈之下，選擇了婚姻作為一份長久的、穩妥的工作。所以徐宛珍的婚姻，不是為愛情計，嫁給「我」所想像的「了不得的男性」，而是一位可以供給她想要的生活、有兩位姨太太的富人老頭，是女性的事業理想在現實之下的屈服。

　　這是凌叔華第一次在創作中直接書寫職業女性，〈再見〉中的筱秋也是職業女性，但她的工作狀態只是略有提及；而〈綺霞〉中後來成為職業女性的綺霞，離開家庭與追求音樂的一帆風順，與〈轉變〉中的徐宛珍相比較，無疑太過理想。藉徐宛珍的口，凌叔華表達了對職業女性的同情：「我從前常常罵女人是寄生蟲，墮落種……現在若有人給我一千塊錢叫我再罵一句，我都不忍心罵了……我知道有職業的女子在社會上是得怎樣受罪！」[52] 凌叔華對這一題材的關注，可能與她自己的生活經歷有關。1929 年凌叔華創作〈小劉〉的時候，剛隨丈夫陳西瀅赴武漢大學任教，搬到「具有中國城市各種劣點」的武昌，所住的「房子又小院子又狹，陽光也不能多看到一片」，凌叔華只能「蹲在家裏」，[53]「時時悶得要哭」。[54] 她在寫作的同時，又要照顧家庭，這使得她在某種層面上與小劉有共通性，都是慢慢枯萎的狀態。〈轉變〉創作的時候，凌叔華開始走出家庭，擔任《現代文藝》的編輯工作，雖然與〈轉變〉中的學校、家館、財政廳等職場不同，但也需要面臨諸多待人處事的難題。〈轉變〉提供了凌叔華這一時期生活情形和思想狀態的一個側面，豐富了她的小說女性人物的類型，有其獨特的價值。

　　另一篇小說〈心事〉在凌叔華的創作中也十分特別，這是她唯一一篇以成年男性為主角的小說，通過對主人公馬先生細緻的心理描寫，刻畫了一位中年男性在愛情婚姻方面的理想與現實。馬先生個性猶豫，向來難以自己做決定。他的妻子去世後，朋友給他介紹了諸多女性對象，

但他始終難以選擇一位成為他的終身伴侶。馬先生認為自己雖然年紀偏
大，但「中年的有見識」，品行、經濟也都知道可靠不可靠，因此在他
的考慮中，除了楊小姐家境好，又是大學畢業生，不太可能；涂小姐的
笑容太像死去的妻子，年齡偏大，有三十二歲，馬先生不喜歡；其他的
如漂亮迷人的王小姐、聰明道地女學生樣的老彭的妹子、李大哥的兩個
堂妹子、梁家的兩姐妹均在可選的範圍之內。然而，當馬先生與老朋友
李大哥聊起心事來時，卻發現在李大哥眼裏，自己只是一個土氣的老鰥
夫，最相配的也只能是年齡最大、其貌不揚，還有苦相的涂小姐。這裏
的馬先生恰似〈吃茶〉的芳影或〈茶會之後〉的阿珠阿英兩姐妹，他們
都與想要融入的世界存有某種程度的罅隙，對現實的局面、對方的態度
存有誤解，當真相揭露的時候，感到難以承受的失落。區別在於帶來這種
隔膜的原因，在馬先生是年紀，在芳影和阿珠阿英是時代。而馬先生作為
男性，在三十年代風氣愈加開放的社會中，境遇卻產生了如此的逆轉，既
是凌叔華對社會變化的一種描摹，同時也是女性書寫的諷喻性策略。

2. 新文體的嘗試：童話、日記、景物隨筆等

　　除題材之外，凌叔華在《現代文藝》還進行了多種文體嘗試，第
一個嘗試是童話〈紅了的冬青〉。故事發生在秋天，四季常青的冬青樹
厭膩了自己「平凡的，沒有光彩，沒有歡樂」的「灰色日子」，決定和
秋天會變得五彩繽紛的楓樹調換色素。第二年秋天，楓樹像冬青樹一樣
滿樹青翠，冬青樹的葉子也又黃又紅，十分艷麗，兩棵樹都很得意的生
長。然而這時卻傳來了公園要砍掉冬青樹的消息，因為人們說「好好的
冬青都變成這種奇怪顏色，怕不是甚麼好徵兆」。冬青樹被嚇壞了，含
淚向上帝禱告，請求上帝寬恕他違逆天意。第二天，颳了一場大風，冬
青樹的彩色樹葉落地，變成了枯枝，在春天以前，又長滿了青翠的葉子。

　　張秀亞在回憶凌叔華的一篇文章中轉述了凌叔華最初寫作這篇童話時的一番話：

> 　　我們中國文壇，一直就沒有出現過安徒生及格林兄弟，寫童話也實在是當務之急。為了救救沒有書讀的孩子們也應該這樣做。尤其是一些女作家們，更應該注意這方面的寫作。[55]

　　在凌叔華看來，童話是為了幫助匱乏閱讀材料的兒童讀者的一種創作，迫切、並且十分具有現實意義。但是在作家的創作經歷中，她只寫了這麼一篇童話，與她對中國文壇出現童話大師的期望是相違背的，與她對女作家創作童話的呼籲也不一致。但是，如果換一個角度看，即凌叔華並不是以作家的姿態來鼓勵童話創作，而是作為編輯來推動童話創作，便很可以理解個中的差別。她自己寫作童話，發表在自己編輯的《現代文藝》副刊上，並非決心涉獵童話領域，而是希望拋磚引玉，由一篇〈紅了的冬青〉，引出更多優秀的童話作品來稿，與圖書介紹《十七歲》對書評的鼓勵有異曲同工之妙。然而，或許是因為一篇童話的影響力太小，凌叔華也沒有像蕭乾推行書評一樣，有一套思考嚴密的安排和一個穩定可靠的作者群。總之，《現代文藝》在童話方面並未迎來更多的佳作，即便是後來成為了中國著名童話作家的嚴文井，在《現代文藝》時期也主要是從事散文創作。

　　不過，這篇〈紅了的冬青〉還是為了解凌叔華的創作提供了一種新的視角。這不僅是凌叔華第一次、也是唯一一次的童話文體實踐，也是凌叔華作為作家，在文藝副刊編輯身份影響下的一次創作。她的考慮不再局限於個人的文藝作品本身，還涉及到社會意義，意識到作為文藝副刊的編輯可以起到的對作品和文體的推廣和影響作用。編輯立場的文學創作，是研究者在研究凌叔華編輯《現代文藝》期間的創作時最為忽略

　　的部分，但這同時也是最為關鍵的部分。

　　如果〈紅了的冬青〉還可以做文本獨立研究的話，那〈西京日記幾頁〉、〈春的剪影（一）〉、〈春的剪影（二）〉三篇文章脫離了文藝副刊編輯的背景，便很難理解其創作與發表緣由了。

　　〈西京日記幾頁〉是凌叔華在 1928 年與陳西瀅居住京都時期寫下的三篇日記，1 月 1 日一篇記錄了前日除夕與朋友去八坂神社看廟會、四條逛街，今日去鄰居家拜年等事；1 月 2 日一篇記錄了過年期間冷清的街景，與陳西瀅去稻荷神社等事；1 月 7 日一篇記錄了去日本澡堂洗澡之事。三篇雖涉及到日本的風俗、習慣，但主要還是作者與丈夫在京都的瑣碎生活，並沒有太多文學的意蘊。〈春的剪影（一）〉描寫的是風雨過後的初春。〈春的剪影（二）〉描寫的是畫家眼中的春天之美，兩篇與春天相關的文字都語言精巧，富有繪畫美，卻始終給人以片段感。

　　片段感的緣由之一是「短」。〈春的剪影（一）〉和〈春的剪影（二）〉都不足五百字，〈西京日記幾頁〉雖將近千字，卻由三天的日記組成，可拆減，較為靈活——這很好地解釋了三篇文章文學性和整體感的缺失，因為它們很可能並不是與刊物發表的其他文學作品同等地位的存在，而是作為副刊差字時候的填補。

　　差字是副刊常常遇見的情形，如《大公報・文藝》，平日只有半版，五千五百字，不能多也不能少。一些編輯會用短詩或木刻填補，蕭乾會用「答辭」——即對退還稿件中存有的共同問題的統一解答，[56] 而凌叔華選用的除了來稿中的短詩短文之外，還有較為靈活的、現成的日記，或〈春的剪影〉這一類景物隨筆。

　　然而，隨着《現代文藝》逐漸克服了稿荒的問題，開始與《大公報・文藝》副刊建立聯號；凌叔華的編輯工作踏上正軌，在創作文學作品時，亦能從編輯身份中吸收靈感，開始創作題材和文體都與以往不一樣的作品，《現代文藝》卻宣告停刊了。

三、《現代文藝》的停刊

　　《現代文藝》於 1936 年 12 月 29 日第九十五期宣告停刊，凌叔華並未言明停刊的原因，然而〈停刊之詞〉中「是遇難而不是病故」，[57] 以及她後來在給陳從周的信中「戰爭一來，《武漢文藝》（《武漢日報・現代文藝》）就消滅掉」的兩種說法，[58] 給《現代文藝》的停刊蒙上了一層神秘的色彩。

　　如同陳學勇的分析，「遇難」是外因所致，也即所謂的「戰爭」。但這個「戰爭」的具體所指，卻不一定是直接的戰火。陳學勇首先排除了抗日戰爭。首先，他認為如果是抗日戰爭這樣的客觀原因，凌叔華「不會傷感成這樣」；再者，另一份京派刊物《文學雜誌》正是《現代文藝》停刊的五個月後誕生，直到「七七事變」後停刊，「停刊之日距抗戰爆發還有半年之久，凌叔華哪有這麼早的先見之明」。因此，陳學勇猜測「遇難」另有所指，「是不便說的、不願說的外因」，他甚至進一步指出，可能與凌叔華當時和英國詩人朱利安・貝爾的緋聞有關。[59] 這樣的猜測自然是毫無根據的，陳學勇也坦言，他並沒有找到證據。

　　事實上，《現代文藝》的停刊之謎，並非完全沒有線索。若將視線由《現代文藝》的版面，略微擴大到同時期的《武漢日報》其他版面，會發現《現代文藝》並不是《武漢日報》唯一的文藝副刊，與它並存的是一個叫《鸚鵡洲》的文藝副刊，存在的時間比《現代文藝》更長（至1936 年已有七週年的歷史），因而有更為廣泛和忠實的武漢當地作者群與讀者群；作為日刊，出刊頻率比周刊的《現代文藝》更高，版面充足，內容也比《現代文藝》豐富；除了常刊，還時常開闢各種主題的特刊。最重要的是，《鸚鵡洲》的文藝風格與編輯態度在諸多方面都和《現代文藝》有相悖之處，在特殊的歷史背景下，前者更傾向於社會和政治功用的文藝觀，無疑更符合時代的需求。兩刊的編輯和作者雖然鮮有直接

對話，但仍留有一些端倪，能夠看出雙方在某種程度上已由文藝觀、編輯觀的差異，上升到了對群體身份的不滿。而這兩方面都有可能是最終導致《現代文藝》停刊的原因。

（一）《鸚鵡洲》與《現代文藝》的現代文學陣地

　　一份報紙同時存在多種文藝副刊並非特例，如《大公報》以小市民為對象的文藝副刊《小公園》和以青年知識界為對象的文藝副刊《文藝》；前者在何心冷（1898 — 1933）編輯期間，以刊登京劇、崑曲、木偶戲、舊詩詞一類傳統作品為主；後者由楊振聲和沈從文編輯，以刊登新文學作品為主。《武漢日報》另有一副刊為《今日談》，由徐叔明（1905 — 1984）編輯，刊載電影、京劇、漫畫及短小精悍的幽默文字，以趣味性為主，大概與《小公園》相似。[60] 而《鸚鵡洲》與《現代文藝》卻沒有十分清晰的區別度。《現代文藝》為新文學陣地是毋庸置疑的，而《鸚鵡洲》雖涉及的範圍較廣，有代社長胡伯玄在日報革新中專門約請名小說家張恨水（1895 — 1967）連載的通俗長篇小說《屠沽列傳》，也有舊體詩詞如陳家慶（1904 — 1970）的碧湘閣詩詞，還有文學之外的其他傳統藝術，如專門宣傳木刻藝術的全國木刻聯合展覽會特輯，但《鸚鵡洲》對於新文學的推動也始終不遺餘力。

　　首先，從刊載作品的文體來看，現代散文、詩歌、小說、戲劇、文論都在其列，尤其在 1936 年，《鸚鵡洲》還專門設立了三個「特刊」，分別是楊柳風社編的「小品與詩」、張文光編的「戲劇座」、熊壽農（1910 — 1979）和馬鳴鑾編的「批評與介紹」，更是將新文學中小品文、詩歌、戲劇、文論等文體集中化與系統化。作者群雖不如《現代文藝》的作者在新文學界的影響之廣泛，卻也不乏戲劇學者向培良（1905 — 1059）、小說家林適存（1914 — 1997）、詩人劉雯卿

（1908 — ？）這一類有學養底蘊和創作特色，又在武漢擁有自己讀者根基的作家。而兩個刊物的核心作者群雖然不同，依然有一些共同的作者，例如在《鸚鵡洲》發表詩作〈櫻桃〉、〈靜的畫〉，散文〈春之雨〉的邵冠華（1911 — ？），在《現代文藝》亦有詩歌〈月下〉等發表；又如散文寫作發端於《鸚鵡洲》的嚴文井。高二時，他就以「青蔓」為筆名，將一組短文寄給了《鸚鵡洲》。《鸚鵡洲》不僅發表了他的作品，還專門登了一則啟事，大致是說歡迎青蔓先生源源賜稿。於是他開始不斷地寫稿投稿，「不到半年就儼然成了一個『青年作者』」。[61] 後來，他在向《大公報‧文藝》投稿的時候，受到了沈從文的指點，從此自稱是沈從文的學生，經沈從文介紹給凌叔華，於是在《現代文藝》創刊之後，嚴文井又開始在《現代文藝》發表散文作品。

　　除了刊登新文藝作品，《鸚鵡洲》還專門設置了「現代中國作家百態」欄目，系統介紹新文學作家，其中既有郁達夫、孫伏園、鄭伯奇（1895 — 1979）、施蟄存、穆時英（1912 — 1940）這一類名家，也有張若谷（1905 — 1960）、杜衡（1892 — 1970）、黃震遐（1907 — 1974）、馬國亮（1908 — 2001）等在文學領域有所建樹的作家。此外，《鸚鵡洲》還刊登了一些與新文學名家有關的散文，如錢子衿女士的〈豐子愷先生印象記〉、〈送郁達夫先生〉等，又從生活的、感性的角度增加了讀者對現代中國作家的了解。

　　和《現代文藝》一樣，《鸚鵡洲》在推動新文學創作和發展的同時，不忘追溯現代文學的源頭，從外國文學中學習和增加養分，在外國文學的翻譯和介紹方面也出了不少成果。如谷池〈南北歐的作家們〉、向培良〈世界名劇提要〉等介紹外國文學的文章；又如英國作家曼殊斐兒〈蒼蠅〉、莎士比亞（William Shakespeare, 1564 — 1616）《茹留該撒》（*Julius Caeser*），俄國作家陀思妥耶夫斯基（Fyodor Dostoyevsky, 1821 — 1881）《農夫馬利》（*The Peasant Marey*），意大利作家路伊吉‧

皮蘭德婁（Luigi Pirandello, 1867 — 1936）的〈紅褶子〉，法國作家儒勒・列那爾（Jules Renard, 1864 — 1910）〈文學家〉等中譯作品，這些外國文學因為篇幅普遍較長，多使用連載的形式刊登。除了美俄、歐洲這些文學大國，《鸚鵡洲》還在 1935 年 12 月 25 日設立「弱小民族文學特輯」，專門介紹平時容易忽略的愛沙尼亞、保加利亞、立陶宛等國家的文學。

可以說，在對現代中國文學的提倡和推動方面，《鸚鵡洲》和《現代文藝》是不謀而合、所見略同。《鸚鵡洲》存在時間已久，風格早已為人所知；新開設的《現代文藝》，以「現代」為名，又邀請「現代評論派」、「新月派」、「京派」代表作家凌叔華擔當編輯，報社對刊物的期待也很明顯。可見，兩個刊物共處同一報刊，同為現代文學陣地，文體和形式方面互有交叉和重疊，並不是導致《現代文藝》停刊的主要原因。

（二）《鸚鵡洲》與《現代文藝》的文藝觀

《現代文藝》創刊號上刊載了一篇〈發刊詞〉，主要內容除了上文提到的要戒除黨同伐異的惡習，反對病態文學、提倡健全文學，主張藝術的完整性三點，還有兩個重要的觀點：其一是對文學作品的態度，即尊重文藝的獨立性，認為文藝的任務在於「表現那永久的普遍的人性」；其二是對《現代文藝》的期許，即「希望對華中文藝空氣的造成可以有點幫助」。這兩點，應該是造成《現代文藝》與《鸚鵡洲》產生裂隙的最關鍵之處。

1.「華中文藝空氣的造成」

〈發刊詞〉分析了中國各地的文藝風貌，提出武漢是文化沙漠：

　　　　北平是新文學的策源地，國民革命軍北伐以前，北平儼然成為
全國的文化中心，現在這中心似乎轉移到南京上海去了。但以歷史
的關係，北平仍有它的地位，所以華北華南文藝空氣都很濃厚。只
有華中依舊沉寂得可以，尤其武漢三鎮竟像一片沙漠似的，看不見
一塊綠洲，一泓清泉，可以供人生道途上倦客片時的休息。[62]

　　因此，她希望《現代文藝》能夠對華中文藝空氣的形成有點幫助，
為武漢美麗的軀殼增添靈魂。

　　武漢是否文藝沙漠，尚可不論。但是由《現代文藝》的編輯說出，
卻有不妥。在《現代文藝》創刊之前，武漢並非沒有文藝刊物，即便是
《武漢日報》，也已有存在多年的《鸚鵡洲》，這一點，在《鸚鵡洲》編
輯段公爽（1906－？）關於《鸚鵡洲》創刊七週年的文章中就有說明。
這些文藝刊物都無法起到將武漢變成文化綠洲的效果，何以《現代文藝》
就能夠獨擔大樑？在《鸚鵡洲》的編輯和作者眼中，這是顯而易見的居
高臨下的學院文化精英立場。

　　〈發刊詞〉刊出之後，《鸚鵡洲》刊出了一篇〈謹致《現代文藝》諸
先生〉，對〈發刊詞〉提出了一些意見，作者是向培良。雖然面對武漢
大學的諸位教授，他表現得十分客氣，只是表達了期待，並且認為這或
許對消除武漢大學這一高等學府與武漢民間的隔膜有好處，但這已然是
對《現代文藝》原先單向度的啟蒙和改革的意義消解，而做了「互利」
的再解讀。

　　此外，向培良認為《現代文藝》的編輯主張稍偏於消極，缺乏一種
「積極的可以遵循的態度和意見」，比如指出了文藝的「絕對的」、「尊
嚴的」獨立性，卻沒有提供一種確切的根據。這給文學創作者帶來極大
的困惑，難以分清何為「文藝的獨立性」，何為「玩物喪志」、「無病呻
吟」，或「墮落污穢」、「夜郎自大」。當他們為了創造文學這種並無實

用的東西勞心苦思、「放棄一切」，卻很可能是朝向了一個錯誤的方向努力。因此，針對這一問題，向培良認為，必須向《現代文藝》的編者要求一個確定的態度，既是為讀者和作者計，也因為要進一步談到文藝批評、對於文藝的主張，「非先有明白確定的態度不可」。[63]

為此，向培良先表達了他自己的文學觀。他批評了自上而下的階級意識和文化精英意識，他認為「在上者總有一種錯誤，無論是政治上的或文藝上的，以為民眾知識至淺，凡所要求，都必為淺薄平實空疏的東西」。事實上「民眾能夠了解一切的藝術」。所以，在他看來，「一切不為民眾所了解的藝術都是不完全的或偽的藝術」。至於健全文學，他也對《現代文藝》〈發刊詞〉中的病態文學提出了質疑：「為甚麼刺激官能感覺的為病態文學，而描寫官能感覺（如唯美派及頹廢派）及暴露社會之醜惡面（如自然主義之一部分）的則可以成為健全的文學呢？」向培良所認同的健全文學，與他的文學觀一脈相承，即「發揮人類天性的，溝通人間了解的，形成大眾之認識的」、「人類的」、「反個人主義的」、「自我負責的」。[64]

以上所述，與向培良 1929 年就已確立的「人類的藝術」文學觀如出一轍。表面上看，似乎與《現代文藝》提倡的「普遍的人性」有相通之處，但實際上，後者是文藝作品表現的內容，前者強調的卻是文藝作品要達到的目的。而要創作「大家」、「民眾」都能理解的藝術，其實已經暗含了向培良的無產階級文藝傾向了。[65]關於這一點，他在〈人類的藝術〉一文中闡釋得更加具體：

> 我們反對為有閒階級、紳士階級、掠奪階級作裝飾的藝術……
> 藝術是向一切人都開展的，向老年人，向小孩子，向不認識一個
> 字的鄉下農夫，向永遠壓服在苦痛重負之下的都市苦工，向原始
> 人……等到藝術成為農夫的，成為碼頭上搬運夫的，成為煤礦洞裏

終年裸體不見天日的礦工所有，一個新的美好的時代就來到了。[66]

　　雖然向培良的「人類的藝術」曾遭到魯迅等左翼文學家的批評，他自己也表示過對無產階級藝術理論的否定，但他很可能只是「反對作為標語的宣傳，空洞的叫喊者，強迫抑壓他人的藝術」，至於對階級的認識，他應該是認同的，而對於藝術的社會意義、民族意義，他也是肯定的。[67] 然而，對於認為文藝不該隨着時代的、社會的改變而改變的《現代文藝》來說，向培良強加了階級視角的文藝獨立性，與他們所信奉的文藝獨立性，顯然不可等量齊觀。

　　《現代文藝》在第 3 期刊出了〈謹答向培良先生〉，作為對向培良觀點的回應，然而主要是表示感謝，並藉此公開徵稿──「希望先生及華中同好常常有文章見賜」，至於文學觀點的部分，反倒避重就輕，只談到：「我們覺得文學的主張應從作品本身表現出來，而且文學的範圍也如人生一般廣大，若拿一種主義或幾個條件代表它，不唯有顧此失彼之嫌，而且也怕蹈買櫝還珠之弊。這是我們不能不慎重考慮的。」這個回答並沒有真正解答向培良的發問，或許是不願在創刊之初就涉及到文學本質這一類深刻問題的討論，又或許是認為沒有討論的必要，總之，這個話題沒有能夠繼續下去。

　　雙方雖然沒有正面的爭論，但《鸚鵡洲》對《現代文藝》這一班知識精英的懷疑態度卻未有消解，有諸多細節可以佐證。其中一例是向培良與蘇雪林針對女子師範學生排演的袁昌英話劇〈孔雀東南飛〉所展開的論戰。事情的起因是蘇雪林觀看了女師學生排演的〈孔雀東南飛〉後，寫了一篇〈《孔雀東南飛》劇本及其上演成績的批評〉，文中先肯定了袁昌英劇本的成功，其後針對演出服裝的現代化、佈景的潦草、人物方言和國語的不統一、劇本更改等問題提出了自己的意見。向培良讀到此文後，在《鸚鵡洲》發表了一篇〈關於演劇並致雪林先生〉，就蘇

雪林文章中的問題作了解答。其後，蘇雪林又發表了〈演劇問題答向培
良先生〉，向培良又發表了〈再答雪林先生〉，蘇雪林再發表〈再答培
良先生〉，但後來的討論已從〈孔雀東南飛〉的劇本及演出擴展到劇本
的可以上演與不可上演的區分，以及國劇改良、中國歷史劇等，此處暫
且不論。值得提出的是在第一輪的討論中對於武漢劇評家的看法。

　　蘇雪林認為，〈孔雀東南飛〉一劇的劇評家是淺薄而不負責任的：

　　　　連日閱本報批評，對前二齣恭維不至，對本劇則詆毀惟恐不
　　足，甚至牽扯到劇本本身上去。本來文藝批評見仁見智不能強同，
　　但像〈孔雀東南飛〉這樣一個劇本，居然蒙了「陳腐」、「低級趣味」
　　的譏笑，則我不能不引為詫異了。也許批評者僅僅根據女師上演的
　　成績，並沒有讀過劇本的緣故。不過既然動手來寫劇評，連劇本都
　　不研究研究，到底免不了粗心之咎。即說真沒有看見劇本，那晚演
　　員們說白尚算清楚，何以他們竟聽不懂？淺薄觀眾還有個解說，寫
　　劇評的人如此，則他們藝術賞鑒的能力，不能不叫人懷疑吧。[68]

　　蘇雪林只是對〈孔雀東南飛〉一劇的劇評家的批評，但是在向培良的
回應中，卻增加了地域性的指涉，限定為「武漢的劇評者」，並提到：「武
漢劇評者雖至為淺薄，大概哈蒙雷特和羅米歐與朱麗葉總還看過。」[69]
向培良並不是《鸚鵡洲》的編輯，他的觀點未必能夠代表《鸚鵡洲》編
輯部。然而，作為《鸚鵡洲》的重要作者，在《鸚鵡洲》發表了諸多戲
劇、藝術的介紹和討論文章，向培良對《現代文藝》及背後的大學教授
群體的看法，也的確在某種程度上反映了刊物同人的看法。《鸚鵡洲》
編輯段公爽甚至在《鸚鵡洲》七週年紀念文章中明言：「武漢的劇人雖
不必盡是虛懷若谷的謙謙君子，但是也沒有大學教授們不肯接受批判的
盛氣。」[70] 即便不是針對蘇雪林維護袁昌英劇本、批評武漢劇評家和觀

眾這一具體事件，對這一群體的看法也算是十分明顯了。這讓人不得不
聯想到《現代文藝》創刊之時有關武漢文化沙漠的討論。儘管後來蘇雪
林並沒有再擔任現代文藝的編輯工作，凌叔華從來都不是大學教授，但
他們作為《現代文藝》共同體，持相似的文藝態度，對於外界來說，也
是無須區別而論的了。

2. 「文藝的獨立性」

　　相比《現代文藝》專注於優秀文學作品的發現與發表，《鸚鵡洲》
更加關注文藝的社會功效。《鸚鵡洲》的編輯段公爽認為一個「優良的
刊物」只有一個存在的目的——「是要把讀者、作者和刊物的本身，結
合一起，以促進社會和時代的進步」，因此，它需要有「一種力量」，「能
激揚起一種運動，並以全部力量贊助之使對時代和社會能作相當貢獻」。

　　在這一點上，《鸚鵡洲》最有代表性的是對戲劇運動的推動。首先，
《鸚鵡洲》刊載了大量的外國戲劇介紹、戲劇理論、劇本、劇評，向培
良就是其中一個熱心的創作者和推動者。後來「戲劇座」特刊的開闢，
更是提供了一個專門的戲劇討論空間，各種與戲劇創作和演出實踐相關
的消息均可在此發佈，亦可在此討論。其次，「戲劇座」還刊載為讓戲
劇有更好發展而向社會和政府呼籲的文章，如建立劇院，客觀上為武漢
的戲劇環境改善起到了積極的促進作用。再者，《鸚鵡洲》編輯段公爽
組織了《武漢日報》的戲劇座談會，並在座談會上誕生了「武漢戲劇學
會」。[71] 座談會舉辦了三次，分別就「如何推進武漢的觀劇運動」、「建
築小劇場問題」和戲劇學會的公演展開討論。戲劇學會的公演最終於
1936 年順利舉行，《鸚鵡洲》還做了幾次特刊，為公演進行了宣傳方面
的準備。《鸚鵡洲》的這些努力，都被記錄在三十年代的中國戲劇運動
史中，被認為「是值得感謝的」。[72]

　　王雪芹曾將《大公報‧文藝》和《鸚鵡洲》在戲劇推動方面的傾向做了對比，她認為：

　　　相比較《大公報》文藝副刊，《武漢日報》「鸚鵡洲」沒有刻意保持與官方體制的距離，反而以更靈活的姿態探索戲劇發展之路，如果前者看中的是劇本書學性，那麼後者則觸及了劇本、劇作家與劇團、劇運的關係。[73]

　　《鸚鵡洲》與官方體制較為親近的距離，與《武漢日報》作為國民黨黨報的性質有關，但卻不能解釋同屬黨報副刊的《現代文藝》與《鸚鵡洲》的區別。而由段公爽所言：「戲劇是一種綜合的藝術，直接和民眾接觸的東西，如果能健全的發展，並善良的運用，對於推進時代，改革社會，是有巨大的力量的。」所以實質上，《大公報‧文藝》和《現代文藝》與《鸚鵡洲》之間的區別，還是文學是否應該有階級性，或有社會、政治功能的矛盾，是沈從文、蕭乾、凌叔華這些京派同人的自由主義文藝觀，與段公爽的馬克思主義文藝觀的區別。而這一種區別，在相對和平的年代，尚且可以共存，但當國家內憂外患，陷入生死存亡的緊要關頭，前者便很容易被後者吞沒。

　　1936 年 5 月 9 日，《鸚鵡洲》推出「國難特刊」，發表張百高〈生命線上的悲哀——暴力控制下的東北〉、郭斌佳（1906—？）〈救助農村之要著〉等文章，探討日本威脅下中國的出路。1936 年 11 月 30 日、12 月 1 日、12 月 2 日、12 月 3 日，《鸚鵡洲》連續四期，推出「勞軍特輯」，並告知這幾期的全部稿費都將獻給前線戰士。《鸚鵡洲》對國事的關注和對社會的責任，獲得了讀者的讚賞，「勞軍特輯」反響踴躍，從12 月 4 日特輯已結束卻還有戰士相關文章刊載可以看出。而同時，戰爭雖然還沒有發生，戰爭的陰雲已經開始密佈，《現代文藝》在民族矛盾和

社會大潮中卻依然無動於衷，還在刊載與以往沒有區別的純文藝作品。

　　刊物無法順應時事，編輯又孤芳自賞——最終都沒有能夠如向培良所說，打破與武漢文化界的隔膜，或如凌叔華所說，對於華中的空氣造成任何的改變。據蔣錫金（1915 — 2003）的口述，段公爽是當時控制武漢文化界的重要人物之一，[74] 他在武漢深耕時長，對於武漢文化界的影響，顯然比外來的凌叔華要大得多。在多重的壓力之下，《現代文藝》告以夭折，也是情理之中的事。

　　當然，《鸚鵡洲》與《現代文藝》之爭，未必是《現代文藝》停刊的唯一原因。但兩個副刊的兩種不同面貌、兩類編輯思路，卻向我們提供了一種思路，將凌叔華武漢時期的文學實踐活動放置在一時一地的歷史文化場域考察。《現代文藝》不僅是主編凌叔華文學品味和藝術風格的一種展現，更是傳達她文學態度的重要平台。作為一位作家，她固然無法迴避自己的審美傾向，如含蓄、婉約，也在自己的刊物中投入了很多對民族性和人性的關注，包括為《鸚鵡洲》編輯和作者所詬病的大學教授文風。但對文學刊物而言，她更看重的是其作為言說空間和藝術園地的健康、自由的氛圍，堅持「現代評論派」、「新月派」、「京派」共同追求的文學獨立，在國家遭逢內憂外患之時，為保留文學的藝術性和純粹性，以使其不被政治化、革命化而努力。從這個角度而言，儘管《現代文藝》最終停刊，但凌叔華及其辦刊實踐仍有其文學和歷史意義，值得記錄與肯定。

注釋

1　凌叔華致巴金（之四），載陳建功編著：《中國現代文學館館藏珍品大系‧信函卷‧第 1 輯》（北京：文化藝術出版社，2009 年），頁 165。
2　凌叔華致巴金（之三），《中國現代文學館館藏珍品大系‧信函卷‧第 1 輯》，頁 161。
3　凌叔華在晚年訪談中曾提到她給《現代評論》當過一段時間「非正式的主編」，陳學勇認為此事不可信，一是那年局勢並不怎樣緊張；即使後來日益緊張，《現代評論》的編輯也沒有走甚麼人，至少台柱陳西瀅沒有走掉，並不需要他人代庖。陳學勇認為協助編稿的可能性更高，因她的能力根本無法把握住這份涉及領域很廣，包括政治、經濟、法律、倫理、宗教等的綜合刊物，而文學方面的比例不足刊物篇幅的一半。見陳學勇：《高門巨族的蘭花》，頁 169。
4　凌叔華：〈停刊之詞〉，《凌叔華文存》，頁 817。
5　關於《現代文藝》發刊詞的作者，學界頗有爭議，蘇雪林在她 1938 年出版的《青鳥集》中將〈發刊詞〉收錄在內，而當代學者多將其收錄到凌叔華的文集中。但是不管發刊詞是蘇雪林還是凌叔華所寫，在創刊之時，她們都同時擔任《現代文藝》的編輯，故而表達的都是她們共同的文藝態度和主張，誰為執筆者，倒不那麼重要了。而幾個月後，最初一同編輯《現代文藝》的人都選擇辭去編輯之職，只做供稿人，編輯變成了凌叔華一人，到了停刊的時候，〈停刊之詞〉則毋庸置疑是凌叔華寫的了。
6　〈發刊詞〉，《凌叔華文存》，頁 810 — 811。
7　據沈虎雛說，沈從文在 1960 年左右〈從文物中所見古代服裝材料和其他生活事務點點滴滴〉手稿中，曾使用過筆名「墨林」，《現代文藝》副刊中有「墨林」者，寫有一詩〈夜曲〉，未知是否沈從文所作。見沈虎雛：〈沈從文筆名和曾用名〉，載吳世勇編：《沈從文年譜：1902 — 1988》（天津：天津人民出版社，2006 年），頁 669 — 670。
8　據施蟄存所說，徐芳是在 1935 年到 1936 年在北京出現的年輕詩人，本科畢業論文導師是胡適，題目是〈中國新詩史〉，作品常在北京幾個文學刊物和天津《大公報》「文學」副刊發表。見施蟄存：〈《徐芳詩集》序〉，載劉凌、劉效禮編：《施蟄存全集‧卷四‧北山散文集‧第 3 輯》（上海：華東師範大學出版社，2011 年），頁 1509。
9　陳學勇：〈凌叔華年譜〉，《中國兒女》，頁 232。
10　凌叔華：〈停刊之詞〉，《凌叔華文存》，頁 817。
11　清道夫：〈「海派」後起之秀何家槐小說別人做的〉，《文化列車》，1934 年 2 月 9 期。
12　見侍桁：〈何家槐的創作問題〉，《申報‧自由談》，1934 年 3 月 7 日。
13　王愛松：〈「何徐創作問題」風波與京海派論爭的終結〉，《天津社會科學》，2012 年 6 期，頁 104。
14　朱光潛：〈我對於本刊的希望〉，《文學雜誌》，1937 年創刊號，頁 9。

15　唐達暉輯：〈《現代文藝》總目及有關資料〉，載武漢市文聯文藝理論研究室編：《武漢文學藝術史料‧第 1 輯》（武漢：武漢市文聯文研室，1985 年），頁 189。

16　同上，頁 189。

17　楊義：〈京派小説的形態和命運〉，《二十世紀中國小説與文化》（台北：業強出版社，1993 年），頁 305。

18　吳福輝：〈鄉村中國的文學形態——《京派小説選》前言〉，《春潤集》（上海：復旦大學出版社，2012 年），頁 44。

19　文潔若：〈悼凌叔華〉，《夢之谷奇遇》（北京：中國友誼出版公司，1992 年），頁 51 — 52 頁。

20　蕭乾在《現代文藝》發表了〈歎息的船〉，凌叔華在《大公報‧文藝》發表了〈無聊〉、〈花狗〉等。

21　凌叔華致巴金（之二），《中國現代文學館館藏珍品大系‧信函卷‧第 1 輯》，頁 160。

22　陳子善：〈李影心的《書評家的趣味》〉，《拾遺小箋》（北京：海豚出版社，2014 年），頁 110。

23　蕭乾：《風雨平生：蕭乾口述自傳》（北京：北京大學出版社，1999 年），頁 70。

24　蕭乾：〈一個副刊編者的自白〉，《蕭乾全集‧卷五》（武漢：湖北人民出版社，2005 年），頁 370。

25　葛昆元：〈蕭乾與書評〉，載傅光明、孫偉華編：《蕭乾研究專集》（北京：華藝出版社，1982 年），頁 456。

26　沈從文：〈《現代中國作家評論選》題記〉，《沈從文文集‧卷十一‧文論》（廣州：花城出版社，1984 年），頁 34 — 35。

27　朱光潛：〈我對於本刊的希望〉，《文學雜誌》，頁 9。

28　劉峰傑：〈論京派批評觀〉，《文學批評》，1994 年 4 期，頁 5 — 6。

29　據陳子善統計，從 1933 年 10 月至 1937 年 7 月《大公報》的「文藝副刊」、「小公園」、「文藝」，發表書評最多者是李影心，總共十七篇；其次是常風，總共十六篇；劉西渭（李健吾）十四篇，居第三；劉榮恩七篇，居第四；黃照和陳藍（張秀亞）五篇，居第五；沈從文、李長之、李辰冬、楊剛、宗珏四篇，居第六。見陳子善：〈李影心的《書評家的趣味》〉，《拾遺小箋》，頁 110 — 111。

30　趙家璧：〈二十人所選短篇佳作集‧重印後記〉，《二十人所選短篇佳作集》（廣州：花城出版社，1982 年），頁 784。

31　趙家璧：〈二十人所選短篇佳作集‧前記〉，《二十人所選短篇佳作集》，頁 2。

32　同上，頁 1。

33　林徽因選輯：《大公報文藝叢刊小説選》，頁 2。

34　威深：〈渡頭〉，《二十人所選短篇佳作集》，頁 375。

35　同上。

36　同上，頁 377 — 378。

37　陳荻：〈傳令嘉獎〉，《二十人所選短篇佳作集》，頁 381。

38　同上。

39 吳福輝：〈鄉村中國的文學形態——《京派小説選》前言〉，《春潤集》，頁50。

40 維特：〈家〉，《二十人所選短篇佳作集》，頁389。

41 沈從文：〈丈夫〉，《沈從文文集・小説・卷四》（廣州：花城出版社，1982年），頁3—4。

42 嚴家炎：《中國現代小説流派史》，頁243—244。

43 同上，頁247。

44 沈從文：〈《邊城》題記〉，載中國現代文學館編：《邊城》（北京：華夏出版社，2008年），頁252。

45 凌叔華：〈停刊之詞〉，《凌叔華文存》，頁815。

46 蕭乾：〈一個副刊編者的自白〉，《蕭乾全集・卷五》，頁365。

47 同上，頁367。

48 同上。

49 〈發刊詞〉，《凌叔華文存》，頁812。

50 〈停刊之詞〉，《凌叔華文存》，頁817。

51 唐達暉輯：〈《現代文藝》總目及有關資料〉，載武漢市文聯文藝理論研究室編：《武漢文學藝術史料・第1輯》，頁190—191。

52 凌叔華：〈轉變〉，《凌叔華文存》，頁383。

53 凌叔華致胡適，《凌叔華文存》，頁911。

54 陳西瀅致胡適，轉引自陳學勇：〈凌叔華年譜〉，《中國兒女》，頁221

55 張秀亞：〈其人如玉——憶閨秀派作家凌叔華女士〉，張岱年、鄧九平主編：《人淡如菊》（北京：北京師範大學出版社，1997年），頁262。

56 蕭乾：〈我當過文學保姆〉，《文學回憶錄》（哈爾濱：北方文藝出版社，2014年），頁201。

57 凌叔華：〈停刊之詞〉，《凌叔華文存》，頁815。

58 凌叔華致陳從周，《凌叔華文存》，頁931。

59 陳學勇：《高門巨族的蘭花——凌叔華的一生》，頁173—174。

60 徐叔明：〈《武漢日報》概述〉，載中國人民政治協商會議湖北省委員會文史資料委員會編：《湖北文史集粹・文化 藝術》（武漢：湖北人民出版社，1999年），頁55。

61 王培元：〈嚴文井：「一切都終歸於沒有」〉，《永遠的朝內166號：與前輩魂靈相遇》（北京：人民文學出版社，2014年），頁198。

62 〈發刊詞〉，《凌叔華文存》，頁813。

63 向培良：〈謹致「現代文藝」諸先生〉，《武漢日報・鸚鵡洲》，1935年2月22日。

64 同上。

65 徐續紅：〈戲劇家的悲劇——向培良與魯迅〉，《魯迅研究月刊》，2013年4期，頁74。

66 向培良：〈人類的藝術〉，轉引自徐續紅：〈戲劇家的悲劇——向培良與魯迅〉，頁74。

67　向培良在南京五卅中學做老師時，曾組織青春文藝社，編輯《青春周刊》，堅持「進步」和「向上」，主張抗日救國，《湖南人民革命史》一書還對「進步教師」向培良專門提出肯定。抗戰爆發後，向培良當選為「中華全國戲劇界抗敵協會理事」，發表大量作品，為抗日宣傳做了不少貢獻。

68　蘇雪林：〈《孔雀東南飛》劇本及其上演成績的批評〉，《青鳥集》（上海：商務印書館，1938 年），頁 38 — 39。

69　向培良：〈關於演劇並致雪林先生〉，載蘇雪林：《青鳥集》，頁 44。

70　段公爽：〈我之所能做的——七週年紀念獻辭〉，《武漢日報・鸚鵡洲》，1936 年 6 月 10 日。

71　張光年：〈從聯合公演到戲劇學會〉，《張光年文集・卷二》（北京：人民文學出版社，2002 年），頁 33 — 34。

72　劉念渠：〈一九三五年國內劇壇〉，《山東省文化藝術志資料彙編・第 1 輯》，1984 年，頁 182。

73　王雪芹：〈1935 — 1937：文化生態轉型與現代戲劇的成熟〉，《貴州社會科學》，2016 年 10 期，頁 90 — 91。

74　蔣錫金在口述中提到，1935 年前後，控制武漢文化界的有這幾股力量：「一是國民黨漢口特別市黨部的《武漢日報》，社長王亞明，副刊《鸚鵡洲》主編段公爽。他們是從外地（主要是湖南）來的，據說是 CC 派；二是湖北省國民黨黨部的《大同日報》，主編陶滌亞，副刊編輯胡紹軒，他們是國民黨的『地方實力派』；三是武漢行營政訓處的《掃蕩報》，主持人丁文安，副刊《野營》、《瞭望哨》編輯為蔣銘、鐘期森等。這三家報紙的競爭十分激烈，特別是《武漢日報》和《掃蕩報》。《大同日報》並沒有多大的力量」。見蔣錫金：〈抗戰初期的武漢文化界〉，《新文學史料》，2005 年 2 期，頁 43 — 51。

第六章

進入英國文壇：
英文創作與跨文化文學實踐
（1936 — 1953）[1]

　　經過 1925 年到 1935 年的小說創作鼎盛期，又
經過《武漢日報・現代文藝》編輯的實踐期，凌叔
華在中國文壇的經歷告一段落。其後，雖也有散文
和幾篇小說發表，卻只是零散作文，不成系統。但
這並不意味着凌叔華放棄了寫作，而是開始將視野
轉移向英國文壇。

　　三十年代中期，在武漢大學文學院擔任講師的
英國詩人朱利安・貝爾與凌叔華相識。出於對凌叔
華的情感和對其才華的欣賞，他開始幫助凌叔華翻
譯她的小說，嘗試在英國投稿，然而未獲成功。朱
利安去世後，凌叔華又與朱利安的姨母——作家弗
吉尼亞・伍爾夫建立了聯繫，在伍爾夫的指導和鼓
勵下創作英文自傳。但直到 1947 年移居英國，凌
叔華才開始在英國的報刊雜誌發表文章，並最終於
1953 年出版了她的英文自傳體小說《古韻》，為英
國文學界所認識。

▲　1953 年《古韻》的英文初版封面

　　面對不同的文化環境與場域狀態，凌叔華不僅需要改變創作語言，還需要根據她的英國導師對英國文學場的判斷、對她創作的期待，以及英國與中國不同的發表媒介和讀者群體，調整寫作方式和應對策略。本章將以凌叔華這一時期文學活動相關的書信、傳記、報刊雜誌為線索，從導師和雜誌入手，結合凌叔華的文學文本，系統爬梳凌叔華被英國文學場認識與接受的過程，豐富對凌叔華英國時期文學發展的認識，更加全面地了解她創作行為和文學思想的流變；同時，也嘗試為當時社會文化語境下中國女作家的跨文化寫作提供歷史證據與個案思考。

一、文學雜誌《倫敦水星》：小說家的嘗試

　　朱利安・貝爾曾在 1935 年聖誕節的時候，寄了一篇凌叔華關於中國畫的散文給母親瓦內薩・貝爾（Vanessa Bell, 1879 － 1961），同是畫家的瓦內薩在回信中說，她雖然對凌叔華文中提到的中國畫注重詩文指涉和意境營造的特點不以為然，認為視覺關係依然應該是繪

畫的重中之重，但她也承認文章的確有着獵奇的中國趣味，允諾會向
戴維・加奈特（David Garnett, 1892 — 1981）徵求意見，也會將文
章寄給時任英國國家美術館總監的肯尼斯・克拉克（Kenneth Clark,
1903 — 1983），總之，願盡她的最大努力幫助此文發表。[2]然而，此後
便石沉大海，再無消息，凌叔華的這篇散文具體情形今已不詳。[3]

　　1936 年 2 月 23 日，朱利安・貝爾在給加奈特的信裏提到，將寄幾
篇凌叔華的短篇小說譯文給他，信中所指即是在加奈特的建議下，[4]由
瓦奈薩寄給《倫敦水星》（London Mercury）編輯 R・A・斯科特・
詹姆斯（R. A. Scott-James, 1878 — 1959）的〈寫信〉（Writing A
Letter）、〈瘋了的詩人〉（A Poet Goes Mad）和〈無聊〉（What's the
Point of It?）。[5]這是凌叔華第二次嘗試在英國發表作品，相較於上一次
的不了了之，這一次的投稿作品是她更為擅長的短篇小說類型，中文版
本已經在中國文學場獲得承認，預設讀者、投稿意向以及刊物都更為確
定，可視為凌叔華在英國文學場第一次較為成熟及有主體性的嘗試。

（一）現代性的求同

1. 投稿作品的現代主義風格取向

　　中文版〈瘋了的詩人〉、〈寫信〉和〈無聊〉分別發表於 1928 年的
《新月》和 1931 年、1934 年的《大公報》，這三篇短篇小說在各種文學
作品選集和文學史介紹中通常並不算作凌叔華的代表作。

　　出版時間的優勢，使得凌叔華 1928 年出版的短篇小說集《花之寺》
最早造就了她文學風格的定型，對新舊女性困境的感性與敏銳的觀察，
使得其中一些篇目得以參與到現代文學作品經典化的進程，如敘述女性
犧牲的〈繡枕〉被選入《中國新文學大系（1917 — 1927）》；刻畫新式
太太越軌心理的〈酒後〉不僅在 1925 年發表後就在文壇掀起一陣「酒

後派」的文學風氣，還在發表同年就被翻譯成日文，刊載在日本頗負盛名的《改造》雜誌上；揭示舊式道德愚昧的〈中秋晚〉是凌叔華在西方最被廣泛收錄的作品之一，[6]夏志清稱之為凌叔華「最動人的作品」，[7]楊義在《現代中國小說史》中也肯定〈中秋晚〉和〈繡枕〉一樣，是「最為深婉而精粹的藝術品」。[8]這些都是較為普遍被認可的凌叔華「代表作」。她其後出版的收錄〈瘋了的詩人〉的小說集《女人》（1930年）和收錄〈寫信〉和〈無聊〉的小說集《小哥兒倆》（1935年），雖然也被認為是《花之寺》內容和風格上的延續，在夏志清、楊義等學者看來，卻不如《花之寺》出色。那麼，當朱利安·貝爾和凌叔華在將作品翻譯介紹到英國的時候，為何偏偏選擇了「代表作」之外的三篇短篇小說呢？

　　朱自清在〈論自然畫與人物畫——凌叔華作《小哥兒倆》序〉中讚賞了〈寫信〉和〈無聊〉體現的凌叔華在藝術上的創新與嘗試。他以幾位西方現代派詩人和小說家為參照，從寫作技巧入手，闡釋了凌叔華在這兩篇小說中採用的新方法和對西方的借鑒，如〈寫信〉對主人公心竅的披露學習了布朗寧（Robert Browning, 1812－1889）和艾略特（T. S. Elliot, 1888－1965）在詩中所用的方法，〈無聊〉對情緒和氛圍細膩且真實的刻畫，使人聯想到曼殊斐兒。[9]美國學者帕特麗卡·勞倫斯在《麗莉·布瑞斯珂的中國眼睛》中進一步發展了朱自清的觀點，她認為儘管凌叔華在心理描寫的功力等方面還是有很多不足，但行文上與弗吉尼亞·伍爾夫的現代主義傑作有相似性，體現出她在文學創作上的現代主義嘗試。嚴慧則是從主題思想的角度作了分析，她認為主要是這三篇作品表現了對女性生存狀態與心理的思考，〈瘋了的詩人〉對「瘋癲」、〈無題〉對「焦慮」等現代主義主題的關注，是中國與英國——尤其是與布盧姆斯伯里集團——在互動的美學接納過程中所呈現的共同文學旨趣與文化追求。[10]

不管是同時代的朱自清，還是後來的研究者勞倫斯、嚴慧，都共同強調了這三篇小說主題、內容、形式上的現代性。

2. 朱利安‧貝爾與他的「求同」傾向

朱利安‧貝爾劍橋大學畢業後，最初是想在英國獲取一份大學教職，沒有成功，後來他又申請了另一個國家，也沒有獲批，最後才決定來中國，在武漢大學文學院擔任英國文學講師。

生活在現代工業文明社會，朱利安和他的很多親友如弗吉尼亞‧伍爾夫一樣，對於可以尋找失落的農業文明與傳統生活方式的異域充滿了渴慕與好奇——在朱利安抵達中國後，他在給朋友的信裏不斷提到，武漢的生活讓他想起可以射擊、出航的童年，這是他近幾年在英國已經無法體會的自然歡愉，他甚至擔憂，未來的英國會因愈來愈嚴重的現代焦慮和戰爭危機而離他記憶中美好的國度愈來愈遠。[11] 對於朱利安來說，這個抽離開政治紛擾、戰爭恐慌、社會動亂的東方烏托邦正是早年的英國、前現代的所在。這樣的認知使得朱利安一方面在中國的一切裏尋求與過往西方經驗的相似以彌補情感上的念舊、懷鄉；[12] 另一方面，卻又先入為主地將他熟悉的西方環境作為衡量標準，站在歐洲中心的立場，展開對中國的批判，批判點最主要是在中國的現代文化與文學上。[13]

二十世紀三十年代，英國現代主義文學已開始退潮，[14] 但對於現代主義重要團體布盧姆斯伯里第二代的朱利安來說，富有現代性的文學作品依然符合他的文學價值取向。換句話說，他的文學品味和傾向依然是現代主義的、是布盧姆斯伯里式的。斯坦斯基（Peter Stansky）和亞伯拉罕（William Abrahams）在《朱利安‧貝爾傳》（*Julian Bell: From Bloomsbury to the Spanish Civil War*）裏分析了朱利安在武漢大學教授英國現代文學選讀時所選擇的具體作品，認為他幾乎是以介紹自己熟悉的作家——布盧姆斯伯里作家——為主，懷有一種將布盧姆斯

伯里及其規範帶到中國的企圖。[15] 他試圖作為英國現代文學與布盧姆斯伯里正統的代表擔當西方與中國的橋樑，在遙遠的武漢建立起他由背景和專業帶來的權威。而他卻漸漸發現他起初覺得像地中海劍橋的武漢大學學生，事實上耽溺於浪漫主義與感傷主義，缺少劍橋的理性精神，沒有探討形而上問題的興趣；同時又太過保守，沒有劍橋學生挑戰權威的勇氣。他們很難理解朱利安介紹的布盧姆斯伯里的智性文學傳統，無法欣賞朱利安認為的真正優秀的現代文學作品，卻對朱利安眼中的二流文學如唯美主義的王爾德（Oscar Wilde, 1854 — 1900）愛不釋手。朱利安嘗試通過自己的教學使學生「在思維方式和知識構架方面受到現代性的訓練和熏陶」，實現「浪漫主義到現代主義的轉型」，然而作用微乎其微。[16] 將對學生現狀的認識上升到對中國現代文學的看法上，朱利安認為中國自十九世紀初期並不徹底的浪漫主義運動與 1917 年非常明確的文學革命之後的現代文學給人感覺十分怪異，他無法理解為何狄更生（G. L. Dickinson, 1862 — 1932）會對此有如此的熱情，他覺得即便是徐志摩一類也無法真正理解穆爾（G. E. Moore, 1873 — 1958）的思想精髓。朱利安雖然嘗試以他的西方模式去引導和改變，但是他始終保持在單向的狀態，審視他者，而並未試圖去發掘和理解造成這類審美趣味、思維方式、文化精神背後的深層社會歷史原因，展開平等意義上的溝通交流。他終究意識到他無法在這個遙遠的東方國度擁有他所期待的「中國的布盧姆斯伯里式」思想界和交際圈，於是表現出一種西方強勢文化認同下，理智和情感雙方面向西方的復歸。

　　另一方面，斯塔斯基和亞伯拉罕認為朱利安的中國行實際上是一種逃避，布盧姆斯伯里的「二代」生活給予了朱利安想要的一切，同時也制約了他，他無法超越他的上一輩人在文學和思想上創造的輝煌，只能在他們的陰影下生活。中國這個無可選擇的選擇，或許正好可以讓朱利安告別往日的優渥，在遙遠與陌生中重塑自我，真正開創一番自己的事

業，[17] 使他日後重返英國時，能夠得到學界的認可，獲得他此前想要得到卻沒有得到的大學教職。為了達成這個目標，朱利安將教學與創作當作他在中國的工作重心，但他並未如願。

朱利安在教學受阻的同時，文學事業也遇到了挫折。他的第二部詩集《為冬天而作》（*Work for the Winter*）在 1936 年 2 月由霍加斯出版社（Hogarth Press）出版，他原本對此報以極大信心，結果只有《泰晤士報文學副刊》（*The Times Literary Supplement*）的一篇書評表示了讚賞，整體反響平平，這使他不得不接受現實——這本詩集仍然無法建立起他作為一個詩人的文學地位，至少在英國如此。[18] 後來，朱利安幾乎放棄了他的詩歌創作，除了〈歡愉過後〉（*After Coitum*），難覓其它詩作。他似乎更為專注於學術論文的寫作，在中國完成了四篇論文：〈羅傑‧弗萊：給 A 的一封信〉（On Roger Fry—— A Letter to A）、〈無產階級和詩歌：給劉易士的一封公開信〉（The Proletariat and Poetry: An Open Letter to C. Day Lewis）、〈戰爭與和平：給 E. M. 福斯特的一封信〉（War and Peace: Letter to E. M. Forster）、〈奧登與英國詩歌的當代傾向〉（W. H. Auden and the Contemporary Movement in English Poetry）。不過，他也沒有放棄自己在文學創作方面的期待，只是改變了方向，換了一種身份與參與的方式，在詩集出版遇冷後的 3 月，朱利安在給埃迪（E. W. Playfair）的信中說：他希望自己成為作家凌叔華的發掘者和提攜者，藉助凌叔華的成功，在文學史上留下他的名字。[19]

這裏的「文學史」，當然不會是朱利安所認為的浪漫主義與感傷主義氾濫的中國現代文學史，而是他既認同又失利於其中的英國現代文學史。由這個角度切入考察，能夠超越朱利安和凌叔華的戀人關係，透視到二者文學關係的實質——是凌叔華文學一次新的發展，同時，也是朱利安自我實現的途徑，他們不僅是幫助者與被幫助者，更是搭檔與合作者的關係。基於朱利安對現代主義文學價值的肯定，[20] 對英國文學界的

認識，以及對他所擁有的英國文學場資源的考慮，最現實的就是採用「求同策略」，將一位遙遠東方的女作家及其作品與英國文學界、布盧姆斯伯里文化圈建立相關性和相似性，為凌叔華爭取認可和入場機會。這一點從朱利安在給母親和朋友埃迪的信中對凌叔華的描述就可以看出。他一直堅持強調凌叔華與布盧姆斯伯里的同質性，他將凌叔華作為「中國的曼殊斐兒」介紹給他的母親和朋友，通過凌叔華與姨母伍爾夫在敏感纖細方面的共同特徵，來佐證她作為布盧姆斯伯里圈在中國的默契存在。[21]他希望凌叔華能夠符合英國文學場，尤其是布盧姆斯伯里關於優秀作家的標準。而凌叔華雖然極力否認她對英國小說家曼殊斐兒的借鑒，卻毫不掩飾對伍爾夫的崇拜，她了解她想要進入的那個群體與文學圈在文學風格上的取向。在此基礎上，朱利安和凌叔華選取了三篇具有現代主義風格的小說，體現了向英國現代文學標準的靠攏，[22]並由加奈特建議、瓦內薩代為投稿至與布盧姆斯伯里文化圈有聯繫的《倫敦水星》。

▲　朱利安・貝爾（左一）、陳西瀅（中）與凌叔華的合照

《倫敦水星》是由 J. C. 斯夸爾（J. C. Squire, 1884 — 1958）始創於 1919 年的文學性月刊，從創刊到 1939 年併入《生活與文學》（*Life and Letters*）的二十年間，始終匯集了一批有名的英國作家，如羅伯特・李・弗羅斯特（Robert Lee Frost, 1874 — 1963）、托馬斯・哈代（Thomas Hardy, 1840 — 1928）、威廉・巴特勒・葉芝（W. B. Yeats, 1865 — 1939），保存了很多作家們未經充分發掘和研究的作品原始版本，具有很高的文學和文獻價值。[23] 然而斯夸爾是持保守立場的編輯者，對現代主義文學十分蔑視，認為那是一種「無向畸形的狂歡」（orgy of undirected abnormality）。[24] 直到 1934 年斯科特・詹姆斯接手後，《倫敦水星》才開始大量刊載現代主義文學作品。[25] 在共同文學旨趣的基礎上，斯科特・詹姆斯雖不能算作嚴格意義上的布盧姆斯伯里成員，無疑也與布盧姆斯伯里成員有着文學創作與出版上的合作。朱利安關於羅傑・弗萊（Roger Fry, 1866 — 1934）的書信體懷念文章就曾被萊納德・伍爾夫建議寄給《倫敦水星》發表。[26]

然而，斯科特・詹姆斯在 1936 年 8 月 18 日將這三篇文章的手稿退還給瓦內薩，並在退稿信中委婉說道：他本希望能夠選出一篇，但經過重讀，還是覺得起碼未來的兩三個月都無法刊載凌叔華的作品。[27] 斯科特・詹姆斯沒有詳加解釋，但在朱利安、加奈特、瓦內薩幾位的共同助力下仍告失敗，除了凌叔華自身寫作水準的局限，或許還有別的原因。

（二）東方的錯位與剝離

1. 現代中國的寫實

〈寫信〉記敘的是不識字的張太太請求鄰居伍小姐幫她給丈夫寫一封信的事。全篇採用張太太的獨白，由喋喋不休的方式講述了她瑣碎的

日子和庸常的喜怒哀樂，以張太太對自食其力、獨身生活的伍小姐的欣羨為參照，刻畫出中國在風氣漸開、女性逐步獲得解放的過程中舊式家庭婦女的處境與心態。張太太的獨白中充滿了很多有趣的中國俗語，流露出關於傳統中國重男輕女、天命觀等思想，但她只是無意識的表達，並未擴展開來。〈無聊〉的主人公則是一個結了婚的「伍小姐」——新式太太如璧，如璧無須為生計操心，與丈夫單獨生活，暫無子女，亦無須履行傳統的大家庭義務。然而，她對於「太太小姐」那一類淺薄的物質主義嗤之以鼻，不喜逛街消費、討價還價，自己在擅長的翻譯事業上又缺少恆心，沒有發展出合適的興趣，雖在家庭和事業的空隙中得到了些許自由，這自由卻帶來了無聊，讓如璧這位受過新思想啟蒙，卻要回歸家庭（即使是新式家庭）的太太無法自處。文中涉及了一些現代中國的現實和理念敘述，如如璧逛街買布時，店裏的夥計向她推薦由 1934 年剛開展起來的「新生活運動」而新推出的「新生活」布料；還有作為「智識階級的新人物」如璧對西方的崇拜，將傳統中國並不罕見的在屋苑栽花種樹也以為是舶來品。

　　兩篇文章都是現代中國的寫實性作品。當面對的讀者是與凌叔華一樣生活在中國現代社會或熟悉中國具體情形時，〈無聊〉、〈寫信〉一類作品是有生命力的，讀者能夠透過轟轟烈烈的時代大背景，了解到普通人家、平凡女性不為所知的瑣碎生活與隱秘情緒，跟政治經濟、男性社會的大事一道，共同構成現代中國的完整圖卷。然而，當潛在的編輯／讀者來自英國，對中國缺乏語言和文化整體性的認識和了解，對受到西方影響後逐步現代化和工業化、與西方趨同的現代中國興趣不大（如朱利安），〈寫信〉、〈無聊〉這一類關注於現代中國社會個體精神世界的作品，主題狹小、內容局限，既缺少歷史縱深的挖掘，也沒有古老傳統的吸引。而本書在第四章分析過兩篇小說在題材和寫法上對英國作家曼殊斐兒〈啟示〉和〈貼身女僕〉的借鑒，不管是從內容還是形式，對於

英國讀者來說，都既非獵奇，又不能滿足對中國的懷舊式想像，得不到
編輯的採納，也是情理之中。

2. 傳統中國的寫意

　　如果說〈寫信〉、〈無聊〉是英國作家小說框架下的現代中國社會的
實況書寫，那〈瘋了的詩人〉則從內容到形式上都是一次傳統東方美學
的展示。

　　〈瘋了的詩人〉描寫的是詩人覺生和他瘋了的太太雙成一起徜徉自
然、沉溺幻想，最終共同到達瘋癲狀態的故事，具有傳統的東方內涵和
豐富的文化屬性。史書美認為，它體現了凌叔華這位女性作家的女性抒
情詩體的建構。男主人公覺生只能通過前人的詩和畫作為媒介來欣賞自
然，他與自然之間存有文化的隔膜，而他的妻子雙成卻是自然本身，活
在自然中，與自然直接相通。史書美認為這是凌叔華的諷刺性模仿，以
此恢復女性的聲音，並且超越文學傳統重新定位女性的美學。[28]

　　凌叔華的散文給史書美的觀點提供了例證，在〈登富士山〉一文
中，凌叔華說富士山之美使得她不敢說讚美話，也不敢對望寫生，生怕
衝犯了山靈、猥褻了化工；〈泰山曲阜紀遊〉一文亦記敘了她不肯用文
字來比擬、以免玷污了山泉的心情。然而，凌叔華提倡「雙成視角」不
借助文學和繪畫直抵自然的方式，並不意味着她以消極的態度對待「覺
生視角」，更未將之與「雙成視角」對立起來，甚至可以說，更多時候
她所採用的還是「覺生視角」。以〈衡湘四日遊記〉為例，當她看到美
好的早晨點綴着鮮明的顏色，便想搖頭朗誦「無懷氏之民歟？萬天氏之
民歟？」當看到湘水碧油油的清可見底，便想到笑笑詞；當看到千百株
楓樹外黃澄澄的夕陽，便想到五代人畫的丹楓圖。即使是如上文所說覺
得不該以文奪景，也是借助了行遠和尚的〈游三疊泉記〉中「思欲一舉

筆貌之，恐未能耳」之語來表達。[29]

　　凌叔華自身，以及她在小說中賦予主人公覺生以中國傳統詩畫欣賞自然的眼光，恰恰暗合了她文人畫家的背景。于漪（Clara Yü Cuadrado）認為覺生對景時的獨白很多都能視作文人畫的宣言，[30] 比如面對天色瞬息變幻，覺生覺得用雙眼捕捉是不可靠的，唯有憑藉思想才能有「空靈縹緲不平凡的山品」。這裏所談到的思想，實則是文人畫家的個體精神靈感和知識文化積澱二者的統一，而這後者正是我們此處談論的重點。程明震曾提出「中國畫的筆墨結構程式」，認為「代表畫家筆墨技法和個性風格特徵的筆墨結構，一旦被後人傳承摹寫，作為學習繪畫的範本」，它便可以「轉化為一種獨特的語言符號，並在藝術實踐中逐漸形成一套特殊的『語彙』和『語詞系統』」。[31] 這一套「特殊的『語彙』和『語詞系統』」在〈瘋了的詩人〉中的表現，就是覺生欣賞自然風景的眼光與傳統詩畫的關聯，這不僅是陳衡恪（1876 — 1923）所言「文人思想之契合」，[32] 也強調了文人畫創作者在思想學養和文化內涵上對前人的傳承。正是這種本體的自然、主人公眼裏的自然與詩畫中的自然的結合，營建了整個故事的結構與層次，造就了〈瘋了的詩人〉具有三重張力的「戲中戲」格局。[33]

　　因此，「覺生視角」這一經由傳統中國詩畫抵達對象、抒發內心的方式，與其如史書美所說是一種性別顛覆，不如說是作家與文人畫家凌叔華對於東方美學的重塑和恢復，它超越了西方審美下對於「中國味」（chinoiserie）的認知，是一種物我合一的境界，是凌叔華的寫作中最讓朱利安欣賞，也最有魅力的部分。[34] 只是內中的傳統中國美學與現代中國書寫的〈寫信〉和〈無聊〉一樣，未能得到編輯的認可。這不能不說是英國編輯／讀者與中國作者對於東方認知的一種錯位。

3. 中國元素的剝離

　　需要再次強調的是，〈寫信〉、〈無聊〉、〈瘋了的詩人〉三篇小說最初的中文版本均創作於 1935 年朱利安來中國之前，根本構思和創作考量都是面向中國讀者的，其中雖然有「現代中國的寫實」和「傳統中國的寫意」等諸多中國元素，在後來的翻譯中，朱利安又以英國讀者的角度對其進行了語言和文化層面的修改與潤色，但仍舊與凌叔華後來直接針對西方讀者創作的作品有着本質區別。

　　並且如同前文所述，朱利安對凌叔華的定位是在英國取得成功的作家，更傾向於文學的、作家的、個人的，因此這三篇小說不僅在形式和主題上有着十分明顯的向西方求同的趨勢，在翻譯上也進行了「去中國化」。這主要體現在朱利安在翻譯中對凌叔華原文的中國「熟語」的刪除和改寫，勞倫斯認為可能是因為朱利安覺得翻譯難度大，對西方讀者來說難以理解，也可能是太「冗長」、太「詩意」，有讓朱利安反感的中國文學的感傷氣質。[35] 其結果如王立峰（1987 ─ 　）所說，擦除了本可能對西方文化帶來衝擊效應的異質性部分。[36]

　　儘管出於西方文化霸權的自以為是和先入為主，朱利安對凌叔華創作中東方元素的消解，卻在客觀上突出了凌叔華作為作家的一面，使得她的作品可能得以跨過西方讀者的文化獵奇浮出水面，成為伍爾夫或曼殊斐兒那一類的好作家，而不是只具有國族身份標籤的寫作者。只是這種嘗試的失敗，恰好也反映了當時西方文化社會的一種現實：他們也許並不需要來自中國卻與西方寫作者按照同樣標準創作文學作品的作家，需要的只是為西方讀者呈現中國的「中國寫者」，而那正是凌叔華日後在英國的文學創作方向與發展路徑。

二、綜合性雜誌《旁觀者》與中國作家的碰撞

凌叔華再次嘗試在英國發表文章已是 1950 年。在朱利安犧牲於馬德里保衛戰的十三年以後，她在《旁觀者》（*Spectator*）雜誌上發表了她在英國的第一篇文章〈穿紅衣服的人〉（The Red Coat Man），其後又發表了〈中國童年〉（Childhood in China）。[37]

（一）弗吉尼亞·伍爾夫的影響

1937 年，朱利安·貝爾去世，凌叔華一家隨同武漢大學遷到四川樂山。那時候的凌叔華飽受喪失情人之痛與戰亂流離之苦，煩亂又迷茫。為尋求幫助和解脫，她在 1938 年開始通過書信與朱利安的姨母弗吉尼亞·伍爾夫建立聯繫，並在伍爾夫的建議下開始創作英文自傳。凌叔華發表在《旁觀者》上的〈穿紅衣服的人〉和〈中國童年〉均是那一時期在伍爾夫影響下的產物。[38] 因此要談及這兩篇文章的發表，是在二十世紀五十年代；要談論它們的創作，則必須回到 1938 年的語境。

伍爾夫曾在一封寫給朱利安的信中說，她多麼希望她在朱利安年紀的時候，能夠像他一樣去中國呆上三年，在父母兄姐的死亡所帶來的極度緊張中得到清淨與平和。[39] 這與她在隨筆〈東方的呼喚〉（The Call of the East）中對英國作家夏洛特·羅利梅（Charlotte Lorrimer）的小說《東方的呼喚》（*The Call of the East*）評論如出一轍：「我們已經遺忘了東方人當前依然擁有的珍貴感知，雖然我們能夠回憶並默默地渴望它。我們失去了『享受簡單的事物——享受中午時分樹下的陰涼和夏日夜晚昆蟲的鳴叫』的能力。」[40] 這篇文章寫於 1907 年，正是朱利安的年紀，伍爾夫於 1895 年失去母親，1897 年失去同母異父的姐姐斯泰拉（Stella Hills, 1869 — 1897），1904 年失去父親，羅利梅小說裏的

日本母親能平靜地接受喪子之痛，伍爾夫自己卻長久地受困。她難以從悲傷抑鬱中掙脫出來，如同書中那位西方婦女目睹者不能理解日本母親一樣。

　　伍爾夫超越了個體差異，將之上升到東西方文化的對比層面。因為東方人這種「生命體與大自然的共感與應和」，使他們能夠悟到「所有人的靈魂都是永生的世界靈魂的組成部分」，進而擁有天人合一的氣度與「恬淡、寬容的性情」。[41]伍爾夫曾用長了一雙「中國眼睛」創作過三個人物角色：隨筆〈輕率〉（Indiscretions, 1924）中的英國玄學派詩人約翰・多恩（John Donne, 1572 — 1631），她說他「年輕時用一雙狹長的中國眼睛凝視着喜憂參半的世界」，[42]認為他的可貴在於他的創作超然於自我意識、性別意識和道德評判，是對生命體的整體觀照；《達洛維夫人》（*Mrs. Dalloway*, 1925）中的伊麗莎白（Elizabeth）：「黑頭髮，白淨的臉上有一雙中國眼睛，帶着東方的神秘色彩，溫柔、寧靜、體貼人。」[43]她熱愛自然，不受外界干擾，對矛盾或其他動盪淡然處之；《到燈塔去》（*To the Lighthouse*, 1927）中的麗莉・布里斯珂（Lily Briscoe）「有一雙狹長的『中國眼睛』」，[44]超然獨立，從容而有智慧，以她的畫筆最終實現了小說精神上的融合。高奮認為這些有着「中國眼睛」的人物角色都反映了伍爾夫對於中國的認知與想像。[45]伍爾夫從未去過中國，並未經歷過朱利安那樣在生活、情感、思想上的具體衝擊，又兼年長，更有閱歷賦予的理智與平和，不僅沒有朱利安那種以西方標準去印證或「矯正」東方的傾向，相反，她的基本態度與羅素（Bertrand Russell, 1872 — 1970）、狄更生一類西方知識分子一樣，認同中國文明在一些方面的優越性，認為向東方學習也許可以解決一些西方國家民族社會因現代文明和戰亂帶來的問題。因此，當她開始與凌叔華通信時，她再次像曾對朱利安說過的那樣，向凌叔華表達了對她生活在中國這個擁有蒼闊、廣袤、古老文明的國度的欣羨。[46]

基於對東方古老文明——傳統與文化意義上——的肯定，伍爾夫從一開始對凌叔華的寫作就持了與朱利安截然不同的態度。

1. 語言之上的存異

伍爾夫在〈東方的呼喚〉裏說：「在別處看來極其細微的差異正是打開東方神秘的鑰匙。」[47] 這句話幾乎可以成為伍爾夫指導鼓勵凌叔華書寫中國的核心思想，她極為看重凌叔華寫作中的差異性，希望凌叔華能夠盡可能地保持中國特色，就像是為中國讀者寫作一樣。

因此伍爾夫從未試圖像朱利安一樣，通過翻譯語言的潤色和修改，去掉難懂的中國熟語或習慣表達，將凌叔華置入英文書寫的正統，只是在一些難懂的部分做細微的改動。[48] 在給凌叔華的信中，伍爾夫一直強調，希望她能夠真實地寫下她內心所想，不要有任何語言或思想上的負擔。她給凌叔華推薦及郵寄英國小說、書信和散文，主要是十八世紀的作品，因為她認為當時的英語語言對於外國讀者來說是最好的學習材料。但即使如此，她還是會在書信中反覆強調，凌叔華的英文水平不錯，完全沒有必要模仿別人，更不需要把閱讀當成語言訓練，只需要享受愉悅，並從中學到一些新詞。她甚至認為，如果凌叔華的作品以正統英文呈現，反倒會影響英國讀者完整的領悟到她的創作意涵。在她看來，自由的書寫，即使是將中文直譯成英文也不會有任何問題。[49] 她承認這些相異之處的確會帶來一定的理解困難，但隨着閱讀的深入，線索會變得愈來愈清晰，而那些奇異的比喻、陌生的風格能讓人感受到超出語言的魅力與詩意。

從朱利安「英國標準文學語言」到伍爾夫「中國式英語」，最直觀的例證就是兩個時期中國神怪的翻譯。凌叔華和朱利安合譯的〈寫信〉裏：不識字的張媽提到「阿彌陀佛」時，消解了文化風俗、宗教韻味和

語言習慣，譯成了英語常用口語「My goodness」，同一篇小說裏的「閻王爺」則譯為「God of Hell」。雖然是與西方大致功能和地位的角色替換，易懂，但背後的中國文化訊息與傳說掌故也就相應忽略了。而在後來的〈中國童年〉裏，當犯罪的女囚向「我」的父親法官求救時高喊「老天爺」，凌叔華直接寫作「Heavenly Lord」，「青天大老爺」則直接寫作「Blue Sky Lord」。這一類直譯法首先在形式上便造成了文化區隔的效果，西方讀者未必能全然領會字面上的意思，更不用說其深層所指。但這種徹徹底底的陌生能夠在抽象意義上給讀者以東方文化的抽離感，如同伍爾夫在看《聊齋誌異》時所談到的由陌生環境的渲染帶來的東方欣喜，[50]那或許正是伍爾夫所認為的比語詞實義更加重要的認知上的東方。

　　另一方面，伍爾夫曾在〈婦女與小說〉（Women and Fiction）中，提到女性作家寫作的技術困難：現存的男性語言鬆散、沉重、浮誇，並不適合女性創作，因此她鼓勵女性作家尋找女性詞彙、語法來創作自己的文學。[51]她對凌叔華保留自己寫作風格的建議，也是基於其女性文學觀在東方的一次跨文化移植。

2. 主流之外的聲音

　　勞倫斯曾在討論凌叔華翻譯作品時說道：「凌叔華小說中曾被朱利安否定的中國元素，成為伍爾夫竭力肯定的中國味道。」[52]嚴慧試圖從性別的角度解釋這種不同，認為伍爾夫和凌叔華作為女性力圖去表現的「女性世界」，正是被朱利安所代表的主流文化所壓抑的。[53]這一觀點為我們分析《旁觀者》雜誌上發表的〈穿紅衣服的人〉和〈中國童年〉二文時，又提供了一種視角。

　　1913年，伍爾夫曾寫文談論蒲松齡（1640 — 1715）的《聊齋誌異》，她對這一類超越時空與生死、充滿怪誕奇異的中國小說十

分有興趣，認為在同時代的英國作家如菲爾丁（Henry Fielding,
1707 — 1754）已在追求小說現實感的時候，《聊齋誌異》卻像是夢一樣
的存在，「如蝴蝶輕快、奇異而不連貫的飛行」。[54] 這再一次體現出中國
文化與伍爾夫所生活的西方世界的巨大差異。而《聊齋誌異》對伍爾夫
的啟發更重要的地方在於，它使她開始去思考了解真實中國的方法。

　　在文章的開頭，伍爾夫就先引出《聊齋誌異》英文版譯者喬治・蘇
理耶（George Soulié, 1878 — 1955）的觀點：試圖通過偉大的文學經
典去了解中國或許是一種誤區，對於普通的中國人來說，《三國演義》遠
遠不如神鬼傳說影響大。[55] 伍爾夫認為在這一點上，西方讀者和東方讀
者擁有共通性，都有着對小說、故事的渴慕，對於更貼近生活、更有娛
樂性的事物有着比對古老經典著作更大的興趣。她肯定《聊齋誌異》這
一類文學對了解中國大眾社會的意義，認可民間的聲音，從這個意義上
說，也是對《三國演義》一類代表官方的、正統的主流話語的反思。

　　也正是因為如此，儘管當時正處戰亂，國家民族危機當頭，連凌叔
華都擔心自己的寫作不符合潮流，沒有讀者願意看，[56] 伍爾夫卻依然鼓
勵她寫自己的記憶與生活，以孩童的聲音、女性的視角記錄描繪世態的
一角、傳統中國家庭的日常，來完整宏大敘事、主流話語之外的中國敘
述。這既是伍爾夫在女性主義視角下對被壓抑與忽視的聲音的重視，[57]
同時也出於伍爾夫對認知東方的把握，凌叔華雖然對讀者接受沒有足夠的
信心，卻對文學權威伍爾夫有足夠的信賴，而女性、家庭題材又是她一貫
所擅長的，從這個角度切入，她也能較好的發揮自己的創作優勢。可以
說，這是伍爾夫和凌叔華同為女性作家在東方書寫上達成的一次共識。

　　〈穿紅衣服的人〉講述的是家裏的保鏢馬濤帶「我」去圍觀砍頭的
故事。在文中，關於死刑犯所犯的罪行、官府的職能幾乎未有着墨，從
頭到尾都在描寫死刑犯與周圍看客的反應：「穿紅衣服的人」在木籠裏大
聲唱歌，像是在戲園子裏，他是個角兒，看熱鬧的人們配合着他，熱情

地笑，還會叫聲「好」，敬他酒喝。臨死前，這位死刑犯唱：「人活一輩子是場夢，傻瓜才把死掛心上。」然後跟在場所有人道別，說：「十八年後有一條好漢在這兒跟大傢伙兒相聚！」馬濤的評價是：「真氣派！」[58]

〈中國童年〉講述的是「我」的父親還是直隸布政使的時候一次審犯人的經過，同樣也並未觸及到法律理性，而着眼於審判過程中更加主觀與感性的細節。審案場所是在「我」家，所以大人和小孩都會躲在屏風後看。讓「我」印象特別深刻的是父親的審案態度，他像平時一樣愛笑，總是善意地對犯人說：「我希望你這次要從實招來。」犯人聽到這像是對自己孩子說的溫和的話語，總是能夠增添勇氣，老老實實地交代罪行。由於舊式法庭與家庭的地理空間是為一體，法官與犯人之間的關係也相對直接和親近，當面對的是一位美貌的犯人時，難免會生出事端，模糊司法與個人情感的界限。〈我的童年〉裏的父親倒沒有對他漂亮的犯人動心，父親的小妾卻吃了醋，當晚吞了鴉片自殺。

凌叔華都是以五六歲孩童的語氣來敘述這些故事，這使得她的敘述很難自然地開展嚴肅問題的討論，但是也正因為如此，她有效地規避了死刑、審判這一類不論在傳統社會還是現代社會都極其重要的司法程序在社會政治層面的男權話語陷阱，消解了正統敘述，突出了孩童的眼光和女性的聲音，構成了〈穿紅衣服的人〉裏被隱沒的司法是否公正、犯案者是否被繩之以法的官方視角，強調了保鏢馬濤「有那麼多的看客，真神氣，死刑犯死得值」的底層視角，以及「我」的「勇敢的人為甚麼要被殺死」的孩童視角的三重張力。〈中國童年〉中，父親仁愛的審案模式被一些朝官公開批判為「軟弱得像個女人」。這裏的「軟弱」和「女人」其實是封建「人治」社會的舊式法官對百姓的包容與體恤，是「愛民」的一種體現，然而卻是在沒有完善的法律制度下的個人行為，極度依賴法官自身的價值判斷和道德操守，存有諸多弊端。只是在見識過現代法庭的「我」看來，父親正是因為在秉公執法之外，仍保有超越制度

的情感——朝官稱之為女人氣——使得他們審判的犯人即便是在生命將盡之刻，還能擁有做人的尊嚴，而這是公正卻「寒磣」的現代法庭所缺失的地方。凌叔華對父親的「女性氣質」與個人情感在司法行為上的投射與影響所持的肯定態度，與伍爾夫同源，是對既存司法制度、政治權力主流話語的一次基於女性與民間視角的質疑與挑戰。

在伍爾夫的指導下創作出來的〈穿紅衣服的人〉和〈中國童年〉這種充滿着異國語言陌生感與主流之外的聲音的中國敘述，經由《旁觀者》雜誌的發表，證明了在西方語境下這樣一種中國敘述的可行，也標誌着凌叔華自文學作者到面向西方寫作東方的中國作者的重要轉變。

（二）中國主題的偶遇

1941 年，伍爾夫投河自盡，凌叔華的自傳寫作也無疾而終。當她 1947 年移居英國的時候，她仍舊是英國文學場的局外人，沒有在英國發表過任何作品。

在瓦內薩的引薦和自己的爭取下，凌叔華開始結識作家藝術家群體，試圖進入英國文學場。但是在瓦內薩看來，凌叔華在英國的社交情形並不很好，亞瑟・威利（Arthur Waley， 1889 — 1966）不願與她多見，馬喬里・斯特拉齊（Marjorie Strachey, 1882 — 1964）對她的情緒化十分反感，雖然應允做了她的英文老師，也不過是為了謀生。瓦內薩覺得她無法為凌叔華提供一個她所想要的朋友圈。另一方面，凌叔華卻認識了布盧姆斯伯里的另一位朋友——英國著名作家和園林設計家維塔・薩克維爾・韋斯特（Vita Sackville-West, 1892 — 1982）。維塔於 1949 年 5 月開始在《觀察家報》（The Observer）撰寫專欄「在你的花園裏」（In Your Garden），文章中曾談起過中國植物，勾起了去國不久的凌叔華的鄉愁，她於是給維塔寫信，被維塔邀請去西辛赫斯特城

堡（Sissinghurst Castle）參觀她的花園，兩人結成良友。[59] 維塔的丈夫哈羅德‧尼克爾森（Harold Nicholson, 1886 — 1968）曾為《旁觀者》雜誌撰寫專欄，夫婦倆與該雜誌相交頗深，在他們的幫助下，凌叔華終於在《旁觀者》雜誌上發表了她在英國的第一篇文章〈穿紅衣服的人〉，瓦內薩得知後還致信鼓勵，建議凌叔華努力寫作，借助維塔的幫助多發表文章。[60]〈穿紅衣服的人〉後，凌叔華又在《旁觀者》上發表了〈中國童年〉一文，兩文均刊於中間欄（Middles）——是英國報刊雜誌的傳統組成部分，通常位於社論欄目（Leading article）和評論欄目（Review）中間，為有關社會、道德、文學主題的短文。[61]

　　這個關鍵的開端，得益於具有文學場資本的維塔和哈羅德對凌叔華的幫助，得益於對東方書寫和西方讀者有着精準認識的伍爾夫在世時對她在創作上的引導，而除此之外，還有一個不能忽視的巧合，就是中國主題的偶遇——在凌叔華發表〈穿紅衣服的人〉的《旁觀者》雜誌 1950 年的聖誕專號上，當期編輯部刊發了題為〈中國西行〉（Chinese Travel West）的社論。

　　1950 年 6 月 25 日，朝鮮戰爭爆發，兩天後，美國總統杜魯門發表「六二七聲明」，命令美國空海部隊直接參與朝鮮戰爭及美國海軍第七艦隊進入台灣海峽。中國總理周恩來（1898 — 1976）於 6 月 28 日發表《關於美國武裝侵略中國領土台灣的聲明》，又向聯合國安理會提出控訴。美國在發現中國出兵援朝之後，也在安理會發起了指責中國侵略的動議。安理會通過了討論「中國侵略朝鮮案」的決議，同意中國政府派出代表團，參加「美國侵略台灣案」的討論。[62] 中華人民共和國第一個出席聯合國會議的代表團於 11 月 24 日抵達紐約，參加 28 日台灣問題討論的會議，《旁觀者》的〈中國西行〉一文即發表於會議召開前、中方代表抵美的 11 月 24 日。文章認為台灣問題和朝鮮問題是中國目前最重要的兩個問題，分析和預測了 11 月 28 日即將召開的會議情形及其對

美蘇關係和世界局勢的影響，認為中國政府的態度會是一切的關鍵，而〈中國西行〉始終在強調他們對中方意指的未知。[63]

　　凌叔華〈穿紅衣服的人〉作為介紹古老中國的文章雖然無法預測中國代表團在聯合國會議上的表現，也無法解答關於現今中國的種種問題，卻暗合了當時歷史語境下的中國關注，是《旁觀者》由對具體事件的興趣擴展出的國家興趣，不能不說是特定政治形勢下的一種文學機緣。

　　勞倫斯以凌叔華在二十世紀三十年代被英國雜誌《倫敦水星》拒稿的經歷與五十年代在英國發表文章作比較，認為凌叔華被英國雜誌所接受大概可以歸功於抗日戰爭和國共戰爭，正是戰爭使中國更多的出現在英國新聞裏，給英國人帶來了關於中國的新的政治和文化興趣。[64] 雖然她對《倫敦水星》拒稿與《旁觀者》刊稿原因解釋單一，並且她也誤將 1950 年 12 月 22 日《旁觀者》上的〈中國童年〉（Childhood in China）當作了凌叔華在英國發表的第一篇文章，但她關於凌叔華時隔多年終於被英國雜誌接受的政治社會因素的敏感，是值得思考的。

　　在回歸歷史語境之後重審〈穿紅衣服的人〉，能看到不僅有勞倫斯所言的英國對中國抽象的政治和文化興趣，還有具體歷史事件的促發和影響，這賦予了凌叔華的英國文學發展一個頗有意味的開端。至於之後發表的第二篇文章〈中國童年〉，直接以「中國」嵌題，作為〈穿紅衣服的人〉的「補續」和《旁觀者》「中國興趣」的延續，發表在同一份期刊的同一欄目下，便成了情理之中。

三、《鄉村生活》的東方風格轉向

　　〈中國童年〉之後，凌叔華發表的主要陣地從《旁觀者》轉移到《鄉村生活》（Country Life）雜誌。勞倫斯曾兩次指出，凌叔華的〈花匠〉

（The Gardener）是在維塔的幫助下才得以發表。[65] 勞倫斯所提及的〈花匠〉實為 1951 年 2 月 16 日發表在《鄉村生活》上的〈我們的老花匠〉，這也是凌叔華在《鄉村生活》上發表的第一篇文章。此後，凌叔華又陸續在此刊發表了〈嘉定的快樂時光〉（Happy Days in Kiating, 1951）、〈拜訪皇家花匠〉（Visit to a Royal Gardener, 1952）、〈一千八百年的石刻藝術〉（Rock Carvings 1,800 Years Old, 1953）、〈三個世紀的中國木刻〉（Chinese Woodcuts of Three Centuries, 1956）四篇文章，她在這一時期的作品和發表載體顯示出跟以往更加不同的傾向。[66]

（一）孩童聲音的變調與細節的突出

在語言方面，《鄉村生活》的文章延續了《旁觀者》時期的中國風格，盡可能地保持中國人的語言習慣和言說方式，營造中國式的環境氛圍。〈我們的老花匠〉和〈拜訪皇家花匠〉分別描繪了「我」和「我」家的花匠老周學園藝、做園藝，又在老周的帶領下拜訪慈禧太后從前的花匠李大伯、聽他聊園藝的故事，與〈穿紅衣服的人〉和〈中國童年〉一樣，均是從孩童視角、個人經驗出發的主題式中國書寫，後者着重於死刑、審判等中國司法傳統，前者則側重於中國傳統園藝。但是如果將前後兩個時期在兩份雜誌上發表的作品進行文本細讀，會發現兩篇有關花匠的文章相較《旁觀者》二文，在敘述的方向上已經發生了一些微妙的變化。

最重要的不同是孩童角色在敘事功能上的弱化。如同上文所述，〈穿紅衣服的人〉和〈中國童年〉裏的「我」是有敘事立場的，能夠在司法這一類宏大主題的敘述中，用自己的眼光看到國家機器運轉的過程中有思想、有膽識、有情感的「人」的存在，在官方話語之外構建了一個更加豐富的中國的民間世界。然而〈我們的老花匠〉和〈拜訪皇家花匠〉中的孩童「我」，卻不再具有挑戰性或干預性，非但沒有構成與主流話

語相異的另一重話語，反倒因其幼小與無知，扮演着與對中國知之甚少
的西方讀者同樣的角色——即信息的發問者與接受者。即使是作者——
長大後的「我」偶爾進入敘事闡發觀點，也僅是情感上的追憶，如寫到
老周時忽然閃現的話「回憶起來真是一種快樂」；或對吸收信息的肯定，
如「我後來才明白」。[67] 這樣一種單一的敘事方式消解了文本的多重解
讀空間，以知識的普及、信息的介紹取代了原先的批判與反思，其文學
與思想性也逐漸讓位於所謂的東方獵奇。

　　伍爾夫在談及她對東方書寫的看法時，特別強調了「細微的差異」。[68]
她希望凌叔華可以「詳盡地描寫生活、房舍、家具陳設的細節」，[69] 以
真實具體地再現中國的生活圖景。這一建議成為了凌叔華寫作的重要
策略。

　　在〈拜訪皇家花匠〉一文中，凌叔華花了頗多筆墨描寫皇家花匠
李大伯的花園，首先是地理位置：花了大約一小時，坐黃包車從東城到
西城，出了西城北門，又改騎驢，到中午時，穿過連結大路的橋，才能
到達這個左面是頤和園、右面是玉泉山、後面是西山的如桃花源聖境一
般的「水蘆園」。然後是具體佈局：走進茅舍，門前是個大池塘，四周
的樹開滿了鮮花，茅舍兩頭是客廳和寢室；花園前邊是杏花、櫻桃花、
紫丁，還有牡丹、葡萄藤、紫藤樹幹；花園後面是花房，裝滿了奇異的
花木。細緻的刻畫使得原本抽象和難於想像的李大伯的私人花園變得具
體和直觀，將一個退休皇家花匠的園藝生活與日常工作生動有趣地呈現
在西方讀者面前。除此之外，這些細節還架設起有效的橋樑，與西方對
中國的特定興趣點和中國的文化屬性相連接，呈現出由小到大、由物及
人、由物質到精神的敘事脈絡，過渡得平滑而自然。

　　例如：在去李大伯花園的路上看到兩旁長滿花蕾的桃樹、梨樹、
杏樹，引出這些樹是造頤和園時造的，從而引出頤和園的創建者、李大
伯花園的贈與者慈禧太后，並引出了老周為代表的中國民間對她的一

種評價：「我看她夠明智，她一定清楚打不過那麼多國家，所以才不管三七二十一把錢用在建花園上。」在提到花園前「古老的紫藤樹幹，活像出海的蛟龍，上面長滿了一串串的紫色花芽」時，談到慈禧太后最喜歡吃這種紫藤所做的麵餅；又在對花房裏「矮生的松樹」、「常綠的灌木」、「柑橘、檸檬、杏、佛手」、「豌豆、黃瓜、茄子、小紅南瓜」等的精細摹寫中引出李老伯室內盆景技藝的精湛，再引出慈禧太后對「長着小樹的盆景」的鍾愛，認為花、樹「只要養得好就能長生不老」的謬論，以及為她做花匠要迎合她的喜好、不能讓她喜歡的花樹死去之難。[70]在〈拜訪皇家花匠〉一文中，慈禧太后是一位隱含的主角，這無庸置疑，也絕非偶然。如同布盧姆斯伯里核心成員、著名傳記作家利頓・斯特雷奇（Lytton Strachey, 1880 — 1932）講述慈禧篡奪帝位故事的劇本《天子》（A Son of Heaven）那樣，慈禧在西方語境中常常作為中國式的傳奇存在，在英國作家的眼中，她與早先的伊莉莎白一世相似，狡猾又強硬；作為同時代的女性統治者，慈禧也算是維多利亞女王在中國的一種呼應。[71]因此，此劇在 1925 年被布盧姆斯伯里成員們搬上舞台時，引起極大反響。雖然勞倫斯特別註明，此劇與史實有出入，但它並不妨礙慈禧太后在東方關注和英國兩位女王的連帶影響下，以其強硬手段、辱國行為、奢靡作風、私人生活在英國尤其是布盧姆斯伯里得到關注。因此在〈拜訪皇家花匠〉中，細節的意義更多體現在喚起前皇家花匠的慈禧記憶，構建出崇尚自然之美，並力圖用權力改變自然規律的慈禧形象，這既是對西方過往的慈禧印象的補充，亦是對其可能會有的慈禧興趣的一種貼近。

〈我們的老花匠〉一文更加側重於中國文化屬性的介紹，方式依然是細節的。凌叔華精筆細描「我」家花房的二十來種蘭花：福建的劍蘭、廣東的歐蘭、江西廬山的粉蘭和黃蘭、山東淡綠花瓣紅花心的蘭花、江蘇和浙江的蘭花、四川的吊蘭，各種花色、葉厚、形狀、香氣等。到最

尾卻一筆直由中國人之愛蘭，寫到中國人崇尚的蘭花心境：「性悅情怡、悠閒散淡。」[72]

　　當花匠老周帶「我」去逛廟會的花房時，「我」又極其細緻地描畫了花房的形貌與建築過程：「在地上挖個七八尺深的大坑，三面圍牆，木板搭棚，上面蓋上玉米桿和蘆葦，然後用泥糊上棚頂，這樣可以防風。朝南的一面裝上紙窗戶，老能照到充足的陽光。靠北牆根，生個小爐子，煙筒直通棚頂。到了晚上，用厚厚的草簾子蓋上紙窗戶。」然後又筆鋒一轉，不再專寫北平花房特色，卻是寫建花房的人——中國人的人際交往方式：「所有這些東西都不用花錢，只要靠一雙手。若有親戚朋友幫忙，就更沒問題了，只需請他們吃上一頓飯，痛飲一番。」[73]

　　在這些例子中，細節的意義又在於引出中國人的處事風格、精神氣質，如同凌叔華說花木：「差不多每一種花木都有它深層的內涵，而這種意蘊又是同中國歷史、文化、甚至社會傳統相連的。」[74]雖有伍爾夫由細節見差異的啟示，這種比興之法其實也是一種中國傳統。

（二）雜誌風格的變化

　　《鄉村生活》在雜誌副標題中自我定義為「鄉村生活愛好者的雜誌」，[75]關注鄉村居民和鄉村生活的方方面面，比如：農業與耕種（Agriculture and Farming）、動物生活（Animal Life）、珍品古玩（Antiques and Curiosities）、建築與房屋（Architecture, Building, Housing）、工藝（Arts and Crafts）、鳥類（Birds）、鄉村生活（Countryside and Village Life）、房地產市場（Estate Market）、時尚（Fashions）、魚與漁（Fish and Fishing）、家具與裝飾（Furniture and Decoration）、園藝與花果（Gardening, Plants and Fruit）、園林與公園（Gardens and Parks）、圖像與繪畫（Pictures, Paintings,

Drawings）、旅行與海外（Travel and Places Overseas）、木材與林業（Trees, Timber and Forestry）等。[76]

　　《旁觀者》數字版主編塞巴斯蒂安・佩恩（Sebastian Payne）在2013年《旁觀者》網絡檔案館測試版上線致辭時曾將《旁觀者》定位為關注時事、展現智慧的平台，他認為這是自1828年創刊以來《旁觀者》雜誌一以貫之的宗旨。[77]而由《鄉村生活》的雜誌宣言和主題設置均可以看出，它是與鄉村相關，以對鄉村生活感興趣的人為主要受眾、以信息展示與分享為主要目的的生活服務類雜誌，這決定了它必須在內容上具有通俗性、形式上具有可讀性。這兩點將它與重時政講思想的《旁觀者》雜誌區分了開來。

　　形式上最直觀的區別在於《旁觀者》重文，而《鄉村生活》圖文並重。以凌叔華作品為例，《旁觀者》的兩篇均是純文字；發表在《鄉村生活》上〈我們的老花匠〉一文中總共有三幅插圖，分別是凌叔華手繪的隆福寺集市、北京凌宅花園一角和老北京溫室簡圖；〈拜訪皇家花匠〉一文則有凌叔華提供的頤和園照片一張和她的植物盆景寫生三幅——「玉堂富貴」、「錦繡神仙」與「春秋佳日」。相較於《旁觀者》無圖，《鄉村生活》以圖片的描寫性豐富了文字的敘述性，呈現出更加豐富的文本意義和文化意義。

　　根據所起作用的不同，〈我們的老花匠〉和〈拜訪皇家花匠〉中六幅繪畫和一張照片可以分成三類：一是以圖配文，文字已有描繪，但輔以圖片可以使之更加立體生動，如隆福寺集市，是老周帶「我」去花市和花房的地方；二是以圖解文，文中提到特定具體事物，雖然已有詳盡的文字解釋，但沒有相關文化背景的讀者很難了解或想像，這情況多表現在中國傳統特色上，如北京花房簡圖；三是文外之圖，即不僅通過圖片將文字形象化，還試圖傳達更多文字之外的內容和意義，如植物盆景寫生，以三種盆景的圖畫與注釋再現中國人賦花以意的傳統。凌叔華在

〈拜訪皇家花匠〉一文中曾提到中國的花語，如：牡丹表示雍容華貴，木蘭表示卓爾不群，蘭花表示清純秀雅，竹子表示品行高潔。但這些都只是單種花的寓意，當造成盆景時，又會有不同的內涵，如配圖中名為「錦繡神仙」的盆栽，實為水仙與山茶花，而「春秋佳日」則是杜鵑與紅楓。

這幾種插圖在客觀上使讀者閱讀異國的過程更加有趣味性；降低了解異國文化的難度；同時構成文本的補充，使讀者接受的信息更加全面。而事實上，不管是何種形式的插圖，都導向一個共同的目的——幫助西方讀者了解中國，這與〈我們的老花匠〉和〈拜訪皇家花匠〉中以孩童求知與細節講述為主的敘述策略是一致的。

從雜誌欄目的歸類來看，更加一目了然。〈我們的老花匠〉與〈拜訪皇家花匠〉本應是文學類，但《鄉村生活》沒有此欄。若從主題上看，被歸入「園藝與花果」或「園林與公園」更為合適。然而，在1950年上半年和1952年《鄉村生活》合輯的主題索引中，兩篇文章都被歸入到「旅行與海外」一欄，〈我們的老花匠〉更是直接被改名為〈中國花匠〉（Chinese Gardener），異域指涉可見一斑。

到了《鄉村生活》階段，凌叔華創作的文學與思想價值已經極大的被東方文化背景所掩蓋，中國代言人的身份幾乎遮蔽了她精耕細作的文學園地，成為東方獵奇的途徑，而她意識到了這一點，也不得不因勢，在自己的定位與實際創作中作出了調整。

四、《古韻》出版：自傳到國傳的成形

單篇文章的發表畢竟受限，寫作內容、手法、文章的讀者接受等，都處處置於不同編輯方針的雜誌載體中，難以全面、系統地表現作者

的思想與創作，也難以引起更為廣泛的影響。這對於曾在中國文學圈擁有過作家聲名，又有過朱利安、伍爾夫這些英國作家的鼓勵與肯定的凌叔華來說，即使當時在英國文學圈仍處在身份、語言和文化上的試探和適應期，她仍對自己有更高的期待。1952 年，凌叔華開始與伍爾夫的丈夫、霍加斯出版社合夥人萊納德·伍爾夫（Leonard Woolf, 1880 — 1969）建立聯繫，希望完成並出版伍爾夫建議她寫作的英文自傳，即《古韻》。1953 年末，在萊納德的幫助下，凌叔華的《古韻》終於得以在英國出版。

（一）《古韻》其書及出版始末

《古韻》的寫作以伍爾夫與凌叔華 1938 年的通信為始，是伍爾夫直接促發與影響下的跨文化產物。

史書美在《現代的誘惑》一書中提出，伍爾夫對凌叔華用英文寫作的建議是一種後殖民主義霸權，是她「微妙的歐洲中心論觀點」。[78] 然而這可能可以用來解釋朱利安對凌叔華西方化創作定位的影響，用在伍爾夫這裏卻不盡然合適。勞倫斯的觀點很值得討論，她認為：「只要凌叔華在特定的文學和歷史時機中在自己的文化和文學中不能找到一個表達的渠道，她就會轉向其他文化和文學中去尋找，無論那是甚麼形式、甚麼方法或文化通路和出版銷售渠道。」[79] 儘管 1938 年伍爾夫已經出讓了她在與萊納德·伍爾夫於 1917 年聯合創辦的霍加斯出版社的股權，但萊納德依然是霍加斯出版社的合夥人。用英文寫作既是伍爾夫對凌叔華擺脫個人傷痛與戰爭創痕的建議，也是她能夠為凌叔華提供的最實際的幫助。很顯然，如果凌叔華繼續用中文寫作，伍爾夫除了給她一些精神上的支持，別無他法。

在以出版為最終目的的情形下，伍爾夫審視凌叔華的創作時除以

女性作家、朱利安的姨母身份之外，還兼有出版人的第三種身份，在對凌叔華的創作引導中扮演着極其重要的角色，她的專業視角決定了凌叔華的創作從一開始便是直接面向西方讀者與圖書市場的。經歷了霍加斯出版社從作家的業餘愛好到出版先鋒或有獨創性文字的小眾讀物，再到二十年代末三十年代初為了提高經濟收益，出版物得以入選圖書協會推薦書目，開始出版偵探小說和具有異國風情的作品以吸引普通民眾的階段之後，[80] 儘管作品質量仍然是伍爾夫的第一考量，她還是能夠採用與純粹的文學創作不同的標準來衡量凌叔華的作品，更加準確地看到其出版價值所在，即中國古老文明。另一方面，也正是因為伍爾夫從一開始就將凌叔華的寫作當作一本書的創作，她在看待《古韻》時，始終帶有整體性的考量，她不斷鼓勵凌叔華寫作，將更多的章節寄給她，希望她能讀到更多的內容，對書有一個整體的感覺後再判斷出版的情況。[81] 而凌叔華在有效地接收了伍爾夫的建議之後，雖然在創作上依然保持短篇體例，卻也有了一本完整的書的考慮，例如她文章涉及的人物太多，尤其是她父親的幾個姨太太，她因此向伍爾夫請教，是否應該像俄國小說一樣在書的前頁印人名表，以便讓讀者清楚人物關係。[82]

　　凌叔華的創作方式是：由她用英文創作，或先用中文寫作然後翻譯成英文，一章一章的寄給伍爾夫，伍爾夫再在回信裏給予反饋。創作從伍爾夫去世後即告中止，直到 1947 年凌叔華赴英才又繼續。[83] 凌叔華自己留存的手稿經過戰火洗禮與顛沛流離幾乎丟失，後來收錄在《古韻》一書中的文稿主要以凌叔華當年寄給伍爾夫，後經萊納德找到的手稿為主，加上幾篇凌叔華來英後寫的新篇（如〈我的義父義母〉），修改和校對而成。其中一些篇章先發表在雜誌上，第一章「穿紅衣服的人」，拆分成〈穿紅衣服的人〉和〈中國童年〉兩篇文章，於 1950 年 11 月和 12 月分別發表在英國《旁觀者》雜誌上；第十二章「老花匠和他的朋友」（Our Old Gardener and His Friend）亦以〈我們的老花匠〉和

〈拜訪皇家花匠〉為題，分別發表在 1951 年 2 月和 1952 年 4 月的《鄉村生活》。最終呈現在《古韻》裏的十八個相對獨立的單章，幾乎每一章都有一個對應的中國文化主題，除了前文提到的「穿紅衣服的人」的中國舊式司法制度和「老花匠和他的朋友們」的中國傳統園藝外，還有第二章「母親的婚姻」（My Mother's Marriage）的中國舊式婚姻，第五章「中秋節」（The Mid-Autumn Festival）的中國傳統節日，第九章「賁先生」（Tutor Ben）的私塾教育，第十四章「我的義父義母」（My Foster-Parents）的古琴藝術等，以「我」為主線，經由「我」的家庭、教育、生活，展現中國社會、歷史傳統的各個側面。整體寫作風格與凌叔華早期相似，疏淡寫意，雅俗兼收，篇幅得當，環境細節與人物心理都能用節制而準確的筆觸刻畫到位。

在全書成稿之前，凌叔華將中國時期、英國時期的創作做了一次全面的梳理和觀照，這給了她一個機會來重新反思自己。她告訴萊納德覺得自己來英國後，創作已經有了一些改變，她在《鄉村生活》的幾篇文章即已顯示出一些傾向。因此她開始重讀書稿並重寫一些章節，希望能夠保持伍爾夫曾經建議過她的「中國味道」。[84] 然而凌叔華對伍爾夫「中國味道」的理解和實踐其實是一個悖論，伍爾夫所說的「中國味道」是一個中國作家以中國讀者為潛在寫作對象寫作的中國真實。而凌叔華已在過往與朱利安的親密關係和在英國的或成或敗的投稿中有了某種文化自覺，在伍爾夫提到寫英文自傳時，凌叔華在接下來的一封信裏所思考的是她作為一個中國作家，應該如何通過自己的生活、有趣的故事，向西方讀者展現他們從未想過要去思考的生活和藝術的真相。[85] 這個思想幾乎貫穿了她的整個寫作。儘管在伍爾夫的鼓勵下，她嘗試保存異處，保留陌生感，但語言轉換的過程不可避免會發生意義丟失，對於凌叔華來說，在內容和形式上對潛在西方讀者的迎合幾乎是不可避免的事，所謂的「中國味道」，展現出來的仍是經過選擇和修飾的西方化的「中國

味道」。

　　但是凌叔華依然認為《古韻》與其他同時期為西方人言說中國的同類著作是不同的，雖看似一個中國家庭的歷史，裏面的角色卻幾乎是近年來在中國過着尋常生活的百姓，只有這樣的人能夠最好地表現中國和中國人。她用「野心」來形容自己，她雖然沒有直言，但她希望這本自傳在英國能夠起到中國「國傳」的效果，在西方語境中建構一個真實的中國形象。凌叔華在給萊納德的信中提到過類似的著作，如王素玲（Wong Su-ling）《孔子的女兒》（*Daughter of Confucius: a Personal History*），雖然也是描寫女孩在中國傳統家庭的成長，卻太為直白，沒有任何風格上突出的地方，凌叔華說類似的報告文學體已經很多，與她的作品完全是兩碼事，這是寫作方式上的特點。[86] 另外在寫作內容和視角上，勞倫斯的書裏談到凌叔華對賽珍珠（Pearl S. Buck, 1892－1973）等作家的反感，[87] 凌叔華認為那一類作家筆下的中國很大程度上是為了滿足西方人的獵奇心理，根據想像將中國人捏造成半人半鬼之樣。[88] 當然，凌叔華所說的問題確實客觀存在，但是凌叔華還是不可避免地束縛在她的精英立場之下。她關注的並非人的具體生存處境，而是其背後所代表的中國文化思想傳統。因此，凌叔華會如同賽珍珠激烈的批評者江亢虎（1883－1954）一樣，不滿其「展現了中國更加黑暗的一面」，[89] 堅持認為自己創作的人物才是真正的普通的中國人民，能反映普通的中國生活，理由是——他們大部分是文盲，思想與行為都以代代相傳的「古話」和俗語為準則。[90] 不論「古話」和俗語是否能作為中國代表的判斷標準，也不談階級立場，但凌叔華顯然忽視了她作為直隸布政使女兒的事實，生活在有九十九個房間的京城大宅，即便是她們家的「下人」，如〈穿紅衣服的人〉中提到的保鑣馬濤、〈我們的老花匠〉中提到的花匠老周，其生活狀態和人生態度並不足以成為普通中國人的全貌。

　　凌叔華在她的文學創作中一貫採用如此的寫作視角，由家庭學校的一隅，寫作新舊交替時代裏人的微妙情感與精神困境。作為小說的寫作，雖然也有同時代批評家如賀玉波「主題狹窄，社會廣度不夠」的批評，但世態的一角所反映出的高門巨族的精魂，自有其文學和社會意義。可如《古韻》，着眼於中國上層階級家庭與思想傳統，作自傳或短篇文集尚可，按照凌叔華試圖表現的創作目的，想要建塑一國之形象，實在力有不逮，捉襟見肘。

　　而《古韻》終究是作為中國讀物介紹出版，或許凌叔華也清楚，這是她這位中國作家要在英國發表、出版作品的唯一方式，如同之前《旁觀者》和《鄉村生活》的經驗，《古韻》1953 年霍加斯出版社初版本幾乎符合伍爾夫定下的古老中國文明的基調。封面是凌叔華的繪畫作品：扎兩根小辮、穿花棉襖背心的女孩在放風箏，旁邊立有中年婦女，腦後盤髻，穿長袍，一邊望着風箏和女孩，一邊編織。腳下有花、草，近處有塔、屋、樹，遠處有山。除兩人衣服、婦女編織物和風箏圖案花樣的工筆細描，其餘均以傳統中國寫意畫，用簡單線條勾勒輪廓，營造意境。畫面簡單別緻，展現了清末民初中國民眾生活圖景的一角，是未被工業、戰爭、現代文明侵入的古老與安寧。書的首頁，是亞瑟．威利翻譯的白居易的《廢琴》「絲桐合為琴，中有太古聲」，與封面呼應。維塔在她為《古韻》作的序中，直接將封面所描繪的情境描述為「遙遠世界的另一端將要消逝的生活」，她引用亞瑟．威利翻譯的《一百七十首中國詩歌》（*One Hundred & Seventy Chinese Poems*）裏「古詩十九首」第十二首中「音響一何悲，弦急知柱促」，[91] 又用白居易《廢琴》的詩句來收尾：「古聲淡無味，不稱今人情。玉徽光彩滅，朱弦塵土生。廢棄來已久，遺音尚泠泠。不辭為君彈，縱彈人不聽。」[92] 暗示書中所寫的中國一切都如同維塔給這本書起的書名——「古韻」，難以重續的東方遠古迴響。

（二）《古韻》的讀者接受

《古韻》出版後，凌叔華看到的第一篇書評的作者是弗雷德里克・羅（Frederick Law），發表在 1953 年 12 月 10 日《新聞紀事報》（*News chronicle*）上。他強調了北京的現代中國式生活，但凌叔華認為那並不是《古韻》的重點，她可能認為「現代」影響了《古韻》最為西方人稱道的古老中國文明的懷想，而「北京」限定了「古韻」中國的空間範圍，縮小了格局。[93]

早在《古韻》出版之前，凌叔華就已經在籌劃出版後的宣傳，計劃與進展都在她與萊納德的來往書信中很好地保留了下來。她曾請萊納德為《古韻》寫一篇評論；也將《古韻》寄給亞瑟・威利，說如果他能夠寫一篇評論的話會很「有用」；另外，維塔答應會提醒她的丈夫——曾幫助凌叔華在《旁觀者》上發表文章的哈羅德——在書出版後就着手評論的寫作。[94] 雖然筆者未能在出版物上找到這三位的書評，但在《古韻》出版後的 1954 年初，英國重要的《泰晤士文學副刊》、《旁觀者》、《新政治家與國家》（*The New Statesman and Nation*）等報刊雜誌都刊登了《古韻》的書評，從各個角度對此書進行了評點與宣傳。

K・約翰在《新政治家與國家》的書評點出了《古韻》中「我」作為孩童的限制視角。他認為，如果死刑、多妻制等書中所出現的種種戲劇化故事是主線，那麼「古韻」之題便是諷刺了。正是因為這只是一個女孩體面美好童年的片段記憶，是她在冬日醒來、透過窗紙遙望的紫禁城和西山，只是敘事的一部分，因此主線和基調才能是美的、值得追憶的。[95] 這是為數不多的能在敘事層面討論《古韻》的文章，但其標題〈中國童年〉仍是有着強烈的國族指涉。而其他的書評，更是將關注點集中在中國書寫上。如《旁觀者》的文章主要是對《古韻》的創作背景和內容做一個總覽式介紹，肯定了凌叔華的創作內容，認為相對已有的社

會架構層面的宏觀論述，凌叔華描繪了一個個人的、私密的中國；[96]又如哈羅德·艾克頓（Harold Acton, 1904 － 1994）在《泰晤士文學副刊》的評論，肯定了凌叔華書寫中國的方式，他提到中國人總是不由自主地以童年作為寫作對象，在用英語寫作的時候，或許因為要迎合西方讀者，更是有變得愈加關注和強調自我的傾向，顯得古怪又滑稽。他認為《古韻》的可貴在於它在伍爾夫「當作給中國讀者寫作」的建議下，避免了這樣的窠臼，使西方讀者在細節和中國式語言的閱讀中享受到樂趣。值得注意的是，他還特別提到作為畫家的凌叔華對於事件的速寫式描摹，像持中國毛筆繪畫。[97]這是對凌叔華畫家身份與作家身份的一次共同認定，使她的繪畫因與寫作共有中國文化內核，在西方語境中共同充當了中國的代言人。

　　關於凌叔華對於這些書評的意見，沒有留下記載。但是對於《古韻》一書的出版，除了作為中國「國傳」的接受，凌叔華顯然還有作為一位作家的更多期待。凌叔華特別在書前致敬了伍爾夫和維塔，她說其一是為了表達她對兩位的尊重與崇拜，其二，也可以給她的書增添一些厚重感。[98]她還向萊納德表示，會寫一篇關於伍爾夫的回憶文章，在《古韻》出版前由《旁觀者》或其他報刊雜誌發表出來。目的之一，自然如她所說，希望告訴大家伍爾夫不僅是一位富有學識、才華的先鋒作家，還善良、耐心、真誠，曾那樣無私地幫助過遙遠中國處於戰亂迷惑的作家後輩。目的之二，與書前的致敬一樣，亦是希望能夠借助伍爾夫這位英國現代文學大師之名及其早逝之憾，讓《古韻》與伍爾夫的關聯成為大眾閱讀的另一個興趣點。儘管最後並未如她所願。

　　《古韻》出版的半年前，凌叔華表達過她對日後寫作的期待。她希望她下一次能寫一本比《古韻》更好的書，一本像托爾斯泰《戰爭與和平》（*War and Peace*）那樣的小說。她說朱利安曾評論她的小說有一種俄國小說的風格，認為她如果用英文寫出那樣的感覺，一定會取得很

大的成功。她當時就在為了這本書做語言上的準備（向萊納德請教提高英文水平應該讀的書）、閱讀上的準備和感覺的準備（她認為自己在英國呆的時間太久，對於她所熱愛的中國及中國人民已經缺少了過去的敏感，需要回國，或去中國鄰近國家），她甚至提到那本書的內容有關世界形勢的評論。這本書直到凌叔華生命終結也沒有完成，但起碼能夠一窺她當時的心態，希望能夠回歸她最為擅長的小說文體，寫作托爾斯泰那一類探索人性、具有普世價值的作品，真正讓作為作家的她和她的文學超越國界，擺脫唯一的「中國標籤」。[99]

　　1969 年《古韻》在英國再版。1988 年《古韻》又在美國出版。但是自 1953 年後，凌叔華幾乎沒有再創作新的英文文學作品，陸續在《鄉村生活》發表的〈一千八百年的石刻藝術〉、〈三個世紀的中國木刻〉等文章，算是〈我們的老花匠〉和〈皇家花匠〉在中國傳統藝術主題上的延續，但又進一步消解了文學性，僅能算作介紹性文字。雖然凌叔華依然主要在英國生活，但已將精力轉向舉辦畫展與教授中國文學。

　　《古韻》的出版，本是凌叔華英文創作的階段性收穫，然而卻成為了跨語際文學實踐的終點。從最初向《倫敦水星》投稿採用的「求同策略」，按照布盧姆斯伯里代表的英國現代主義文學標準，用正統英文書寫，去中國化；到後來的「存異」策略——《旁觀者》時期仍能中國主題與文學思想並重，而到了《鄉村生活》時期，則已被歸屬於「旅行與海外」欄目，成為不計文學價值的通俗中國讀物；《古韻》雖較《鄉村生活》多了一些東方獵奇之外的關注，在讀者的接受裏，終究泯滅了其文學意涵，成為了國家的代言。作者凌叔華在西方語境裏，很難作為純粹的作家被讀者接受，遑論在英國創造她在現代中國文學界的地位，或如朱利安所期待，一起進入英國文學史。這是凌叔華的困境，也是二十世紀中期甚至現在諸多中國作家在異域書寫的困境。或許直到《古韻》出版後，凌叔華才認識到這一點，放棄了英文創作，及成為「英國作家」的幻夢。

注釋

1　本章由「查良鏞研究生獎學金」（Louis Cha Postgraduate Research Fellowship）贊助完成。

2　Vanessa Bell to Julian Bell, Jan 25th 1936, in Regina Marler, ed. *Selected Letters of Vanessa Bell* (Wakefield, Rhode Island & London: Moyer Bell, 1998), pp.405-406.

3　勞倫斯提到過這篇文章曾投給了《新政治家》和《國家》，但是被退稿，說「需要徹底重寫」，純粹是用第二語言寫作所造成的問題，但筆者認為，既然是朱利安寄出，起碼經過了他的基本潤色，並且幾年後當凌叔華與伍爾夫通信時，伍爾夫專門肯定了她的英文水平，認為無須專門學習。因此對於勞倫斯純粹出於英文水平需要重寫的觀點，本書存疑。Patricia Laurence, *Lily Briscoe's Chinese Eyes: Bloomsbury, Modernism, and China* (Columbia: University of South Carolina Press, 2003), p.417.

4　Vanessa Bell to Julian Bell, June 13th 1936, in Regina Marler, ed. *Selected Letters of Vanessa Bell*, p.413.

5　後來這三篇英文小說分別於 1936 年 8 月、1937 年 4 月和 12 月發表於上海出版的英文刊物《天下》月刊（T'ien hsia）。

6　Patricia Laurence, *Lily Briscoe's Chinese Eyes*, p.280.

7　C. T. Hsia, *A History of Modern Chinese Fiction*, p.67.

8　楊義：《中國現代小說史》（北京：人民文學出版社，1986 年），頁 284。

9　朱自清：〈論自然畫與人物畫——凌叔華作《小哥兒倆》序〉，《天下周刊》，第 1 卷 1 期（1946 年 5 月），頁 5 — 6。

10　嚴慧：〈《天下》雜誌與京派文學英譯傳播〉，《中國現代文學研究叢刊》，2009 年 6 期（2009 年 11 月），頁 104 — 114。

11　Peter Stansky, William Abrahams, *Julian Bell: From Bloomsbury to the Spanish Civil War* (Stanford, California: Stanford University Press, 2012), p.191.

12　朱利安在剛到中國時曾這樣向他的朋友們描述這個國家和人：上海像馬賽；北京像巴黎；揚子江邊的村鎮像普羅旺斯；他在武漢的家像劍橋的教師宿舍；凌叔華是中國的曼斯菲爾德，一位無意中看到的畫作像馬蒂斯。這些熟悉之處都令他感到親切，在他與中國初次相對的新鮮感中，柔化了陌生，增添了欣喜，構成其中國經驗中較為正面的部分。

13　勞倫斯引用班恩（Bunn）的說法，將之解釋為「審美、習俗和意識形態的一個體系」，Patricia Laurence, *Lily Briscoe's Chinese Eyes*, p.230.

14　李維屏：《英國小說藝術史》（上海：上海外語教育出版社，2003 年），頁 11。

15　Peter Stansky, William Abrahams, *Julian Bell*, p.192.

16　龔敏律：〈朱利安·貝爾在華文學活動與中國現代文學〉，《中國現代文學研究叢刊》，2014 年 7 期，頁 116。

17　Stansky and Abraham, *Julian Bell*, p.182.

18　Ibid., pp.225-226.

19　Julian Bell to E.W. Playfair, Mar 1st 1936, 轉引自 Patricia Laurence, *Lily Briscoe's Chinese Eyes*, pp.87-88.

20　Julian Bell to David Garnett, Feb 23rd 1936, in Quentin Bell, ed. *Julian Bell- Essays, Poems, and Letters* (London: The Hogarth Press, 1938), pp.90-91.

21　Julian Bell to Eddie, Mar 10th 1935, wrote: "She's sensitive as Virginia, intelligent, as nice or nicer than anyone I know, not pretty but attracts me, a Chinese Bloomsburian." Julian Bell to Vanessa, Nov 22nd 1935, wrote: "She is really in our world." 轉引自 Stansky and Abraham, *Julian Bell*, pp.200-201.

22　Julian Bell to Virginia Woolf, Nov 11th 1935, in Quentin Bell, ed. *Julian Bell- Essays, Poems, and Letters*, p.58.

23　Arthur Sherbo, "From 'The London Mercury'", *Studies in Bibliography*, Vol. 45 (1992), pp.292-302.

24　"London Mercury, The", in Jenny Stringer, ed. *The Oxford Companion to Twentieth-Century Literature in English* (Oxford: Oxford University Press,1996), p.400.

25　Ibid., p.400.

26　Virginia Woolf to Julian Bell, June 28th 1936, 轉引自 Stansky and Abraham, *Julian Bell*, p.219.

27　R. A Scott-James to Vanessa Bell, Aug 18th 1936, Archive Centre, King's College, Cambridge.

28　Shu-mei Shih, *The Lure of the Modern: Writing Modernism in Semi-colonial China, 1917-1937* (Berkeley: University of California Press, 2001), pp.227-228.

29　凌叔華：《凌叔華文存》,〈登富士山〉, 頁 608 — 618；〈衡湘四日遊記〉, 頁 622 — 637；〈泰山曲阜紀遊〉, 頁 638 — 654。

30　Clara Y. Cuadrado, "Portraits by a lady: The Fictional World of Ling Shuhua", in Angela Jung Palandri, ed. *Women Writers of 20th Century China* (Eugene: University of Oregon, 1982), p.54.

31　程明震：《文心後素——文人畫藝術研究》（南京：東南大學出版社，2007）, 頁 134。

32　陳衡恪：〈文人畫之價值〉, 載郎紹君、水中天編：《二十世紀中國美術文選（上）》（上海：上海書畫出版社，1999 年）, 頁 67 — 73。

33　Clara Y. Cuadrado, "Portraits by a lady: The Fictional World of Ling Shuhua", in *Women Writers of 20th Century China*, p.53.

34　Julian Bell to Vanessa Bell, Nov 6th 1935, in Quentin Bell, ed. *Julian Bell- Essays, Poems, and Letters*, p.56.

35　Patricia Laurence, *Lily Briscoe's Chinese Eyes*, p.94.

36　王立峰：《矛盾與錯位：〈天下〉對於中國現代文學的評介與翻譯》（南京大學文

學碩士論文，2013 年），頁 54。

37 Ling Shuhua, "The Red Coat Man", *The Spectator*, No. 6387 (Nov 24th 1950), pp.540-541; "Childhood in China", *The Spectator*, No. 6391 (Dec 22 1950), pp.724.

38 據凌叔華致伍爾夫的信，這兩章大致完成於 1938 年 5 月前。原文為："I have written some parts of my early childhood-about my father when he was the last Mayor of the Capital City (Peking) and how we celebrating a new execution with a servant who was a soldier before." Ling Shuhua to Virginia Woolf, May 25th 1938, The Keep Archive Centre, University of Sussex.

39 Virginia Woolf to Julian Bell, May 21st 1936, 轉引自 Stansky and Abrahams: *Julian Bell*, p.218.

40 Virginia Woolf, "The Call of the East", in Struart. N. Clarke, ed. *The Essays of Virginia Woolf*, Vol. 6 (London: The Hogarth Press, 2011), pp. 323-324.

41 高奮：〈弗吉尼亞·伍爾夫的中國眼睛〉，《廣東社會科學》，2016 年 1 期，頁 165 — 166。

42 Virginia Woolf, "Indiscretions", in Andrew McNeillie, ed. *The Essays of Virginia Woolf*, Vol. 3 (London: The Hogarth Press, 1988), p.463.

43 Virginia Woolf, *Mrs. Dalloway* (London: Penguin Books,1996), p.135.

44 Virginia Woolf, *To the Lighthouse* (London: Penguin Books, 1996), p.42.

45 高奮：〈弗吉尼亞·伍爾夫的中國眼睛〉，頁 168 — 170。

46 Virginia Woolf to Ling Shuhua, April 17th 1938, Archive in Keep.

47 Virginia Woolf, "The Call of the East", *The Essays of Virginia Woolf*, Vol. 6, pp.323-324.

48 Virginia Woolf to Ling Shuhua, April 5th 1938, Archive in Keep.

49 Virginia Woolf to Ling Shuhua, April 17th 1938, Archive in Keep.

50 Virginia Woolf, "Chinese Stories", in Andrew McNeillie ed. *The Essays of Virginia Woolf*, Vol. 2 (London: Hogarth Press, 1986), pp. 7-9.

51 Virginia Woolf, "Women and Fiction", in Michèle Barrett ed. *Women and Writing* (San Diego, New York, London: Harcourt Brace &Company, 1980), p.48.

52 Patricia Laurence, *Lily Briscoe's Chinese Eyes*, p.94.

53 嚴慧：〈《天下》雜誌與京派文學英譯傳播〉，《中國現代文學研究叢刊》，頁 113。

54 Virginia Woolf, "Chinese Stories", *The Essays of Virginia Woolf*, Vol. 2, p.7.

55 Pu Songling, translated by George Soulié, *Strange Stories from the Lodge of Leisures* (Boston and New York: Houghton Mifflin Company, 1913), http://www.gutenberg.org/files/37766/37766-h/37766-h.htm [accessed on Jan 5th, 2016]

56 Ling Shuhua to Virginia Woolf, Aug 4th 1938, Archive in Keep.

57　在伍爾夫〈婦女與小說〉一文中，她提到一些女性文學作品中能夠使人意識到女性的在場：有人在譴責她的性別所帶來的不公正待遇，並且為她應有的權利而呼籲，而這在過往的男性作品中是缺少的，除非作者碰巧是一位工人、黑人，或由於某種其他原因意識到自己軟弱無能的人。這裏實則也暗示了下層階級與女性相似的被壓迫的境遇。Virginia Woolf, "Women and Fiction", in *Women and Writing*, p.47.

58　Ling Shuhua, *Ancient Melodies*, p.14.

59　Ling Shuhua, undated manuscript of memoir of Virginia Woolf, BERG. 轉引自 Sasha Su-Ling Welland, *A Thousand Miles of Dreams: The Journey of Two Chinese Sisters*, p.304.

60　Vanessa Bell to Ling Shuhua, Dec 7th 1950, Regina Marler, ed. *Selected Letters of Vanessa Bell* (Wakefield, Rhode Island & London: Moyer Bell, 1998).

61　"Middle, *adj.* and *n.* ", The Oxford English Dictionary. 3rd ed. 2002. OED Online. Oxford University Press. April 11th 2015,http://www.oed.com.eproxy2.lib.hku.hk/.

62　謝益顯主編：《中國當代外交史（1949—1995）》（北京：中國青年出版社，1997），頁75—79；伍修權：〈四十年前的聯合國之行〉，《人民日報》，1990年6月28日，第六版。

63　"Chinese Travels West" , *The Spectator*, No. 6387 (Nov 24th 1950), pp.532-533.

64　Patricia Laurence, *Lily Briscoe's Chinese Eye,* pp.271-272.

65　Ibid., p.285, p.288.

66　Ling Shuhua, "Our Old Garderner" , *Country Life*, No. 2822 (Feb 16 1951) pp. 466-467; "Visit to a Royal Gardener" , *Country Life*, No. 2884 (April 25 1952), pp.1242-1243.

67　Ling Shuhua, *Ancient Melodies*, p.164, p.166.

68　Virginia Woolf, "The Call of the East" , *The Essays of Virginia Woolf*, Vol. 6, pp.323-324.

69　Virginia Woolf to Ling Shuhua, Oct 15th 1938, Archive in Keep.

70　Ling Shuhua, *Ancient Melodies*, pp.169-175.

71　George Simson, "Introduction- Eminent Chinese: Lytton Strachey at the Imperial Court of Pekin" , in Lytton Strachey (George Simson ed.), *Son of Heaven* (London: Cecil Woolf, 2005), p.7.

72　Ling Shuhua, *Ancient Melodies*, pp.165-166.

73　Ibid.

74　Ibid., p.172.

75　原文為「The Journal for all interested in country life and country pursuits」。

76　"Subject Index" , *Country Life*.

77　Sebastian Payne, "Welcome to The Spectator Archive: 180 Years of History

Now On-line", http://blogs.spectator.co.uk/coffeehouse/2013/06/welcome-to-the-spectator-archive-180-years-of-history-now-online/[accessed on April 11th, 2015].

78 Shu-mei Shih, *The Lure of the Modern*, pp.215-219.

79 Patricia Laurence, *Lily Briscoe's Chinese Eyes*, p.251.

80 J.H. Wills, JR, *Leonard and Virginia Woolf as Publishers: The Hogarth Press, 1917-41* (Charlottesville and London: University Press of Virginia, 1992).

81 Virginia Woolf to Ling Shuhua, Oct 15th 1938, Archive in Keep.

82 Ling Shuhua to Virginia Woolf, Aug 4th 1938, Archive in Keep.

83 Ling Shuhua to Leonard Woolf, May 29th 1952, Charleston Papers, Modern Archives, King's College, Cambridge.

84 Ling Shuhua to Leonard Woolf, July 6th 1952, Charleston Papers.

85 Ling Shuhua to Virginia Woolf, May 25th 1938, Archive in Keep. 在這封信中，凌叔華表示她曾經給朱利安講了很多有關中國的有趣的故事，她會選擇一些寫下來，西方讀者應該會感興趣。

86 Ling Shuhua to Leonard Woolf, Sep 10th 1952, Charleston Papers.

87 Patricia Laurence: *Lily Briscoe's Chinese Eyes*, p.274.

88 Ling Shuhua to Leonard Woolf, July 6th 1952, Charleston Papers.

89 Kiang Kang-hu, *The New York Times Book Review*, 1933, reprinted from *The Chinese Christian Studen* November-December, 1932.

90 Ling Shuhua to Leonard Woolf, July 6th 1952, Charleston Papers.

91 原文為："The echo of their singing, how sad it sounds! By the pitch of the song one knows the stops have been tightened."

92 V. Sackville-West, "Introduction", in Ling Shuhua, *Ancient Melodies*, pp.7-10.

93 Ling Shuhua to Leonard Woolf, Dec 10th 1953, Charleston Papers.

94 Ling Shuhua to Leonard Woolf, Sep 10th 1953, Nov 24th 1953, Dec 10th 1953, Charleston Papers.

95 K. John, "Chinese Childhood", Review of *Ancient Melodies*, *The New Statesman and Nation*, No. 1193 (Jan 16th 1954), p.76.

96 H.H, "Other Recent Books", Review of Ancient Melodies, *The Spectator*, No. 6556 (Feb 19th 1954), p.218.

97 Harold Acton, "Childhood in Peking", Review of Ancient Melodies, *The Times Literary Supplement*, No. 2712 (Jan 22nd 1954), p.55.

98 Ling Shuhua to Leonard Woolf, July 22nd 1953, Charleston Papers.

99 Ling Shuhua to Leonard Woolf, June 3rd 1953, Charleston Papers.

結論

　　《古韻》出版後的 1956 年，凌叔華離開英國，赴新加坡南洋大學任教，[1]時間長達四年。這是凌叔華去國十年之後首次回歸華語文化圈。如同凌叔華對南洋歲月的回憶：「那些地方，那些中土青年，到底是中國人，生活思想一切都喚起我過去生活的一切。」[2]新加坡的工作和生活延續了凌叔華過往的中國經驗，成為凌叔華晚年文學發展的轉折點，使她得以重新回到以漢語為載體、華語讀者作為潛在讀者的寫作狀態中。自 1956 年到凌叔華離世前的最後幾年，凌叔華創作了不少中文文學作品，除了 1971 年發表的劇作〈下一代〉和 1984 年發表的小說〈一個驚心動魄的早晨〉，幾乎都是散文——其中包括 1960 年 3 月新加坡星洲世界書局出版的散文集《愛山廬夢影》中收錄的十一篇文章，和 1960 年之後零散發表的散文作品。

　　凌叔華的散文創作自直隸第一女子師範學校時

期文言體的抒情言志文章開始，經過燕京大學時期白話雜文如〈朝霧中的哈大門大街〉、〈讀了純陽性的討論的感想〉的錘煉，也有過遊記如〈登富士山〉、悼亡文如〈志摩真的不回來了嗎？〉、隨筆文如〈後方小景〉這一類佳作出現。有學者甚至認為：「凌叔華的散文品味應高於她的小說創作，如果她的小說在五四新文學史上只能處於二流狀態，那麼她的散文（當然是五四後）在二十世紀的散文領域應該是堪稱一流的。」[3]這樣的評價，帶有過於強烈的個人喜好，難說公允，不過凌叔華五十年代之前的散文跟她的小說一樣，都呈現出清新淡雅、文畫一體的特徵，的確有可圈可點之處。

然而由本書的第二章到第六章可見，在此前文學創作發展過程中，凌叔華用功最多、所寄期望最大、所獲成就最高的文體主要還是小說。正是《花之寺》、《女人》、《小哥兒倆》三部短篇小說集奠定了凌叔華的文壇地位，而她二十年代的宏願——要做一個讓「中國女子思想及生活」被世界知道的女作家，五十年代給萊納德‧伍爾夫的信中提到要創作《戰爭與和平》這樣流芳百世的巨著，更是體現出她從一而終對小說創作的雄心和努力。其時，凌叔華放棄她之前耕耘了幾十年的小說創作，轉而投入到散文的寫作中，大概也能表露出作者創作心態的轉變。如果說此前的凌叔華仍存有在中國和英國文學史創造成績、留名歷史的壯志，當她年歲逐增、久受磨礪，又經歷了中國文學場的創作停滯和英國文學場的實踐困境之後，寫作對於凌叔華來說，已不再是刻意的文學追求，而更多體現為作為教師的文學教育要求和客居海外的中國老人的自我表達需要了。根據這兩種創作動因，凌叔華晚年的文學創作也大抵可以分為兩大類，即文藝理念的總結和生命情感的回顧。

一、文藝理念的總結

　　由於中國的政治變動，「印刷書籍，各有各的標準，各存各的精神」；「香港與南洋的書業也走上畸形發展的道路，即大家均在競印古籍及翻印現代能有銷路的書」，[4]凌叔華發現雖然「這裏的青年學子愛好文藝而且有寫作天才的很不少」，但是卻因「知識饑荒」，無書可讀，看過的書極為有限。[5]針對此種情形，凌叔華一方面藉去香港等機會，為學生帶回新書；另一方面，則通過將自己的作品結集重印、「授課時格外給他們補充新文藝的理論」這兩種方式，[6]盡可能幫助學生擴大新文學視野、提升對新文學的認識。1960 年 5 月星洲世界書局有限公司出版的《凌叔華選集》便是前一種努力的成果，至於後一種「新文藝的理論」，凌叔華除了在課堂上講授之外，還將講義發表及出版，創作相關文章。這些作品可見凌叔華對新詩、戲劇及藝術的看法，雖涵蓋類別、文體有限，已可一覽凌叔華的文藝思想和態度。

　　〈新詩的未來〉是凌叔華唯一一篇討論中國新詩的文章，針對「新詩銷路的不景氣」的現狀，表達她對新詩前途樂觀的態度。她首先以「比較接近語體」、「雅俗共賞」的七言詩為例，指出「今日好古的人所重視的七言體」，「在兩漢魏晉時，也曾被當時好古的人們輕視過」，[7]說明在「重古賤今」的中國，詩體被認可總是需要時間，由七言詩的歷史可知只要一種詩體「被民間所喜好」，「它一定有很光明的前途」。[8]另外，針對時人認為新詩欠缺音節的看法，凌叔華通過對漢語的聲調、「時隔」、吐音的尺寸的詳盡介紹，證明「新詩也有舊詩優美悅耳的節奏」；同時認為「近年的新詩的沒有進步」，並非新詩的錯處，而在於「我們未曾努力」。[9]有學者考證凌叔華所處的南洋大學中文系，除了凌叔華之外，其他老師幾乎都是章太炎（1869 ─ 1936）、黃侃（1886 ─ 1935）的後學門生，[10]凌叔華處於他們的關係網絡之外。而凌叔華批評的新詩

沒有韻律的說法，恰好正是章太炎的觀點。從背景關係到文學思想，凌
叔華均處於較為孤立的地位。蘇雪林曾提及凌叔華和當時南洋大學同事
不合，[11] 雖具體細節未能證實，聯繫前後，也可反映凌叔華當時在南洋
大學的工作處境。

　　〈近代戲劇雜講〉、〈談戲劇有各種寫法〉、〈略談分幕及分場〉均是
凌叔華戲劇創作的心得，其中〈近代戲劇雜講〉是講義，因為「星馬愛
好戲劇的朋友們，近來都覺得這類參考書，尤其是戲劇技術及理論方面
的，委實太少」，[12] 所以連同另外兩文，收錄在《愛山廬夢影》中。〈近
代戲劇雜講〉主要着重於人物的個性描寫，如人物的選擇、個性的創
造、人物與佈景、人物與台詞等，凌叔華認為「個性描寫是寫劇本最重
要及最難的工作」。[13] 〈談戲劇有各種寫法〉主要討論戲劇的節奏，如情
節的安排、懸念的設置，提出「劇作者應時時活用他所準備的情節，通
過藝術手腕在舞台表現」。[14] 〈略談分幕及分場〉主要從戲劇的結構安排
着手，討論如何通過分幕保證觀眾的欣賞情緒，在有限的演出時間中，
利用下幕「完成劇作者的命意與計劃」，形成某種觀點的暗示或劇情的
思考。[15] 總而言之，凌叔華認為戲劇創作最重要的是作者「有全劇『成
竹在胸』」，劇本有「先後曲折的情節」，「紛紜不一的角色」，[16] 然後通
過其他的藝術手法，達到戲劇創作的圓滿。

　　〈我們怎樣看中國畫〉從氣韻與相似、佈局、用筆用墨、畫題及落
款、士大夫畫家與文人畫五個角度，總結了欣賞中國畫的五個要點，突
出了中國畫「畫盡意在」、文書畫一體的特徵。〈二十世紀的中國藝術〉
雖然是一篇書評，也能算作凌叔華對於二十世紀東西方作者中國書寫的
反思，即怎樣的作品才能算作真正的中國報道？這一議題，暗合了她此
前的英文寫作實踐。雖然她在英國發表和出版的中國主題作品未必就能
算作「真正的中國報道」，但此文的態度，間接言出凌叔華希冀達到的
創作標準：既要能代表一個時代的精神，又能有不偏不倚的價值判斷。

二、生命情感的回顧

　　諸孝正總結凌叔華晚年的散文創作內容，除了上文「對文學藝術的看法」之外，主要是在國外的個人經歷和見聞。[17]諸孝正所引用和參考的大概是收錄於《愛山廬夢影》的幾篇文章。事實上，凌叔華在上世紀六十年代和七十年代都曾回過中國，並創作了〈我的回國雜寫〉和〈敦煌禮讚〉等中國主題的文學作品。她的晚年散文創作由「去國」和「回國」兩大主題構成，其中既有諸孝正強調的遊子情和「中國心」；也有年逾花甲的凌叔華站在人生的尾部，對過往自我的追述，和逝去記憶的懷想。

　　凌叔華在歐洲的生活，所存筆墨不多，除以戲劇為主題的〈談看戲及倫敦最近上演的名劇〉外，均是作為片段，附著於其他主題的文章中。其緣由，大概如凌叔華在〈愛山廬夢影〉中所說：「到底是西方異國情調，沒有移植在東方人的心坎上的緣故吧。」[18]也正因此，凌叔華創作的異國，主要還是能夠引發她情感共鳴和寫作靈感，與中國文化有

▲　凌叔華的獨照

着某種同質性的東方國家。然而，雖有〈記我所知道的檳城〉所描寫的馬來西亞，卻主要是追述她的英文啟蒙老師辜鴻銘——這是她早年經歷的回顧；又以檳城之景認作「青島的海上」、「南高峰」、「西子湖」和「岷江夕照的風光」——可見作者的故國之思。[19]〈重遊日本記〉雖然對凌叔華 1959 年在日本遊歷東京、鎌倉、京都、奈良的二十天作了較為詳盡的記敘，但是因為凌叔華對日本的特殊情結——1912 年與兄姐在日本的兩年、1927 年與丈夫陳西瀅在日本的一年生活經驗，使得凌叔華所重訪的日本，也並非真正意義上的日本，而是她印象中的日本和過往的中國記憶。她對效仿歐洲的現代東京表示失望，卻在自然幽雅的鎌倉、古樸考究的奈良、「仍是那樣溫柔甜靜」的嵐山，[20] 感到自己「仿佛回老家一次了」——「所有的文化藝術，歷史上的也好現代的也好，都不必解釋，我都能拿過來就懂，就是山光鳥語，泉韻蟲聲也似乎同中國的一樣」。[21] 客居海外多年的凌叔華，身處異國，只能不斷在文學創作中實現自己的精神還鄉。

　　日本學者星野幸代通過對凌叔華〈重遊日本記〉的解讀，特別提到了當時凌叔華心中的中國形象——其實是中華民國，並非中華人民共和國。[22] 她的依據是凌叔華於 1947 年即已離開中國，對五十年代後半期中國經受的「大躍進」、反「右派」鬥爭知之甚少。星野幸代對凌叔華民國懷舊的指認，有偏頗之處，事實上，凌叔華對民國政權的憎惡、對傳統中國的追慕，始終貫穿於她的生活與寫作中。但星野幸代提出的凌叔華的故國困境卻是真實存在。由於丈夫陳西瀅在中華民國政府工作，凌叔華多年來難以返回中國大陸，孤立於新政權的建立和國家的變化發展之外，與故國現實漸生隔膜。不過這一狀態，隨着凌叔華六十年代和七十年代的兩次回國，開始得到了改變。

　　1975 年 3 月，凌叔華在香港《大公報》連載〈回國雜寫〉，以「我怎樣回國及回國所見」、「我們為甚麼要回國（痛定思痛的回憶）」兩個

部分，詳述了她 1960 年和 1975 年兩次回國的經歷。在第一部分中，
凌叔華由英國辦理回國手續的方便，在中國所親見的人民生活水平的提
高，感受到的富有人情味的待遇等幾方面，從正面對中華人民共和國欣
欣向榮的生活氣象表達了讚美。而第二部分，則是記敘國民黨執政時期
政府腐敗、法幣貶值，社會動亂、民不聊生之狀況，以及陳西瀅任職於
中華民國政府時，待遇縮水，薪資克扣，而導致的一家困窘生活，側面
肯定了中華人民共和國為中國社會帶來的改變。凌叔華作為國民黨幹部
的遺孀，要想回到中國大陸，必得先對新政權表示忠誠，〈回國雜寫〉
中的內容，一部分屬實，或許也有真情實感，但其中的政治考慮，也不
該忽略。相對來說，凌叔華在 1978 年發表的〈敦煌禮讚〉較為客觀。
〈敦煌禮讚〉是凌叔華在 1975 年赴敦煌考察而寫作的一篇遊記，由對敦
煌的嚮往開始，詳記了她自北京到蘭州，經酒泉、戈壁大沙漠，終至敦
煌的所見所聞。如同凌叔華所說，「現在的敦煌已不是千百年前『春風
不度玉門關』的敦煌了」，不僅不再荒涼，已有了花紅柳綠、瓜香果甜
的江南之感。千佛洞在 1956 年時上山看一次壁畫還十分困難，凌叔華
去時，「已修了洋灰水泥的山路並有石欄杆可扶」。[23] 文中思想其一，自
然是對「中國古代封建社會勞動人民創造出來的傑出的民族藝術」的讚
頌；其二，也是讚許中華人民共和國建設敦煌的成就。

　　1981 年春天，凌叔華回中國大陸觀光旅行，主要遊覽昆明，其後又
再次返回英國。雖然她多次表達過想回內地長住的願望，[24] 終究未能實
現。直到 1989 年回國住院，翌年長眠中國大地。

　　〈敦煌禮讚〉之後，凌叔華鮮有創作。她生前發表的最後兩篇文章，
一為收錄於《懷念郁達夫》中的〈回憶郁達夫一些小事情〉（1986），一
為發表於《人民日報》的〈凌叔華致蕭乾：關於陳西瀅的晚景〉（1988），
均是懷緬已逝親友，前者與她同為徐志摩的知交，後者更是她相伴半世
的丈夫。郁達夫和陳西瀅均是在中國現代文壇頗有建樹的作家，凌叔華

以對他們的追憶作為文學創作的收尾，正是呼應了她晚年散文中文藝理念總結和生命情感回顧的兩大主題——與早先的文學狀態迥異，不再以作品質素的提升、在文學場的認可作為努力的方向，而更加回歸思想和內心了。

凌叔華出身「高門巨族」，自幼受到父親的政治工作、藝術生活、多妻妾大家庭的影響，形成了她文學的三重特色視角——觀照歷史的日常生活視角、觀照文化的傳統視角以及觀照社會的現實視角；而她能進入中國和英國文學場，也與由父親處承繼的藝術資本和社會資本密不可分。凌叔華自中學開始文學創作，在直隸第一女子師範學校現代知識與傳統文化的雙重引導下，以文言書寫雜文、遊記、書信、詩詞等，這些作品集中表現了凌叔華的傳統文學素養，記錄了她早期文學語言和風格的形成，也反映了民國初年中學女生的知識結構、社交生活與思想狀態。五四運動之後，凌叔華進入燕京大學學習，接受了系統的西方文學與文化教育，受到了全面的啟發，尤其是性別意識，由中學時的「新賢妻良母」觀，轉變成為對女性作為人的價值的認識。與思想同步發展的是文學語言，這一時期，凌叔華開始通過翻譯實踐學習白話文寫作，她的早期白話文作品脫胎於文言書寫，時常可見古代漢語的語法痕跡，與日後成熟的新文學作品相比，呈現出鮮明的過渡色彩。大學畢業後，凌叔華的畫家資歷給予了她作為作家進入文學場的契機，使她成為了「現代評論派」、「新月派」的文學同人；又經由成名作〈酒後〉的發表，以及發表後文壇前輩的讚許、其他作家的仿寫和改編，獲得了在文壇的影響力。同時，凌叔華確定了短篇小說為主要創作方向，通過學習契訶夫的寫作手法，借鑒曼殊斐兒的小說情調，不斷提高其短篇小說的創作能力，最終憑藉《花之寺》、《女人》、《小哥兒倆》三部短篇小說集，在中國現代文學史留下了一席之位。此後，凌叔華的文學身份出現轉型，她擔任了《武漢日報·現代文藝》副刊主編，在華中地區建立了「京派」

的文藝聯號，雖然只有兩年，也使得京派自由主義的文藝思想在武漢得到短暫生長的空間；而編輯／作家的雙重身份，使得凌叔華的文學作品除了新題材、新文體的創新之外，還獲得了新的視角。戰爭陰雲到來之時，凌叔華在朱利安·貝爾和弗吉尼亞·伍爾夫的支持下，開始轉戰英國文學場，將自己的文學作品翻譯成英文或直接進行英文創作，嘗試在英國發表、出版。從起初的退稿，到在《旁觀者》、《鄉村生活》等雜誌等發表作品，再到後來出版英文自傳體小說《古韻》，凌叔華的文學創作經歷了從小說到自傳，再到國傳的變化，這同時也是凌叔華作為一個中國作家逐漸被英國文學界認識和接受的過程。到了晚年，凌叔華再次回到漢語故道，以散文作為主要文體創作。雖然作者的着力和作品的影響未必能與她早年的短篇小說相比，卻是凌叔華自己的文學總結和情感回顧，海外華人的生活面貌與故國情思。

從晚清和民初的文言正統，到白話文運動興起，其後現代文學發展，以文學主張、雜誌和群體劃分文學派別，至中日戰爭爆發，革命文學成為主流，凌叔華各階段的文學實踐都體現出隨着社會政治變化，中國現代文學在各階段的面貌與狀態。而她作為第一代現代女性作家的代表，她的創作經歷更能體現出中國現代女性文學的發生和發展，既在很大程度上受到時代的限制和形塑，同時，也以微薄之力創造和影響着文學環境。

凌叔華的作品描寫和反映二十世紀中國女性的外部處境與內在狀態，而她的人生遍歷晚清、民國、共和國，橫跨中國和英國，從錦衣玉食的貴族小姐到接受啟蒙新知的現代學生、知名現代作家、大學教授的妻子，再到戰爭中逃難的流民、去國的遊子，與她的文學創作參差對照，形成互文，呈現了近百年的中國文學創作與女性命運交織的歷史，亦凸顯出女性主體的堅韌與力量。

1923 年，凌叔華曾寫信與燕京大學教員周作人，說：

　　　中國女作家也太少了，所以中國女子思想及生活從來沒有叫世界知道的，對於人類貢獻來說，未免太不負責任了。先生意下如何，亦願意援手女同胞於這類的事業嗎？ [25]

　　不願做被篩選的金沙，要做歷史的合作者與書寫者。凌叔華用自己的作品與人生，完成了這項使命。

注釋

1　蘇雪林在回憶錄中提到，凌叔華去南洋大學任教的機會是她的推薦：「南大來台灣找人，應聘者有台北師範大學潘重規等，我名亦在其列。我怕南洋氣候不適合，不敢去，薦原在英倫僑居的凌叔華自代。凌到南大後即教我的功課。」見蘇雪林：《浮生九四——雪林回憶錄》（台北：三民書局，1991 年），頁 212。此外，凌叔華的授課內容所授課程包括「新文學研究」、「新文學導讀」、「中國語法研究」和「修辭學」等，見衣若芬：〈南洋大學時期的凌叔華與新舊體詩之爭〉，《新文學史料》，2009 年 1 期，頁 54。

2　凌叔華致巴金，《凌叔華文存》，頁 927。而凌叔華的授課內容所授課程包括「新文學研究」、「新文學導讀」、「中國語法研究」和「修辭學」等。

3　凌叔華、陳西瀅著，風舟編：《雙佳樓夢影》（南京：江蘇文藝出版社，1996 年），頁 1 — 4。

4　凌叔華：〈《凌叔華選集》後記〉，《凌叔華文存》，頁 786。，

5　同上，頁 786。

6　同上，頁 786 — 787。

7　凌叔華：〈新詩的未來〉，《凌叔華文存》，頁 876。

8　同上。

9　同上，頁 889。

10　衣若芬：〈南洋大學時期的凌叔華與新舊體詩之爭〉，《新文學史料》，頁 50。

11　蘇雪林所言是當時的系主任劉太希，但劉太希並未擔任過系主任。

12　凌叔華：〈近代戲劇雜講〉，《凌叔華文存》，頁 837。

13　同上，頁 847。

14　凌叔華：〈談戲劇有各種寫法〉，《凌叔華文存》，頁 848。

15　凌叔華：〈略談分幕及分場〉，《凌叔華文存》，頁 852。

16　凌叔華：〈談戲劇有各種寫法〉，《凌叔華文存》，頁 850。

17　諸孝正：〈凌叔華和她的散文〉，《華南師範大學學報（社會科學版）》，1985 年 3 期，頁 112。

18　凌叔華：〈愛山廬夢影〉，《凌叔華文存》，頁 691。

19　凌叔華：〈記我所知道的檳城〉，《凌叔華文存》，頁 699。

20　凌叔華：〈重遊日本記〉，《凌叔華文存》，頁 722。

21　同上，頁 729。

22　（日）星野幸代：〈凌叔華と 1959 年日本を步く―《重遊日本記》〉，http://www.doc88.com/p-842879978189.html，頁 6 — 7。

23　凌叔華：〈敦煌禮讚〉，《凌叔華文存》，頁 740 — 741。

24　凌叔華 1985 年致信蕭乾，表示已經在做回國準備。見凌叔華致蕭乾（一），《中國兒女》，頁 188。

25　凌叔華致周作人，1923 年 9 月 1 日，載陳學勇編：《中國兒女——凌叔華佚作‧年譜》，頁 182。

附表

一、凌叔華創作年表 I（發表部分）

時間	雜誌	文章	文體
12 月	《校友會會報》	〈感懷兩首〉	詩詞
12 月	《校友會會報》	〈暮秋竹枝詞四首〉	詩詞
12 月	《校友會會報》	〈雨後天晴邀女友看菊小啟〉	書信
12 月	《校友會會報》	〈與同學書勸其熟讀尤西堂《反恨賦》〉	書信
12 月	《校友會會報》	〈張允瑛女士追悼會記〉	雜文
12 月	《校友會會報》	〈論女子學文之功用〉	雜文
12 月	《校友會會報》	〈記學藝會事〉	雜文
4 月	《校友會會報》	〈對於化學實驗水之心得〉	報告
4 月	《校友會會報》	〈遊普陀山記〉	散文
4 月	《校友會會報》	〈題《詠絮樓集》〉（三首）	詩詞
12 月	《校友會會報》	〈參觀中記料器廠〉	報告
12 月	《校友會會報》	〈民國五年年假日記〉	日記
12 月	《校友會會報》	〈與執友書歷述生平得意事與失意事〉	書信
12 月	《校友會會報》	〈擬中秋夜與嫦娥書：對月述懷〉	書信
12 月	《校友會會報》	〈國文畢業考試題目〉	雜文
12 月	《校友會會報》	〈擬募捐賑濟水災啟〉	書信
12 月	《校友會會報》	〈邀女友組織遊春遊行團啟〉	書信
12 月	《校友會會報》	〈人必如何而後為得志說〉	雜文
12 月	《校友會會報》	〈對於中日密約之感言〉	雜文
8 月 15 日	《晨報副鐫》	〈讀了純陽性的討論的感想〉	雜文

（年份欄：1916 年、1917 年、1918 年、1923 年）

時間	雜誌	文章	文體
	1 月 13 日	《晨報副鐫》	〈女兒身世太凄涼〉	小說
	2 月 21 日	《晨報副鐫》	〈朝霧中的哈大門大街〉	散文
	3 月 23 日	《晨報副鐫》	〈資本家之聖誕〉	小說
	5 月 3 日	《燕大周刊》	〈約書亞・瑞那爾支〉	譯文
	5 月 6 日	《晨報副鐫》	〈我的理想及實現的泰戈爾先生〉	散文
1924 年	5 月 10 日	《燕大周刊》	〈約書亞・瑞那爾支〉（續）	譯文
	5 月 17 日	《燕大周刊》	〈汝沙・堡諾〉	譯文
	5 月 24 日	《燕大周刊》	〈汝沙・堡諾〉（續）	譯文
	5 月 31 日	《燕大周刊》	〈加米爾・克羅〉	譯文
	7 月 5 日	《晨報副鐫》	〈解悶隨記〉	散文
	12 月	《晨報》六週年增刊	〈「我那件事對不起他？」〉	小說
		China Journal of Science&Arts	"The Goddess of Han"	戲劇
	1 月 10 日	《現代評論》	〈酒後〉	小說
	3 月 16 日	《現代評論》	〈吃茶〉	小說
	3 月 21 日	《現代評論》	〈繡枕〉	小說
	5 月 7 日	《現代評論》	〈再見〉	小說
1925 年	10 月 1 日	《晨報副鐫》	〈中秋晚〉	小說
	10 月 19 日	《晨報副刊》	〈茶會以後〉	小說
	11 月 7 日	《現代評論》	〈花之寺〉	小說
	12 月 17 日	《現代評論》一週年增刊	〈有福氣的人〉	小說
	12 月 31 日	《晨報》七週年紀念增刊	〈太太〉	小說
	4 月 10 日	《現代評論》	〈等〉	小說
	4 月 20 日	《現代評論》	〈小姑娘〉	譯作
1926 年	5 月 3 日	《晨報副鐫》	〈說有這麼一回事〉	小說
	6 月 12 日	《現代評論》	〈春天〉	小說
	10 月 2 日	《現代評論》	〈小英〉	小說

	時間	雜誌	文章	文體
	1月1日	《現代評論》第二週年增刊	〈弟弟〉	小說
	4月12日	《現代評論》	〈病〉	小說
	7月13日	《現代評論》	〈綺霞〉	小說
	9月17日	《現代評論》	〈他倆的一日〉	小說
	9月24日	《現代評論》	〈他倆的一日〉（續）	小說
1927年	4月10日	《新月》	〈瘋了的詩人〉	小說
	6月	《現代評論》三週年增刊	〈她們的他〉	劇作
	8月18日	《現代評論》	〈登富士山〉	散文
		《現代評論》	〈登富士山〉（續）	散文
	9月	《現代評論》	〈一件事〉	譯作
		《現代評論》	〈一件事〉（續）	譯作
	2月10日	《新月》	〈小劉〉	小說
	3月10日	《新月》	〈小蛤蟆〉	小說
1929年	4月10日	《新月》	〈小哥兒倆〉	小說
	4月10日	《小說月報》	〈女人〉	小說
	4月19日	《新月》	〈送車〉	小說
	9月10日	《新月》	〈搬家〉	小說
1930年	3月10日	《新月》	〈鳳凰〉	小說
	3月30日	《文藝月刊》	〈倪雲林〉	小說
	5月22日	《大公報》	〈寫信〉	小說
1931年	6月	《文季月刊》	〈旅途〉	小說
	10月20日	《北斗》	〈晶子〉後易名為「生日」	小說
	12月3日	《晨報》「學園」副刊	〈志摩真的不回來了嗎？〉	散文
1933年	11月29日	天津《大公報・文藝》副刊	〈衡湘四日遊記〉（分三期連載完成）	散文
	3月	《女青年月刊》	〈我的創作經驗〉	演講
	4月	《文學季刊》	〈千代子〉	小說
1934年	6月23日	天津《大公報》「文藝」副刊	〈無聊〉	小說
	10月15日	《國聞週報》	〈泰山曲阜紀遊〉	散文
	10月21日	天津《大公報》「藝術周刊」	〈我們怎樣看中國畫〉	論文

	時間	雜誌	文章	文體
	2 月 29 日	《現代文藝》	〈謹答向培良先生〉	書信
	3 月 8 日	《現代文藝》	〈異國〉	小說
	3 月 15 日	天津《大公報・文藝》副刊	〈花狗〉	散文
	6 月 14 日	《現代文藝》	〈紅了的冬青〉	童話
	6 月 21 日	《現代文藝》	〈西京日記幾頁〉	散文
1935 年	7 月 19 日	《現代文藝》	〈開瑟琳〉	小說
	8 月 30 日	《現代文藝》	〈《十七歲》〉	書評
	9 月 13 日	《現代文藝》	〈轉變〉	小說
	9 月 29 日	《現代文藝》	〈轉變〉（續）	小說
	10 月 18 日	《現代文藝》	〈心事〉	小說
	11 月 8 日	《現代文藝》	〈《小哥兒倆》自序〉	序
	1 月 13 日	天津《大公報・文藝》副刊	〈悼克恩慈女士〉	散文
	3 月 20 日	《現代文藝》	〈春的剪影（一）〉	散文
	4 月 10 日	《現代文藝》	〈春的剪影（二）〉	散文
	4 月	《文學時代》	〈小床與水塔〉	小說
1936 年	4 月	《文藝月刊》	〈奶媽〉	小說
	7 月	上海開明書店紀念作品集《十年》	〈死〉	小說
	8 月 9 日	天津《大公報・文藝》副刊	〈一件喜事〉	小說
	8 月	《天下》	"What's the Point of It?"	小說
	12 月 29 日	《現代文藝》	〈停刊詞〉	
	3 月 1 日	《中學生》	〈一個故事〉	小說
	4 月	《天下》	"A Goet Goes Mad"	小說
	6 月	《青年界》	〈小瑩〉	散文
1937 年	8 月 1 日	《文學雜誌》	〈八月節〉	小說
	10 月 10 日	天津《大公報》	〈漢陽醫院傷兵訪問記〉	散文
	11 月 14 日	《國聞週報》	〈慰勞漢陽傷兵〉	散文
	12 月	《天下》	"Writing a Letter"	小說

	時間	雜誌	文章	文體
1939 年	6 月 1 日	《大公報·文藝》副刊	〈後方山景〉	散文
1940 年	4 月	《文學集林》	〈在文學裏的兒童〉	演講
1941 年	3 月	《輔仁文苑》	〈秦佩珩《椰子集》序〉	序
1942 年	9 月 15 日	《文學創作》	〈中國兒女〉	小說
1943 年	7 月 15 日	《時與潮》	〈回憶一個畫會及幾個老畫家〉	散文
	11 月	《作家生活自述》	〈無題〉	短文
1944 年	4 月	《風雨談》「現代女作家書簡專輯」	〈致編者信〉	書信
	4 月	《當代文藝》	〈山居〉	散文
1950 年	11 月 24 日	*Spectator*	"The Red Coat Man"	小說
	12 月 22 日	*Spectator*	"Childhood in China"	小說
1951 年	2 月 16 日	*Country Life*	"Our Old Gardener"	小說
	10 月 19 日	*Country Life*	"Happy Days in Kiating"	散文
1952 年	4 月 25 日	*Country Life*	"Visit to a Royal Gardener"	小說
1953 年	4 月 23 日	*Country Life*	"Rock Carvings 1,800 Years Old"	介紹
1956 年	2 月 23 日	*Country Life*	"Chinese Woodcuts of Three Centuries"	介紹
1971 年	7 月	《純文學》	〈下一代〉	劇作
1975 年	3 月	香港《大公報》	〈我的回國雜寫〉	報道
1978 年	9 月	《大公報在港復刊十週年紀念文集》	〈敦煌禮讚〉	散文
1984 年	11 月 1 日	台灣《聯合文學》創刊號	〈一個驚心動魄的早晨〉	小說
1986 年	12 月	《回憶郁達夫》	〈回憶郁達夫一些小事情〉	散文
1988 年	2 月 15 日	《人民日報》副刊	〈關於陳西瀅的晚景〉	書信

二、凌叔華創作年表 II（出版部分）

書名	《花之寺》	《女人》	《小哥兒倆》	《愛山廬夢影》	*Ancient Melodies*
出版年份	1928 年	1930 年	1935 年	1960 年	1953 年
出版地點	上海	上海	上海	新加坡	倫敦
出版社	新月書店	商務印書館	良友圖書公司	星洲世界書局	The Hogarth Press
收錄篇章	〈酒後〉	〈病〉	〈小英〉	〈愛山廬夢影〉	"Red–Coat Man"
	〈吃茶〉	〈李先生〉	〈弟弟〉	〈記我所知道的檳城〉	"My Mother's Marriage"
	〈繡枕〉	〈他倆的一日〉	〈小蛤蟆〉	〈談戲劇有各種寫法〉	"Moving House"
	〈再見〉	〈瘋了的詩人〉	〈小哥兒倆〉	〈略談分幕及分場〉	"A Happy Event"
	〈中秋晚〉	〈楊媽〉	〈搬家〉	〈我們怎樣看中國畫〉	"The Mid–Autumn Festival"
	〈茶會以後〉	〈小劉〉	〈鳳凰〉	〈二十世紀的中國藝術〉	"A Scene"
	〈花之寺〉	〈女人〉	〈倪雲林〉	〈新詩的由來〉	"A Plot"
	〈有福氣的人〉	〈送車〉	〈寫信〉	〈重遊日本記〉	"Tutor Ben"
	〈太太〉		〈旅途〉	〈《時間的河流》序〉	"Our Great–Uncle"
	〈等〉		〈晶子（生日）〉	〈近代戲劇雜講〉	"Ghost Stories"
	〈說有這麼一回事〉		〈千代子〉	〈談看戲及倫敦最近上演的名劇〉	"Our Old Gardener and His Friend"
	〈春天〉		〈無聊〉		"Two Weddings"
			〈異國〉		"My Foster–Parents"
			〈開瑟琳〉		"Sakura Festival"
					"Tientsin in Autumn"
					"My Teacher and My Schoolmate"
					"Our Two Feng Cousins"

（包括未經發表，直接收入文集的篇目）

三、《武漢日報·現代文藝》目錄 [1]

	日期	篇目	作者
		1935 年	
第一期	2 月 15 日	發刊詞	
		〈海波的歌〉	陳衡哲
		〈過年〉	西瑩
第二期	2 月 22 日	〈買畫〉（未完）	吳其昌
		〈孤興〉	石民
		〈犧牲〉	陳銓
第三期	3 月 1 日	〈長壽〉	徐轉篷
		〈買畫〉（續）	吳其昌
		〈謹答向培良先生〉	編者
第四期	3 月 8 日	〈異國〉	凌叔華
		〈笑——酒店女侍〉	徐芳
第五期	3 月 15 日	〈武昌瑣憶〉	趙景深
		〈無題〉	石民
		〈司的克〉	方重
		〈月下〉	邵冠華
		〈評勞倫士：賈德立貴婦的戀者（D. H. Lawrence: *Lady Chatterley's Lover*）〉	邵瀛
第六期	3 月 22 日	〈島居漫興一：逃熱〉、〈島居漫興二：在海船上〉	蘇雪林
		〈夜曲〉	墨林
		〈我懂得〉	沙蕾
		〈下雪〉	廷秋
第七期	3 月 29 日	〈風暴的前夕〉	朱東潤
		〈島居漫興三：洋胖婦〉	蘇雪林
第八期	4 月 5 日	〈安特利亞 ·代爾 ·沙多〉（長詩）	白朗寧作，孫大雨譯

	日期	篇目	作者
第九期	4 月 12 日	〈安特利亞 ·代爾 ·沙多〉（續前）	白朗寧作，孫大雨譯
		〈添在後面的蛇足〉	瑩
第十期	4 月 19 日	〈毀滅〉	袁昌英
		〈烏雲中噴射的金箭〉	甘運衡
		〈島居漫興四：青島從前是赤島〉	蘇雪林
第十一期	4 月 26 日	〈鄉村裏的夜校〉	徐轉篷
		〈深夜〉	石民
第十二期	5 月 3 日	〈絹花〉	冷絹女士
		〈夜歌〉	馬文珍
第十三期	5 月 10 日	〈讀詞（上）〉	吳其昌
		〈說別〉	春隨
		〈廢郵存底〉	沈從文
		〈南國之思〉	倪文穆
第十四期	5 月 17 日	〈在風暴中〉	東潤
		〈秋的花〉	徐芳
第十五期	5 月 24 日	〈近代美學（一）：近代美學與唯心哲學的淵源〉	朱光潛
		〈歌德與貝多文（詩）──讀過羅曼羅蘭的《歌德與貝多文》之後〉	衡哲
		〈志摩遺札之一〉	
第十六期	5 月 31 日	〈近代美學（二）：近代美學的基本原理〉	朱光潛
		〈志摩遺札之一〉	
第十七期	6 月 7 日	〈我所見於詩人朱湘者〉	蘇雪林
		〈朱湘遺詩──白朗寧的福分真不小〉、〈朱湘遺詩──中國該亡〉	朱湘
		〈風信子〉	馬文珍
第十八期	6 月 14 日	〈續詞〉（下，續前）	吳其昌
		〈傷感的緬懷〉	馬文珍
		〈紅紅的冬青〉（童話）	叔華

	日期	篇目	作者
第十九期	6月21日	〈克洛那教授〉	陳銓
		〈水鷗〉	吳世昌
		〈西京日記幾頁〉	叔華
第二十期	6月28日	〈神明鑒察〉	托爾斯泰著，彭榮仁譯
第二十一期	7月5日	〈賦得云〉	石民
		〈蘋果婦人〉（*Apple Women*，小說）	H. A. Manhood 原著，袁昌英譯
		〈退〉	馬文珍
		〈夜話〉	馬文珍
		〈山居散簡〉	倪文穆
第二十二期	7月12日	〈島居漫興五：福山路二號〉、〈島居漫興五：中山公園〉、〈島居漫興七：海水浴〉	蘇雪林
		〈我是戲子〉	朱企霞
第二十三期	7月19日	〈開瑟琳〉	叔華
第二十四期	7月26日	〈玫瑰、百合、翦邊羅〉（故事）	（西班牙）阿索林著，*Rosa, Lirio Y Clavel*，卞之琳譯
		〈比不上〉	魯吾
		Samuel Butler 的小雜感：〈廢紙簍〉、〈我們的一些觀念〉、〈為魔鬼辯護〉、〈聲名〉、〈自然〉、〈天命〉、〈辯論〉、〈生活與戀愛〉、〈人類慾望之虛妄〉	Samuel Butler 著，石民譯，摘譯自《伯脫勒隨筆選》
		詩三首：〈謠言〉、〈消息〉、〈憂時〉	馬文珍
第二十五期	8月2日	〈父親的心緒〉	東潤
		〈珍重〉	馬文珍
		〈晨曦〉	石民

	日期	篇目	作者
第二十六期	8 月 9 日	〈傷兵〉	（英國）Olivei Goldsmith 著，李畸譯
		〈志摩遺札〉	
第二十七期	8 月 16 日	〈採珠〉	廷秋
		〈散文試一章：孤獨的旅人〉	董重
第二十八期	8 月 23 日	〈意中的家〉（The Home of Vision，話劇）	Constance Holme 原著，袁昌英譯
第二十九期	8 月 30 日	〈水仙操〉	石民
		〈意中的家〉（話劇，續前）	Constance Holme 原著
		〈圖書介紹：《十七歲》〉（《十七歲》，[美國] Booth Tarkingtor 著）	叔華
第三十期	9 月 6 日	〈我的遊記〉	廷秋
第三十一期	9 月 13 日	〈轉變〉（小說，未完）	叔華
		〈苦悶〉	馬文珍
		〈作家雜話〉	瑩
第三十二期	9 月 20 日	〈仲兒的離別〉	東潤
		〈轉變〉（續前）	叔華
第三十三期	9 月 27 日	〈仲兒的離別〉（續前）	東潤
		〈過去〉	馬文珍
第三十四期	10 月 4 日	〈志摩遺札〉（三封）	
		〈一位公務員的日記〉	廷秋
第三十五期	10 月 18 日	〈心事〉	叔華
		〈笛子〉	文珍
第三十六期	10 月 25 日	〈論想像像〉	楊剛
		〈作家雜話〉	西瑩
		〈圖書介紹：《俄國社會運動史話》〉（《俄國社會運動史話》，巴金著，文化生活叢刊之五）	常風

	日期	篇目	作者
第三十七期	11 月 1 日	〈新文學之過去現在與未來〉	炯之
		〈菱〉	陳瘦竹
		〈島居漫興八：水族館與湛山精舍〉	蘇雪林
第三十八期	11 月 8 日	〈理想的太太〉	東潤
		〈白夜〉	馬文珍
		〈梵文課〉	（俄國）Ignatjl Potapenko 著，李畸譯
		〈《小哥兒倆》序〉（《小哥兒倆》，凌叔華著，良友文學叢書之二十）	叔華
第三十九期	11 月 14 日	〈文藝的價值論〉	李辰冬
		〈獨姓〉	李蘇菲
第四十期	11 月 22 日	〈藝術與聯想作用〉	孟實
		〈委員會〉	劉加士作，孫洵侯譯
		〈兩個爸爸〉	羅洪
第四十一期	11 月 29 日	〈角落裏的故事〉	威深
		〈裝箱歌〉	馬文珍
		〈島居漫興九：子非魚焉知魚之樂〉	蘇雪林
		〈遠避〉	甘運衡
		〈創作〉	林庚
第四十二期	12 月 6 日	〈想到生死〉	馬文珍
		〈作家雜話〉	西瑩
		〈炕〉	田濤
第四十三期	12 月 13 日	〈故居〉	蘆焚
		〈島居漫興十：太平角之遊〉	蘇雪林
第四十四期	12 月 20 日	〈再論想像〉	楊剛
		〈爸爸的故事〉	李輝英

	日期	篇目	作者
第四十五期	12 月 27 日	〈旗桿〉	廷秋
		〈浩劫〉	馬文珍
		〈冷〉	田濤
		〈今日的詩人們〉	林庚
1936 年			
第四十六期	1 月 10 日	〈天使〉	顯克微支原著，杜秦譯
		〈島居漫興十一：童心〉	蘇雪林
		〈索居小品〉	滕剛
第四十七期	1 月 17 日	〈母愛與友誼〉	維特
		詩二首：〈歌〉、〈遠江〉	馬文珍
第四十八期	1 月 28 日	〈駐軍的故事〉	黃照
		〈寫給自己：一九三六年一月一日〉	陳藍
第四十九期	1 月 31 日	〈守哨的農人〉	劉祖春
		〈兒女〉	馬文珍
		〈評《回家》〉（《回家》，余上沅著）	劉滋培（本篇書評原載《天津大公報‧文藝副刊》）
第五十期	2 月 7 日	詩二首：〈明月照積雪〉、〈出門〉	石民
		〈賭鬼〉	王西彥
		〈評《回春之曲》〉（《回春之曲》，田漢著）	吳辰
第五十一期	2 月 14 日	〈王靜安的《浣溪沙》〉	朱光潛
		〈豹與山羊〉	李蘇菲
		〈圖書介紹：《書評研究》〉（《書評研究》，蕭乾著，商務百科小叢書）	常風
第五十二期	2 月 21 日	〈談談「胡適之體」的詩〉	胡適
		〈北風〉	馬文珍
		〈一對芳鄰〉	林娜

	日期	篇目	作者
第五十三期	2 月 29 日	〈從北平到成都〉	陳衡哲
		〈島居漫興十二：理想的居處〉	蘇雪林
第五十四期	3 月 6 日	〈古老的北京：在她沈默的屈從了日本時候的一個印象〉 （Nym Walar 為一曾遊北平之英國詩人之假名，原文載 *Asia* 雜誌去年十二月號。編者。）	Nym Walar 著，冰心譯
		〈紀福元〉	蔣恩鈿
第五十五期	3 月 15 日	〈南行書札〉	楊振聲
		〈冤家〉	青子
第五十六期	3 月 20 日	〈浮世繪〉	蘆焚
		〈書報簡評：《沉默》〉 （《沉默》，巴金著）	李影心
		〈春的剪影（一）〉	叔華
第五十七期	3 月 27 日	〈與人論種樹書〉	東潤
		〈蒙霧〉	力麥
		〈書評：《話匣子》〉 （茅盾著，《話匣子》，良友文學叢書之十六）	常風
第五十八期	4 月 3 日	〈綠腰帶〉	法國莫洛阿作、戴望舒譯
		〈故居回憶〉	白坤
		〈秋香〉	張天
第五十九期	4 月 10 日	〈「四川的二云」〉	陳衡哲
		〈我不明白〉	馬文珍
		〈春的剪影（二）〉	叔華
第六十期	4 月 17 日	〈嘆息的船〉	蕭乾
		〈禿大奶奶〉（一篇方言的嘗試作）	草片
第六十一期	4 月 24 日	〈賭〉	李道靜
		〈煤〉	吳世昌
		〈書評：《吾國吾民》〉 （《吾國吾民》，林語堂著）	劉榮恩

	日期	篇目	作者
第六十二期	5月1日	〈渡頭〉	威深
		〈槐屋夢尋四十四〉	俞平伯
第六十三期		缺	
第六十四期	5月15日	〈意外的災禍〉	謝縵
		〈漫談之一：小說的技巧〉	常風
		〈黑色鳥〉	嚴文井
		〈晚秋的薄暮〉	羅洪
第六十五期	5月22日	〈紀〉	李蕤
		〈詞人王靜安〉	馬文珍
		〈畫眉〉	李象賢
第六十六期	5月29日	〈浮士德博士的傳說〉	H · Lichtenberger 著，李辰東譯
		〈二月杪〉	陳藍
		〈拉丁美洲的文壇〉	高植
第六十七期	6月5日	〈成都的春天〉	陳衡哲
		七字詩五首	林庚
		〈浸譚之二〉	常風
第六十八期	6月12日	〈潛逃〉	田濤
		〈圖書介紹：《這裏不行》〉（《這裏不行》，Sinclair Lewis 著）	劉榮恩
		〈談喻其先生的國畫〉	蘇雪林
第六十九期	6月19日	〈郵差老田〉	陳荻
		〈評《畫廊集》〉（《畫廊集》，李光田著，文學研究會創作叢書）	李影心
第七十期	6月26日	〈借兵〉	陳瘦竹
第七十一期	7月3日	〈死後〉（節自〈我的父親〉）	徐轉篷
		〈跋涉的一群〉	劉影皓
		〈厄運〉	李蘇菲

	日期	篇目	作者
第七十二期	7 月 10 日	〈榮子〉	青子
		詩兩首：〈我愛過你〉，A·普式賡作、〈「我們分離了」〉，M·萊芒托夫作	鄭效洵譯
		海外文壇消息	高植
第七十三期	7 月 17 日	〈羅大漢凱旋〉	塞谷
		〈夜宿工字廳〉	馬文珍
		〈別〉	嚴文井
第七十四期	7 月 24 日	〈黑子〉	費蕾
		〈《新的糧食》的銘感〉（評介）	張允明
		〈歲暮之書〉	白坤
第七十五期	7 月 31 日	〈女人〉	劉祖春
		〈古槐夢遇四十七〉	俞平伯
		〈故事〉	嚴文井
第七十六期	8 月 7 日	〈美麗的主教〉	陳銓
		〈書評：《分》〉（《分》，何穀天著）	黃照
		〈島居漫興十四：熊友〉	蘇雪林
第七十七期	8 月 14 日	〈兩乞丐〉	王西稔
		〈牧歌〉	劉影皓
		〈春天〉	蔣恩鈿
第七十八期		缺	
第七十九期	8 月 21 日	〈長巷〉	劉鴻儒
		〈送緣生上學〉	馬文珍
		〈所長〉	廷秋
第八十期	9 月 4 日	〈從一首兵士的歌詞說起〉	東潤
		〈圖書介紹：《脫爾斯泰》〉（《脫爾斯泰》，吉刺特亞伯拉著 [Tolstoy, By Gerald Abraham]〉	劉榮恩

	日期	篇目	作者
第八十一期	9月11日	〈培爾・朱理安〉	時少瀛
		〈庭上〉	楊剛
		〈浸譚之三：關於編譯詩〉	常風
第八十二期	9月18日	〈短簡〉	靳以
		〈拴成〉	田濤
		〈沒星光的夜：寫給我的母親〉	費力夫
第八十三期	9月25日	〈隱身珠：長生塔之三〉	巴金
		〈酒排間〉	嚴文井
第八十四期	10月2日	〈山中的叫賣〉	沉櫻
		〈陀斯妥也夫斯基的一件戀愛故事〉	Sophie Kovalersky 作，瑀君譯
第八十五期	10月9日	〈三太太的死〉	蔣恩鈿
		詩五首：〈同林庚對話得詩〉、〈賦得午餐〉、〈訪長之不遇過景山得詩〉、〈晚歸口占〉、〈寄洛珈山上一小友〉	宛若
第八十六期	10月16日	〈大減價〉	李輝英
		〈貓叫〉	亞尼
第八十七期	10月23日	〈後門大街——北平雜寫之二〉	朱光潛
		〈傳令嘉獎〉	陳荻
第八十八期	10月30日	〈女人〉（《三姊妹》首章）	白坤
		四行詩三首	林丁
		〈珞珈散憶一：水〉、〈珞珈散憶二：雷〉	微沫
第八十九期	11月6日	〈苦〉	劉祖春
		〈書評：巴金的愛情三部曲——（一）《霧》、（二）《雨》、（三）《電》〉	常風
第九十期	11月20日	〈自鳴鐘〉	方重
		〈家〉	維特
第九十一期	11月27日	〈月夜〉	李蕤
		〈酒徒〉	李蘇菲

	日期	篇目	作者
第九十二期	12 月 4 日	〈善終〉	威深
		〈投靠〉	王西稔
第九十三期	12 月 11 日	〈新生引〉	馬文珍
		〈紙〉	李欣
		〈失足〉	廷秋
第九十四期	12 月 20 日	〈知識的師傅〉	李健吾
		〈文壇的寂寞〉	林庚
		〈鹽〉	陳瘦竹
		〈浸譚之五：屠格涅夫與杜勃洛柳蒲夫〉	常風
第九十五期	12 月 29 日	〈停刊之詞〉	
		〈縫衣曲〉	馬文珍
		〈小舖〉	陳藍
		〈園〉	謝緩

注釋：

1　本表以唐達暉輯〈《現代文藝》總目及有關資料〉為底本，對其中錯誤如個別期數的混淆有修正。

一、中文參考資料

1. 期刊雜誌

《直隸第一女子師範學校校友會會報》第 1 — 5 期

《武漢日報‧現代文藝》第 1 — 95 期

2. 專書

A. 凌叔華作品集

凌叔華著，陳學勇編：《凌叔華文存》（上下）（成都：四川文藝出版社，1998年）。

凌叔華著，陳學勇編：《中國兒女——凌叔華佚作‧年譜》（上海：上海書店出版社，2008 年）。

凌叔華著，傅光明譯：《古韻》（北京：中國華僑出版社，1994 年）。

凌叔華著，諸孝正編：《凌叔華散文選集》（天津：百花文藝出版社，1986 年）。

凌叔華：《花之寺》（廣州：花城出版社，1986 年）。

凌叔華：《花之寺‧女人‧小哥兒倆》（北京：人民文學出版社，1986 年）。

凌叔華：《凌叔華文集》（天津：天津人民出版社，2016 年）。

B. 研究專書

山東省文化廳《文化藝術志》編輯辦公室編：《山東省文化藝術志資料彙編第二輯》（濟南：山東省文化廳《文化藝術志》編輯辦公室，1984 年）。

中共中央文獻研究史、南開大學編：《周恩來早期文集》（北京、天津：中央文獻出版社；南開大學出版社，1998 年）。

中共肇慶市委宣傳部、肇慶市文化廣電新聞出版局編：《肇慶文化遺產》（廣州：南方日報出版社，2009 年）。

中國人民政治協商會議天津市河北區委員會文史工作委員會編：《天津河北文史第 1 輯》（天津：中國人民政治協商會議天津市河北區委員會文史工作委員會，1988 年）。

中國人民政治協商會議湖北省委員會文史資料委員會編：《湖北文史集粹‧文

化　藝術》（武漢：湖北人民出版社，1999 年）。

中國現代文學館編：《邊城》（北京：華夏出版社，2008 年）。

尹雪曼：《鼎盛時期的新小說》（台北：成文出版社，1980 年）。

文潔若：《夢之谷奇遇》（北京：中國友誼出版公司，1992 年）。

王力：《中國現代語法》（北京：商務印書館，1985 年）。

王力：《漢語語法史》（北京：商務印書館，2005 年）。

王世襄：《憶往說趣》（北京：生活・讀書・新知三聯書店，2010 年）。

王承略、李笑岩譯註：《楚辭》（濟南：山東畫報出版社，2014 年）。

王哲甫：《中國新文學運動史》（上海：上海書店出版社，1933 年）。

王培元：《永遠的朝內 166 號：與前輩魂靈相遇》（北京：人民文學出版社，2014 年）。

王緋：《空前之跡——1851－1930：中國婦女思想與文學發展史論》（北京：商務印書館，2004 年）。

王翠艷：《女子高等教育與中國現代女性文學的發生——以北京女子高等師範為中心》（北京：文化藝術出版社，2007 年）。

王翠艷：《燕京大學與五四新文學》（北京：文化藝術出版社，2015 年）。

王德威：《小說中國：晚清到當代的中文小說》（台北：麥田出版有限公司，1993 年）。

（法）布爾迪厄著，包亞明譯：《文化資本與社會煉金術——布爾迪厄訪談錄》（上海：上海人民出版社，1997 年）。

田仲濟、孫昌熙編：《中國現代文學史》（濟南：山東人民出版社，1979 年）。

（法）皮埃爾・布迪厄著，劉暉譯：《藝術的法則：文學場的生成和結構》（北京：中央編譯出版社，2001 年）。

冰心：《冰心自傳》（南京：江蘇文藝出版社，1995 年）。

朱一玄、陳桂聲、李士金編：《文史工具書手冊》（瀋陽：遼寧教育出版社，1989 年）。

朱大可：《華夏上古神系（下）》（北京：東方出版社，2014 年）。

朱保炯、謝沛霖編：《明清進士題名碑錄索引》（上海：上海古籍出版社，1980 年）。

朱棟霖主編：《中國現代文學經典（1917 — 2012）》（北京：北京大學出版社，2014 年）。

朱壽桐：《新月派的紳士風情》（南京：江蘇文藝出版社，1995 年）。

艾丹：《泰戈爾與五四時期的思想文化論爭》（北京：人民出版社，2010 年）。

（美）艾德敷（Dwight W. Edwards）著，劉天路譯：《燕京大學》（珠海：珠海出版社，2005 年）。

（日）佐藤鐵治郎著，孔祥吉、（日）村田雄二郎整理：《一個日本記者筆下的袁世凱》（天津：天津古籍出版社，2005 年）。

吳世勇編：《沈從文年譜：1902 — 1988》（天津：天津人民出版社，2006 年）。

（清）吳道鎔、丁仁長、梁鼎芬等纂修：《宣統番禺縣續志》（上海：上海書店，2003 年）。

吳福輝：《春潤集》（上海：復旦大學出版社，2012 年）。

宋炳輝：《文學史視野中的中國現代翻譯文學——以作家翻譯為中心》（上海：復旦大學出版社，2013 年）。

李一鳴：《中國新文學史講話》（上海：世界書局，1943 年）。

（唐）李白著，傅東華選注：《李白詩》（武漢：崇文書局，2014 年）。

李伯元：《南亭四話·卷五》（南京：江蘇古籍出版社，2000 年）。

李哲：《「罵」與〈新青年〉批評話語的建構》（濟南：山東文藝出版社，2015 年）。

（唐）李商隱：《李商隱詩集》（上海：上海古籍出版社，2015 年）。

李國彤：《女子之不朽：明清時期的女教觀念》（桂林：廣西師範大學出版社，2014 年）。

李喜氣、陳宗文主編：《電白人——楊義》（茂名：南方書社，2000 年）。

李菁：《記憶的容顏：〈口述〉精選集二 2008 — 2011》（北京：生活·讀書·新知三聯書店，2012 年）。

李維屏：《英國小說藝術史》（上海：上海外語教育出版社，2003 年）。

（唐）杜甫著，張忠綱選註：《杜甫詩選》（北京：中華書局，2005 年）。

沈從文：《沈從文文集·卷十一·文論》（廣州：花城出版社，1984 年）。

沈從文：《沈從文文集·卷四·小說》（廣州：花城出版社，1982 年）。

沈從文：《沈從文全集·卷十七·文論 修訂本》（太原：北嶽文藝出版社，2009 年）。

孟悅、戴錦華：《浮出歷史地表》（北京：中國人民大學出版社，2010 年）。

定宜莊、汪潤主編：《口述史讀本》（北京：北京大學出版社，2011 年）。

林以森編：《鼎湖拾貝》（汕頭：汕頭大學出版社，2008 年）。

林杉：《秀韻天成凌叔華》（北京：作家出版社，2008 年）。

林亞傑主編：《廣東歷代書法圖錄》（廣州：廣東人民出版社，2004 年）。

林徽因選輯：《大公報文藝叢刊小說選》（上海：上海書店，2015 年）。

（俄）契訶夫著，汝龍譯：《契訶夫短篇小說選》（北京：人民文學出版社，2002 年）。

（俄）契訶夫著，汝龍譯：《契訶夫論文學》（北京：人民文學出版社，1958 年）。

姜智芹：《文學想像與文化利用：英國文學中的中國形象》（北京：中國社會科學出版社，
　　2005 年）。

政協河北省委員會文史資料委員會、政協張家口市委員會文史資料委員會編：《民族英
　　雄鄧世昌》（北京：中國民間文藝出版社，1989 年）。

施蟄存：〈一人一書〉，《施蟄存作品新編》（北京：人民文學出版社，2009 年）。

施蟄存：《北山四窗》（上海：上海文藝出版社，2000 年）。

洛濱生：《中國黑幕大觀》（上海：中華圖書集成公司，1918 年）。

胡坤：《藍色的陰影──中國婦女文化觀照》（西安：陝西人民教育出版社，1989 年）。

范伯群編：《冰心研究資料》（北京：知識產權出版社，2009 年）。

郎紹君、水中天編：《二十世紀中國美術文選（上）》（上海：上海書畫出版社，1999 年）。

倪邦文：《自由者夢尋──「現代評論派」綜論》（上海：上海文藝出版社，1997 年）。

凌叔華、陳西瀅著，風舟編：《雙佳樓夢影》（南京：江蘇文藝出版社，1996 年）。

夏曉虹編：《胡適論文學》（合肥：安徽教育出版社，2006 年）。

孫宜學編著：《泰戈爾與中國》（石家莊：河北人民出版社，2001 年）。

徐志摩：《徐志摩全集補編 4：日記書信集》（上海：上海書店出版社，1994 年）。

徐志摩著，韓石山編：《徐志摩作品新編》（北京：人民文學出版社，2009 年）。

徐葆耕編選：《會通派如是說──吳宓集》（上海：上海文藝出版社，1998 年）。

徐寧：《江南女校與江南社會》（上海：上海人民出版社，2015 年）。

浦麗琳編著：《海外拾珠：浦薛鳳家族收藏師友書簡》（天津：百花文藝出版社，2012 年）。

草野著：《現代中國女作家》（北平：人文書店，1932 年）。

袁世凱著，廖一中、羅真容整理，天津社會科學院歷史研究所、天津圖書館編：《袁世
　　凱奏議》（天津：天津古籍出版社，1987 年）。

袁克文編：《圭塘倡和詩》。

張光年：《張光年文集・卷二》（北京：人民文學出版社，2002 年）。

張岱年、鄧九平主編：《人淡如菊》（北京：北京師範大學出版社，1997 年）。

張莉：《浮出歷史地表之前──中國現代女性寫作的發生》（天津：南開大學出版社，
　　2010 年）。

張蔭桓著，任青、馬忠文整理：《張蔭桓日記》（上海：上海書店出版社，2004 年）。

張蔭桓著，曹淳亮、林銳選編：《張蔭桓詩文珍本集刊・卷一》（上海：上海古籍出版社，
　　2013 年）。

張衛中：《漢語與漢語文學》（北京：文學藝術出版社，2006 年）。

《晨報：一九二四年四月－六月‧第 29 分冊》（北京：人民出版社，1981 年）。

梁谷音：《我的昆曲世界：梁谷音畫傳》（上海：百家出版社，2009 年）。

梅蘭芳：《舞台生活四十年》（北京：中國戲劇出版社，1987 年）。

盛英：《二十世紀中國女性文學史》（天津：天津人民出版社，1995 年）。

章清：《「胡適派學人群」與現代中國自由主義》（上海：上海古籍出版社，2004 年）。

陳子善：《拾遺小箋》（北京：海豚出版社，2014 年）。

陳小瀅講述，高艷華記錄編選：《小瀅紀念冊》（天津：百花文藝出版社，2008 年）。

陳元暉主編：《中國近代教育史資料彙編：戊戌時期教育》（上海：上海教育出版社，
　　2007 年）。

陳占彪：《反思與重構——中國現代文學研究的學術轉型》（南京：南京大學出版社，
　　2009 年）。

陳平原：《中國小說敘事模式的流變》（北京：北京大學出版社，2010 年）。

陳平原：《圖像晚清：〈點石齋畫報〉之外》（北京：東方出版社，2014 年）。

陳西瀅著，陳子善、范玉吉編：《西瀅文錄》（瀋陽：遼寧教育出版社，2000 年）。

陳東原：《中國婦女生活史》（北京：商務印書館，2015 年）。

陳枚編：《寫心集》（上海：中央書店，1936 年）。

陳建功編著：《中國現代文學館館藏珍品大系‧信函卷‧第 1 輯》（北京：文化藝術出版
　　社，2009 年）。

陳師曾：《中國文人畫之研究》（上海：中華書局，1941 年）。

陳敬之：《現代文學早期的女作家》（台灣：成文出版社，1980 年）。

陳學勇：《民國才女風景》（上海：上海遠東出版社，2009 年）。

陳學勇：《高門巨族的蘭花：凌叔華的一生》（北京：人民文學出版社，2010 年）。

陳澤泓：《嶺表志譚》（廣州：廣東人民出版社，2013 年）。

傅光明、孫偉華編：《蕭乾研究專集》（北京：華藝出版社，1982 年）。

傅光明：《凌叔華：古韻精魂》（鄭州：大象出版社，2004 年）。

（清）彭定求編：《全唐詩‧卷七》（北京：中華書局，2008 年）。

程明震：《文心後素——文人畫藝術研究》（南京：東南大學出版社，2007 年）。

舒新城編：《中國近代教育史資料》（北京：人民教育出版社出版），1962 年）。

舒新城編：《近代中國教育史料》（上海：上海科學技術文獻出版社，2015 年）。

賀玉波：《中國現代女作家》（上海：四合出版社，1946 年）。

馮並：《中國文藝副刊史》（北京：華文出版社，2001 年）。

黃人影編：《當代中國女作家論》（上海：上海書店，1985 年）。

黃金麟：《歷史、身體、國家：近代中國的身體形成（1895 — 1937）》（北京：新星出版社，2006 年）。

黃英：《現代中國女作家》（上海：上海北新書局，1931 年）。

黃修己、劉衛國主編：《中國現代文學研究史》（上下冊）（廣州：廣東人民出版社，2008 年）。

黃霖、韓同文注：《中國歷代小說論著選・下・修訂本》（南昌：江西人民出版社，2000 年）。

楊玉峰師：《探索與鉤沉：現代女作家與中國婦女解放問題》（北京：中國文聯出版社，2013 年）。

楊義：《二十世紀中國小說與文化》（台北：業強出版社，1993 年）。

楊義：《楊義文存第二卷・中國現代小說史（上）》（北京：人民文學出版社，1998 年）。

解志熙：《文學史的「詩與真」：中國現代文學文獻校讀論集》（北京：北京大學出版社，2013 年）。

趙家璧主編，胡適編：《中國新文學大系建設理論集・卷一》（上海：良友圖書印刷公司，1935 年）。

趙家璧編：《二十人所選短篇佳作集》（廣州：花城出版社，1982 年）。

趙園：《論小說十家》（杭州：浙江文藝出版社，1987 年）。

趙祿祥主編：《中國美術家大辭典》（北京：北京出版社，2007 年）。

劉建龍編：《古文類鑒》（北京：中國文史出版社，2015 年）。

劉思謙：《「娜拉」言說：中國現代女作家心路紀程》（開封：河南大學出版社，2007 年）。

劉衍文、艾以主編：《現代作家書信集珍》（上海：漢語大詞典出版社，1999 年）。

劉凌、劉效禮編：《施蟄存全集・卷四・北山散文集・第 3 輯》（上海：華東師範大學出版社，2011 年）。

劉偉鏗校注：《肇慶星湖石刻全錄》（肇慶：肇慶星湖風景名勝區管理委員會，1986 年）。

劉淑玲：《大公報與中國現代文學》（石家莊：河北教育出版社，2004 年）。

劉紹唐編：《甚麼是傳記文學》（台北：傳記文學出版社，1967 年）。

劉景超：《清末民初女子教科書的文化特性》（北京：知識產權出版社，2015 年）。

劉運峰編：《中國新文學大系導言集》（天津：天津人民出版社，2009 年）。

劉壽林編：《辛亥以後十七年職官年表》（北京：中華書局，1966 年）

鄧之誠：《骨董瑣記全編》（北京：北京出版社，1996 年）。

鄭逸梅：《藝林散葉續編》（北京：中華書局，1995 年）。

燕大校友校史編寫委員會：《燕京大學史稿：1919 — 1952》（北京：中國人民出版社，
　　1999 年）。

蕭一山：《清代通史》（四）（上海：華東師範大學出版社，2006 年）。

蕭乾：《文學回憶錄》（哈爾濱：北方文藝出版社，2014 年）。

蕭乾：《風雨平生：蕭乾口述自傳》（北京：北京大學出版社，1999 年）。

蕭乾：《蕭乾全集‧卷五》（武漢：湖北人民出版社，2005 年）。

錢虹：《燈火闌珊：女性美學觀照》（台北：秀威資訊科技股份有限公司，2011 年）。

錢理群、溫儒敏、吳福輝：《中國現代文學三十年》（北京：北京大學出版社，1998 年）。

錢實甫編：《清代職官年表》（北京：中華書局，1980 年）

閻純德：《20 世紀中國著名女作家傳（上）》（北京：中國文聯出版公司，1995 年）。

閻純德編：《中國現代女作家》（哈爾濱：黑龍江人民出版社，1983 年）。

謝益顯主編：《中國當代外交史（1949 — 1995）》（北京：中國青年出版社，1997）。

謝慶立：《中國早期報紙副刊編輯形態的演變》（北京：學苑出版社，2008 年）。

謝蘭生著，李若晴編：《常惺惺齋日記》（廣州：廣東人民出版社，2014 年）。

鍾叔河編：《周作人文選‧卷四》（廣州：廣州出版社，1995 年）。

顏浩：《北京的輿論環境與文人團體：1920－1928》（北京：北京大學出版社，2008 年）。

羅久芳編著：《五四飛鴻：羅家倫珍藏師友書簡集》（天津：百花文藝出版社，2010 年）。

羅新璋、陳應年編：《翻譯論集》（北京：商務印書館，2015 年）。

嚴家炎：《中國現代小說流派史》（北京：人民文學出版社，1989 年）。

蘇雪林：《二三十年代作家與作品》（台北：純文學出版社，1979 年）。

蘇雪林：《青鳥集》（上海：商務印書館，1938 年）。

蘇雪林：《浮生九四——雪林回憶錄》（台北：三民書局，1991 年）。

蘇雪林著，沈暉編：《蘇雪林文集》（合肥：安徽文藝出版社，1989 年）。

鍾軍紅、陳翠平：《一個時代的記憶：中國現代文學名家十章》（廣州：暨南大學出版社，
　　2010 年）。

3. 文章

（1）報刊文章

A. 文學作品

YM：〈酒後〉，《松聲》，1925 年第 20 期，頁 5 — 6。

丁西林：〈酒後〉，《現代評論》，1925 年 3 月 7 日，第 1 卷第 13 期，頁 8 — 14。

王警濤：〈酒後的甜吻〉，《紫羅蘭》，1929 年第 4 卷第 7 期，頁 1 — 6。

張慧君：〈酒後〉，《三角之光》，1926 年第 2 卷第 7 期，頁 21 — 26。

程小青：〈酒後〉，《民眾文學》，1923 年第 1 卷第 4 期，頁 1 — 9。

B. 新聞報道

〈大總統告令（中華民國四年三月十日）：據督修崇陵工程事宜凌福彭阿穆爾靈圭呈報崇
  陵工程接修告竣〉，《政府公報》，1915 年第 1019 期，頁 31 — 32。

〈天津府凌守福彭調查日本監獄習藝詳細情形呈直隸總督袁稟〉、〈天津監獄習藝所辦
  法〉、〈天津監獄習藝所辦理事務規程〉、〈天津監獄習藝所看守兵差務規則〉，《東
  方雜誌》，1906 年第 3 卷第 2 期，頁 64 — 75。

〈直隸第一女子師範學校本科四年級學生畢業名單〉，《教育公報》，1918 年第 5 卷第 12
  期，頁 9。

〈直隸第一女子師範學校家事專修科學生畢業名單〉，《教育公報》，1919 年第 6 卷第 9
  期，頁 19。

〈直隸第一女子師範學校學生畢業名單〉，《教育公報》，1917 年第 4 卷第 12 期，頁 4。

〈奏保凌福彭補關道〉，《大同報（上海）》，1907 年第 7 卷第 10 期，頁 30。

〈特派撫慰籌辦廣東善後事宜凌福彭、李翰芬呈報到粵撫慰情形文並批令（中華民國四
  年九月十一日）〉，《政府公報》，1915 年第 1210 期，頁 34 — 35。

〈凌福彭幸遇救命星〉，《淺說畫報》，1912 年 4 月 8 日，第 833 期，頁 4。

〈督修崇陵工程事宜凌福彭阿穆爾靈圭恭報接修崇陵工程告竣情形應請特頒明令布告
  天下其在工出力各員並請分別給獎文並批令（附單）〉（中華民國四年三月十日），
  《政府公報》，1915 年第 1059 期，頁 18 — 19。

〈摺奏類二：直隸總督陳夔龍奏請獎藩司凌福彭等片〉，《政治官報》，1911 年第 1300
  期，頁 13。

（2）研究論文

「20 世紀中國文學的世界性因素」討論會紀要，《中國比較文學》，2002 年第 2 期，頁
50 — 61。

力子：〈隨感錄：「茶餘酒後派」小說〉，《民國日報‧覺悟》，1923 年第 1 卷第 15 期，
頁 3。

弋靈：〈《花之寺》：凌叔華女士的短篇小說集〉，《文學週報》，1929 年第 326 — 350 期，
頁 685 — 691。

（法）安德烈‧莫洛亞作，陳干澤譯：〈陳凌叔華〉，《文學界》，2008 年第 12 期，頁
15。

王立峰：《矛盾與錯位：〈天下〉對於中國現代文學的評介與翻譯》（南京大學文學碩士
論文，2013 年）。

王志明、麻武成：〈凌叔華散文研究綜述〉，《廣西社會科學》，2008 年第 3 期，頁
201 — 204。

王桂妹：〈「五四女作家群」的歷史建構曲線〉，《文學評論》，2010 年第 6 期，頁
133 — 139。

王雪芹：〈1935 — 1937：文化生態轉型與現代戲劇的成熟〉，《貴州社會科學》，2016
年第 10 期，頁 85 — 92。

王愛松：〈「何徐創作問題」風波與京海派論爭的終結〉，《天津社會科學》，2012 年第
6 期，頁 103 — 108。

平明：〈嚼字〉，《京報副刊》，1925 年第 41 期，頁 8。

任青、馬忠文：〈張蔭桓甲午日記稿本及其價值〉，《廣東社會科學》，2004 年第 1 期，
頁 120 — 127。

伍修權：〈四十年前的聯合國之行〉，《人民日報》，1990 年 6 月 28 日，第六版。

朱光潛：〈我對於本刊的希望〉，《文學雜誌》，1937 年創刊號，頁 1 — 10。

朱光潛：〈談翻譯〉，《華聲》，1944 年第 1 卷第 4 期，頁 9 — 16。

朱自清：〈論自然畫與人物畫——凌叔華作《小哥兒倆》序〉，《天下周刊》，1946 年 5
月，第 1 卷 1 期，頁 5 — 7。

衣若芬：〈南洋大學時期的凌叔華與新舊體詩之爭〉，《新文學史料》，2009 年第 1 期，
頁 48 — 57。

李子文：〈重評《現代評論》〉，《史學集刊》，1994 年第 2 期，頁 29 — 34。

沈從文：〈論中國創作小說（續）〉，《文藝月刊》，1931 年第 2 卷第 5 — 6 期，頁
215 — 224。

沈祥雲：〈清代文官保舉制度研究〉（上海師範大學碩士論文，2004 年）。

侍桁：〈何家槐的創作問題〉，《申報‧自由談》，1934 年 3 月 7 日。

季羨林：〈泰戈爾與中國〉，《社會科學戰線》，1979 年第 2 期，頁 287 — 297。

（日）阿部紗織作，文潔若譯：〈「新女性」之死——圍繞凌叔華《女兒身世太淒涼》的考察〉，《楊浦文藝》，2014 年第 5 期。

施曄：〈近代城市黑幕小說的再審視——以《上海秘幕》及《北京黑幕大觀》為中心〉，《社會科學》，2013 年第 3 期，頁 174 — 182。

（日）星野幸代：〈凌叔華と 1959 年後日本を步く一《重遊日本記》〉，http://www.doc88.com/p — 842879978189.html。

柯惠鈴：〈隳禮之教：清末畫報的婦女圖像——以 1900 年後出版的畫報為主的討論〉，《南開學報（哲學社會科學版）》，2013 年第 3 期，頁 49 — 62。

胡適、甘蟄仙：〈講演：好政府主義〉，《晨報副鐫》，1921 年 11 月 17 日和 18 日。

胡適：〈美國的婦人：在北京女子師範學校講演〉，《新青年》，1918 年第 3 期，頁 27 — 39。

胡燕春：〈美國漢學家視域中的凌叔華〉，《作家雜誌》，2011 第 11 期，頁 18 — 19。

凌叔華著，邱燕楠譯：〈月宮女神〉，《現代中文學刊》，2013 年第 1 期，頁 87 — 89。

凌念勝：〈一代才女凌叔華的父親〉，《世紀》，2013 年 3 期，頁 70 — 71。

唐達暉：〈關於《現代文藝》與《志摩遺札》〉，《新文學史料》，1990 年第 2 期，頁 95 — 96。

唐達暉輯：〈《現代文藝》總目及有關資料〉，武漢市文聯文藝理論研究室編：《武漢文學藝術史料‧第 1 輯》（武漢：武漢市文聯文研室，1985 年），頁 188 — 223。

夏曉虹：〈《紅樓夢》與清代女子詩社——從大觀園中的「海棠詩社」談起〉，《文史知識》，1989 年 7 期，頁 100 — 102。

徐續紅：〈戲劇家的悲劇——向培良與魯迅〉，《魯迅研究月刊》，2013 年第 4 期，頁 71 — 79。

馬忠文：〈王貴忱先生與張蔭桓研究〉，《南方都市報數字報》，2014 年 6 月 22 日，http://epaper.oeeee.com/C/html/2014 — 06/22/content_2115351.htm。

馬忠文：〈張蔭桓、翁同龢與戊戌年康有為進用之關係〉，《近代史研究》，2012 年第 1 期，頁 4 — 28。

馬勤勤：〈「浮出歷史地表」之前的女學生小說：以《直隸第一女子師範學校校友會會報》（1916 — 1918）為中心〉，《文學評論》，2014 年第 6 期，頁 124 — 133。

馬勤勤：〈凌叔華在直隸第一女子師範學校事跡和佚作考〉，《中國現代文學研究叢刊》，2014 年第 5 期，頁 192 — 203。

高奮：〈弗吉尼亞・伍爾夫的中國眼睛〉，《廣東社會科學》，2016 年第 1 期，頁
    163 — 172。

崔銀晶：〈凌叔華研究綜述〉，《鄭州大學學報（哲學社會科學版）》，2001 年第 2 期，
    頁 64 — 68。

張大新：〈明理・圖貌・傳神・寫心──關於山水遊記形成過程的思考〉，《文學評論》，
    1992 年 2 期，頁 85 — 95。

張莉：〈重估現代女作家的出現──以新文學期刊（1917 — 1925）中的女作者創作為視
    點〉，《南開學報（哲學社會科學版）》，2008 年第 2 期，頁 73 — 79。

張莉：〈被建構的第一代女作家的經典〉，《中國現代文學研究叢刊》，2010 年第 3 期，
    頁 60 — 68。

張凱默：〈現代女作家大學經歷與主體精神成長──以女師大、燕京大學女作家自敘傳
    為例〉，《中國現當代文學研究》，2015 年 4 月第 4 期，頁 199 — 202。

清道夫：〈「海派」後起之秀何家槐小說別人做的〉，《文化列車》，1934 年 2 月第 9 期。

陳子善：〈凌叔華海外作品掇錄瑣記〉，《文學界》，2008 年第 12 期，頁 19。

陳建軍：〈凌叔華佚文及其他〉，《新文學史料》，2011 年第 3 期，頁 176 — 178。

陳雪芬：〈民國時期燕京大學英文系的優良傳統探析〉，《現代大學教育》，2013 年第 6
    期，頁 61 — 66。

陳漱渝：〈關於「現代評論派」的一些情況〉，《中國現代文學研究叢刊》，1980 年第 3
    期，頁 300 — 308。

陳學勇：〈林徽因年表〉，《新文學史料》，1993 年第 1 期，頁 181 — 196。

陸璋：〈蔡孑民先生在愛國女學校之演說詞〉，《環球》，1917 年第 2 卷第 1 期，頁
    47 — 50。

游友基：〈凌叔華小說論〉，《信陽師範學院學報（哲學社會科學版）》，1989 年第 1 期，
    頁 76 — 84。

馮暉：〈由畫而文：京派小說「意境」之因質〉，《暨南學報（哲學社會科學版）》，2012
    年第 4 期，頁 76 — 82。

馮慧敏、謝昭新：〈論凌叔華的自由主義文學思想〉，《中國現代文學研究叢刊》，2013
    年第 9 期，頁 99 — 107。

馮慧敏、謝昭新：〈論凌叔華的自由主義文學觀〉，《中國現代文學研究叢刊》，2012 年
    第 9 期，頁 75 — 85。

黃育聰、高少鋒：〈家政系與 1920 年代女子高等教育觀──以燕京大學家政系為核心〉，
    《湖南科技學院學報》，2011 年 3 月，第 32 卷第 3 期，頁 30 — 34。

楊靜遠譯：〈弗・伍爾夫致凌叔華的六封信〉，《外國文學研究》，1989 年第 3 期，頁
　　8 — 11。

董振修：〈天津教育、出版史上的一份重要文獻——直隸第一女師校友會《會報》簡介〉，
　　《天津師範大學學報（社會科學版）》，1992 年第 4 期，頁 49 — 53。

暟嵐：〈文藝美術：酒後：現代評論第一卷十三期，作者西林〉，《清華周刊：書報介紹
　　副刊》，1925 年第 16 期，頁 54 — 55。

滿長君：《嫦娥奔月傳說的歷史發展遺痕及其原因研究》，山東大學碩士學位論文，2009
　　年。

劉峰傑：〈論京派批評觀〉，《文學批評》，1994 年第 4 期，頁 5 — 16。

劉新華：〈論凌叔華的女性故事〉，《中國現代文學研究叢刊》，頁 52 — 64。

蔣錫金：〈抗戰初期的武漢文化界〉，《新文學史料》，2005 年第 2 期，頁 43 — 51。

諸孝正：〈凌叔華和她的散文〉，《華南師範大學學報（社會科學版）》，1985 年第 3 期，
　　頁 110 — 116。

諸孝正：〈試論凌叔華的短篇小說創作〉，《韶關師專學報》，1987 年第 3 期，頁 27。

鄭亦麟：〈中國家政學概述〉，《深圳大學學報（人文社會科學版）》，1989 年第 2 期，
　　頁 116 — 122。

蕭然：〈觀「酒後」和「一隻馬蜂」〉，《京報副刊》，1925 年第 99 期，頁 6。

錢杏邨：〈「花之寺」——關於凌淑華創作的考察〉，《海風週報》，1929 年第 2 期，頁
　　9 — 11。

錢理群：〈試論五四時期「人的覺醒」〉，《文學評論》，1989 年第 3 期，頁 5 — 17。

閻純德：〈作家、畫家凌叔華〉，《新文學史料》，1981 年第 4 期，頁 182 — 187。

謝耀基：〈漢語語法歐化綜述〉，《語文研究》，2001 年第 1 期，頁 17 — 22。

嚴慧：〈《天下》雜誌與京派文學英譯傳播〉，《中國現代文學研究叢刊》，2009 年 11 月，
　　第 6 期，頁 104 — 114。

龔明德：〈凌叔華的四篇佚文〉，《博覽群書》，1999 年第 5 期，頁 31 — 33。

龔敏律：〈朱利安・貝爾在華文學活動與中國現代文學〉，《中國現代文學研究叢刊》，
　　2014 年第 7 期，頁 113 — 121。

二、英文參考資料

1. Archive

Letters and unpublished writings from Archive Centre, King's College, Cambridge & The Keep Archive Centre, University of Sussex.

2. Books

Al-Dabbagh, Abdulla, *Literary Orientalism, Postcolonialism, and Universalism* (New York, Washington, D. C./ Baltimore, Bern Frankfurt am Main, Berlin, Brussels, Vienna, Oxford: Peter Lang, 2010).

Anderson, Benedict, *Imagined Communities: Reflections on the Origin and Spread of Nationalism* (London, New York: Verso, 1991).

Barlow, Tani E., *The Question of Women in Chinese Feminism* (Durham and London: Duke University Press, 2004).

Bell, Julian, *Julian Bell-Essays, Poems, and Letters*, edited by Quentin Bell (London: The Hogarth Press, 1938).

Bell, Vanessa, *Selected Letters of Vanessa Bell*, edited by Regina Marler (Wakefield, Rhode Island & London: Moyer Bell, 1998).

Buck, Pearl S., *A House Divided* (London: Methuen & Co. LTD., 1935).

Buck, Pearl S., *My Several Worlds: A Personal Record* (New York: The John Day Company, 1954).

Chow, Rey, *Woman and Chinese modernity: the politics of reading between West and East* (Minneapolis, MN: University of Minnesota Press, 1991).

Douglas, Kate, *Contesting Childhood: Autobiography, Trauma, and Memory* (New Brunswick, New Jersey, and London: Rutgers University Press, 2010).

Gellner, Ernest, *Nations and Nationalism* (Oxford: Basil Blackwell, 1983).

Gilmartin, Christina Kelley, *Engendering the Chinese Revolution: Radical Women, Communist Politics, and Mass Movements in the 1920s* (Berkeley, Los Angeles, London, University of California Press, 1995).

Goldman, Merle, ed. *Modern Chinese literature in the May Fourth Era* (Cambridge, Massachusetts, and London: Harvard University Press, 1977).

Hay, Stephen N., *Asian Ideas of East and West: Tagore and His Critics in Japan, China, and India* (Cambridge, Massachusetts: Harvard University Press, 1970).

Hegel, Georg Wilhelm Friedrich, *The Philosophy of History*, translated by J. Sibree, M. A. (Kitchener: Batoche Books, 2001).

Hockx, Michel, *Questions of Style: Literary Societies and Literary Journals in Modern China, 1911-1937* (Leiden, Boston, Koln: Brill, 2003).

Horne, Olive Browne & Scobey, Katherine Lois, *Stories of Great Artists* (New York, American Book Co., 1903).

Hsia, C.T., *A History of Modern Chinese Fiction* (Hong Kong: The Chinese University Press, 2016).

Larson, Wendy, *Literary Authority and the Modern Chinese Writer: Ambivalence and Autobiography* (Durham and London: Duke University Press, 1991).

Lau, Joseph S. M. & Goldblatt, Howard, ed. *The Columbia Anthology of Modern Chinese Literature* (New York: Columbia University Press, 2007).

Laurence, Patricia, *Lily Briscoe's Chinese eyes: Bloomsbury, Modernism, and China* (South Carolina: University of South Carolina Press, 2003).

Lee, Lily Xiaohong Lee & Stefanowska, A. D., ed. *Biographical Dictionary of Chinese Women: The Twentieth Century 1912-2000* (New York: Routledge, 2015).

Leong, Karen J., *The China Mystique: Pearl S. Buck, Anna May Wong, Mayling Soong, and the Transformation of American Orientalism* (Berkeley, Los Angels, London: University of California Press, 2005).

Leydesdorff; Selma; Passerini, Luisa & Thompson, Paul ,ed. *Gender and Memory* (International Yearbook of Oral History and Life Stories VOLUME IV) (Oxford: Oxford University Press, 1996).

Ling, Shuhua (Su Hua), *Ancient Melodies* (London: The Hogarth Press, 1953).

Liu, Lydia H., *Translingual Practice: Literature, National Culture and Translated Modernity-China, 1900-1937* (Stanford: Stanford University Press, 1995), pp.199-213.

Mansfield, Katherine, *The complete stories of Katherine Mansfiled* (Auckland: Golden Press, 1974).

Marcus, Laura, *Auto/biographical Discourses: Theory, Criticism, Practice* (Manchester and New York: Manchester University Press, 1994).

Maugham, W. Somerset, *On a Chinese Screen* (London: William Heinemann, 1922).

Meyers, Jeffrey, *Katherine Mansfield: A Darker View* (New York: Rowman & Littlefield, 2002).

Ng, Janet, *The Experience of Modernity: Chinese Autobiography of the Early Twentieth Century* (Ann Arbor: The University of Michigan Press, 2003).

Palandri, Angela Jung ,ed. *Women Writers of 20th-Century China* (Eugene: University of Oregon, 1982).

Pascal, Roy, *Design and Truth in Autobiography* (London: Routledge & Kegan Paul, 1960).

Pu, Songling, *Strange Stories from the Lodge of Leisures,* translated by George Soulié (Boston and New York: Houghton Mifflin Company, 1913). http://www.gutenberg.org/files/37766/37766-h/37766-h.htm [accessed on Jan 5th, 2016].

Said, Edward, *Orientalism* (London: Penguin, 1977).

Shih, Shu-mei, *The Lure of the Modern: Writing Modernism in Semicolonial China, 1917-1937* (Berkeley, Los Angeles, London: University of California Press, 2001).

Smedley, Agnes, *Daughter of Earth* (London: Virago, 1977).

Stansky, Peter & Abrahams, William, *Julian Bell: From Bloomsbury to the Spanish Civil War* (Stanford, California: Stanford University Press, 2012).

Strachey, Lytton, *Son of Heaven*, edited by George Simson (London: Cecil Woolf, 2005).

Stringer, Jenny ,ed. *The Oxford Companion to Twentieth-Century Literature in English* (Oxford: Oxford University Press,1996).

Wang, Jing M, *When "I" Was Born: Women's Autobiography in Modern China* (Wisconsin: The University of Wisconsin Press, 2008).

Welland, Sasha Su-Ling, *A Thousand Miles of Dreams: The Journey of Two Chinese Sisters* (Lanham, Boulder, New York, Toronto, Plymouth, UK: Rowman & Littlefield Publishers, INC., 2006).

Wills, J. H., *Leonard and Virginia Woolf as Publishers: The Hogarth Press, 1917-41* (Charlottesville and London: University Press of Virginia, 1992).

Woolf, Virginia, *Mrs. Dalloway* (London: Penguin Books, 1996).

Woolf, Virginia, *The Essays of Virginia Woolf* (Vol. 6), edited by Struart. N. Clarke (London: The Hogarth Press, 2011).

Woolf, Virginia, *The Essays of Virginia Woolf* (Vol. 2), edited by Andrew McNeillie

(London: The Hogarth Press, 1986).

Woolf, Virginia, *The Essays of Virginia Woolf* (Vol. 3), edited by Andrew McNeillie (London: The Hogarth Press, 1988).

Woolf, Virginia, *The Letters of Virginia Woolf* (Vol. 6: 1936-1941), edited by Nigel Nicolson and Joanne Trautmann (London: The Hogarth Press, 1980).

Woolf, Virginia, *To the Lighthouse* (London: Penguin Books, 1996).

Woolf, Virginia, *Women and Writing*, edited by Michèle Barrett (San Diego, New York, London: Harcourt Brace & Company, 1980).

Wu, Pei-yi, *The Confucian's Progress: Autobiographical writings in Traditional China* (Princeton: Princeton University Press, 1990).

Yan, Haiping, "War, Death, and the Art of Existence: Mobile Women in the 1940s" , in *Chinese Women Writers and the Feminist Imagination, 1905-1948* (London and New York: Routledge, 2006).

3. Articles

(1) Ling Shuhua's literary writings

Ling, Shuhua, "Childhood in China" , *The Spectator*, No. 6391 (Dec 22nd, 1950), p.724.

Ling, Shuhua, "The Red Coat Man" , *The Spectator*, No. 6387 (Nov 24th, 1950), pp.540-541.

Ling, Shuhua, "Our Old Garderner" , *Country Life*, No. 2822 (Feb 16th, 1951), pp.466-467.

Ling, Shuhua, "Visit to a Royal Gardener" , *Country Life*, No. 2884 (April 25th, 1952), pp.1242-1243.

(2) Research Papers

"Chinese Travels West" , *The Spectator*, No. 6387 (Nov 24th, 1950), pp.532-533.

Acton, Harold, "Childhood in Peking" , Review of Ancient Melodies, *The Times Literary Supplement*, No. 2712 (Jan 22nd, 1954), p.55.

Chow, Rey, "Virtuous Transactions: A Reading of Three Stories by Ling Shuhua", *Modern Chinese Literature*, Vol. 4 (1988), pp.71-86.

Deering, Catherine M., " 'The Poor of the World are One Big Family': the writings of Agnes Smedley", in *Nothing Else to Fear: New Perspectives on America in the Thirties*, edited by Stephen W. Baskerville and Ralph Willett (Manchester: Manchester University Press, 1985), pp.132-145.

H.H, "Other Recent Books", Review of Ancient Melodies, *The Spectator*, No. 6556 (Feb 19th, 1954), p.218.

John, K., "Chinese Childhood", Review of Ancient Melodies, *The New Statesman and Nation*, No.1193 (Jan 16th 1954), p.76.

Mohanty, Chandra Talpade, "Under Western Eyes: Feminist Scholarship and Colonial Discourses", *Feminist Review*, No. 30 (Autumn, 1988), pp.61-88.

Mullikan, Mary Augusta, "An Artists' Party in China", *Studio International*, Vol. 110, No. 512 (Nov 1935), pp.284-291.

Payne, Sebastian, "Welcome to The Spectator Archive: 180 Years of History Now On-line", http://blogs.spectator.co.uk/coffeehouse/2013/06/welcome-to-the-spectator-archive-180-years-of-history-now-online/ [accessed on April 11th, 2015].

Riehl, Joseph E., "Charles Lamb's 'Old China', Hogarth, and Perspective Painting", *South Central Review*, Vol. 10, No.1 (Spring, 1993), pp.38-48.

Sherbo, Arthur, "From 'The London Mercury'", *Studies in Bibliography*, Vol. 45 (1992), pp.292-302.

Zhang, Xiaoquan Raphael, "A Voice Silenced and Heard: Negotiations and Transactions Across Boundaries in Ling Shuhua's English Memoirs", *Comparative Literature Studies*, Vol. 49, No.4 (2012), pp.585-595.

「新聞秀」的旅吟

凌叔華

的生平與創作

袁嬋 著

責任編輯　白靜薇
裝幀設計　黃希欣
排　版　時　潔
印　務　劉漢舉

出版

中華書局（香港）有限公司

香港北角英皇道四九九號北角工業大廈一樓 B

電話：（852）2137 2338

傳真：（852）2713 8202

電子郵件：info@chunghwabook.com.hk

網址：http://www.chunghwabook.com.hk

發行

香港聯合書刊物流有限公司

香港新界大埔汀麗路三十六號

中華商務印刷大廈三字樓

電話：（852）2150 2100

傳真：（852）2407 3062

電子郵件：info@suplogistics.com.hk

印刷

美雅印刷製本有限公司

香港觀塘榮業街六號海濱工業大廈四樓 A 室

版次

2020 年 8 月初版

©2020 中華書局（香港）有限公司

規格

16 開（230mm×170mm）

ISBN

978-988-8675-05-0